王步高 主　编
张映光 副主编

唐诗鉴赏

（第二版）

南京大学出版社

图书在版编目(CIP)数据

唐诗鉴赏 / 王步高主编. —2 版. —南京：南京大学出版社，2013.6
 ISBN 978-7-305-04786-2

Ⅰ.①唐… Ⅱ.①王… Ⅲ.①唐诗–鉴赏–高等学校–教材 Ⅳ.①I207.22

中国版本图书馆 CIP 数据核字(2013)第 120286 号

出版发行	南京大学出版社
社　　址	南京市汉口路 22 号　　邮　编 210093
网　　址	http://www.NjupCo.com
出 版 人	左　健

书　　名	唐诗鉴赏（第二版）
主　　编	王步高
副 主 编	张映光
责任编辑	纪　庚　　　编辑热线 025-83596997
照　　排	南京紫藤制版印务中心
印　　刷	南京丹阳兴华印刷厂
开　　本	787×960　1/16　印张 15.25　字数 460 千
版　　次	2013 年 6 月第 2 版　2013 年 6 月第 1 次印刷
ISBN	978-7-305-04786-2
定　　价	27.00 元

发行热线　025-83594756　83686452
电子邮箱　Press@NjupCo.com
　　　　　Sales@NjupCo.com（市场部）

* 版权所有，侵权必究
* 凡购买南大版图书，如有印装质量问题，请与所购图书销售部门联系调换

出 版 说 明

本书系"唐宋诗词鉴赏立体化系列教材"(王步高教授主编)之一,另一种为《唐宋词鉴赏》,已评为江苏省精品教材,与之配套的东南大学王步高教授牵头的"唐宋诗词鉴赏"(系列)课程(含唐诗鉴赏、唐宋词鉴赏、诗词格律与创作)2008年已被评为国家级精品课程,2012年又升级为国家精品资源共享课程,有全部66节教学课件、全程录像及课程网站(hppt://www.tsscjs.cn 或 www.dxyw.cn)与之配套。

本书每单元含作者小传、作家《集评》、精读篇目(含注释、赏析、汇评)、备选课文、泛读课文。另附分类诗词(如咏史、怀古、山水、爱情……共30多个专题,各400首左右)、作品综述、研究综述。每单元均附中小学已学篇目、参考书目、思考与练习。本书具有系统性、网络式、立体化、大信息的特点:

所谓系统性,是指以唐诗史为纲,按简明唐宋诗词史的线索,每种教材设置18个单元,按时代顺序及流派划分,对在这一时期重要的诗人、词人尽量不遗漏,结合中小学已学篇目,能大致勾画出唐诗、唐宋词发展的简单轨迹。

所谓网络式,是指每个单元精讲作品、备选课文、泛读课文均按时代、流派编写的同时,分类选编的作品却按专题(如山水、田园、爱国、咏史、怀古、悼亡等)选择一定契合点附编,跨时间编排,纵横交错,以增强学生各方面的阅历及知识面。

所谓立体化,是指某个单元是以某个或某几个代表作家为重点,选择其五六篇代表作为精讲内容,在备选课文、泛读课文中又选择其他若干首相关作品,从而做到以少总多;由一两个作家推广而及一个诗词流派或诗人群。课本后附有的《中小学已学篇目》,可帮助师生打破时空的界限,共同构建唐宋诗词的"知识树"。

所谓大信息,一是指内容信息量大。《唐诗鉴赏》分18个单元,精读课文88

首,备选课文68首,泛读课文154首,分类作品433首,共计743首;《唐宋词鉴赏》亦分18个单元,精读课文99首,备选课文78首,泛读课文149首,分类作品374首,共计700首。二书合计达1443首。远远超过中小学及大学语文所学唐诗、唐宋词的总和,也比普通的唐宋诗词选本的篇幅大得多。对一个非中文专业的大学生而言,其容量已够大了。二是指学术信息量大,书中附有各作家、流派的作品综述、研究综述、作品争鸣等,紧贴学术前沿,使全书的学术视野十分开阔。三是理论信息量大,各单元附有[总评]、作家[集评]、作品[汇评],辑录历代名家的精辟评语,变一家之言为百家之言,让学生得到高峰体验。四是文献信息量大,每单元均附有参考书目,全书且附有总参考书目,网络上更有若干链接,方便学生进行研究性学习。

使用本教材的"唐诗鉴赏"课程(18节)已入选国家精品视频公开课,由王步高教授全程讲授,多台高清摄像机拍摄,全部配字幕,在"爱课程"、"网易公开课"、"中国精品视频公开课"、"大学生在线"等网站播出。缺少高水平师资的高校也可让学生定期集中收看王步高教授的全程录像,安排一青年教师为辅导答疑老师并负责批改作业试卷,照样可以开设高水平课程。

南京大学出版社
2013年6月

目录

一、唐诗概说 ········· 1
 唐诗总论 ········· 1
 唐诗概说 ········· 2
 分类唐诗　论诗 ········· 7
 可参考书目 ········· 8

二、初唐诗（上） ········· 9
 王　绩《野望》 ········· 10
 骆宾王《在狱咏蝉》 ········· 11
 杜审言《和晋陵陆丞早春游望》 ········· 13
 王　勃《滕王阁》《杜少府之任蜀川》 ········· 15
 备选课文　泛读课文 ········· 17
 分类唐诗　咏蝉　咏岁时（春） ········· 18
 中小学已学篇目　可参考文献 ········· 20

三、初唐诗（下） ········· 21
 杨　炯《从军行》 ········· 22
 宋之问《题大庾岭北驿》 ········· 23
 沈佺期《独不见》 ········· 25
 张若虚《春江花月夜》 ········· 27

备选课文　泛读课文 ……………………………………… 28
　　分类唐诗　咏月 …………………………………………… 29
　　中小学已学篇目　可参考书目 …………………………… 30

四、盛唐诗(一) ……………………………………………… 31
　　陈子昂《感遇》 …………………………………………… 32
　　张九龄《望月怀远》 ……………………………………… 34
　　祖　咏《望蓟门》 ………………………………………… 35
　　王昌龄《长信秋词》 ……………………………………… 37
　　崔颢《行经华阴》 ………………………………………… 38
　　备选课文　泛读课文 ……………………………………… 39
　　分类唐诗　宫怨 …………………………………………… 40
　　中小学已学篇目　可参考书目 …………………………… 41

五、盛唐诗(二) ……………………………………………… 42
　　王维《辋川闲居赠裴秀才迪》《终南山》《渭川田家》《积雨辋川庄作》
　　　　…………………………………………………………… 43
　　孟浩然《秋登万山寄张五》《望洞庭湖赠张丞相》 …… 48
　　备选课文　泛读课文 ……………………………………… 50
　　分类唐诗　山　水　田园 ………………………………… 51
　　唐代山水诗概述 …………………………………………… 54
　　中小学已学篇目　可参考书目 …………………………… 56

六、盛唐诗(三) ……………………………………………… 57
　　高适《燕歌行》 …………………………………………… 58
　　李颀《古从军行》 ………………………………………… 60
　　岑参《走马川行奉送封大夫出师西征》 ………………… 62
　　备选课文　泛读课文 ……………………………………… 63
　　分类唐诗　边塞 …………………………………………… 65
　　《燕歌行》主题辨 ………………………………………… 66

唐代边塞诗概说 ································· 68
　　中小学已学篇目　可参考书目 ············ 70

七、李白(上) ······································· 71
　　《蜀道难》《关山月》《远别离》《长干行》 ······ 73
　　备选课文　泛读课文 ························· 79
　　分类唐诗　咏花　咏物 ······················ 81
　　李白《蜀道难》诗为谁而作 ··················· 84
　　中小学已学篇目 ································ 86

八、李白(下) ······································· 87
　　《赠孟浩然》《送友人》 ························· 87
　　《登金陵凤凰台》《渡荆门送别》 ············· 89
　　《宣州谢朓楼饯别校书叔云》 ················ 91
　　《梦游天姥吟留别》 ····························· 92
　　备选课文　泛读课文 ························· 94
　　分类唐诗　友情赠别 ························· 95
　　李白诗综论，李白研究综述 ·················· 97
　　中小学已学篇目　可参考书目 ············ 100

九、杜甫(上) ······································ 101
　　《哀江头》《丽人行》 ···························· 102
　　《赠卫八处士》《羌村》(其一) ················ 105
　　备选课文　泛读课文 ························ 108
　　分类唐诗　刺世讽喻　家国 ················ 109
　　中小学已学篇目 ······························· 111

十、杜甫(下) ······································ 112
　　《登楼》 ·· 112
　　《登高》 ·· 113

《月夜》……………………………………………………………… 115
　　《月夜忆舍弟》…………………………………………………… 116
　　《咏怀古迹五首》(其二)………………………………………… 117
　　《阁夜》…………………………………………………………… 118
　　《秋兴八首》(其一)……………………………………………… 120
　　备选课文　泛读课文……………………………………………… 121
　　分类唐诗　登临…………………………………………………… 122
　　杜甫诗综论………………………………………………………… 123
　　中小学已学篇目　可参考书目…………………………………… 126

十一、中唐诗(一)……………………………………………… 127
　　刘长卿《长沙过贾谊宅》《逢雪宿芙蓉山主人》……………… 129
　　李　益《喜见外弟又言别》……………………………………… 131
　　卢　纶《晚次鄂州》……………………………………………… 132
　　司空曙《云阳馆与韩绅宿别》…………………………………… 133
　　皎然《寻陆鸿渐不遇》…………………………………………… 135
　　备选课文　泛读课文……………………………………………… 136
　　分类唐诗　咏岁时(夏　秋　冬)　思乡怀归…………………… 137
　　中小学已学篇目　可参考书目…………………………………… 140

十二、中唐诗(二)……………………………………………… 141
　　韩愈《八月十五夜赠张功曹》《山石》………………………… 142
　　贾岛《题李凝幽居》……………………………………………… 146
　　李贺《李凭箜篌引》《梦天》…………………………………… 148
　　备选课文　泛读课文……………………………………………… 151
　　分类唐诗　音乐　节令…………………………………………… 152
　　中唐诗歌综述……………………………………………………… 154
　　中小学已学篇目　可参考书目…………………………………… 156

十三、中唐诗(三)……………………………………………… 157
　　韦应物《寄李儋元锡》《滁州西涧》《淮上喜会梁州故人》……… 158

柳宗元《登柳州城楼寄漳汀封连四州刺史》《与浩初上人同
　　　　看山寄京华亲故》…………………………………………… 162
　　戴叔伦《江乡故人偶集客舍》 ………………………………… 164
　　备选课文　　泛读课文　　165
　　分类唐诗　贬谪　　166
　　中小学已学篇目　　可参考书目 ……………………………… 167

十四、中唐诗(四)…………………………………………………… 168
　　刘禹锡《元和十年自朗州承召至京,戏赠看花诸君子》
　　　　《再游玄都观》《竹枝词》《西塞山怀古》………………… 168
　　张　籍《节妇吟》 ……………………………………………… 174
　　王　建《新嫁娘词》 …………………………………………… 175
　　元　稹《离思五首》(选一) …………………………………… 176
　　备选课文　　泛读课文　　177
　　分类唐诗　哀挽　悼亡　哲理人生　僧道　桃花 …………… 178
　　中小学已学篇目　　可参考书目 ……………………………… 182

十五、白居易………………………………………………………… 183
　　《长恨歌》《自河南经乱……》 ………………………………… 185
　　备选课文　　泛读课文　　189
　　分类唐诗　孝悌亲情　　190
　　白居易诗及其研究综述 ………………………………………… 191
　　中小学已学篇目　　可参考书目 ……………………………… 192

十六、晚唐诗(上)…………………………………………………… 193
　　杜牧《题宣州开元寺水阁,阁下宛溪·夹溪居人》《早雁》…… 194
　　　　《赠别二首》(选一) ……………………………………… 197
　　　　《登乐游原》 ……………………………………………… 197
　　许　浑《咸阳城西楼晚眺》 …………………………………… 199
　　张　祜《题金陵渡》 …………………………………………… 201

朱庆余《闺意献张水部》……………………………………… 202
　　备选课文　泛读课文 …………………………………………… 203
　　分类唐诗　咏雁　科举 ………………………………………… 204
　　中小学已学篇目　可参考书目 ………………………………… 205

十七、晚唐诗(中) ………………………………………………… 206
　　李商隐《无题》(相见时难)、(来是空言) ……………………… 207
　　　　《安定城楼》《贾生》《隋宫》(紫泉宫殿) ………………… 210
　　温庭筠《商山早行》……………………………………………… 214
　　备选课文　泛读课文 …………………………………………… 215
　　分类唐诗　咏史　闺怨爱情 …………………………………… 216
　　李商隐诗概说 …………………………………………………… 219
　　中小学已学篇目　可参考书目 ………………………………… 221

十八、晚唐诗(下) ………………………………………………… 222
　　罗隐《绵谷回寄蔡氏昆仲》……………………………………… 223
　　郑谷《鹧鸪》……………………………………………………… 224
　　崔涂《除夜有怀》………………………………………………… 226
　　韦庄《章台夜思》………………………………………………… 228
　　皮日休《汴河怀古二首》(其二) ………………………………… 229
　　秦韬玉《贫女》…………………………………………………… 230
　　备选课文　泛读课文 …………………………………………… 231
　　分类唐诗　怀古　民瘼 ………………………………………… 232
　　中小学已学篇目　可参考书目 ………………………………… 234

总参考书目 ………………………………………………………… 235

一、唐诗概说

【唐诗总论】

国初，上好文章，雅风特盛。沈、宋始兴之后，杰出于江宁，宏肆于李、杜，极矣！右丞、苏州趣味澄复，若清沇之贯达。大历十数公，抑又其次，元、白力勍而气孱，乃都市豪估耳。刘公梦得、杨公巨源，亦各有胜会。刘德仁辈时得佳致，亦足涤烦。（〔唐〕司空图《与王驾评诗书》）

王右丞、韦苏州，澄澹精致，格在其中，岂妨于遒举哉？贾浪仙诚有警句，观其全篇，意思殊馁，大抵附于蹇涩，方可致才，亦为体之不备也。（〔唐〕司空图《与李生论诗书》）

有唐三百年诗，众体备矣。故有往体、近体、长短篇、五七言律句绝句等制，莫不兴于始，成于中，流于变，而陊之于终。至于声律兴象，文词理致，各有品格高下之不同。略而言之，则有初唐、盛唐、中唐、晚唐之不同。详而分之，贞观、永徽之时，虞、魏诸公，稍离旧习，王、杨、卢、骆，因加美丽，刘希夷有闺帷之作，上官仪有婉媚之体，此初唐之始制也；神龙以还，洎开元初，陈子昂古风雅正，李巨山文章宿老，沈、宋之新声，苏、张之大手笔，此初唐之渐盛也。开元、天宝间，则有李翰林之飘逸，杜工部之沉郁，孟襄阳之清雅，王右丞之精致，储光羲之真率，王昌龄之声俊，高适、岑参之悲壮，李颀、常建之超凡，此盛唐之盛者也；大历、贞元中，则有韦苏州之雅澹，刘随州之闲旷，钱、郎之清赡，皇甫之冲秀，秦公绪之山林，李从一之台阁，此中唐之再盛也。下暨元和之际，则有柳愚溪之超然复古，韩昌黎之博大其词，张、王乐府，得其故实，元、白序事，务在分明，与夫李贺、卢仝之鬼怪，孟郊、贾岛之饥寒，此晚唐之变也。降而开成以后，则有杜牧之之豪纵，温飞卿之绮靡，李义山之隐僻，许用晦之偶对，他若刘沧、马戴、李频、李群玉辈，尚能黾勉气格，将迈时流，此晚唐变态之极，而遗风余韵，犹有存者焉。（〔明〕高棅《唐诗品汇》总序）

唐诗之变，渐矣！隋氏以还，一变而为初唐，贞观、垂拱之诗是也；再变而为盛唐，开元、天宝之诗是也；三变而为中唐，大历、贞元之诗是也；四变而为晚唐，元和以后之诗是也。（〔明〕高棅《唐诗品汇》五言古诗叙目）

唐承六代之余，崇尚诗学，特命词臣定律诗体式，制科以此取士。贞观之际，王、杨、卢、骆号称四杰，其诗多沿旧习。陈、杜、沈、宋继之，格律渐高。而陈拾遗尤为复古之冠，其五言古诗，原本阮公，直追建安作者。自后曲江继起，浸浸称盛。开元、天宝之际，笃生李、杜二公，集数百年之大成。太白天才绝世，而古风乐府，循循守古人规矩；子美学穷奥窔，而感时触事、忧伤念乱之作，极力独开生面。盖太白得力于《国风》，而子美得力于大、小《雅》，要自子建、渊明而后，二家特为不祧之祖。其辅二家而起者，有王维、孟浩然、高适、岑参、李颀、王昌龄、刘眘虚、裴迪、储光羲、常建、崔颢诸人。而元结又有《箧中集》一选，集沈千运、王季友、于逖、孟云卿、张彪、赵微明、元融七人之作，都为一卷，其诗直接汉人。故论诗者至开宝之世，莫不推为千载之盛也。大历而后，风格渐降，独韦应物以古诗称于时。其诗专师陶公，兼取谢氏，前人所谓"发秾纤于简古,寄至味于淡泊",气象近道,盖卓乎不为时域者也。其扬王、孟之余波者,刘长卿犹不失雅正,而钱起次之。钱起与耿沣、卢纶、韩翃、李端、司空曙、吉中孚、苗发、崔峒、夏侯审并称"十才子"。然十子之中,不无利钝,而足与钱、刘相羽翼者,唯郎士元、李嘉祐、皇甫冉兄弟。贞元、元和之际,韩文公崛起,以天纵逸才,为起衰巨手,诗继李、杜之盛。而柳宗元独传骚学,亦宗陶公,五言幽淡绵邈,足继苏州,故世并称曰"韦、柳"。辅韩文公而起衰者,孟郊东野也;与柳州称契者,有刘禹锡焉。其他元、白、张、王之乐府,卢仝、李贺、刘叉之诡怪,姚合、贾岛之艰僻,非不瑰奇伟丽,卓然成家,然于此道中别辟一境,遂为旁门小宗矣。太和、会昌而下,诗教日衰,独李义山矫然特出,时传子美之遗;特用事过多,涉于浓滞,或掩其美。次则杜牧之律体,寓拗峭以矫时弊,犹有健气。义山与温庭筠、段成式并为西昆体,然温非李俦也。其余皮、陆、许浑、马戴、赵嘏、韦庄、罗隐、唐彦谦诸人,虽间有逸韵,靡靡无足观。降而韩偓之《香奁》,风益下矣。盖终唐之世,称大家者,以李、杜、韩三家为宗。古诗之得正音者,陈、张、韦、柳四家为宗,而元结、沈千运诸人为辅。律诗之称正音者,王、孟二家为宗,高、岑、钱、刘诸人为辅。此唐诗之大较也。若夫唐人乐章,多尚铺张,不若柳子厚之《唐雅》二篇,《铙歌》十二曲,为足追古作者。而乐人所歌,又在诸名人绝句,如王之涣之《凉州词》、王维之《阳关三叠》,其尤著者。其他朝庙应制诸诗,体崇钜丽,固以唐初前后四子及燕、许诸人为正云。唐风既衰,五代干戈之际,作者寥寥。(〔清〕鲁九皋《诗学源流考》)

或问唐诗何以分初、盛、中、晚之说?曰:初唐自高祖武德元年戊寅岁至玄宗先天元年壬子岁,凡九十五年。盛唐自玄宗开元元年癸丑岁至代宗永泰元年乙巳岁,凡五十三年。中唐自代宗大历元年丙午岁至文宗大和九年乙卯岁,凡七十年。晚唐自文宗开成元年丙辰岁至哀帝天祐三年丙寅岁,凡七十一年。溯自高祖武德戊寅至哀帝末年丙寅,总计二百八十九年,分为四唐。然诗格虽随气运变迁,其间转移之处,亦非可以年岁限定。况有一人而经历数朝,今虽分别年岁,究不能分一人之诗,以隶于每年之下。甚之以讹传讹,或一诗而分载数人,或异时而互为牵引,则四唐之强分疆界,毋亦刻舟求剑之说耶?然初盛中晚之年分起讫,初学又不可不识之。(〔清〕冒春荣《葚原诗说》卷三)

诗至盛唐,至矣。中唐如韩退之、孟东野、李长吉、白乐天,虽失刻露,要各具五丁开山之力。至晚唐诸公,乃仅仅以律句、绝句自喜耳。(〔清〕牟愿相《小澥草堂杂论诗》)

唐诗妙境在虚处,宋诗妙境在实处。初唐之高者,如陈射洪、张曲江,皆开启盛唐者也。中、晚之高者,如韦苏州、柳柳州、韩文公、白香山、杜樊川,皆接武盛唐,变化盛唐者也。是有唐之作者,总归盛唐。而盛唐诸公,全在境象超诣,所以司空表圣《二十四诗品》及严仪卿以禅喻诗之说,诚为后人读唐诗之准的。(〔清〕翁方纲《石洲诗话》卷四)

【唐诗概说】

五千年的中国文学,犹如绵延之群山,在唐宋时期奇峰突起,形成唐诗、宋词两座高峰。因为它们的成就,中国才当之无愧地被誉为"诗国",诗词才成为中国文学最辉煌的部分,唐诗、宋词加《红楼梦》是中国文学可以"颉颃西域"①的主要资本。

唐诗是由六朝及隋诗发展而来,唐代的政治制度、文学受隋代的影响较深。因此不得不略加说明。

北周、隋、唐的统治者不仅政权先后相袭,而且大致均采取了近乎政变的方式,隋唐之际

---

① 见梁启超《饮冰室诗话》,原话为:"中国事事落他人后,惟文学差可颉颃西域。"

有些战争,但大多并不发生于隋唐政权之间。北周、隋、唐三代政权的统治者均系关陇贵族,三个皇室还有着十分密切的姻亲关系。宇文泰、杨忠、李虎分别是这三个皇室的创始人,他们与独孤信曾一起在西魏做过高级将领,前三人之子宇文毓(北周明帝)、杨坚(隋文帝)、李昞(李渊之父)分别娶了独孤信之长女、七女和四女,而杨坚之女又嫁与宇文衍(北周静帝),李渊与隋炀帝杨广也属姨表兄弟。隋文帝在中央设三省(中书、门下、尚书)、六部(礼、吏、兵、刑、户、工),改地方行政机构为州县两级,废除九品中正制实行以明经、进士考试为主的科举制度等均为唐代继承并加以发展。隋诗对唐诗的影响亦然。

隋代虽结束了西晋末年以来近三百年的分裂局面,却二世而斩,历时仅三十七年。因此,隋代有影响的诗人不多,作品总量也少。文学史家往往将之视为南北朝之延伸而一语带过。其实,这恰恰忽略了大一统政局对诗坛的影响,忽略了南北诗风的融合。

隋代是扭转齐梁诗风、拓宽诗歌的题材、进一步推进诗歌格律化进程并使六朝诗向唐诗过渡中的一个重要转折点。"起衰中立"一语本为清人沈德潜用以评论杨广(隋炀帝)、杨素边塞诗历史作用的(见《说诗晬语》),以之来说明隋诗的历史地位倒颇为恰当。

从隋朝统一中国以后,南北诗风便开始融合的过程。隋代诗是以北朝诗风为主体吸收齐梁以来南朝诗歌格律化成就而形成的融合,而初唐诗则是以南朝诗风为主体吸收北朝贞刚之气的另一种融合,至陈子昂、李白以后,这一融合才基本完成。魏征曾云:"江左宫商发越,贵于清绮,河朔词义贞刚,重乎气质。气质则理胜其词,清绮则文过其意。理深者便于时用,文华者宜于咏歌,此其南北词人得失之大较也。若能掇彼清音,简兹累句,各去所短,合其两长,则文质斌斌,尽善尽美矣。"(《隋书·文学传序》)魏征期望的这种南北诗风的融合,直至盛唐才得以完成,也确实导致了唐诗的空前繁荣。而隋诗斫雕为朴,摧柔为刚,重乎气质,则对矫正齐梁以来的淫靡诗风起了巨大的作用。

隋诗数量虽不算很多,但题材相当广泛,特别是隋代的乐府诗,上接《诗经》、汉乐府和建安诗歌的现实主义精神,成为隋代社会的一面镜子。这与梁陈宫体诗有很大的不同。宫体诗写宫廷中饮食男女之事,不乏卑下色情的描写。如梁简文帝萧纲诗中,多写内人卧具、内人昼眠、伤美人、娈童、倡妇怨情、美人晨妆……此外如《行雨诗》则更是赤裸裸的描写性行为。这样的作品,在隋诗中已基本绝迹。以荒淫闻名的隋炀帝,其诗却很典雅庄重,没有这类作品。魏征说得好:"炀帝初习艺文,有非轻侧之论,暨乎即位,一变其风。其《与越国公书》、《建东都诏》、《冬至受朝诗》及《拟饮马长城窟》,并存雅体,归于典制,虽意在骄淫,而词无浮荡,故当时缀文之士,遂得依而取正焉。"为什么这样一个淫荡昏庸的皇帝也能写出一些令人回肠荡气的健康作品,这不能不归于隋代诗坛风气的影响。①

经过隋末的几年动荡,唐代才真正成为长治久安的大一统王朝,经济也高度发展。"唐太宗李世民在位时(626—649)励精图治,史称'贞观之治',他知人善任,虚怀纳谏,重视吏

---

① 以上引自王步高《斫雕为朴及隋代南北诗风的融合》,载《江海学刊》1994年1期。

治,轻徭薄赋,节俭自持。高宗李治在位时,皇后武则天掌握政权,一度废唐称周,自号皇帝。其时政局虽然纷纭,但社会仍较安定。唐玄宗李隆基(712—756年在位)开元年间国势强盛,史称"开元之治。""安史之乱后各地节度使拥兵自重,河朔三镇尤著,形成了朝廷与藩镇之间长期的冲突。朝廷中则出现宦官专权和朝臣反宦官的斗争。唐顺宗用王叔文、王伾以及柳宗元、刘禹锡等人进行政治改革,由于宦官集团反扑而失败。唐文宗时甘露之变,宦官诱杀大批朝臣。朝臣之间也有以李德裕为首的一方和以牛僧孺、李宗闵为首的一方的所谓牛李党争,纷纭至半世纪之久。"①(笔者本人并不赞成此观点,有"牛党",并无"李党"。)唐代政治中的一个重要变化是东部平原的官吏,取代了西北贵族,其文化底蕴深厚,且多南朝文化的特点。

  唐代经济也高度发达。同时唐朝广开言路,政治开明,从不以言治罪(唐朝没有知识分子因写诗而被治罪的)。唐王朝实行较为开放的政策,中外文化得以交流,各种宗教得以传播,思想空前解放,统治者(除唐武宗曾有灭佛之举)基本只倡导什么(如太宗对佛教、玄宗对道教),而不钳制什么。加之唐代科举制度广泛推行,考前考生得向名人投献自己的诗文(当时称"行卷"),甚至考排律,这客观上也推动了唐诗的兴盛。

  从文学角度而言,唐诗继承了《诗经》以来近二千年的诗歌创作的经验和优良传统。五七言近体(格律)诗的成熟使唐诗较之前代有了崭新的表现形式,一般认为五律到沈(佺期)、宋(之问)时已定型,七律到杜甫才最终定型(杜诗七律则仍有少量失粘、失对或拗句)。七言古诗中的歌行体盛行,也使唐诗的表现力有所增强。所谓歌行,本由乐府而来,"由乐府诗发展为古体诗中独立的一体",其特点是不入乐,也不沿袭乐府古题,采用五七言或杂言,音节格律要求自由,篇幅可长可短。《唐诗三百首》共八卷,五古、五律、七律、五绝、七绝均为一卷,独七言古诗竟多达三卷(有一卷专收七言乐府),这不能不说与歌行兴盛有关,其中名篇如李白《梦游天姥吟留别》、杜甫《兵车行》等皆然。到中唐时,更出现一种"元和体",在歌行中杂入许多律句、对仗句,几句一换韵,其中每四句常是一首律绝,如白居易《长恨歌》与《琵琶行》、元稹《连昌宫词》等为其代表作。唐代的诗歌理论对唐诗的兴盛也有一定的推动作用,如陈子昂反对齐梁诗风的理论、白居易的新乐府理论,推动当时诗歌创作的作用都是毋庸置疑的(只是过去几十年对这种作用认识有点夸大)。

  唐代历时二百九十年,流传至今的诗远远超过唐以前1700年之总和,据《全唐诗》及《全唐诗外编》两书统计,有诗53035首,诗人3276个。陈尚君教授《全唐诗续拾》又补诗4300余首,涉及作者1000余人,剔除重复人名和诗作,唐诗总量为55000余首,作者3500余人。其中能开宗立派的重点诗人达20余人,著名诗人100余人。同时涌现出李白、杜甫等超一流的大诗人,成为中国古代诗歌的杰出代表。

  唐诗就形式而言,也集其大成,古体诗有四言、五言、七言、杂言等多种形式,七言还发展为歌行体,中唐又发展为元和体,乐府又发展为新题乐府。尤其是五七言律绝,到唐代定型,

---

① 引自《中国大百科全书·历史分册》第10页。

成为官定考试及竞赛的诗体,人人能作,争奇斗艳,异彩纷呈。六言诗、词在唐代也时有创作,中晚唐词已蔚为大国。

唐代诗人敢于直面世界,直面人生,思想内容充实,其中如杜甫、白居易、张籍、王建、李绅及晚唐一些诗人,继承《诗经》、汉乐府的现实主义传统,写出许多如"朱门酒肉臭,路有冻死骨"之类的诗句,对社会的矛盾,统治者的腐败堕落,人民的深重灾难都有真实而深刻的反映。杜诗被称为"诗史"便是明证。也有如高适、岑参、李颀、王昌龄、李益、卢纶等一大批边塞诗人,既歌颂边塞将士艰苦卓绝的战争生活,对穷兵黩武的最高统治者也不乏鞭笞与讽刺。还有更多亲历"安史之乱"、"藩镇割据"的诗人,以亲身所历,亲耳所闻,记录下许多家国和身世的辛酸。而以李白为代表的诗人,以豪迈的诗歌歌唱理想,歌唱豪情逸兴,成为"盛唐"之音的主旋律。以王维、孟浩然、韦应物、储光羲为代表的诗人,淡于功名,流连山水田园生活,也写下许多美学价值极高的诗篇……

对唐诗的成就,胡应麟有一段精辟的论述:"甚矣,诗之盛于唐也!其体,则三、四、五言,六、七、杂言,乐府、歌行,近体、绝句,靡弗备矣。其格,则高卑、远近、浓淡、浅深、巨细、精粗、巧拙、强弱,靡弗具矣。其调,则飘逸、浑雄、沉深、博大、绮丽、幽闲、新奇、猥琐,靡弗诣矣。其人,则帝王、将相、朝士、布衣、童子、妇人、缁流、羽客,靡弗预矣。"(《诗薮》外编卷三)诗歌的各种艺术手法,至唐也已臻于完备,司空图归结为《二十四诗品》,虽主要就艺术风格而言,实际也是对唐诗艺术的全面总结。

同学们对唐诗、宋词并不陌生,绝大多数同学也都能背上几十首,但知识不够系统。本书则建构起系统性、网络式、立体化、大信息的结构模式。

所谓**系统性**,是以唐诗史为纲,按初、盛、中、晚的顺序,分为十八单元,根据各时期的诗歌成就不同,风格流派不同,适当划分。唐代于李商隐去世后,诗坛整体成就不高,但此时距唐亡还有五十年,加之五代(习惯也归入唐)五十余年,故仍列为一个单元。

所谓**网络式**,是指每个小单元的精读课文按时间顺序编排的同时,附编的内容按题材的专题跨时间编排,使学生纵向了解唐诗演进轨迹的同时,又有横向开拓,伸展出一个个专题(如爱情、怀古、咏物、登临、赠别等),对唐诗的了解可以更全面。

所谓**立体化**,是以精读课文为主,辅之以备选课文、泛读课文、专题诗作。同时又有音像教材、电子教案、网络课件以及支撑网站:"大学语文・中国"网(http://www.dxyw.cn或www.daxueyuwen.cn)"唐宋诗词鉴赏・中国"网(www.tsscjs.cn)。又附有《中小学已学篇目》,可以温故而知新。这便打破了时空界限,使新老知识在此立体的架构中融而为一。

所谓**大信息**,一指内容信息量大:全书选精读课文88首(平均每单元5首),备选课文68首,泛读课文154首,分类诗作433首,共计达743首,远远超过学生在中小学及《大学语文》里学到的唐诗总和;二是学术信息量大:书中附有各作家、流派的作品综述、研究综述、作品争鸣,全书的学术视野十分开阔;三是理论信息量大,各单元附有〔总评〕、作家〔集评〕、作品〔汇评〕，辑录历代名家的精辟评语，变一家之言为百家之言，让学生得到高峰体验；四是文献信息量大：每单元均附有参考书目，全书且附有总参考书目。

全书将人文精神的灌输及道德情感的熏陶放在特别显著的位置。中国诗歌有"言志"的传统，中国历代的大文学家、思想家、政治家、军事家都写过不少闪耀思想光辉的诗篇，唐宋更是其高峰，结合诗词教学，培养学生爱国爱乡的感情，使之关心民生疾苦，具有仁者爱人的思想和刚直不阿的品格，同时学习诗中潇洒旷达的人生态度，也提高学生的审美趣味和艺术品位。不是靠空洞的说教，而是在诗词精品的感染下，使学生讲气节、讲节操、讲廉耻、讲正气，讲有所不为，讲不唯上不唯官，讲民本思想，讲平民意识……从而促成其思想境界的升华与健全人格的塑造，培养高尚的道德情操。

近二十年来，诗词鉴赏成就巨大，各种鉴赏辞典数不胜数。我本人就曾在导师唐圭璋教授指导下主持过唐宋词、金元明清词、爱国诗词三部鉴赏辞典的编纂，其累计印数达百余万册。

鉴赏一般分三个层次：一是字面理解：读准冷僻的字，了解每个语句的意义，其用典故的本义及引申义；二是吃透这首作品的思想内涵（这往往须结合其写作背景进行），欣赏其艺术美、意境美；三是跃出这首作品本身，让它与该作家的其他作品或同时代、不同时代的相关作品进行比较分析，站在时代或历史的高度居高临下地审视，这样才能万取一收而不流于瞎子摸象。

本教材便是出于这样的认识编纂的。第一层面的任务由《注释》去完成，第二层面的任务由《赏析》完成，第三层面的任务由《集评》、《汇评》、附录的作品去共同完成。

因为是教材，涉及到与中小学《语文》及《大学语文》衔接问题。精读课文对小学出现的唐诗，一律不选，总不能让大学生还去学"鹅、鹅、鹅，曲项向天歌"；对初中出现的唐诗，基本不收，只保留有限的几首重要代表作；对高中人教版必读课文尽量回避（如王维的《山居秋暝》等），但仍有一定数量的保留（如李白《蜀道难》），对高中阅读教材则不有意回避，对《大学语文》教材则完全不回避，因为全国有二三百种《大学语文》，即便是徐中玉及我与丁帆教授主编的两种版本（国家十五规划教材、国家优秀教材），在全国也只各覆盖数百所高校，大多数高校仍采用自编本或联合自编本，很不统一。附录中则对中小学已学唐诗酌情收入。

本次编写是在2003年本人主编的《唐宋诗词鉴赏》（北京大学版）的基础上，将一册变为二册，分别为《唐诗鉴赏》、《唐宋词鉴赏》。由南京大学出版社出版全编本（约45万字），北京大学出版社出版简编本（约35万字）。本课程正由我本人牵头创建国家精品课程，本教材也将每五年大修订一次，每次重印均适当改正个别错讹。欢迎用书单位的师生来信、来电话、发电子邮件与我联系。

通讯处：210036　南京龙江小区阳光广场2-805#
电话：025-86206426
E-mail：wbg74205@sina.com

王步高

于南京东南大学中文系
2006.5.13

分类唐诗　论诗

古风　李白

大雅久不作,吾衰竟谁陈。王风委蔓草,战国多荆榛。龙虎相啖食,兵戈逮狂秦。正声何微茫,哀怨起骚人。扬马激颓波,开流荡无垠。废兴虽万变,宪章亦已沦。自从建安来,绮丽不足珍。圣代复元古,垂衣贵清真。群才属休明,乘运共跃鳞。文质相炳焕,众星罗秋旻。我志在删述,垂辉映千春。希圣如有立,绝笔于获麟。

戏为六绝句　杜甫

庾信文章老更成,凌云健笔意纵横。今人嗤点流传赋,不觉前贤畏后生。

王杨卢骆当时体,轻薄为文哂未休。尔曹身与名俱灭,不废江河万古流。

纵使卢王操翰墨,劣于汉魏近风骚。龙文虎脊皆君驭,历块过都见尔曹。

才力应难跨数公,凡今谁是出群雄。或看翡翠兰苕上,未掣鲸鱼碧海中。

不薄今人爱古人,清词丽句必为邻。窃攀屈宋宜方驾,恐与齐梁作后尘。

未及前贤更勿疑,递相祖述复先谁。别裁伪体亲风雅,转益多师是汝师。

解闷（十二首选四）　杜甫

李陵苏武是吾师,孟子论文更不疑。一饭未曾留俗客,数篇今见古人诗。

复忆襄阳孟浩然,清诗句句尽堪传。即今耆旧无新语,漫钓槎头缩颈鳊。

陶冶性灵存底物？新诗改罢自长吟。孰知二谢将能事,颇学阴何苦用心。

不见高人王右丞,蓝田丘壑蔓寒藤。最传秀句寰区满,未绝风流相国能。

调张籍　韩愈

李杜文章在,光焰万丈长。不知群儿愚,那用故谤伤。蚍蜉撼大树,可笑不自量。伊我生其后,举颈遥相望。夜梦多见之,昼思反微茫。徒观斧凿痕,不瞩治水航。想当施手时,巨刃磨天扬。垠崖划崩豁,乾坤摆雷硠。惟此两夫子,家居率荒凉。帝欲长吟哦,故遣起且僵。剪翎送笼中,使看百鸟翔。平生千万篇,金薤垂琳琅。仙官敕六丁,雷电下取将。流落人间者,太山一毫芒。我愿生两翅,捕逐出八荒。精诚忽交通,百怪入我肠。刺手拔鲸牙,举瓢酌天浆。腾身跨汗漫,不著织女襄。顾语地上友,经营无太忙。乞君飞霞佩,与我高颉颃。

酬孝甫见赠十首选一　元稹

杜甫天材颇绝伦,每寻诗卷似情亲。怜渠直道当时语,不著心源傍古人。

杨柳枝词九首（选一）　刘禹锡

塞北梅花羌笛吹,淮南桂树小山词。请君莫奏前朝曲,听唱新翻杨柳枝。

赠项斯　杨敬之

几度见诗诗总好,及观标格过于诗。平生不解藏人善,到处逢人说项斯。

读韩杜集　杜牧

杜诗韩集愁来读,似倩麻姑痒处搔。天外凤凰谁得髓,无人解合续弦胶。

杜司勋　　　　　　　　李商隐

高楼风雨感斯文,短翼差池不及群。刻意伤春复伤别,人间惟有杜司勋。

漫成五章(选一)　　　　　李商隐

沈宋裁辞矜变律,王杨落笔得良朋。当时自谓宗师妙,今日惟观对属能。

韩冬郎即席为诗相送,一座尽惊。他日余方追吟"连宵侍坐徘徊久"之句,有老成之风,因成二绝寄酬,兼呈畏之员外(选一)

李商隐

十岁裁诗走马成,冷灰残烛动离情。桐花万里丹山路,雏凤清于老凤声。

苦吟　　　　　　　　　　卢延让

莫话诗中事,诗中难更无。吟安一个字,撚断数茎须。险觅天应闷,狂搜海亦枯。不同文赋易,为著者之乎。

白菊三首(选一)　　　　　司空图

自古诗人少显荣,逃名何用更题名。诗中有虑犹须戒,莫向诗中著不平。

题许浑诗卷　　　　　　　韦庄

江南才子许浑诗,字字清新句句奇。十斛明珠量不尽,惠休虚作碧云词。

可参考书目

《唐代诗歌》,王士菁著,作家出版社1964年
《唐代诗歌》,张步云著,安徽教育出版社1990年
《唐诗百话》,施蛰存著,上海古籍出版社1987年
《唐诗风貌》,余恕诚著,安徽大学出版社1997年
《唐诗概论》,苏雪林著,上海书店1992年
《唐诗风流佳话》,萧延恕著,岳麓书社1995年
《唐诗咀华》,张明非著,上海古籍出版社1996年

二、初唐诗（上）

【总论】

　　初、盛间五言古，陈子昂为冠；七言短古、五言绝，王勃为冠；长歌，骆宾王为冠；五言律，杜审言为冠；七言律，沈佺期为冠；排律，宋之问为冠。（〔明〕胡应麟《诗薮》内编卷四）

　　初唐人专务铺叙，读之常令人闷闷，惟闺闱、戎马、山川、花鸟之辞，时有善者。求其雅人深致，实可兴观，惟陈拾遗、张曲江两公耳。（〔清〕贺裳《载酒园诗话》又编）

　　初唐王、杨四子，创开草昧，颇类项王。至陈子昂之古，张九龄之秀，宋之问之健，乃足贵耳。（〔清〕牟愿相《小澥草堂杂论诗》）

　　初唐大家，陈子昂第一，宋之问次之，然二子皆小人。武后时，子昂上《大周受命颂》，后死于贪令之手。之问附武三思杀五王，以狡险盈恶赐死。每恨其人，不为诗文作主。（同上）

　　初唐法格纯正，自推燕、许、沈、宋、必简诸公，拾遗、曲江别创古调，便开韦、柳法门矣。于鳞称伯玉"以其古诗为古诗"，洵为辨眼，非竟陵所知。（〔清〕叶矫然《龙性堂诗话》初集）

王　绩

　　王绩（585—644）：字无功，号东皋子，绛州龙门（今山西河津县）人。隋末名儒王通之弟。嗜酒成癖，有"斗酒学士"之称。一度为官，但郁郁不得志，遂归隐东皋而终。工诗善文，作品多以田园、隐逸生活为题材，诗风朴素自然，洗尽六朝铅华，为初唐诗坛带来生气，且对五律的成熟有所贡献。后人辑有《东皋子集》。

【集评】

　　王无功，隋人，入唐，隐节既高，诗律又盛，盖王、杨、卢、骆之滥觞，陈、杜、沈、宋之先鞭也，而人罕知之。（〔明〕杨慎《升庵诗话》卷二）

　　盖当武德之初，犹有陈、隋余习，而无功能尽洗铅华，独存体质，又嗜酒诞放，脱落世事，故于情性最近。今观其诗，近而不浅，质而不俗，殊有魏晋之风。（〔明〕何良俊《四友斋丛说》卷二十五）

　　诗之乱头粗服而好者，千载一渊明耳。乐天效之，便伤俚浅，唯王无功差得其仿佛。（〔清〕贺裳《载酒园

诗话又编》）

王无功以真率疏浅之格，入初唐诸家中，如鸾凤群飞，忽逢野鹿，正是不可多得也。然非入唐之正脉。（〔清〕翁方纲《石洲诗话》卷一）

野 望

东皋薄暮望①，徙倚欲何依②？
树树皆秋色③，山山唯落晖。
牧人驱犊返④，猎马带禽归⑤。
相顾无相识，长歌怀采薇⑥。

【汇评】

五言律前此失严者多，应以此章为首。通首只无相识意，"怀采薇"，偶然兴寄古人也。说诗家谓感隋之将亡，毋乃穿凿。（〔清〕沈德潜《唐诗别裁集》卷九）

前解，写望。后解，因景以抒情。王无功生于隋唐之际，号东皋子，沉于醉乡，而成其高蹈。故托于采薇，而以无相识致慨也。此诗格调最清，宜取以压卷。视此，则律中之起承转合了然矣。（〔清〕王尧衢《唐诗合解笺注》卷七）

【赏析】

这首田园诗是现存唐诗中最早的格律完整的五律之一，写的是诗人彷徨无依的孤苦情怀。此诗朴素清新而又意蕴深厚，在王绩诗中洵属上乘。

首联叙事兼抒情，一个情绪不宁的隐者形象呼之欲出。据马斗全考证，王绩家乡河津没有"东皋"的地名，"东皋"是用典，典出阮籍《诣蒋公奏记》："方将耕于东皋之阳，输黍稷之税，以避当途者之路。"（《"东皋子"之"东皋"辨》，《文学遗产》1995 年 1 期）后潘岳《秋兴赋》、陶渊明《归去来兮辞》均沿用，此典遂成熟典，泛指隐居不仕。诗人自号东皋子，归隐故乡后，雅爱游眺。由此可见，这里的"东皋"不仅仅是"薄暮望"的所在，更是一个精神的原型，也可以说就是诗人"我"。颔联互文见义，写薄暮中的秋野美景，诗人彷徨无依之感似得以抚慰而稍纾解。颈联写淳朴的乡村生活图景：牧童驱犊回家，猎人带禽而归。而诗人虽处乡村，却

---

① 薄暮：傍晚。② 徙(xǐ)倚：犹言徘徊。依：依托，归宿。③ 秋色：憔悴枯黄之色。④ 犊：小牛。⑤ 猎马：这里借指猎人。⑥ "长歌"句：《诗经》的《周南·草虫》和《小雅·采薇》中分别有"陟彼南山，言采其薇"、"未见君子，我心伤悲"和"采薇采薇，薇亦作止，曰归曰归，岁亦莫止"的句子。《史记·伯夷列传》载，殷朝灭亡后，忠于殷朝的伯夷、叔齐隐居首阳山，耻食周粟，采薇而食。诗人生活在隋唐易代之际，此借追怀古代隐士以表达自己避世隐居之意。长歌：放声歌唱。薇：羊齿类草本植物，嫩叶可食。

不能过像他们那样自足自乐的生活,恐怕也无法与他们心印。这里诗人彷徨无依之感非但没有纾解,反而加剧了。这就自然引出了尾联:与牧童猎人他们是"相顾无相识",就只能长歌《采薇》以纾解彷徨无依的苦闷了,其中当隐含诗人对隋唐易代的不满与矢志隐居的决心。此时诗人不宁的情绪达到高潮,诗却戛然而止了。

(沈广达)

骆宾王

骆宾王(635? —684?),字观光,婺州义乌(今属浙江)人,七岁能诗,号神童。乾封元年(666)应举及第,曾官云南、西南,居蜀二年。仪凤三年(678)任长安主簿,旋迁侍御史,被诬下狱。遇赦出狱,从军北讨突厥。调露二年(680)夏,除临海丞。武后光宅元年(684),徐敬业从扬州起兵讨武则天,宾王为记室,为撰《讨武曌檄》。敬业兵败,骆宾王不知下落。

【集评】

骆宾王,婺州义乌人。少善属文,尤妙于五言诗。尝作《帝京篇》,当时以为绝唱。(〔五代〕刘昫《旧唐书·骆宾王传》)

宾王夐逸才,五言气象雄杰,构思精沈,含初包盛,卓然鲜俪。七言缀锦贯珠,汪洋洪肆,《帝京》、《畴昔》特为擅长,《灵妃》、《艳情》,尤极凄靡。(〔清〕陈熙晋《骆临海集笺注引吴之器·骆丞列传》)

沈、宋前排律殊寡,惟骆宾王篇什独盛,流丽雄浑,独步一时。(〔明〕胡震亨《唐音癸签》卷十)

在狱咏蝉

西陆蝉声唱①, 南冠客思深②。
那堪玄鬓影③, 来对白头吟④。
露重飞难进, 风多响易沉⑤。
无人信高洁, 谁为表予心⑥?

---

① 西陆:指秋天。《隋书·天文志中》"日循黄道东行,……行东陆谓之春,行南陆谓之夏,行西陆谓之秋,行北陆谓之冬。" ② 南冠:囚犯的代称。《左传·成公九年》:"晋侯观于军府,见钟仪,问之曰:'南冠而絷(zhí)者谁也?'有司对曰:'郑人所献楚囚也。'"客思:羁旅在外的思乡之情。"深",一作"侵"。 ③ 那堪:受不了。玄鬓:指蝉。古代妇女梳鬓发若蝉翼状,称蝉鬓。这里又反过来用蝉鬓来称蝉。 ④ 白头吟:古乐府篇名。据《西京杂记》载:司马相如将聘茂陵一女为妾,卓文君作《白头吟》以自绝,相如乃止。这两句是借用"玄鬓"(黑发)对"白头",意思是说,这蝉对着我这因愁苦而白头的囚犯吟唱,叫我又怎能忍受呢? ⑤ "露重"两句:写蝉,也是写自己,用以比喻作者当时备受压迫,有翅难飞,有冤难诉的处境。 ⑥ 信:相信。高洁:蝉生活在树上,餐风饮露,所以说"高洁"。这里是以蝉自比。

【汇评】

宾王在高宗朝,为侍御史,以讽谏下狱。至今集中有《在狱赋萤》、《在狱咏蝉》之作,而唐史无有。
(〔清〕陈熙晋《骆临海集笺注》附录引毛奇龄序)

三百篇比兴为多,唐人犹得此意。同一咏蝉,虞世南"居高声自远,端不藉秋风",是清华人语;骆宾王"露重飞难进,风多响易沉",是患难人语;李商隐"本以高难饱,徒劳恨费声",是牢骚人语。比兴不同如此。
(〔清〕施补华《岘佣说诗》)

【赏析】

此诗作于唐高宗仪凤三年(678),骆宾王时任侍御史,因上书论事,触忤武后,被诬下狱。诗人一心匡救时弊,却"以讽谏下狱",遭不白之冤,难以申诉,正好狱西墙外有几株枯槐,"每至夕照低阴,秋蝉疏引,发声幽息,有切尝闻"(诗题《序》),于是写了这首咏蝉诗,借蝉喻志,希望有人能相信自己的清白无辜,代为表白昭雪。

首联点出"咏蝉"主题。以蝉声清唱牵引出客旅之思,况此旅人又身处狱中,失去自由。作者是义乌(今属浙江)人,以"南冠"自称,暗寓自己籍贯,加大了"客思深"的厚重度。颔联更进一步把物"我"联系在一起,见秋蝉之两鬓乌玄,伤己之斑斑白发,年华老大。"白头吟"也暗含了执政者对诗人一腔报国之情的辜负。颈联纯用比体,寓我于物,既是说蝉,也是说自己。"露重"、"风多"比喻环境的压力,"飞难进"喻仕途的不得志,"响易沉"喻己之言论不易上达,有口难辩。尾联用蝉身居高树、餐风饮露之"高洁"喻己之节操,自己和秋蝉一样有高洁的品格却不被时人所了解,反蒙冤屈,既是辩白,也是自许。全诗感情充沛,语多双关,物我交融,余韵悠然。

(陈志伟)

杜审言

杜审言(645? —708),字必简,祖籍襄阳(今湖北襄樊),洛州巩县(今河南巩义)人。为大诗人杜甫祖父。咸亨元年(670)进士。官隰城尉,累转洛阳丞。圣历元年(698)坐事贬吉州司户参军。后武后召见,授著作佐郎,迁膳部员外郎。因诣附张易之贬峰州,召为国子主簿、修文馆直学士。为人恃才傲物,能诗工书,对近体诗形成贡献颇大。

【集评】

杜审言华藻整栗小让沈(佺期)、宋(之问),而气度高逸,神情圆畅,自是中兴之祖,宜其矜率乃尔。
(〔明〕王世贞《艺苑卮言》卷四)

初唐诗至必简整矣、畅矣,吾尤畏其少,古人作诗不肯多,意甚不善。(〔明〕钟惺《唐诗归》卷二)

杜审言浑厚有馀。(〔明〕陆时雍《诗镜总论》)

杜必简散朗轩豁,其用笔如风发漪生,有遇方成珪,遇圆成璧之妙。即作磊砢语,亦犹苏子瞻坐桃榔林

下食芋饮水,略无攒眉蹙额之态。此僻涩苦寒之对剂也。但上苑芳菲,止于明媚之观。(〔清〕贺裳《载酒园诗话》又编)

近体,梁陈已有,至杜审言而始叶于度。(〔清〕王夫之《薑斋诗话》卷二)

和晋陵陆丞早春游望①

独有宦游人, 偏惊物候新②。
云霞出海曙, 梅柳渡江春③。
淑气催黄鸟, 晴光转绿苹④。
忽闻歌古调, 归思欲沾襟⑤。

【汇评】

意起笔起,意止笔止,真自苏(武)李(陵)得来,不更问津建安。看他一结,却有无限。《过秦论》"仁义不施,而攻守之势异也",结构如此,俗笔于此必千百言。(〔清〕王夫之《唐诗评选》卷三)

此诗以"惊"字作主,通首不离"惊"字意。细玩"独有"、"偏惊"、"忽闻"等字,俱得其神。"物候"二字作柱意。"云霞"、"梅柳"是物,"曙"、"春"是候,"淑气"、"晴光"是候,"黄鸟"、"绿苹"是物。将"物候"二字完足,然后结出陆君原唱,自己伤春本意。(〔清〕章燮《唐诗三百首注疏》卷四)

纪昀:起句警拔,入手即撒过一层,擒题乃紧,知此自无通套之病,不但取调之响也。未收"和"字亦密。(李庆甲辑《瀛奎律髓汇评》卷十)

【赏析】

此诗与陆丞诗一样写的是"早春游望",游有所望,望有所想,把所望所想再用精炼的文字描写抒发出来,于此方见作者的艺术功力。

首联起笔凝重,感慨良深。"独有"、"偏惊",前后呼应,语气强烈:只有在外地做官的游子,才易对物候的变化感到触目惊心。颔联、颈联四句是对作者所见春景的精炼而生动的描绘:早上的太阳从东方的大海升临人间,映照着满天云霞;梅花、柳树由南而北,将两岸春景连成一片。和暖的春气催动黄鸟早早歌唱,灿烂的春光染绿了水上浮草。满目春景凝练为

---

① 和(hè):按照别人诗的题材、韵脚而作的诗,是对原作的酬答。晋陵:今江苏常州巾在隋以前之名称。丞:官名。 ② 宦游:在外做官的人。物候:生物的周期性现象(如冬眠、开花、发芽等等)。这里指自然界的周期性变化。 ③ "云霞"两句:是写新春的景色。早上的云霞与太阳一起从东方的大海升临人间,春天是由南而北的,梅柳等也从江南渡过江北,将两岸的春景连成一片。 ④ "淑气"两句:淑气:温暖的气候。晴光:春光。苹:即浮萍,多年生水草。梁代诗人江淹有"江南二月春,东风转绿苹"(《咏美人春游》)之句,此处化用江诗。 ⑤ "古调"两句:古调:指陆丞原诗。这两句是作者忽然听到像古人歌曲一样的陆丞的诗,引起了他思乡之情,直欲下泪。

短短的四句诗,造成极强的艺术感染力。末联笔锋一转,回应诗题和首联。"歌古调",是对陆丞《早春游望》的称许,陆丞所咏之诗,好像古人的歌曲,从而触发了作者的思乡意绪。点出和意,点明归思。

杜审言是杜甫的祖父,初唐"文章四友"之一,五言律诗已达到成熟的境地,杜甫曾自豪地说"吾祖诗冠古"。这首诗从句式的浓缩、语言的锤炼可看出杜审言对杜甫的影响。

(陈志伟)

王 勃

王勃(650—675),字子安,绛州龙门(今山西河津)人。隋末大儒王通之孙。六岁善文辞,未冠,应举及第。授朝散郎,数献颂阙下。后为沛王府侍读,时诸王斗鸡,戏作《檄英王鸡文》,为高宗所恶,被逐出府。总章二年(669)漫游蜀中,诗文大进。后补虢州参军,恃才傲物,为同僚所嫉。咸通五年(674)因匿杀官奴曹达犯死罪,遇赦免职。其父王福畤官雍州司户参军,受株连左迁交趾令。上元二年(675)赴交趾省亲,渡海溺水,惊悸而卒。工文擅诗。与杨炯、卢照邻、骆宾王皆以文章齐名,被称为王杨卢骆,或初唐四杰。著有《王子安集》。

【初唐四杰总论】

王杨卢骆当时体,轻薄为文哂未休。尔曹身与名俱灭,不废江河万古流。(〔唐〕杜甫《戏为六绝句》)

纵使卢王操翰墨,劣于汉魏近风骚。龙文虎脊皆君驭,历块过都见尔曹。(同上)

卢、骆、王、杨,号称四杰。词旨华靡,固沿陈、隋之遗,翩翩意象,老境超然胜之,五言遂为律家正始。内子安稍近乐府,杨、卢尚宗汉魏,宾王长歌虽极浮靡,亦有微瑕,而缀锦贯珠,滔滔洪远,故是千秋绝艺。(〔明〕王世贞《艺苑卮言》卷四)

垂拱四子,一变而精华浏亮,抑扬起伏,悉协宫商,开合转换,咸中肯綮。七言长体,极于此矣。(〔明〕胡应麟《诗薮》内编卷三)

王、杨、卢、骆四家体,词意婉丽,音节铿锵,然犹沿六朝遗派,苍深浑厚之气,固未有也。(〔清〕施补华《岘佣说诗》)

龙朔初载,文场变体,争构纤微,竞为雕刻,骨气都尽,刚健不闻。宾王与龙门王勃、华阴杨炯、范阳卢照邻,务革其弊,以经典为根柢。积年绮碎,一朝清廓。海内称为王杨卢骆,亦号为"四杰"。(〔清〕陈熙晋《续补唐书骆侍御传》)

【集评】

其诗甚多,如……最有余味,真天才也。(宋·计有功《唐诗纪事》卷七)

(五言律)唐初工之者众,王、杨、卢、骆四君子以俪句相尚,美丽相矜,终未脱陈、隋之气习。(〔明〕高棅《唐诗品汇》五言律诗叙目)

王子安虽不废藻饰,如璞含珠媚,自然发其彩光。(〔明〕胡震亨《唐音癸签》卷五引)

古雄而浑,律精而微。四杰律诗,多以古脉行之,故材气虽高,风华未烂。六朝一语百媚,汉魏一语百情,唐人未能办此。(〔明〕陆时雍《诗镜总论》)

王子安七言古风,能乐府脱出,故宜华不伤质,自然高浑矣。(〔清〕毛先舒《诗辩坻》卷三)

王勃绝句,若无可喜,而优柔不迫,有一唱三叹之音。(〔清〕管世铭《读雪山房唐诗序例》)

【身世传闻】

王勃凡欲作文,先令磨墨数升,饮酒数杯,以被覆面而寝。既寤,援笔而成,文不加点,时人谓之腹稿也。(〔宋〕王谠《唐语林》)

滕王阁①

滕王高阁临江渚②,　佩玉鸣鸾罢歌舞③。
画栋朝飞南浦云④,　珠帘暮卷西山雨。
闲云潭影日悠悠,　物换星移几度秋⑤。
阁中帝子今何在?　槛外长江空自流⑥。

【汇评】

王勃《滕王阁》、卫万《吴宫怨》,自是初唐短歌,婉丽和平,极可师法。中、盛继作颇多,第八句为章,平仄相半,轨辙一定,毫不可蹈,殆近似歌行中律体矣。(〔明〕胡应麟《诗薮》卷三)

三四高迥,实境自然,不作笼盖语致。文虽四韵,气足长篇。(〔明〕陆时雍《唐诗镜》)

萧亭答:若短篇,词短而气欲长,声急而意欲有余,斯为得之。长篇如王摩诘《老将行》,短篇如王子安《滕王阁》,最有法度。(〔清〕郎廷槐《诗友诗传录》)

【赏析】

这首诗原附于《秋日登洪府滕王阁饯别序》(即"滕王阁序")结尾,序末"四韵俱成"句中的"四韵"即指此诗。此诗以寥寥五十六言简括了《序》的内容,昭示了诗人对人生无常、宇宙永恒的怅惘与感喟,有抚今追昔之意,是王勃七言古诗的代表作。明人胡应麟《诗薮》评之

---

① 滕王阁:在今江西南昌市,唐高祖李渊之子滕王元婴为洪州(今南昌市)都督时所建,号称江南第一阁。　② 临:居高临下。江渚(zhǔ):江中小洲。"渚"与"舞"、"雨"押韵。　③ 佩玉句:从宴会散罢的场面写宴会的盛况。佩玉鸣鸾:语出《礼记·玉藻》:"君子在车则闻鸾和(鸾、和是安在车上的铃,鸾在衡,和在轼。鸾,本字为銮,一说在镳——马嚼子两端露出嘴外的部分)之声,行则鸣佩玉。"表示人走车行,这里用来代指为宴的贵宾。佩玉:古人佩带在腰间的玉饰。
④ 画栋:即雕梁画栋,这里代指滕王阁。　⑤ 秋:春秋的省称,指年月;恰与"悠"、"流"押韵。　⑥ 阁中两句:清人余诚《古文释义》释曰:"写吊古之意,补《序》中所未及者。"帝子:指滕王李元婴。当时李元婴因奢靡无度,被贬滁州。槛(jiàn):栏杆。空自流:慨叹大江日夜奔流,而人生有限。

曰:"初唐短歌,子安(引者按:王勃,字子安)《滕王阁》为冠。"王力先生《诗词格律》评之曰:"这首诗平仄合律,粘对基本上合律,简直是两首律绝连在一起,不过其中一首是仄韵绝句罢了。注意:这种仄韵与平韵的交替,四句一换韵,到后来成为入律古风的典型。高适、王维等人的七言古风,基本上是依照这个格式的。"

(沈广达)

杜少府之任蜀川①

城阙辅三秦,风烟望五津。
与君离别意,同是宦游人②。
海内存知己,天涯若比邻③。
无为在歧路,儿女共沾巾④。

【汇评】

"城阙辅三秦"等作,终篇不著景物,而兴象婉然,骨气苍然,实首启盛、中妙境。五言绝亦舒写悲凉,洗削流调。究其才力,自是唐人开山祖。拾遗、吏部,并极虚怀,非溢美也。(〔明〕胡应麟《诗薮》内编卷四)

骆好徵事,故多滞响。王工写景,遂饶秀色。至如"海内存知己,天涯若比邻",真是理至不磨,人以习闻不觉耳。(〔清〕贺裳《载酒园诗话》又编)

(颈联)赠别不作悲酸语,魄力自异。(〔清〕孙洙《唐诗三百首》批语)

以上三层,以不必伤别意,逼出:"无为"二字,格外有力。(〔清〕章燮《唐诗三百首注疏》卷四)

(起二句)吴北江曰:"壮阔精整。" (三四句)吴曰:"起句严整,故以散调承之。" (五句)吴曰:"凭空挺起,是大家笔力。"(高步瀛《唐宋诗举要》卷四)

首句言所居之地,次言送友所往之处,先将本题叙明。以下六句,皆送友之词,一气贯注,如娓娓清谈,极行云流水之妙。大凡作律诗,忌支节横断。唐人律诗,无不气脉流通,此诗尤显。作七律亦然。后半首得一知己,则千里同心,何须伤别。推进一层,不作寻常离别语。故三四句言送别而况"同是宦游",极堪伤感,正以反逼下文。乃开合顿挫之法也。(俞陛云《诗境浅说》)

① 诗题:杜少府,不详其名,少府为唐人对县尉的习称。之任,赴任。蜀川,泛指蜀地。 ② "城阙"四句:这里长安的城阙,高踞三秦中枢,那边蜀地风烟相望,遥接着岷江的五津。你我同有难忘的离别意,彼此都是飘泊的宦游人。城阙,指长安城;阙,宫门前的望楼。辅三秦,以三秦为辅,即三秦之地拱卫着长安;三秦,项羽灭秦之后,将秦地分为雍、塞、翟三国,故称三秦,今陕西一带地区。风烟,一望杳渺的自然风物;五津,指蜀中岷江上的五个渡口:白华津、万里津、江首津、涉头津、江南津。同是宦游人,指自己宦游长安,对方赴任去蜀。 ③ "海内"二句:海内若有知心的朋友存在,再远的天涯也似近邻。曹植《赠白马王彪》诗:"丈夫志四海,万里犹比邻。恩爱苟不亏,在远分日亲。"此处化用其意。比邻,近邻。
④ "无为"二句:莫要在送别分手的路口,佩巾哭湿学那小儿女柔情。无为,不用;歧路,相送分别的岔路口。儿女,指青年男女。

【赏析】
    这首相送友人往蜀地赴任的赠别诗,大约作于高宗乾封年间(666—667),当时年轻的诗人在长安供职。少府,唐时指县尉。蜀川,一本作"蜀州"。诗的起首用了气势壮阔的地名对,"城阙辅三秦,风烟望五津",从眼前的送别地,一跃而至千里外对方的宦游地。秦蜀两处,风烟相望,情思相连。三秦之地拱卫着长安(关中地区古称"三秦"),岷江五津遥接着蜀川,这一联工整的对句已暗寓客中送客的意绪。接着又以灵动自如的流水对,点出了"同是宦游人"的离别共感。再下面到了该铺写别绪离愁之际,诗笔却生面别开,奇峰陡现,作者拓开了前人赋别的传统领域,不效缠绵儿女状,一洗万古儒生酸。示现达观心境,提炼真情至语,留下了赠行壮别的最佳诗行:"海内存知己,天涯若比邻"。诗的末联,再劝慰对方,莫学儿女情长,致令风云气短。临歧挥手,送友人爽朗地踏上征途。
    "海内存知己"这联名句,化用曹植《赠白马王彪》诗"丈夫志四海,万里犹比邻"之句,借鉴遗产,而能独标高格,自铸伟辞。笔力的概括凝练、音节的铿锵顿挫,确是后来居上。再往后,张九龄《送韦城李少府》诗,又在王勃的启迪之下,写有"相知无远近,万里尚为邻"的诗句,但创造性未能超过前贤,因而流传不广。

(顾福生)

【备选课文】

蝉　　　　　　　虞世南

垂緌饮清露,流响出疏桐。居高声自远,非是藉秋风。

长安古意　　　　卢照邻

长安大道连狭斜,青牛白马七香车。玉辇纵横过主第,金鞭络绎向侯家。龙衔宝盖承朝日,凤吐流苏带晚霞。百丈游丝争绕树,一群娇鸟共啼花。游蜂戏蝶千门侧,碧树银台万种色。复道交窗作合欢,双阙连甍垂凤翼。梁家画阁中天起,汉帝金茎云外直。楼前相望不相知,陌上相逢讵相识?借问吹箫向紫烟,曾经学舞度芳年。得成比目何辞死,愿作鸳鸯不羡仙。比目鸳鸯真可羡,双去双来君不见?生憎帐额绣孤鸾,好取门帘帖双燕。双燕双飞绕画梁,罗纬翠被郁金香。片片行云著蝉鬓,纤纤初月上鸦黄。鸦黄粉白车中出,含娇含态情非一。妖童宝马铁连钱,娼妇盘龙金屈膝。御史府中乌夜啼,廷尉门前雀欲栖。隐隐朱城临玉道,遥遥翠幰没金堤。挟弹飞鹰杜陵北,探丸借客渭桥西。俱邀侠客芙蓉剑,共宿娼家桃李蹊。娼家日暮紫罗裙,清歌一啭口氛氲。北堂夜夜人如月,南陌朝朝骑似云。南陌北堂连北里,五剧三条控三市。弱柳青槐拂地垂,佳气红尘暗天起。汉代金吾千骑来,翡翠屠苏鹦鹉杯。罗襦宝带为君解,燕歌赵舞为君开。别有豪华称将相,转日回天不相让。意气由来排灌夫,专权判不容萧相。专权意气本豪雄,青虬紫燕坐春风。自言歌舞长千载,自谓骄奢凌五公。节物风光不相待,桑田碧海须臾改。昔时金阶白玉堂,即今唯见青松在。寂寂寥寥扬子居,年年岁岁一床书。独有南山桂花发,飞来飞去袭人裾。

诗三百三首(选一)　　　寒山

杳杳寒山道,落落冷涧滨。啾啾常有鸟,寂寂更无人。碛碛风吹面,纷纷雪积身。朝朝不见日,岁岁不知春。

泛读课文

过旧宅二首（选一） 李世民

新丰停翠辇,谯邑驻鸣笳。园荒一径断,苔古半阶斜。前池消旧水,昔树发今花。一朝辞此地,四海遂为家。

王昭君 上官仪

玉关春色晚,金河路几千。琴悲桂条上,笛怨柳花前。雾掩临妆月,风惊入鬓蝉。缄书待还使,泪尽白云天。

彩书怨 上官昭容

叶下洞庭初,思君万里馀。露浓香被冷,月落锦屏虚。欲奏江南曲,贪封蓟北书。书中无别意,惟怅久离居。

述怀（出关） 魏徵

中原初逐鹿,投笔事戎轩。纵横计不就,慷慨志犹存。杖策谒天子,驱马出关门。请缨系南粤,凭轼下东藩。郁纡陟高岫,出没望平原。古木鸣寒鸟,空山啼夜猿。既伤千里目,还惊九逝魂。岂不惮艰险？深怀国士恩。季布无二诺,侯嬴重一言。人生感意气,功名谁复论。

秋夜喜遇王处士 王绩

北场芸藿罢,东皋刈黍归。相逢秋月满,更值夜萤飞。

山中 王勃

长江悲已滞,万里念将归。况属高风晚,山山黄叶飞。

于易水送人 骆宾王

此地别燕丹,壮士发冲冠。昔时人已没,今日水犹寒。

渡湘江 杜审言

迟日园林悲昔游,今春花鸟作边愁。独怜京国人南窜,不似湘江水北流。

登陟寒山道 寒山

登陟寒山道,寒山路不穷。溪长石磊磊,涧阔草濛濛。苔滑非关雨,松鸣不假风。谁能超世累,共坐白云中。

昨夜梦还家 寒山

昨夜梦还家,见妇机中织。驻梭如有思,擎梭似无力。

分类唐诗 咏蝉

病蝉 贾岛

病蝉飞不得,向我掌中行。折翼犹能薄,酸吟尚极清。露华凝在腹,尘点误侵睛。黄雀并鸢鸟,俱怀害尔情。

蝉 李商隐

本以高难饱,徒劳恨费声。五更疏欲断,一树碧无情。薄宦梗犹泛,故园芜已平。烦君最相警,我亦举家清。

分类唐诗　咏岁时(春)

山房春事二首(选一) 岑参

梁园日暮乱飞鸦,极目萧条三两家。庭树不知人死尽,春来还发旧时花。

春思二首(选一) 贾至

草色青青柳色黄,桃花历乱李花香。东风不为吹愁去,春日偏能惹恨长。

春行寄兴 李华

宜阳城下草萋萋,涧水东流复向西。芳树无人花自落,春山一路鸟空啼。

绝句二首(选一) 杜甫

迟日江山丽,春风花草香。泥融飞燕子,沙暖睡鸳鸯。

绝句四首(选一) 杜甫

两个黄鹂鸣翠柳,一行白鹭上青天。窗含西岭千秋雪,门泊东吴万里船。

春雪 韩愈

新年都未有芳华,二月初惊见草芽。白雪却嫌春色晚,故穿庭树作飞花。

早春呈水部张十八员外二首(选一) 韩愈

天街小雨润如酥,草色遥看近却无。最是一年春好处,绝胜烟柳满皇都。

晚春 韩愈

草树知春不久归,百般红紫斗芳菲。杨花榆荚无才思,惟解漫天作雪飞。

柳州二月榕叶落尽偶题 柳宗元

宦情羁思共凄凄,春半如秋意转迷。山城过雨百花尽,榕叶满庭莺乱啼。

城东早春 杨巨源

诗家清景在新春,绿柳才黄半未匀。若待上林花似锦,出门俱是看花人。

三月晦日赠刘评事 贾岛

三月正当三十日,风光别我苦吟身。共君今夜不须睡,未到晓钟犹是春。

乐游原春望 李频

五陵佳气晚氛氲,霸业雄图势自分。秦地山河连楚塞,汉家宫殿入青云。未央树色春中见,长乐钟声月下闻。无那杨华起愁思,满天飘落雪纷纷。

春夕 崔涂

水流花谢两无情,送尽东风过楚城。胡蝶梦中家万里,杜鹃枝上月三更。故园书动经年绝,华发春催两鬓生。自是不归归便得,五湖烟景有谁争?

雨晴 王驾

雨前初见花间蕊,雨后兼无叶里花。蛱蝶飞来过墙去,却疑春色在邻家。

春尽 韩偓

惜春连日醉昏昏,醒后衣裳见酒痕。细水浮花归别涧,断云含雨入孤村。人闲易有芳时恨,地胜难招自古魂。惭愧流莺相厚意,清晨犹为到西园。

有关王勃的生年争鸣

关于王勃的生年,历来争议较多。《旧唐书·文苑传》载其"卒年二十八"。《新唐书·文苑传》说他"卒年二十九"。王勃的朋友杨炯在《王子安集序》里也说王勃"春秋二十有八"。今人王气中先生在《王勃年谱订补》中,根据王勃自己的《春思赋序》里所载"咸亨二年,余春秋二十有二,旅寓巴蜀"推定其生于唐高宗永徽元年(650)。又根据杨炯的《王子安集序》记载,王勃的卒年是"皇唐上元三年秋八月"即公元676年,由此推定王勃去世时年龄为二十七岁。

中小学已学篇目

骆宾王《咏鹅》(小)《在狱咏蝉》※   **李峤**《风》(小)   **王勃**《送杜少府之任蜀州》(初)《滕王阁诗》※   **贺知章**《咏柳》(小)

可参考书目

《王绩诗注》,王国安注,上海古籍出版社1981年
《王勃诗解》,聂文郁著,青海人民出版社1980年
《卢照邻集》,徐明霞点校,中华书局1980年
《卢照邻集编年笺注》,任国绪笺注,黑龙江人民出版社1989年
《卢照邻集注》,祝尚书笺注,上海古籍出版社1994年
《杜审言诗注》,徐定祥注,上海古籍出版社1982年
《骆临海集笺注》,清陈晋熙笺注,上海古籍出版社1985年
《骆宾王诗评注》,骆祥发著,北京出版社1989年
《杨炯集》,徐明霞点校,中华书局1980年
《王梵志诗校注》,项楚校注,上海古籍出版社1991年

三、初唐诗（下）

杨　炯

杨炯（650—约692）：弘农华阴（今陕西华阴县）人。十岁举神童，待制弘文馆。二十七岁应制举，补校书郎。唐高宗永隆二年（681）充崇文馆学士，迁太子詹事司直。因讥刺朝士的矫饰作风而遭人嫉恨，武后时遭谗，贬为梓州司法参军。后出为婺州盈川令，卒于官。与王勃、骆宾王、卢照邻齐名，世称"王杨卢骆"或"初唐四杰"。《全唐诗》云："中宗即位，以旧僚赠著作郎。炯闻时人以四杰称，乃自言曰：'吾愧在卢前，耻居王后。'张说曰：'杨盈川文思如悬河注水，酌之不竭，既优于卢，亦不减王也。'"工诗，尤擅五律，边塞诗较著名。著有《盈川集》。

【集评】

炯与王勃、卢照邻、骆宾王以文词齐名，海内称为"王杨卢骆"，亦号为"四杰"。炯闻之，谓人曰："吾愧在卢前，耻居王后。"当时议者，亦以为然。其后崔融、李峤、张说俱重四杰之文。崔融曰："王勃文章宏逸，有绝尘之迹，固非常流所及。炯与照邻可以企之，盈川之言信矣。"说曰："杨盈川文思如悬河注水，酌之不竭，既优于卢，亦不减王。'耻居王后'，信然；'愧在卢前'，谦也。"（《新唐书·杨炯传》）

（炯）五言律工致而得明澹之旨，沈、宋肩偕。开元诸人去其纤丽，盖启之也。诸作差次之。（〔明〕张逊业《杨炯集序》）

盈川近体，虽神俊输王，而整肃浑雄。究其体裁，实为正始。然长歌遂尔绝响。（〔明〕胡应麟《诗薮》内编卷四）

杨篇什虽寡，而绮靡者少，短篇则尽成律矣。（〔明〕许学夷《诗源辩体》卷十二）

（炯）所为诗雄奇奔放，文质兼备，虽未逮卢之古雅、骆之蕴藉，以较子安，实为胜之。"卢前"、"王后"，宜彼不为屈也。（〔清〕丁仪《诗学渊源》）

从军行①

烽火照西京②，　心中自不平。
牙璋辞凤阙③，　铁骑绕龙城④。
雪暗凋旗画⑤，　风多杂鼓声。
宁为百夫长，　胜作一书生⑥。

【汇评】

　　此盈川抱才不偶，而发愤于从军也。边有警则举火内向，见之而起不平之感者，正以朝廷尊宠武臣，使穷兵深入，虽未免风雪之苦，而有茅土之封。是百夫之长，胜吾辈矣。（〔明〕唐汝询《唐诗解》卷三十一）

　　此泛言用武效力，胜于一经自守。唐汝询谓朝廷尊宠武臣，而盈川抱才不遇，故尔心中不平，亦近于凿。（〔清〕沈德潜《唐诗别裁集》卷九）

　　裁乐府作律，以自意起止，泯合入化。（〔清〕王夫之《唐诗评选》卷三）

【赏析】

　　此诗如前六句与后二句所写对象一致，则抒写的就是"书生"慷慨从军的豪情壮志；如前六句与后二句所写对象不一致，则抒写的就是"书生"对慷慨从军、建功立业的憧憬、对"书生"生活与"书生"身份的不满。此诗兼有乐府诗的自然明快与律诗的工整严谨，实开盛唐边塞诗派之先声。

（沈广达）

【沈宋诗总论】

　　魏建安后迄江左，诗律屡变，至沈约、庾信，以音韵相婉附，属对精密。及之问、沈佺期，又加靡丽，回忌声病，约句准篇，如锦绣成文。学者宗之，号曰"沈宋"，语曰："苏、李居前，沈、宋比肩。"谓苏武、李陵也。（《新唐书·宋之问传》）

　　五言至沈、宋，始可称律。律为音律法律，天下无严于是者，知虚实平仄不得任情而度明矣。二君正是敌手。（〔明〕王世贞《艺苑卮言》卷四）

　　沈詹事七言律，高华胜于宋员外。宋虽微少，亦见一斑，歌行觉自陡健。（同上）

---

① 从军行：乐府《相和歌辞·平调曲》旧题，多写军旅战争之事。② 西京：即长安。③ 牙璋：古代调动军队的兵符，设两块，分掌朝廷和主帅手中；玉制，边缘形似牙齿，故名。凤阙：汉武帝建章宫圆阙上有鎏金的铜凤凰，曰凤阙，后泛指皇宫。④ 铁骑(jì)：穿铁甲的骑兵。龙城：汉时匈奴大会诸部祭天之所。《史记索隐》引崔浩云："西方胡皆事龙神，故名大会处为龙城。"这里借指敌方要地。⑤ 雪暗：形容雪大天阴。凋旗画：旗帜上的绘画黯然失色。凋：褪色。⑥ "宁为"两句：清人贺裳《载酒园诗话又编》："'宁为百夫长，胜作一书生'是愤语，激而能壮。"百夫长(zhǎng)：古代军队里的低级军官，始置于上古尧舜禹时期。郑玄注《尚书·牧誓》曰："百夫长，旅帅。"

沈七言律,高华胜宋;宋五言排律,精硕过沈。(〔明〕胡应麟《诗薮》内编卷四)

沈、宋本自并驱,然沈视宋稍偏枯,宋视沈较缜密。沈制作亦不如宋之繁富。(同上)

沈宋律句匀整,格自不高。杼山目以"射雕手",当指字句精巧胜人耳。沈宋应制诸作,精丽不待言,而尤在运以流宕之气。此元自六朝风度变来,所以非后来试帖所能几及也。(〔清〕翁方纲《石洲诗话》卷一)

宋之问

宋之问(656—713),一名少连,字延清,汾州西河(今山西汾阳)人。早岁知名官至考功员外郎,世称"宋考功"。曾因谄附张易之(武后的男宠)、武三思等罪,贬泷州(今广东罗定)。睿宗即位,流放钦州(今广西钦州);玄宗时,赐死于谪所。有明辑本《宋之问集》。他具有一定的艺术才华,对唐代律诗形式的定型作出过贡献。诗风华靡,多粉饰太平之作,放逐后的作品则较有真情实感。

【集评】

僧皎然云:沈宋为有唐律诗之龟鉴也,情多兴远,语丽为多,真射雕手,假使曹、刘降格而为之,吾未知其孰胜也。(〔明〕高棅《唐诗品汇》卷五十七引)

其诗意匠纵出,种种合度,神情所契,在在成声。(〔明〕徐献忠《唐诗品》)

读盛唐时排律,延清、摩诘等作,真如入万花春谷,光景烂漫,令人应接不暇,赏玩忘归。(〔明〕胡应麟《诗薮》内编卷四)

宋古诗多佳,真苦收之不尽。律诗扈从、应制诸篇,实亦不能高出于沈;山水丽情,则沈犹竹生云梦,宋则伶伦子吹之作凤鸣矣。(〔清〕贺裳《载酒园诗话》卷二)

之问诗人情并茂,虽取法齐梁,而古调犹未尽泯。(〔清〕丁仪《诗学渊源》)

题大庾岭北驿①

阳月南飞雁,　传闻至此回②。
我行殊未已,　何日复归来③?
江静潮初落,　林昏瘴不开④。

---

① 大庾岭:"五岭"之一,在今江西大余县南、广东南雄县北。驿,驿站,古代官办的交通站。　②"阳月"二句:十月里南飞的大雁呵,听说你们至此也要向北飞回。　阳月,农历十月。至此回,古人以为大庾岭是南北界限,鸿雁南翔到此为止,不再过岭。　③"我行"二句:只有我,南行的逐臣,长途不歇,何日是归期!　殊未已,还没有结束。殊,犹、还。已,停止。　④"江静"二句:静静的水面上,江潮初退;昏昏的丛林里,瘴雾低迷。　潮初落,潮水刚刚平落下去。瘴不开,瘴气迷濛不散。瘴,南方山林中湿热郁蒸之气。

明朝望乡处， 应见陇头梅①。

【身世传闻】

中宗正月晦日幸昆明池赋诗，群臣应制百余篇。帐殿前结采楼，命昭容选一篇为新翻御制曲。从臣悉集其下，须臾，纸落如飞，各认其名而怀之。既退，惟沈、宋二诗不下。移时，一纸飞坠，竞取而观，乃沈诗也。及闻其评曰："二诗工力悉敌，沈诗落句云：'微臣雕朽质，羞睹豫章才'，盖词气已竭。宋诗云：'不愁明月尽，自有夜珠来。'犹陟健舉。"沈乃伏，不敢复争。（〔宋〕尤袤《全唐诗话》卷一）

武后游龙门，命群官赋诗，先成者赐以锦袍。左史东方虬诗成，拜赐。坐未安，之问诗后成，文理兼美，左右莫不称善，乃就夺锦袍衣之。（〔宋〕计有功《唐诗纪事》卷十一）

【汇评】

景同而语异，情亦因之而殊。宋之问《大庾岭》云："明朝望乡处，应见岭头梅。"贾岛云："无端更渡桑乾水，却望并州是故乡。"景意本同，而宋觉优游，词为之也。然岛句比之问反为醒目，诗之所以日趋于薄也。（〔清〕吴乔《围炉诗话》卷一）

"陇头"疑是"岭头"。（〔清〕沈德潜《唐诗别裁集》卷九）

蘅塘退士云：首四句一气旋折，其味无穷。（〔清〕文元辅辑评《唐诗三百首》卷三）

【鉴赏】

此诗作于诗人再贬岭南时期。睿宗景云元年（710），宋之问以亲附奸党罪，又由越州长史贬谪钦州，途经大庾岭时，题诗于北驿。大庾岭即著名的"梅岭"，为"五岭"之一。诗篇借景传情，触物兴感，逐客的悲苦情怀与凄凉况味，跃然纸上。作者善于摹写气氛，多用比兴之笔表达胸中难言的隐恨。自古以为此岭是地理的南北界限，所以开头就说"阳月南飞雁，传闻至此回。"每年农历十月，鸿雁南翔至此不再过岭，逢春即能北返，反衬此身远贬南荒，归期杳渺。"江静潮初落"，写眼前的江河水，此刻潮平浪静，含蓄地映照自己的心潮起落，无有宁时。"林昏瘴不开"，描摹昏昏的丛林里瘴雾迷濛，环境险恶。末联以景结情，笔墨尤为婉转。"明朝望乡处，应见陇头梅"，一片乡心，寄托岭头梅萼，隐寓诗人欲折梅花寄予长安亲故的遐想，极富情思。大庾岭上多生梅花，古来有梅岭之美称；诗里同时还关合着六朝时江南文士陆凯寄梅与居京的范晔的典故，借岭梅逗发乡思，含情不尽。

据《旧唐书》本传记载："之问再被窜谪，经途江岭，所有篇咏，传布远近。"他从内廷宠幸到边远逐臣的身份剧变，固然咎由自取，而晚期作品却受到读者欣赏。一方面是因为人们叹惋他的文才诗笔，一方面也由于这部分作品抒发的典型感受，已经超出了宦海浮沉、仕路荣枯的范围，概括了飘泊思乡者的人生境况，带有了一定的普遍性，容易使人受到感染。

（顾福生）

---

① "明朝"二句：待明晨登上峰头望故里，一片乡心，寄托岭头梅。　陇头梅，岭上梅开。大庾岭上多生梅花，古称梅岭。陇头，此即岭头之意；陇，高地。南朝宋陆凯赠范晔诗云："折梅逢驿使，寄与陇头人。江南无所有，聊赠一枝春。"

沈佺期

沈佺期(656?—715?),字云卿,行三,故人称沈三。相州内黄(今属河南)人。高宗上元二年(675)进士。武后时累迁考功郎、给事中,以交通张易之流驩州。遇赦,量移台州录事参军。中宗神龙时,召拜起居郎、兼修文馆直学士,历中书舍人,终太子少詹事。开元初卒。沈与宋之问对律诗(尤其五律)规范定型有较大贡献。存诗约160首,《全唐诗》编为三卷。

【集评】

魏建安后迄江左,诗律屡变。至沈约、庾信,以音韵相婉附,属对精密。及宋之问、沈佺期,又加靡丽,回忌声病,约句准篇,如锦绣成文,学者宗之,号为沈宋。语曰:"苏李居前,沈宋比肩。"谓苏武、李陵也。(〔宋〕尤袤《全唐诗话》卷一)

五言至沈宋,始可称律。律为音律法律,天下无严于是者,知虚实平仄不得任情而度明矣。二君正是敌手。排律用韵稳妥,事不傍引,情无牵合,当为最胜。摩诘似之,而才小不逮。(〔明〕王世贞《艺苑卮言》卷四)

沈佺期吞吐含芳,安详合度,亭亭整整,喁喁叮叮。觉其句自能言,字自能语,品之所以为美。(〔明〕陆时雍《诗镜总论》)

独不见①

卢家少妇郁金堂②,　海燕双栖玳瑁梁③。
九月寒砧催木叶,　十年征戍忆辽阳④。
白狼河北音书断⑤,　丹凤城南秋夜长⑥。
谁谓含愁独不见,　更教明月照流黄⑦!

【汇评】

宋严沧浪取崔颢《黄鹤楼》诗为唐人七言律第一。近日何种默、薛君采取沈佺期"卢家少妇郁金堂"一首

---

① 独不见:乐府古题。郭茂倩《乐府诗集》解题云:"独不见,伤思而不得见也。" ② 卢家少妇:梁武帝萧衍《河中之水歌》"河中之水向东流,洛阳女儿名莫愁。……十五嫁为卢家妇,十六生儿字阿侯。卢家兰室桂为梁,中有郁金苏合香。"从此以后,"卢家少妇"成了姣美少妇的代称和艺术创作中的"原型"。郁金:一种香料,和泥涂壁能使室内芳香。 ③ 玳瑁:一种海龟,龟甲极美观,可作装饰品。 ④ 辽阳:在今辽宁省境,为当时边防要地。 ⑤ 白狼河:今名大凌河,在辽宁省境内。 ⑥ 丹凤城:又称"凤城",指长安,今西安。典出《列仙传》,因秦穆公女弄玉吹箫引凤集于咸阳城上而得名。后来称京城为丹凤城。 ⑦ 流黄:一种褐黄色绢质帐幔。

为第一。二诗未易优劣。或以问余,予曰:"崔诗赋体多,沈诗比兴多。以画家法论之,沈诗披麻皴,崔诗大斧劈皴也。"〔〔明〕杨慎《升庵诗话》卷四〕

何仲默取沈云卿《独不见》,严沧浪取崔司勋《黄鹤楼》为七言律压卷。二诗固甚胜,百尺无枝,亭亭独上,在厥体中,要不得为第一也。沈末句是齐梁乐府语,崔起法是盛唐歌行语。如织官锦间一尺绣,锦则锦矣,如全幅何?〔〔明〕王世贞《艺苑卮言》卷四〕

《黄鹤楼》、"郁金堂",皆顺流直下,故世共推之。然二作兴会适超,而体裁未密;丰神故美,而结撰非艰。〔〔明〕胡应麟《诗薮》内编卷五〕

(一二句)吴北江(汝纶)曰:"从反面设景,蹴起情思,鲜妍可撷。"(三句)吴曰:"断"。(四句)吴曰:"续"。姚姬传(鼐)曰:"高振唐音,远包古韵,此是神到之作,当取冠一朝矣。"〔高步瀛《唐宋诗举要》卷五引〕

【赏析】

这是一首闺怨诗。主人公是一位长安少妇,在风冷砧寒的秋夜,辗转反侧,久不能寐,思念自己征戍边塞十年不归的丈夫。首联浓笔重彩,勾勒出主人公居处之华丽。华屋当住丽人,"卢家少妇",赋予了少妇一个极美的形象。生活在这样环境中的人本应是幸福美满的,然而,颔联笔锋一转,进入正题。西风吹叶,捣衣声声,丈夫远戍边防已经十年。"寒砧催木叶",主宾倒置,造语奇警。本应是秋深叶落而闺人捣衣,却言砧声催天寒,以此渲染砧声所引起的心理反响。颈联紧接上联,点明丈夫在"白狼河北",思妇在京都城南。"音书断"使十年相思更惶恐,无边的等待,何日才是尽头?最后一联用"谁谓……更教"句式,直接转为思妇语气:谁说我的孤独愁思没有人看见,那窗外的明月正照在我的床上!

这首诗深受乐府影响,格调高古,境界广远,曲折圆转,缠绵深沉。

(陈志伟)

张若虚

张若虚(660—约720),字号不详,扬州(今江苏扬州)人。曾任兖州兵曹。中宗神龙中以"文词俊秀"闻名长安。与贺知章、包融、张旭并称"吴中四士"。其作品大都散失,《全唐诗》仅存诗二首。

【集评】

天宝中,刘希夷、王昌龄、祖咏、张若虚、孟浩然、常建、李白、杜甫,虽有文章盛名,俱流落不偶,恃才浮诞而然也。(〔唐〕郑处诲《明皇杂录》)〔注:张若虚未活到天宝年间,记载有误〕

先是神龙中,知章与越州贺朝万、齐融、扬州张若虚、邢巨、湖州包融,俱以吴越之士,文词俊秀,名扬于上京。朝万止山阴尉,齐融昆山令,若虚兖州兵曹,巨监察御史。融遇张九龄,引为怀州司户、集贤直学士,数子间往往传其文。独知章最贵。(《旧唐书·文苑传中》)

(包)佶字幼正,润州延陵人。父融,集贤院学士,与贺知章、张旭、张若虚有名当时,号"吴中四士"。(《新唐书·刘晏传》)

《春江花月夜》,其为名篇不待言,细观风度格调,则刘希夷《捣衣》诸篇类也。此诚唐中之初唐。且若虚与贺季真同时齐名,遽分初盛,编者殊草草。吾读诗至贺秘书,真若云开山出,境界一新,毋宁置张于初,列贺于盛耳。(〔清〕贺裳《载酒园诗话》又编)

春江花月夜

春江潮水连海平,海上明月共潮生。滟滟随波千万里,何处春江无月明?江流宛转绕芳甸,月照花林皆似霰①。空里流霜不觉飞,汀上白沙看不见。江天一色无纤尘,皎皎空中孤月轮。江畔何人初见月,江月何年初照人?人生代代无穷已,江月年年只相似。不知江月待何人,但见长江送流水。白云一片去悠悠,青枫浦上不胜愁②。谁家今夜扁舟子,何处相思明月楼?可怜楼上月徘徊,应照离人妆镜台。玉户帘中卷不去,捣衣砧上拂还来。此时相望不相闻,愿逐月华流照君。鸿雁长飞光不度,鱼龙潜跃水成文。昨夜闲潭梦落花,可怜春半不还家。江水流春去欲尽,江潭落月复西斜。斜月沉沉藏海雾,碣石潇湘无限路③。不知乘月几人归,落月摇情满江树。

【汇评】

(钟云)浅浅说去,节节相生,使人伤感,未免有情,自不能读,读不能厌。

将"春江花月夜"五字炼成一片奇光,分合不得,真化工手。(〔明〕钟惺、谭元春《唐诗归》卷六)

(谭云)《春江花月夜》,字字写得有情、有想、有故。(同上)

句句翻新,千条一缕,以动古今人心脾,灵愚共感。其自然独绝处,则在顺手积去,宛尔成章,令浅人言格局、言提唱、言关锁者,总无下口分在。(〔清〕王夫之《唐诗评选》卷一)

张若虚"春江潮水"篇,不著粉泽,自有腴姿,而缠绵蕴藉,一意萦纡,调法出没令人不测,殆化工之笔哉!(〔清〕毛先舒《诗辩坻》卷三)

首八句使人火热,此处八句(指"江天一色"以下)又使人冰冷。然不冰冷则不见火热,此才子弄笔跌宕处,不可不知也。 "昨夜闲潭梦落花"此下八句是结,前首八句是起。起用出生法,将春、江、花、月逐字吐出;结用消归法,又将春、江、花、月逐字收拾。此句不与上连,而意则从上滚下。此诗如连环锁子骨,节节相生,绵绵不断,使读者眼光正射不得,斜射不得,无处寻其端绪。"春江花月夜"五个字,各各照顾有情。诗真绝诗,才真绝才也。(〔清〕徐增《而庵说唐诗》)

张若虚《春江花月夜》,正意只在"不知乘月几人归"。(〔清〕吴乔《围炉诗话》卷二)

张若虚《春江花月夜》用《西洲》格调。孤篇横绝,竟为大家。(〔清〕王闿运《湘绮楼说诗》卷一)

这是诗中的诗,顶峰上的顶峰。 孤篇压全唐。(闻一多《宫体诗的自赎》)

---

① 芳甸:遍生花草的平野。霰(xiàn):细小的雪珠。 ② 青枫浦:一名双枫浦,在今湖南浏阳,此处应是泛指。 ③ 碣石:山名,在今河北省。潇湘:水名,在今湖南省。此处代指北方和南方。

【赏析】

　　《春江花月夜》本为六朝乐府旧题，相传为陈后主陈叔宝所创制，隋炀帝也曾作此题，皆为宫廷艳曲。张若虚此诗虽亦沿用六朝乐府旧题，具体的内容也属传统的游子思妇题材，但在内涵及形制方面都显示出空前的创造性，不仅与梁、陈宫体彻底划清界限，而且从宫廷文学长期影响下的拘狭形制中超脱出来，首次将这一旧题改造为长篇七言歌行，构成对自身内在情感与诗的情韵意境酣畅淋漓的展示。全诗以"春江花月夜"为中心展开描写，抒发怨女旷夫别离相思之苦，慨叹岁月流逝、青春难驻，感悟万物长在、造化不息，而皆借助清新优美的诗境表达出来。诗中意象充实，境界开阔，写江则海、潮、波、流、汀、沙、浦、潭、潇湘、碣石，写月则天、空、霰、霜、云、楼、妆台、帘、砧、鱼、雁、海雾，而又舍去具体描摹，"五色分光，合成一片奇锦"，由众多意象融织成完整诗境。诗意内涵亦异常丰富，表现出对美好生命的感受体认，对月圆人寿的强烈向往，对人生短促的惆怅感伤，对宇宙亘古的哲理思索，却又全都沉浸融化于既透明纯净又似有似无的春江月色之中，由此熔造出明丽、静谧、梦幻般的美的情调和境界。

（许　总）

备选课文

灵　隐　寺　　　　　　宋之问

鹫岭郁岧峣，龙宫锁寂寥。楼观沧海日，门对浙江潮。桂子月中落，天香云外飘。扪萝登塔远，刳木取泉遥。霜薄花更发，冰轻叶未凋。夙龄尚遐异，搜对涤烦嚣。待入天台路，看余度石桥。

度大庾岭　　　　　　宋之问

度岭方辞国，停轺一望家。魂随南翥鸟，泪尽北枝花。山雨初含霁，江云欲变霞。但令归有日，不敢恨长沙。

渡　汉　江　　　　　　宋之问

岭外音书断，经冬复历春。近乡情更怯，不敢问来人。

杂诗三首（之三）　　　　沈佺期

闻道黄龙戍，频年不解兵。可怜闺里月，长在汉家营。少妇今春意，良人昨夜情。谁能将旗鼓，一为取龙城。

泛读课文

寒食还陆浑别业　　　　宋之问

洛阳城里花如雪，陆浑山中今始发。旦别河桥杨柳风，夕卧伊川桃李月。伊川桃李正芳新，寒食山中酒复春。野老不知尧舜力，酣歌一曲太平人。

途中寒食题黄梅临江驿寄崔融　　宋之问

马上逢寒食，愁中属暮春。可怜江浦望，不见洛桥人。北极怀明主，南溟作逐臣。故园肠断处，日夜柳条新。

南中别蒋五岑向青州　　　张　说

老亲依北海,贱子弃南荒。有泪皆成血,无声不断肠。此中逢故友,彼地送还乡。愿作枫林叶,随君度洛阳。

代悲白头翁　　　刘希夷

洛阳城东桃李花,飞来飞去落谁家。洛阳女儿惜颜色,坐见落花长叹息。今年花落颜色改,明年花开复谁在。已见松柏摧为薪,更闻桑田变成海。古人无复洛城东,今人还对落花风。年年岁岁花相似,岁岁年年人不同。寄言全盛红颜子,应怜半死白头翁。此翁白头真可怜,伊昔红颜美少年。公子王孙芳树下,清歌妙舞落花前。光禄池台开锦绣,将军楼阁画神仙。一朝卧病无相识,三春行乐在谁边。宛转蛾眉能几时,须臾鹤发乱如丝。但看古来歌舞地,惟有黄昏鸟雀悲。

公子行　　　刘希夷

天津桥下阳春水,天津桥上繁华子。马声回合青云外,人影动摇绿波里。绿波荡漾玉为砂,青云离披锦作霞。可怜杨柳伤心树,可怜桃李断肠花。此日邀游邀美女,此时歌舞入娼家。娼家美女郁金香,飞来飞去公子傍。的的珠帘白日映,娥娥玉颜红粉妆。花际裴回双蛱蝶,池边顾步两鸳鸯。倾国倾城汉武帝,为云为雨楚襄王。古来容光人所羡,况复今日遥相见。愿作轻罗著细腰,愿为明镜分娇面。与君相向转相亲,与君双栖共一身。愿作贞松千岁古,谁论芳槿一朝新。百年同谢西山日,千秋万古北邙尘。

分类唐诗　咏月

回乡偶书二首　　　贺知章

少小离家老大回,乡音无改鬓毛衰。
儿童相见不相识,笑问客从何处来。

离别家乡岁月多,近来人事半销磨。
唯有门前镜湖水,春风不改旧时波。

江南行　　　张　潮

茨菰叶烂别西湾,莲子花开犹未还。妾梦不离江水上,人传郎在凤凰山。

峨眉山月歌　　　李　白

峨眉山月半轮秋,影入平羌江水流。夜发清溪向三峡,思君不见下渝州。

把酒问月　　　李　白

青天有月来几时,我今停杯一问之。人攀明月不可得,月行却与人相随。皎如飞镜临丹阙,绿烟灭尽清辉发。但见宵从海上来,宁知晓向云间没。白兔捣药秋复春,嫦娥孤栖与谁邻。今人不见古时月,今月曾经照古人。古人今人若流水,共看明月皆如此。唯愿当歌对酒时,月光长照金樽里。

月下独酌四首（选一）　　　李　白

花间一壶酒,独酌无相亲。举杯邀明月,对影成三人。月既不解饮,影徒随我身。暂伴月将影,行乐须及春。我歌月徘徊,我舞影零乱。醒时同交欢,醉后各分散。永结无情游,相期邈云汉。

古朗月行　　　李　白

小时不识月,呼作白玉盘。又疑瑶台镜,飞在青云端。仙人垂两足,桂树何团团？白兔捣药成,问言与谁餐？蟾蜍蚀圆影,大明夜已残。羿昔落九乌,天人清且安。阴精此沦惑,去去不足观。忧来其如何？凄怆摧心肝。

答刘长卿蛇浦桥月下重送　　严维

月色今宵最明,庭闲夜久天清。寂寞多年老宦,殷勤远别深情。溪临修竹烟色,风落高梧雨声。耿耿相看不寐,遥闻晓柝山城。

夜　月　　刘方平

更深月色半人家,北斗阑干南斗斜。今夜偏知春气暖,虫声新透绿窗纱。

十五夜望月寄杜郎中　　王建

中庭地白树栖鸦,冷露无声湿桂花。今夜月明人尽望,不知秋思在谁家。

行见月　　王建

月初生,居人见月一月行。月行一年十二月,强半马上看盈缺。百年欢乐能几何?在家见少行见多。不缘衣食相驱遣,此身谁愿长奔波?箧中有帛仓有粟,岂向天涯走碌碌?家人见月望我归,正是道上思归时。

月　　杜牧

三十六宫秋夜深,昭阳歌断信沉沉。惟应独伴陈皇后,照见长门望幸心。

霜月　　李商隐

初闻征雁已无蝉,百尺楼高水接天。青女素娥俱耐冷,月中霜里斗婵娟。

嫦娥　　李商隐

云母屏风烛影深,长河渐落晓星沈。常娥应悔偷灵药,碧海青天夜夜心。

新月　　罗隐

禁鼓初闻第一敲,卧看新月出林梢。谁家宝镜初磨出,匣小参差盖不交。

中小学已学篇目

贺知章《咏柳》(小)　　张若虚《春江花月夜》※

可参考书目

《杨炯集》,徐明霞点校,中华书局1980年
《寒山拾得诗校评》,钱学烈校评,天津古籍出版社1998年
《贺知章包融张旭张若虚诗注》,王启兴、张虹注,上海古籍出版社1986年
《宋之问集》,《四部丛刊续编本》,收诗176首
《沈佺期诗集校注》,连波、查洪德校注,中州古籍出版社1991年

四、盛唐诗（一）

【盛唐诗总评】

（我叔）又谓：盛唐之诗"雄深雅健"，仆谓此四字，但可评文，于诗则用"健"字不得。不若《诗辨》"雄浑悲壮"之语，为得诗之体也。毫厘之差，不可不辨。坡、谷诸公之诗，如米元章之字，虽笔力劲健，终有子路未事夫子时气象。盛唐诸公之诗，如颜鲁公书，既笔力雄壮，又气象浑厚，其不同如此。（〔宋〕严羽《沧浪诗话》附《答出继叔临安吴景仙书》）

夫诗莫盛于唐，莫备于盛唐，论者唯杜李二家为尤，其间又可名家者十数公，至如子美所赞咏者王维、孟浩然，所友善者高适、岑参。乾元以后刘钱接迹，韦柳光前，人各鸣其所长，今观襄阳之清雅，右丞之精致，储光羲之真率，王江宁之声俊，高达夫之气骨，岑嘉州之奇逸，李颀之冲秀，常建之超凡，刘随州之闲旷，钱考功之清赡，韦之静而深，柳之温而密，此皆宇宙山川英灵间气萃于时以钟乎人矣。呜呼，盛哉！（〔明〕高棅《唐诗品汇》五言古诗叙目）

近体盛唐至矣，充实辉光，种种备美，所少者曰大、曰化耳。故能事必老杜而后极。杜公诸作，真所谓正中有变，大而能化者。今其体调之正，规模之大，人所共知。惟变化二端，勘核未彻，故自宋以来，学杜者什九失之。不知变主格，化主境；格易见，境难窥。变则标奇越险，不主故常；化则神动天随，从心所欲。如五言咏物诸篇，七言拗体诸作，所谓变也。宋以后诸人竞相师袭者是，然化境殊不在此。（〔明〕胡应麟《诗薮》内编卷五）

盛唐句法浑涵，如两汉之诗，不可以一字求。至老杜而后，句中有奇字为眼，才有此，句法便不浑涵。昔人谓石之有眼为研之一病，余亦谓句中有眼为诗之一病。如"地坼江帆隐，天清木叶闻"，故不如"地卑荒野大，天远暮江迟"也。如"返照入江翻石壁，归云拥树失山村"，故不如"蓝水远从千涧落，玉山高并两峰寒"也。此最诗家三昧，具眼自能辨之。齐、梁以至初唐，率用艳字为眼，盛唐一洗，至杜乃有奇字。（同上）

盛唐人诗，有血痕无墨痕，今之学盛唐者，有墨痕无血痕。（〔清〕贺贻孙《诗筏》）

看盛唐诗，当从其气格浑老、神韵生动处赏之，字句之奇，特其馀耳。（同上）

开元、天宝之际，笃生李、杜二公，集数百年之大成。太白天才绝世，而古风乐府，循循守古人规矩；子美学穷奥突，而感时触事，忧伤念乱之作，极力独开生面。盖太白得力于《国风》，而子美得力于大、小《雅》，要自子建、渊明而后，二家特为不祧之祖。其辅二家而起者，有王维、孟浩然、高适、岑参、李颀、王昌龄、刘眘虚、裴迪、储光羲、常建、崔颢诸人。而元结又有《箧中集》一选，集沈千运、王季友、于逖、孟云卿、张彪、赵微明、元融七人之作，都为一卷，其诗直接汉人。故论诗者至开、宝之世，莫不推为千载之盛也。（〔清〕鲁九皋《诗学源流考》）

初唐章法句法皆备,唯声响色泽,犹带齐梁。盛唐而后,厥有二派,演为七家。以此二派,登峰造极,几于既圣,后人无能出其区宇,故遂为宗。何谓二派?一曰杜子美:如太史公文,以疏气为主;雄奇飞动,纵恣壮浪,凌跨古今,包举天地,此为极境。一曰王摩诘:如班孟坚文,以密字为主,庄严妙好,备三十二相,瑶房绛阙,仙宫仪仗,非复尘间色相;李东川次辅之,谓之王、李。何谓七家?在唐为李义山,实兼上二派;宋则山谷、放翁;明则空同、于鳞、卧子、牧斋。以为唯七家才能举之。而大历十子、白傅、东坡,皆同蒭记,不与传灯。此论虽未确,亦可想见其高门贵格,不容混滥也。(〔清〕方东树《昭昧詹言》卷十四)

陈子昂

陈子昂(659—700 或 661—702;658—699),字伯玉,一说名冤,字子昂;梓州射洪(今属四川)人。文明元年(684)进士。武后奇其才,擢麟台正字,后迁右拾遗,后世称"陈拾遗"。屡次上书言事,多触忤权贵。两次从军边塞。后解官归乡,为县令段简诬陷,屈死狱中。陈为初唐重要诗人,论诗强调"兴寄",提倡"汉魏风骨",为开盛唐诗风作出卓越贡献。

【集评】

卢黄门(藏用)云:陈拾遗横制颓波,天下质文,翕然一变,至今朝诗体尚有梁、陈宫掖之风,至公大变,扫地并尽。今古文集道而不行,唯公文章横被六合,可谓力敌造化欤!(〔宋〕何汶《竹庄诗话》卷五引)

唐有天下几二百载,而文章三变:初则广汉陈子昂以风雅革浮侈;次则燕国张公说以宏茂广波澜;天宝以还,则李员外、萧功曹、贾常侍、独孤常州比肩而作,故其道益炽。(〔唐〕梁肃《左补阙李翰前集序》)

唐兴二百年,其间诗人不可胜数,所可举者:陈子昂有《感遇》诗二十首,鲍防有《感兴》诗十五首。又诗之豪者,世称李、杜。李之作,才矣,奇矣,人不逮矣!索其风雅比兴,十无一焉。杜诗最多……亦不过三四十首。杜尚如此,况不逮杜者乎?(〔唐〕白居易《与元九书》)

沈宋横驰翰墨场,风流初不废齐梁。论功若准平吴例,合著黄金铸子昂。(〔金〕元好问《论诗三十首》之八)

感 遇

兰若生春夏①,　芊蔚何青青②!
幽独空林色,　朱蕤冒紫茎③。
迟迟白日晚④,　嫋嫋秋风生⑤。
岁华尽摇落,　芳意竟何成?

① 兰:香草。若:杜若。兰、若都是草本植物,秀丽芬芳。 ② 芊(qiān)蔚:花叶密茂。 ③ 朱蕤(ruí):红花。冒:披散状。紫茎(jīng):紫色的花茎。这句是说艳红的花朵披散下来,把紫色的花茎都遮住了。 ④ 晚:短。 ⑤ 嫋嫋:袅袅。

【汇评】

刘(辰翁)云：又以芳草为不足也。(〔明〕高棅《唐诗品汇》卷三)

此志在登庸,忧时暮也。言兰若当春夏之时,郁然茂盛,虽居幽独而其花茎之美足使群葩失色,所谓"空林色"也。若于此时而不为人所知,则迟日往而秋风来,随众凋落而无成矣。以比己抱美才而处山泽,若不以盛年用世,至于衰老,将安及哉!(〔明〕唐汝询《唐诗解》卷一)

【赏析】

《感遇》是陈子昂所写的以感慨身世及时政为主旨的组诗,共三十八首,本篇为其中的第二首。诗咏兰若,同时寄托了个人的身世之感。

首联两句,描写生长在春夏之间的兰和杜若,枝叶繁茂,郁郁葱葱,青翠喜人。一"何"字,表现了诗人的赞美之情。颔联是对兰若风貌与品格的进一步描绘与赞美:花叶下垂,花簇纷披,在如此美丽的兰若面前,林间的百草千花都黯然失色了。颈联与尾联四句转而感叹兰若的命运。季节推移,由夏入秋,白日渐短,秋风渐生。一切草木都被秋风所摇落变衰,美貌而"幽独"的兰若也不能幸免,短暂的命运,美好的芳华都在西风中凋残。诗人不禁要问,你兰若当初压倒群芳的秀丽芳香哪里去了,你的美好的怀抱理想又成就了哪些?

"善鸟香草以配忠贞"始自屈原,陈子昂这里显然继承了屈原"香草美人"的比兴传统。诗咏兰若,也是以兰若自比。以"幽独空林色"比喻自己出众的才华,以兰若随着时光流逝而摇落变衰寄托自己怀才不遇、年华老大、理想破灭的悲慨。全诗用语平易自然,不假雕饰,体现了诗人标举风雅比兴、汉魏风骨的创作主张。

(陈志伟)

张九龄

张九龄(678—740),字子寿,韶州曲江(今广东)人,故世称张曲江。长安二年(702)进士。历官左拾遗、中书舍人、洪州都督、中书侍郎,开元二十一年(733),拜中书侍郎、同中书门下平章事。明年迁中书令。为奸相李林甫忌,二十四年以尚书右丞相罢知政事,再贬荆州长史,二十八年卒,谥文献。为唐之名相,刚正不阿,直言敢谏,深谋有远识。工诗能文,尤擅五古。《全唐诗》存诗三卷。

【集评】

初唐沈、宋外,苏、李诸子,未见大篇。独曲江诸作,含清拔于绮绘之中,寓神俊于庄严之内,如《度蒲关》《登太行》《和许给事》《酬赵侍御》等作,同时燕、许称大手,皆莫及也。(〔明〕胡应麟《诗薮》内编卷四)

张子寿忠謇之士,陈诗讽主,动合典则,质直有馀,微伤雅致,不徒窘于边幅也。(〔清〕毛先舒《诗辩坻》卷三)

曲江公委婉深秀，远出燕、许诸公之上，阮、陈而后，实推一人，不得以初唐论。（〔清〕翁方纲《石洲诗话》卷一）

望月怀远

海上生明月，　天涯共此时。
情人怨遥夜①，　竟夕起相思②。
灭烛怜光满，　披衣觉露滋。
不堪盈手赠，　还寝梦佳期。

【汇评】

"天涯共此时"，情至语。（〔清〕沈德潜《唐诗别裁集》卷九）

前二句领得妙。"情人"一联先就远人怀念言之，少陵"今夜鄜州月"诗同此笔墨。"灭烛"一联切自己说，跟"相思"二字转落句，言如此夜月，不能持赠，故欲与梦为期耳。（〔清〕黄叔灿《唐诗笺注》）

是五律中《离骚》。（〔清〕姚鼐《五七言今体诗钞》卷一）

【赏析】

我国古典诗词，月夜怀人之作很多，此诗即为其中名篇。"月"，是一个美好且容易勾起人伤情别绪的意象。月圆人未圆，望月怀人，难以入寐，这是人间常见的一种感情。然而要真实生动地把这种感情用语言表现出来，却不是那么容易的。首联"海上生明月，天涯共此时"，意境雄浑绵邈，空间广远阔大，成为千古名句。"海上生明月"，可能是诗人眼前之景，亦可能是诗人的想象。《红楼梦》有诗云："天上一轮才捧出，人间万姓仰头看"，人虽殊地，月共一轮，明月有情，可传我心。第二联直写相思之情，月夜是美好的，对"情人"来说却是漫长的，它牵惹起"情人"的相思情怀，彻夜难寐。这里"情人"既可是具指，也可是泛指，泛指天下所有"情人"，他（她）们在这样的夜晚，大概都会对月难寐吧！三联、末联紧承以上，具体写相思之苦。窗外的月色这样招人喜爱，不出户赏之，实在辜负了此夕清辉。吹灭烛火，披衣起来，月下漫步，不觉露重湿衣。真想把这月光掬起一捧送给你，然而这毕竟只能是一个美妙的幻想，还是回去睡罢，但愿能在梦中和你欢聚，细诉相思之苦。

对于这首诗，古今人们多称赏开篇二句，仔细玩味咀嚼，其他三联亦造语清新，感情深挚，温婉缠绵，可说句句是佳句，惜乎被首联二句之光芒所湮没也。另有论者认为此诗是政治抒情诗，作者借对月怀人别有寄托。是否姑且不论，但时过境迁，应当从诗字面的本来意

---

① 情人：多情之人。　② 竟夕：通宵。

义去理解这首诗,即是一首优美的情诗。如果作政治抒情诗解,反而抹煞了这首诗的光芒和价值。

(陈志伟)

祖 咏

祖咏(699?—746?),洛阳(今属河南)人。少年时即有诗名,是王维的诗友。早年生活困窘。唐玄宗开元十二年(724)进士及第,但长期未得授官职。最后归隐汝水一带,直到去世。其诗以描写山水自然为主,辞意清新洗炼。《终南望余雪》曾传诵一时。唐殷璠《河岳英灵集》评曰:"咏诗剪刻省静,用思尤苦。气虽不高,调颇凌俗。"著有《祖咏集》。《全唐诗》录其诗一卷,三十六首。

【集评】

咏诗剪刻省静,用思尤苦。气虽不高,调颇凌俗。(〔唐〕殷璠编《河岳英灵集》卷下)

丘庶子为、祖员外咏,则右丞之先声也。(〔清〕翁方纲《石洲诗话》卷一)

望 蓟 门[①]

燕台一去客心惊[②], 笳鼓喧喧汉将营[③]。
万里寒光生积雪, 三边曙色动危旌[④]。
沙场烽火连胡月, 海畔云山拥蓟城[⑤]。
少小虽非投笔吏, 论功还欲请长缨[⑥]。

① 蓟(jì)门:即诗中"蓟城",幽州治所,在今北京德胜门外。当时是安禄山的根据地。 ② 燕台:即幽州台,原为战国时燕昭王所筑的黄金台,故址在今河北易县东南,这里代指蓟地,用以泛指平卢、范阳一带。燕台一去:"一去燕台"的倒装;用倒装,既符合诗律平仄排列的要求,又能增加全诗的气势——起笔就用一个阔大的地名。"望"一作"去"。客:客子,此诗人自指。 ③ "笳鼓"句:表现军容壮盛。笳鼓:泛指军乐。笳:即胡笳,我国古代北方少数民族的一种乐器;一作"箫"。喧喧:形容声音大而嘈杂。汉将营:指唐边营。以汉喻唐,是唐人的修辞习惯。 ④ 三边:幽州、并州、凉州汉时称三边。三州分别在东北部、北部和西北部的边地,此泛指边地。危旌:插得很高的战旗。危:高;一作"行"。 ⑤ "沙场"两句:这两句一句写攻,一句说守,一句人事,一句地形。沙场:战场。烽火:古代边疆报警,晚上烧火叫烽,白天烧火叫燧。据史籍记载,早在2700多年前的西周末年,就出现了传递军情的烽火台。到西汉时,"五里一燧,十里一墩,三十里一堡,百里一城寨"。此指边地报警的烟火。海畔云山:蓟城背靠燕山,面临渤海,故称。 ⑥ "少小"两句:意即虽然早年不能像东汉定远侯班超那样,然而见到三边如此壮气,却也想学学西汉济南书生终军,向皇帝请发长缨,缚番王来朝,建立奇功。上句用东汉班超投笔从戎事。《后汉书·班超传》载,汉班超少时家贫,曾为官府抄书以谋生,一日投笔叹曰:"大丈夫无他志略,犹当效傅介子、张骞立功异域,以取封侯,安能久事笔砚间乎!"终以功封定远侯。后人常以投笔喻弃文就武。下句用西汉终军请缨事。《汉书·终军传》载,终军自请安抚南越,他向汉武帝表示:"愿受长缨,必羁南越王而致之阙下。"意即只要一根绳索就可把南越王捆来,后来终于说服南越王降汉。

【本事典实】

《双槐岁抄》：京都十景,其一曰蓟门烟树。卢藏用诗："负剑登蓟门,孤游入燕市。"《一统志》：蓟门关在蓟州。

【名家评笺】

盛唐李杜外,崔颢《华阴》,李白《送贺监》,贾至《早朝》,岑参《和大明宫》、《西掖》,高适《送李少府》,祖咏《望蓟门》,皆可竞爽。(〔明〕胡应麟《诗薮》内编卷五)

(前四句)二三四句,只写得一"惊"字。三是直下望,四是直上望。须知此直下直上所望,单单望一汉将,犹言大丈夫当如此矣。(后四句)五六,写慨然欲赴其处,真乃身虽未行,神已先往也。八之"还"字,全为七之"少小"字,更自按捺不得也。此诗已是异样神彩,乃读末句,又见特添"少小"二字,便觉神彩更加十倍。(〔清〕金圣叹《贯华堂选批唐才子诗》卷一)

祖咏《蓟门》之作,调高气厚,为七言律正始之音,惜不多见。(〔清〕管世铭《读雪山房唐诗序例》)

六句写蓟州之险,而以首句一"望"字包之。收托意,有澄清之志。岂是时范阳已有萌芽耶？(〔清〕方东树《昭昧詹言》卷十六)

【赏析】

这首边塞诗扣紧"望"字,写"望"中所见,抒"望"中所感,意象雄阔,格调高昂。前四句写"客心惊"的缘由。首联起笔突兀,写唐朝军营号令之严肃、军容之壮盛,又暗用典故,把诗人对当时形势的隐忧曲曲传出。燕自郭隗、乐毅等离去后,即为秦所灭,故客心暗惊；汉高祖曾身击燕王臧荼,故曰"汉将营"。清人方东树《昭昧詹言》卷十六："岂是时范阳(引者按：此范阳代指安禄山)已有萌芽耶？"诗人对安禄山的叛乱或有些预感。颔联写边塞战地的特有风光与寒冷艰辛。颈联笔锋一转,写蓟州之险,攻守之利。尾联在颈联铺垫的基础上直抒慨然从戎之志,颇有盛唐气象。

(沈广达)

王昌龄

王昌龄(698—757),字少伯,京兆万年(今陕西西安)人,开元十五年(727)进士,授校书郎,二十二年登博学宏词科,迁汜水尉。以事贬岭南,改江宁(今江苏南京)丞,世称"王江宁"。再贬龙标(今湖南黔阳)尉,世又称"王龙标"。安史乱起,避乱江淮,为濠州刺史闾丘晓所杀。天宝间著名诗人,有"诗家天子(一云夫子)王江宁"之称。尤擅七绝。存诗一百八十余首,《全唐诗》编为四卷。

【集评】

国初,上好文章,雅风特盛。沈(佺期)、宋(之问)始兴之后,杰出(于)江宁,宏肆于李、杜,极矣！

（〔唐〕司空图《与王驾评诗书》）

史称其诗句密而思清。唐人琉璃堂图以昌龄为诗天子，其尊之如此。集存者三卷，绝句高妙者已入诗选。（〔宋〕刘克庄《后村诗话》新集卷三）

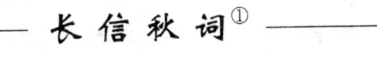

长信秋词①

奉帚平明金殿开②，暂将团扇共徘徊③。
玉颜不及寒鸦色，犹带昭阳日影来④。

【汇评】

谢迭山（枋得）云：此篇怨而不怒，有风人之义。（〔明〕高棅《唐诗品汇》卷四十七引）

夫平仄以成句，抑扬以合调。扬多抑少，则调匀；抑多扬少，则调促。若杜常《华清宫》诗："朝元阁上西风急，都入长杨作雨声。"上句二入声，抑扬相称，歌则为中和调矣。王昌龄《长信秋词》："玉颜不及寒鸦色，犹带昭阳日影来。"上句四入声相接，抑之太过；下句一入声，歌则疾徐有节矣。（〔明〕谢榛《四溟诗话》卷三）

江宁《长信词》、《西宫曲》、《青楼曲》、《闺怨》、《从军行》，皆优柔婉丽，意味无穷，风骨内含，精芒外隐，如清庙朱弦，一唱三叹。（〔明〕胡应麟《诗薮》内编卷六）

王龙标绝句，深情幽怨，意旨微茫。"昨夜风开露井桃"一章，只说他人之承宠，而己之失宠，悠然可思，此求响于弦指外也。"玉颜不及寒鸦色"两言，亦复优柔婉约。（〔清〕沈德潜《说诗晬语》卷上）

【赏析】

本篇借汉代班婕妤失宠之事写唐代宫廷女子不幸的命运和悲怨的心情，艺术上颇具特色，以秋日清晨长信宫女执帚洒扫之情事，揭示其孤寂凄清的内心世界；以捐弃之团扇暗喻失宠之宫女；最后以"玉颜"与"寒鸦"进行反比，意在言外，构思十分巧妙。此诗对人物心理描写细致入微，曲折沉痛，不言怨而怨自在。"优柔婉丽，含蕴无穷，使人一唱而三叹"（沈德潜《唐诗别裁集》卷十九）。

（荆三隆）

---

① 长信：汉宫殿名。汉成帝时，班况的女儿班婕妤选入后宫，深得成帝宠爱。后来成帝又宠爱赵飞燕、赵合德姐妹，班婕妤请求到长信宫侍奉太后，在孤独寂寞中度过一生。《长信秋词》组诗共五首，都是写失宠宫嫔的幽怨，这是其中的第三首。　② 奉帚：即捧着扫帚打扫宫殿。　③ 将：拿起。团扇，乐府《相和歌辞·楚调曲》中有《怨歌行》一首，又名《团扇诗》，相传为班婕妤所作，诗为："新裂齐纨素，鲜洁如霜雪。裁为合欢扇，团团似明月。出入君怀袖，动摇微风发。常恐秋节至，凉飚夺炎热。弃捐箧笥中，恩情中道绝。"诗以秋扇见捐为喻，悲君恩中断。这里"团扇"暗用其意。　④ 昭阳：即昭阳宫，赵飞燕所居宫殿。日影：古人常以日喻君，日影喻君恩。

崔　颢

崔颢(704?—754),唐代著名诗人。汴州(今河南开封市)人。开元年间登进士第。开元后期曾出使河东军幕,天宝时历任太仆寺卿、司勋员外郎等职。其前期诗作多写闺情,流于浮艳轻薄;后来的边塞生活使他的诗风大振,忽变常体,风骨凛然,尤其是边塞诗慷慨豪迈,雄浑奔放,名著当时。有《崔颢诗集》,共存诗40多首。

【集评】

颢,汴州人。开元十一年,源少良下及进士第。天宝中,为尚书司勋员外郎。少年为诗,意浮艳,多陷轻薄。晚节忽变常体,风骨凛然。一窥塞垣,状极戎旅。奇造往往并驱江(淹)、鲍(照)。(〔元〕辛文房《唐才子传》卷一)

徐献忠云:颢风格奇俊,大有嘉篇。太白虽极推《黄鹤楼》,未足列于上驷。(〔明〕胡震亨《唐音癸签》卷五)

崔颢笔力宏大,贾岛诗骨清峭。(〔清〕薛雪《一瓢诗话》)

行经华阴①

岩峣太华俯咸京②,天外三峰削不成③。
武帝祠前云欲散④,仙人掌上雨初晴⑤。
河山北枕秦关险⑥,驿路西连汉畤平⑦。
借问路旁名利客,何如此处学长生?

【汇评】

"削不成",言削不成而成也。诗家自有藏山移月之旨,非一往人所知。(〔清〕王夫之《唐诗评选》卷)

清和纯粹,可诵而可法。(〔清〕王寿昌《小清华园诗谈》卷下)

前六句,句句切太华说,移不到他处,一结或作世外之想,意境便觉高超。(王文濡《唐诗评注读本》卷六)

雄浑壮阔。(高步瀛《唐宋诗举要》卷五)

---

① 华阴:指陕西省华阴市。　② 岩峣(tiáo yáo):险峻。太华:西岳华山。咸京:唐代都城,今陕西西安。　③ 天外三峰:一说指著名的芙蓉、玉女、明星三峰;一说是莲花、玉女、松桧三峰。　④ 武帝祠:汉武帝观华山,立巨灵祠以祭祀,即为"武帝祠"。　⑤ 仙人掌:华山最峻峭的一峰,号称"仙人掌"。　⑥ 秦关:一说指秦代的潼关;一说指函谷关。　⑦ 汉畤(chóu):畤,指神灵所止之地。汉畤:京城北面的古迹,秦汉时作的畤。

【赏析】

　　诗题《行经华阴》,是指经过华阴县,去往名利之地——咸京。崔颢在此诗中"学长生",可能与当时崇奉道教、供养方士之社会风气有关。诗的前六句全为写景,写法由总而分,由远而近,脉络清晰。首联写远景,起句写传说中有"神仙之天"的华山压倒了王侯显贵聚居的京城,"俯"字用得好,突出了高峻的华山压顶之势,气势非凡。接着,诗人从华山总貌的描写转向局部刻画,主要以"天外三峰"为中心,写出其峻峭挺拔的特征。"削不成"三字显示此为自然鬼斧神工的杰作,非"巨灵手劈"不可,暗含着神工远胜于人力,为下面抒写出世高于追逐名利的旨意打下基础。颔联二句写近景,对仗工整,平视过去,只见武帝祠前烟云变幻,聚而将散;向上仰望,只见险峻的仙人掌上郁郁葱葱,正是雨过天晴后的清新气象,令人陶醉。颈联则脱却实景,写想象中的幻景。在华山下,既不能同时看到黄河和秦关,也不能望到咸京西面的五畤。诗人从前面的刻画眼前景转而抒写意中景,上句中的"枕"字赋予黄河、秦关活生生的人格意义,下句中的"连"字将汉畤与上面的武帝祠、仙人掌这些名胜联系在一起,暗示此为长生之处。而"险"和"平"的对比,突出了名利之途的艰险以及长生之道的坦荡。尾联则委婉地劝慰,末句以发问的方式收尾,道出题旨,显得十分潇洒自然。诗人此次行经华阴,本也是与路上的行客一样,为了追逐名利,但是在感受了华山的险峻挺拔之象和飘逸出尘的神仙踪迹后,遂感叹奔波之苦痛,抒发了出世的愿望。全诗诗境雄浑壮阔,别具神韵。

　　　　　　　　　　　　　　　　　　　　　　　　　　　　　　　　(龚玉兰)

备选课文

　　　　闺　　怨　　　　　王昌龄

闺中少妇不知愁,春日凝妆上翠楼。忽见陌头杨柳色,悔教夫婿觅封侯。

　　　　感　　遇(二首)　　　　张九龄

兰叶春葳蕤,桂华秋皎洁。欣欣此生意,自尔为佳节。谁知林栖者,闻风坐相悦。草木有本心,何求美人折。

江南有丹橘,经冬犹绿林。岂伊地气暖,自有岁寒心。可以荐佳客,奈何阻重深？运命唯所遇,循环不可寻。徒言树桃李,此木岂无阴？

　　　　送魏大从军　　　　　陈子昂

匈奴犹未灭,魏绛复从戎。怅别三河道,言追六郡雄。雁山横代北,狐塞接云中。勿使燕然上,惟留汉将功。

　　　　长干曲四首(选二)　　　　崔　颢

君家何处住,妾住在横塘。停船暂借问,或恐是同乡。

家临九江水,来去九江侧。同是长干人,自小不相识。

泛读课文

黄鹤楼　　　崔颢

昔人已乘黄鹤去,此地空馀黄鹤楼。黄鹤一去不复返,白云千载空悠悠。晴川历历汉阳树,芳草萋萋鹦鹉洲。日暮乡关何处是,烟波江上使人愁。

终南望馀雪　　　祖咏

终南阴岭秀,积雪浮云端。林表明霁色,城中增暮寒。

江南旅情　　　祖咏

楚山不可极,归路但萧条。海色晴看雨,江声夜听潮。剑留南斗近,书寄北风遥。为报空潭橘,无媒寄洛桥。

相和歌辞·采莲曲三首(选二)　　　王昌龄

荷叶罗裙一色裁,芙蓉向脸两边开。乱入池中看不见,闻歌始觉有人来。

越女作桂舟,还将桂为楫。湖上水渺漫,清江初可涉。摘取芙蓉花,莫摘芙蓉叶。将归问夫婿,颜色何如妾。

凉州词二首　　　王翰

葡萄美酒夜光杯,欲饮琵琶马上催。醉卧沙场君莫笑,古来征战几人回。

秦中花鸟已应阑,塞外风沙犹自寒。夜听胡笳折杨柳,教人意气忆长安。

晚次乐乡县　　　陈子昂

故乡杳无际,日暮且孤征。川原迷旧国,道路入边城。野戍荒烟断,深山古木平。如何此时恨,嗷嗷夜猿鸣。

度荆门望楚　　　陈子昂

遥遥去巫峡,望望下章台。巴国山川尽,荆门烟雾开。城分苍野外,树断白云隈。今日狂歌客,谁知入楚来。

分类唐诗　宫怨

春宫曲　　　王昌龄

昨夜风开露井桃,未央前殿月轮高。平阳歌舞新承宠,帘外春寒赐锦袍。

西宫春怨　　　王昌龄

西宫夜静百花香,欲卷珠帘春恨长。斜抱云和深见月,朦胧树色隐昭阳。

宫怨　　　李益

露湿晴花春殿香,月明歌吹在昭阳。似将海水添宫漏,共滴长门一夜长。

宫词一百首(选二)　　　王建

宫人拍手笑相呼,不识阶前扫地夫。乞与金钱争借问,外头还似此间无?

树头树底觅残红,一片西飞一片东。自是桃花贪结子,错教人恨五更风。

宫人斜　　　王建

未央墙西青草路,宫人斜里红妆墓。一边载出一边来，更衣不减寻常数。

行宫　　　　元稹

寥落古行宫，宫花寂寞红。白头宫女在，闲坐说玄宗。

后宫词　　　　白居易

泪湿罗巾梦不成，夜深前殿按歌声。红颜未老恩先断，斜倚薰笼坐到明。

赠内人　　　　张祜

禁门宫树月痕过，媚眼唯看宿燕窠。斜拔玉钗灯影畔，剔开红焰救飞蛾。

长门怨　　　　刘媛

雨滴梧桐秋夜长，愁心和雨到昭阳。泪痕不学君恩断，拭却千行更万行。

春宫怨　　　　杜荀鹤

早被婵娟误，欲妆临镜慵。承恩不在貌，教妾若为容。风暖鸟声碎，日高花影重。年年越溪女，相忆采芙蓉。

中小学已学篇目

王之焕《凉州词》、《登鹳雀楼》（小）　王湾《次北固山》（初）　常建《题破山寺后禅院》（初）　崔颢《黄鹤楼》（初）

可参考书目

《陈子昂集》，徐鹏整理并点校，中华书局1960年
《陈子昂诗注》，彭庆生注释，四川人民出版社1981年
《唐丞相曲江张先生文集》，《四库全书》本
《王昌龄诗注》，李云逸注，上海古籍出版社1984年
《王昌龄诗集》，黄明校编，江西人民出版社1984年
《崔颢诗注　崔国辅诗注》，万竞君注，上海古籍出版社1982年

五、盛唐诗（二）

【王孟诗总论】

　　唐诗李杜之外，王摩诘、孟浩然足称大家，王诗丰缛而不华靡，孟却专心古澹而悠远深厚，自无寒俭枯瘠之病。由此言之，则孟为尤胜。储光羲有孟之古而深远不及，岑参有王之缛而又以华靡掩之。（〔明〕李东阳《麓堂诗话》）

　　王摩诘、孟浩然才力不逮高岑，而造诣实深，兴趣实远，故其古诗虽不足，律诗体多浑圆，语多活泼，而气象风格自在，多入于圣矣。（〔明〕许学夷《诗源辨体》卷十六）

　　（刘大勤）问："王孟假天籁为宫商，寄至味于平淡，格调谐畅，意兴自然，真有无迹可寻之妙，二家亦有互异处否？"（王士禛阮亭）答："譬之释氏，王氏佛语，孟氏菩萨语。孟诗有寒俭之态，不及王氏天然而工。惟五古不可优劣。"（〔清〕王士禛等《师友诗传续录》）

　　汪钝翁问余："王孟齐名，何以孟不及王？"答曰："孟诗味之未能免俗耳。"汪深叹其言，谓从无人道及此。（〔清〕王士禛《渔洋诗话》卷二）

　　陶诗胸次浩然，其中有一段渊深朴茂不可到处。唐人祖述者，王右丞有其清腴，孟山人有其闲远，储太祝有其朴实，韦左司有其冲和，柳仪曹有其峻洁，皆学焉而得其性之所近。（〔清〕沈德潜《说诗晬语》卷上）

　　王维、孟浩然清淑散朗，窈窕悠闲，取神于陶、谢之间，而安顿在行墨之外，资制相伴，神理各足。储光羲似少逊之。（〔清〕田雯《古欢堂集杂著》卷二）

王　维

　　王维（700—761），字摩诘，太原祁（今山西祁县）人，后徙家于蒲州（今山西永济市），遂称河东王氏。玄宗开元九年登进士第，授官太乐丞，因伶人舞黄狮子获罪，被贬为济州司仓参军。其后历任右拾遗、河西节度判官、殿中侍御史等职。天宝十五年，安禄山攻陷长安，王维被俘。肃宗收复两京，欲定其罪，因曾作《凝碧池诗》思念王室，其弟王缙又请削己官为兄赎罪，最终免于追诉。官至尚书右丞。王维是唐代著名山水田园诗人，与孟浩然并称"王孟"，受佛学禅宗影响颇深，得任性自然之诗境。又精通多种艺术如音乐、绘画等，有《王右丞集》。

【集评】

维诗词秀调雅,意新理惬。在泉为珠,着壁成绘。一句一字,皆出常境。(〔唐〕殷璠《河岳英灵集》卷上)

味摩诘之诗,诗中有画;观摩诘之画,画中有诗。(〔宋〕苏轼《书摩诘蓝田烟雨图》)

右丞、苏州皆学于陶,王得其自在。(〔宋〕陈师道《后山诗话》)

王摩诘诗,浑厚闲雅,覆盖古今。但如久隐山林之人,徒成旷淡也。(〔宋〕蔡絛《西清诗话》)

世以王摩诘律诗配子美,古诗配太白,盖摩诘古诗能道人心中事而不露筋骨,律诗至佳丽而老成。……虽才气不若李杜之雄杰,而意味工夫,是其匹亚也。摩诘心淡泊,本学佛而善画,出则陪岐薛诸王及贵主游,归则餍饫辋川山水,故其诗为富贵山林,两得其趣。(〔宋〕张戒《岁寒堂诗话》卷上)

论近体者,必称盛唐,若蓝田王右丞维,亦其一也。其为律绝句,无问五七言,皆庄重闲雅,浑然天成。至于古诗,句本冲淡,而兴则悠长。诸词清婉流丽,殆未可多訾。(〔明〕吕燮《重刊唐王右丞诗集序》)

右丞崛起开元、天宝之间,才华炳焕,笼罩一时,而又天机清妙,与物无竞,举人事之升沉得失,不以胶滞其中。故其为诗,真趣洋溢,脱弃凡近,丽而不失之浮,乐而不流于荡,即有送人远适之篇,怀古悲歌之作,亦复浑厚大雅,怨尤不露,苟非实有得于古者诗教之旨,焉能至是乎?(〔清〕赵殿成《王右丞集笺注·序》)

辋川闲居赠裴秀才迪[①]

寒山转苍翠, 秋水日潺湲。
倚杖柴门外, 临风听暮蝉。
渡头馀落日, 墟里上孤烟。
复值接舆醉, 狂歌五柳前[②]。

【汇评】

刘(辰翁)云:类以无情之景,述无情之意,复非作者所有。(〔明〕高棅《唐诗品汇》卷六十一)

通首都有赠意,在言句文身之外,不可徒以结用两古人为赠也。"楚狂"、"陶令"俱凑手偶然,非著意处。以高洁写清幽,故胜。"日"字重用。(〔清〕王夫之《唐诗评选》卷三)

写景须曲肖此景,"渡头馀落日,墟里上孤烟",确是晚村光景。(〔清〕施补华《岘佣说诗》)

五言律有中二语不对者,如"倚杖柴门外,临风听暮蝉"是也;有全首不对者……须一气挥洒,妙极自然。(同上)

自然流转,而气象又极阔大。(高步瀛《唐宋诗举要》卷四)

[①] 辋川:水名,在今陕西蓝田县南终南山下,山麓有宋之问别墅,后王维在此居住了三十多年。裴秀才迪:即裴迪,唐代诗人,是王维的好友,二人唱和甚多。 [②] 接舆:春秋时楚国隐士陆通,字接舆,以佯狂避世著名,这里借指裴迪。五柳:即五柳先生陶潜,这里王维借以自比。

【赏析】

　　此诗为王维隐居辋川时所作。裴迪是王维诗友,曾与王维、崔兴宗等人同隐辋川,时相往还酬唱,此诗即是王维酬赠裴迪之作。从题目看,此诗虽为酬赠之作,但其情景兼胜,实为诗中有画的杰出的山水佳章。首联写山中秋景,"山"既"寒",表明秋意已甚,而"苍翠"之色愈浓以一"转"字点化,则使静止的山光于色彩的变化中呈现动感;"水"之"潺湲",本为动态,而着一"日"字,则赋予其亘古如斯的永恒特性,暗寓始终如一的高洁人格。颔联写自身情态,"倚杖柴门",见神态之安闲,"临风听蝉",又见神情之专注。颈联由诗人眼中写出,"渡头落日",原野暮色,"墟里孤烟",乡村景致,化用陶渊明《归田园居》名句"暧暧远人村,依依墟里烟",而以落日余晖映照向晚的第一缕炊烟,其画面剪辑之精妙,显然尤胜陶诗。尾联点明裴迪,并以春秋时代的楚国狂士接舆相比,足见友人乃非同寻常之士,而以"五柳"自况,亦标明自身的品格与趣好。全诗首联、颈联写景,颔联、尾联写人,交替行文,动静穿插,音画相映,情景交融,被称为山水诗中之绝唱。

（许　总）

终南山

太乙近天都，　连山到海隅①。
白云回望合，　青霭入看无。
分野中峰变，　阴晴众壑殊②。
欲投人处宿，　隔水问樵夫。

【汇评】

　　说者谓王右丞《终南》诗皆讥时宰。诗云:"太乙近天都,连山接海隅",言势位盘据朝野也;"白云回望合,青霭入看无",言徒有表而无内也;"分野中峰变,阴晴众壑殊",言恩泽偏也;"欲投人处宿,隔水问樵夫",言畏祸深也。(〔宋〕阮阅《诗话总龟》前集卷六引《古今诗话》)

　　刘(辰翁)云:语不深僻,清夺众妙。(〔明〕高棅《唐诗品汇》卷六十一)

　　工苦安排备尽矣!人力参天,与天为一矣!　"连山到海隅"非徒为穷大语,读《禹贡》自知之。结语亦以形其阔大,妙在脱卸,勿但作诗中画观也。此正是"画中有诗"。(〔清〕王夫之《唐诗评选》卷三)

　　"近天都"言其高,"到海隅"言其远,"分野"二句言其大,四十字中,无所不包,手笔不在杜陵下。　或谓末二句似与通体不配,今玩其语意,见山远而人寡也,非寻常写景可比。(〔清〕沈德潜《唐诗别裁集》卷九)

---

① 太乙:终南山主峰的别称。天都:天帝所居之处,一说指京城长安。海隅:海边,此极言其伸延之广。　② 分野:古人以二十八宿星座区分标志地上的界域。壑:山谷。殊:变化,不同。

情景交融者,景中有情,情中有景,打成一片,不可分拆。如……右丞"白云回望合,青霭入看无","松风吹解带,山月照弹琴","行到水穷处,坐看云起时","时倚檐前树,远看原上村","大壑随阶转,群峰入户登"……皆是句中有人,情景兼到者也。(〔清〕朱庭珍《筱园诗话》卷四)

神境。四十字中无一字可易,昔人所谓如四十位贤人。一结从小处见大,错综变化,最得消纳之妙。(〔清〕黄培芳《唐贤三昧集笺注》卷上)

【赏析】

此诗大约是开元、天宝之际王维隐居终南山时所作。诗写终南山景色,着墨不多,却极为传神。首联先用夸张手法勾勒终南山总体轮廓,"近天都"极言其高,"到海隅"极言其广,也是诗人远眺时的感受。颔联写近景,"回望"、"入看",表明诗人已入山间。回首望去,刚走过之路,一片云海合拢无隙;向前望去,一片濛濛青霭,但走入进去,却又不见其踪,极为真切生动地写出游山情形与感受。颈联写登山纵目景象,诗人立足"中峰",故可见群山"分野"之"变","众壑"参差起伏,故犹如"阴晴"而"殊"态,写尽终南山雄阔苍莽之势。尾联收回自身,意欲投宿,既见天色向晚,诗人之游已自晨至暮,又见游兴未尽,还要留待明日再游,足见山景之美及诗人留恋之深,而以一"问"字收束全诗,则于完全的静景描述中加以音声,留不尽之余味。在这首诗中,诗人抓取最为典型的山景,表现岩峦起伏之万千姿态,极具尺幅万里之势,同时又以画家的笔法,写山中烟云变幻,直如一幅泼墨山水。

(许 总)

渭川田家

斜光照墟落, 穷巷牛羊归①。
野老念牧童, 倚杖候荆扉。
雉雊麦苗秀②,蚕眠桑叶稀。
田夫荷锄立, 相见语依依。
即此羡闲逸, 怅然吟式微③。

【汇评】

通篇用"即此"二字括收前八句,皆情语,非景语,属词命篇,总与建安以上合辙。(〔清〕王夫之《唐诗评选》卷二)

此瓣香陶柴桑。又曰:("野老"二句)腴挚朴茂,语臻自然。(〔清〕黄培芳《唐贤三昧集笺注》卷上)

① 墟落:村落。穷巷:深巷。 ② 雉雊(gòu):野鸡鸣叫。秀:谷物吐穗开花。 ③ 式微:《诗经·邶风》有《式微》篇,其中写道"式微,式微,胡不归",这里取"胡不归"意。

"吟《式微》",言欲归也,无感伤世衰意。(〔清〕沈德潜《唐诗别裁集》卷一)

言随寓皆安也。末句慨叹之,即此不必另寻幽境也。闲,悠闲。逸,遗逸。《诗》:"式微,式微,胡不归?"盖因式微而羡闲逸也。(〔清〕章燮《唐诗三百首注疏》卷一)

【赏析】

王维隐居终南山期间,作山水田园诗颇多。当时由于张九龄罢相,李林甫当权,王维有避世之想,故而对田园生活极为倾羡。在这首诗中,诗人首先描绘了一幅夕阳斜照中的乡村田园景象,在此背景上诗人紧接着落笔"归"字。先是"鸡栖于埘,日之夕矣,羊牛下来"(《诗经·君子于役》),而牛羊归之后必有牧童回,故有野老倚杖之候。一天劳作结束,田夫亦荷锄而归,而田间小道上偶然相遇,却絮语绵绵,大有乐而忘归之意。足见这"归"字中又含有浓厚的"情"味。不仅农人之间如此,就连自然界一切事物也都表现出一派和谐欢乐的景象。开始吐穗的麦地里,野鸡在欢快地鸣叫,那是在呼唤"意中人"呢!桑树上的叶片已经稀落,那是蚕儿已开始吐丝营造自己的安乐窝了。末二句诗人点出内心"羡闲逸"、"吟式微",与前面的描写形成鲜明的对比,人皆得其归宿,唯独自己未有归宿,流露出对政治的失望,对官场的厌恶。于是,思归之情与归景描绘密合无间,浑然一体,成为情景交融的佳篇。此外,全诗纯用白描语言,清新自然之中,充满浓郁情韵。

(许 总)

积雨辋川庄作①

积雨空林烟火迟②,蒸藜炊黍饷东菑③。
漠漠水田飞白鹭,阴阴夏木啭黄鹂④。
山中习静观朝槿⑤,松下清斋折露葵⑥。
野老与人争席罢⑦,海鸥何事更相疑⑧。

【汇评】

诗下双字极难,须使七言五言之间除去五字三字外,精神兴致,全见于两言,方为工妙。唐人记"水田飞

---

① 辋川庄:指作者在终南山下的蓝田辋川别墅。 ② 积雨:久雨。迟:缓。指久雨、气压低,烟火缓缓升起。 ③ 藜(lí):一年生草本植物,嫩叶可食。黍:黄米。饷(xiǎng):送饭。菑(zī):初耕的田地,这里泛指农田。 ④ 漠漠:广漠、迷茫的样子。阴阴:幽深、浓密的样子。 ⑤ 槿(jǐn):木槿,落叶灌木,花朝开暮落,可参悟人生荣枯无常。 ⑥ 清斋:素食。露葵:带露的葵菜。此二句为其晚年生活的写照。 ⑦ 野老:诗人自称。争席:争座位。据《庄子·寓言》中记载:杨朱去见老子时,旅店的人都欢迎他,给他让座。等他学道归来,旅店的人不再给他让座,而是与他争席。此处作者借以说明自己摆脱了功名利禄的欲念。 ⑧ 据《列子·黄帝》记载:古代有人住在海边,每日与海鸥同游,至者百数。后其父让他把海鸥捉回来玩,次日至海边,鸥鸟却高飞不下。说明人不能有机诈之心。

白鹭,夏木啭黄鹂"为李嘉祐诗,王摩诘窃取之,非也。此两句好处,正在添"漠漠"、"阴阴"四字,此乃摩诘为嘉祐点化,以自见其妙,如李光弼将郭子仪军,一号令之,精彩数倍。不然,如嘉祐本句,但是咏景耳,人皆可到,要之当令如老杜"无边落木萧萧下,不尽长江滚滚来",与"江天漠漠鸟双去,风雨时时龙一吟"等,乃为超绝。(〔宋〕叶梦得《石林诗话》卷上)

(三四句)刘须溪(辰翁)云:写景自然,造意又极辛苦。(〔明〕高棅《唐诗品汇》卷八十三)

俗说谓"水田飞白鹭,夏木啭黄鹂",乃李嘉祐句,右丞袭用之。不知本句之妙,全在"漠漠"、"阴阴",去上二字,乃死句也。况王在李前,安得云王袭李耶?(〔清〕沈德潜《唐诗别裁集》卷十三)

【赏析】

此诗作于诗人晚年隐居辋川山庄时。诗中描绘久雨之后山庄清新幽美的景色,抒发了清静淡泊的情怀。全诗融诗情、画意、禅趣为一体,富于生活气息。颔联二句写景逼真如画。不仅构图巧妙,设色鲜明,而且叠字"漠漠"、"阴阴",状水田之广,夏木之深,使得境界更为广漠、幽深。而白鹭的飞舞和黄鹂的鸣叫也更加灵动活脱,宛然在目。尾联以典入诗,抒怀明志。意趣横生,耐人寻味。

(荆三隆)

孟浩然

孟浩然(689—740),名不详,以字行。襄州襄阳(今湖北襄阳)人。后世故称孟襄阳。曾一度隐居鹿门山,后又隐居其祖居园庐。玄宗开元十六年赴长安,应进士举,不第,还襄阳。二十二年至二十四年间,韩朝宗任山南东道采访使,曾向玄宗推荐孟浩然,但孟浩然却因与友人饮酒而未去见玄宗。二十五年,张九龄任荆州长史,以孟浩然为从事。二十八年,王昌龄来襄阳,当时孟浩然疾疹发背刚愈,因食鲜而复发,不治身亡。孟浩然是唐代重要的山水田园诗人,与王维并称"王孟"。有《孟浩然集》传世。

【集评】

复忆襄阳孟浩然,清诗句句尽堪传。(〔唐〕杜甫《解闷》)

孟浩然诗,讽咏之久,有金石宫商之声。(〔宋〕严羽《沧浪诗话》)

孟浩然诗祖建安,宗渊明,冲淡中有壮逸之气。(〔明〕胡震亨《唐音癸签》卷五引《吟谱》)

浩然山人之雄长,时有秀句;而轻飘短味,不得与高、岑、王、储齿。(〔清〕王夫之《姜斋诗话》卷下)

孟浩然诗十九失之褊,褊则满纸皆山人气。学孟者往往蹈此。(〔清〕王夫之《明诗评选》卷四)

孟诗佳处只一"真"字,初读无奇,寻绎则颊间有余味。(〔清〕贺裳《载酒园诗话》又编)

襄阳诗从静悟得之,故语淡而味终不薄,此诗品也。然比右丞之浑厚,尚非鲁、卫。(〔清〕沈德潜《唐诗别裁集》卷一)

孟浩然诸体似乎淡远,然无缥缈幽深思致,如画家写意,墨气都无;苏轼谓:浩然韵高才短,如造内法酒手,而无材料。诚为知言。后人胸无才思,易于冲口而出,孟开其端也。(〔清〕叶燮《原诗》外篇卷下)

读孟公诗且无论怀抱,无论格调,只其清空幽泠,如月中闻磬,石上听泉,举唐初以来诸人笔虚笔实一洗

而空之,真一快也。(〔清〕翁方纲《石洲诗话》卷一)

秋登万山寄张五①

北山白云里， 隐者自怡悦。
相望始登高， 心随雁飞灭。
愁因薄暮起， 兴是清秋发。
时见归村人， 平沙渡头歇。
天边树若荠②， 江畔洲如月。
何当载酒来， 共醉重阳节。

【汇评】

《罗浮山记》云:"望平地树如荠。"自是俊语。梁戴暠诗"长安树如荠",用其语也。后人翻之益工,薛道衡诗:"遥原树若荠,远水舟如叶。"孟浩然诗:"天边树若荠,江畔洲如月。"(〔明〕杨慎《升庵诗话》卷十三)

赵执信云:平平仄平仄,为拗律句,乃仄韵古诗下句正调也。　方纲按:此条亦极是。但于篇中注出律句,拗律句为非是耳。故删去其所圈记之诗,而独存其评。(〔清〕翁方纲《赵秋谷所传声调谱》)

前四句言登兰山以望张五,中六句叙秋暮登山所望之景,末二句欲订同登后期,即所以寄诗之意,错综写来,是情是景,一片迷离。"天边"、"江畔"两句,摹写物象,超然入神。(王文濡《唐诗评注读本》卷一)

【赏析】

这首诗是一篇怀念友人之作。开篇二句暗用晋代陶弘景《答诏问山中何所有》"山中何所有,岭上多白云,只可自怡悦,不堪持赠君"诗意,自表隐逸趣尚。然后转入题意,紧接四句写怀人,欲"相望"而"登高",然登高不见,唯见北雁南飞,诗人的怀友之情似亦随雁飞去,时值黄昏,心头不免生出些许愁绪。再四句写登高所见,时因薄暮,农人归村,或行走于河畔沙滩,或歇息于渡头,既充满浓郁的生活气息,又表现出悠闲自得的情调。放眼望去,那远在天边的树林渺如荠菜,江中小洲在黄昏中白光隐现,犹如铺洒了一片朦胧的月色。结三句预想"何当载酒",回应怀人,"共醉重阳"点明"秋"字。这首诗用语朴素,诗风清淡,在如画的景色中漾溢着悠闲的情调,既见怀念友人之情,又见高远清幽之境,正如清人沈德潜评孟浩然诗"语淡而味终不薄"。孟诗的朴淡特色,在这首诗中得到了突出的体现。

(许　总)

---

① 万山:一作兰山。兰山有多处,分别位于江苏、山东、四川等地,似非孟浩然行踪所及处。万山在襄阳西北,是孟浩然经常登临处,此诗题以万山为是。张五:即盛唐诗人张子容。　② 荠:一种野菜。

望洞庭湖赠张丞相①

八月湖水平，　涵虚混太清②。
气蒸云梦泽，　波撼岳阳城③。
欲济无舟楫，　端居耻圣明④。
坐观垂钓者，　徒有羡鱼情。

【汇评】

皎然《诗式》评曰：情格并高可称上上品，又有三字物名之句，伏语而成，用功殊少，如孟浩然云："气蒸云梦泽，波动岳阳城。"自天地二气初分，即有此六字，假孟生之才，加其四字，何功可伐？即欲索入上流耶？若情格极高，则不可屈，若稍下吾请降之于高等之外，以惩后滥。（〔宋〕陈应行《吟窗杂录》卷七）

《西清诗话》云：洞庭天下壮观，自昔骚人墨客，题之者众矣……然未若孟浩然"气蒸云梦泽，波撼岳阳城"，则洞庭空旷无际气象，雄张如在目前。至读子美诗，则又不然，"吴楚东南坼，乾坤日夜浮"，不知少陵胸中吞几云梦也。（〔宋〕胡仔《苕溪渔隐丛话》前集卷九）

唐人多以对偶起，虽森严，而乏高古……孟浩然"八月湖水平，涵虚混太清"，虽律也，而含古意，皆起句之妙，可以为法，何必效晚唐哉？（〔明〕杨慎《升庵诗话》卷二）

字法要炼……如"气蒸云梦泽，波撼岳阳城"，"蒸"字，"撼"字，何等响，何等确，何等警拔也。（〔清〕王士禛等《然灯记闻》七）

徐筠亭时作曰：孟襄阳诗"气蒸云梦泽，波撼岳阳城"，杜少陵诗"吴楚东南坼，乾坤日夜浮"，力量气魄已无可加，而孟则继之曰"欲济无舟楫，端居耻圣明"，杜则继之曰"亲朋无一字，老病有孤舟"，皆以索寞幽渺之情，摄归至小，两公所作，不谋而合，可见文章有定法。若求博大高深之语以称之，必无可称而力蹶无完诗矣。（〔清〕梁章钜《浪迹丛谈》卷十）

查慎行：孟作前半首，由远说到近；后半首，全无魄力，第六句尤不着题。（李庆甲辑《瀛奎律髓汇评》卷一）

【赏析】

这是一首干谒诗，孟浩然漫游洞庭，思及个人前途，因写此诗给当时还在相位的张九龄，希望得到引荐录用，但写洞庭之景却极为出色，实际上成为一首杰出的山水佳作。前半写洞庭秋景，八月秋汛，湖水盛涨，几乎和两岸齐平，且水天一色，极目远望，涵浑莫辨，尤增汪洋

---

① 张丞相：即张九龄。　② 虚、太清：均指天空。　③ 云梦泽："云"、"梦"本是二泽在今湖北、湖南段长江南北。后世大部分淤成陆地，并称云梦泽。　④ 端居：闲居。圣明：指圣明的时代。《论语·泰伯》："邦有道，贫且贱焉，耻也；邦无道，富且贵焉，耻也。"

阔大之势,如此笔法,真所谓"起得浑浑称题,而气概横绝"(碧琳琅馆重刊《孟浩然集》附刘辰翁评语)。三、四句实写,"云梦泽"、"岳阳城"写出洞庭地域所在,而冠以"气蒸"、"波撼",则写出洞庭丰厚涵量、郁勃生机以及澎湃激荡的力度。前二句静写湖的浩阔,后二句动写湖的声势。下四句转入抒情,"欲济"由眼前景触发,面对浩浩湖面,联想在野之身,以难以渡过喻无人引荐,"端居"而耻对"圣明",表明心志。因而"坐观垂钓","徒有羡鱼",用"临渊羡鱼,不如退而结网"(《淮南子·说林训》)之古语而巧妙地翻出新意,进一步含蓄委婉地流露出希求援引之心情。诗意本在干谒,却全借洞庭之景自然引出,略无痕迹,且写景本身成为千古洞庭诗歌之绝唱。

(许 总)

备选课文

与诸子登岘山　　孟浩然

人事有代谢,往来成古今。江山留胜迹,我辈复登临。水落鱼梁浅,天寒梦泽深。羊公碑尚在,读罢泪沾襟。

桃源行　　王维

渔舟逐水爱山春,两岸桃花夹去津。坐看红树不知远,行尽青溪不见人。山口潜行始隈隩,山开旷望旋平陆。遥看一处攒云树,近入千家散花竹。樵客初传汉姓名,居人未改秦衣服。居人共住武陵源,还从物外起田园。月明松下房栊静,日出云中鸡犬喧。惊闻俗客争来集,竞引还家问都邑。平明闾巷扫花开,薄暮渔樵乘水入。初因避地去人间,及至成仙遂不还。峡里谁知有人事,世中遥望空云山。不疑灵境难闻见,尘心未尽思乡县。出洞无论隔山水,辞家终拟长游衍。自谓经过旧不迷,安知峰壑今来变。当时只记入山深,青溪几曲到云林。春来遍是桃花水,不辨仙源何处寻。

山 中　　王维

荆溪白石出,天寒红叶稀。山路元无雨,空翠湿人衣。

鸟鸣涧　　王维

人闲桂花落,夜静春山空。月出惊山鸟,时鸣春涧中。

钓鱼湾　　储光羲

垂钓绿湾春,春深杏花乱。潭清疑水浅,荷动知鱼散。日暮待情人,维舟绿杨岸。

泛读课文

鹿 柴　　王维

空山不见人,但闻人语响。返景入深林,复照青苔上。

送元二使安西　　王维

渭城朝雨浥轻尘,客舍青青柳色新。劝君更尽一杯酒,西出阳关无故人。

山居秋暝　　　　　王维

空山新雨后,天气晚来秋。明月松间照,清泉石上流。竹喧归浣女,莲动下渔舟。随意春芳歇,王孙自可留。

终南别业　　　　　王维

中岁颇好道,晚家南山陲。兴来每独往,胜事空自知。行到水穷处,坐看云起时。偶然值林叟,谈笑无还期。

竹里馆　　　　　王维

独坐幽篁里,弹琴复长啸。深林人不知,明月来相照。

题农夫庐舍　　　　　丘为

东风何时至,已绿湖上山。湖上春已早,田家日不闲。沟塍流水处,耒耜平芜间。薄暮饭牛罢,归来还闭关。

过故人庄　　　　　孟浩然

故人具鸡黍,邀我至田家。绿树村边合,青山郭外斜。开轩面场圃,把酒话桑麻。待到重阳日,还来就菊花。

宿建德江　　　　　孟浩然

移舟泊烟渚,日暮客愁新。野旷天低树,江清月近人。

宿桐庐江,寄广陵旧游　　　　　孟浩然

山暝听猿愁,沧江急夜流。风鸣两岸叶,月照一孤舟。建德非吾土,维扬忆旧游。还将两行泪,遥寄海西头。

阙题　　　　　刘眘虚

道由白云尽,春与青溪长。时有落花至,远随流水香。闲门向山路,深柳读书堂。幽映每白日,清辉照衣裳。

分类唐诗　山

夜宿七盘岭　　　　　沈佺期

独游千里外,高卧七盘西。山月临窗近,天河入户低。芳春平仲绿,清夜子规啼。浮客空留听,褒城闻曙鸡。

次北固山下　　　　　王湾

客路青山外,行舟绿水前。潮平两岸阔,风正一帆悬。海日生残夜,江春入旧年。乡书何处达,归雁洛阳边。

山中留客　　　　　张旭

山光物态弄春晖,莫为轻阴便拟归。纵使晴明无雨色,入云深处亦沾衣。

终南望馀雪　　　　　祖咏

终南阴岭秀,积雪浮云端。林表明霁色,城中增暮寒。

望天门山　　　　　李白

天门中断楚江开,碧水东流至此回。两岸青山相对出,孤帆一片日边来。

独坐敬亭山　　　　　李白

众鸟高飞尽,孤云独去闲。相看两不厌,只有敬亭山。

望岳　　杜甫

岱宗夫如何,齐鲁青未了。造化钟神秀,阴阳割昏晓。荡胸生层云,决眦入归鸟。会当凌绝顶,一览众山小。

九华山歌　　刘禹锡

奇峰一见惊魂魄,意想洪炉始开辟。疑是九龙夭矫欲攀天,忽逢霹雳一声化为石,不然何至今,悠悠亿万年,气势不死如腾仚。云含幽兮月添冷,月凝晖兮江漾影。结根不得要路津,迥秀长在无人境。轩皇封禅登云亭,大禹会计临东溟。乘槎不来广乐绝,独与猿鸟愁青荧。君不见敬亭之山黄索漠,兀如断岸无棱角。宣城谢守一首诗,遂使声名齐五岳。九华山,九华山,自是造化一尤物,焉能籍甚乎人间。

山行　　项斯

青枥林深亦有人,一渠流水数家分。山当日午回峰影,草带泥痕过鹿群。蒸茗气从茅舍出,缫丝声隔竹篱闻。行逢卖药归来客,不惜相随入岛云。

游嵩山　　熊皎

独背焦桐访洞天,暂攀灵迹弃尘缘。深逢野草皆疑药,静见樵人恐是仙。翠木入云空自老,古碑横水莫知年。可怜幽景堪长往,一任人间岁月迁。

分类唐诗　水

桃花溪　　张旭

隐隐飞桥隔野烟,石矶西畔问渔船。桃花尽日随流水,洞在清溪何处边。

汉江临泛　　王维

楚塞三湘接,荆门九派通。江流天地外,山色有无中。郡邑浮前浦,波澜动远空。襄阳好风日,留醉与山翁。

宿建德江　　孟浩然

移舟泊烟渚,日暮客愁新。野旷天低树,江清月近人。

早寒江上有怀　　孟浩然

木落雁南度,北风江上寒。我家襄水上,遥隔楚云端。乡泪客中尽,孤帆天际看。迷津欲有问,平海夕漫漫。

陪族叔刑部侍郎晔及中书贾舍人至游洞庭五首(选二)　　李白

南湖秋水夜无烟,耐可乘流直上天。且就洞庭赊月色,将船买酒白云边。

帝子潇湘去不还,空馀秋草洞庭间。淡扫明湖开玉镜,丹青画出是君山。

兰溪棹歌　　戴叔伦

凉月如眉挂柳湾,越中山色镜中看。兰溪三日桃花雨,半夜鲤鱼来上滩。

望洞庭　　刘禹锡

湖光秋月两相和,潭面无风镜未磨。遥望洞庭山水翠,白银盘里一青螺。

暮江吟　　白居易

一道残阳铺水中,半江瑟瑟半江红。可怜九月初三夜,露似真珠月似弓。

南湖　　　　　朱庆馀

湖上微风小槛凉,翻翻菱荇满回塘。野船著岸入春草,水鸟带波飞夕阳。芦叶有声疑露雨,浪花无际似潇湘。飘然蓬艇东归客,尽日相看忆楚乡。

利州南渡　　　　温庭筠

澹然空水对斜晖,曲岛苍茫接翠微。波上马嘶看棹去,柳边人歇待船归。数丛沙草群鸥散,万顷江田一鹭飞。谁解乘舟寻范蠡,五湖烟水独忘机。

楚江怀古　　　　马　戴

露气寒光集,微阳下楚丘。猿啼洞庭树,人在木兰舟。广泽生明月,苍山夹乱流。云中君不降,竟夕自悲秋。

流　水　　　　　罗邺

漾漾悠悠几派分,中浮短艇与鸥群。天街带雨淹芳草,玉洞漂花下白云。静称一竿持处见,急宜孤馆觉来闻。隋家柳畔偏堪恨,东入长淮日又曛。

黄　河　　　　　罗　隐

莫把阿胶向此倾,此中天意固难明。解通银汉应须曲,才出昆仑便不清。高祖誓功衣带小,仙人占斗客槎轻。三千年后知谁在,何必劳君报太平。

野　塘　　　　　韩　偓

侵晓乘凉偶独来,不因鱼跃见萍开。卷荷忽被微风触,泻下清香露一杯。

送人游吴　　　　杜荀鹤

君到姑苏见,人家尽枕河。古宫闲地少,水港小桥多。夜市卖菱藕,春船载绮罗。遥知未眠月,乡思在渔歌。

分类唐诗　田园

田家杂兴八首　　储光羲

众人耻贫贱,相与尚膏腴。我情既浩荡,所乐在畋渔。山泽时晦暝,归家暂闲居。满园植葵藿,绕屋树桑榆。禽雀知我闲,翔集依我庐。所愿在优游,州县莫相呼。日与南山老,兀然倾一壶。

宿五松山下荀媪家　　李　白

我宿五松下,寂寥无所欢。田家秋作苦,邻女夜舂寒。跪进雕胡饭,月光明素盘。令人惭漂母,三谢不能餐。

观田家　　　　　韦应物

微雨众卉新,一雷惊蛰始。田家几日闲,耕种从此起。丁壮俱在野,场圃亦就理。归来景常晏,饮犊西涧水。饥劬不自苦,膏泽且为喜。仓廪无宿储,徭役犹未已。方惭不耕者,禄食出闾里。

田　舍　　　　　杜　甫

田舍清江曲,柴门古道旁。草深迷市井,地僻懒衣裳。榉柳枝枝弱,枇杷树树香。鸬鹚西日照,晒翅满鱼梁。

春日江村　　　杜甫

农务村村急,春流岸岸深。乾坤万里眼,时序百年心。茅屋还堪赋,桃源自可寻。艰难贱生理,飘泊到如今。

汉水伤稼　　　许浑

西北楼开四望通,残霞成绮月悬弓。江村夜涨浮天水,泽国秋生动地风。高下绿苗千顷尽,新陈红粟万庾空。才微分薄忧何益,却欲回心学钓翁。

江村即事　　　司空曙

钓罢归来不系船,江村月落正堪眠。纵然一夜风吹去,只在芦花浅水边。

和袭美钓侣二章　　　陆龟蒙

雨后沙虚古岸崩,鱼梁移入乱云层。归时月堕汀洲暗,认得妻儿结网灯。

夜到渔家　　　张籍

渔家在江口,潮水入柴扉。行客欲投宿,主人犹未归。竹深村路远,月出钓船稀。遥见寻沙岸,春风动草衣。

旅寓洛南村舍　　　郑谷

村落清明近,秋千稚女夸。春阴妨柳絮,月黑见梨花。白鸟窥鱼网,青帘认酒家。幽栖虽自适,交友在京华。

村夜　　　白居易

霜草苍苍虫切切,村南村北行人绝。独出前门望野田,月明荞麦花如雪。

社日　　　王驾

鹅湖山下稻粱肥,豚栅鸡栖半掩扉。桑柘影斜春社散,家家扶得醉人归。

唐代山水诗概述

中国地大物博,山水众多,千姿百态的山水,既是大自然造物的骄子,又成为与人类相伴的生活环境。因此,在作为人类精神活动产物的文学中,山水就几乎与整个文学史的发展相始终。早在《诗经》、《楚辞》中,就有不少作品描写了山川景物。但《诗经》中的山水主要是作为比兴之用,《楚辞》中的山水则主要是神灵活动的背景,自然山水远未成为一种独立的审美对象。汉代文人诗兴起,山水在文人笔下频繁出现,但山水描写本身仍然作为抒情言怀的渲染和衬托,并未转化为独立的审美对象。

作为一种文学题材的山水诗,正式兴起于六朝的晋宋之际,脱胎于借助自然美景体悟自然之道的玄学思潮。谢灵运是第一个大量写作山水诗的重要诗人,经过齐梁的演变,山水诗题材不断扩大,风格日趋多样,为唐代山水诗创作的繁盛作了多方面的准备。

唐代是山水诗创作的极盛时期,也是山水诗作为一个诗派的形成时期。

入唐之初,由于宫廷诗风的影响,山水诗题材基本上局限于宫廷池苑的范围内,诗人具体描写的是台阁山池之类人造山水,以之互相酬唱。自"初唐四杰"的卢照邻、骆宾王、王勃、杨炯发起针对宫廷诗风的文学革命,山水题材方走向真正的自然山水,正如闻一多先生所说,四杰将宫廷诗"从台阁移至江山与塞漠"。走出宫苑园亭的游览宴集,四杰在漫长的行役中置身于广袤的山川,他们的山水诗也就脱离了宫廷池苑,而成为对大自然雄奇秀丽之美的惊喜发现与醉心沉迷。这种以行役写山水的途径,无疑扩大了山水诗的描绘视野。当然,四杰山水诗风格技巧并未完全脱出齐梁以迄唐初窠臼,如多有花鸟鱼蝶、草树涧泉等细景闲趣以及清浅鲜丽的色彩风调,然而,由于胸中蕴蓄着宏大的抱负与郁抑的意气,四杰山水诗在写景中往往注入强烈的情感意绪,这就不仅体现为对唐初宫廷山水诗的超越,而且实际上将晋宋山水诗传统提高到一个新的层次。

紧接四杰之后,对山水诗作出新的贡献的是陈子昂、杜审言、沈佺期、宋之问等人。他们大多有过贬谪的经历,在羁旅途中写下许多纪行诗,在蛮荒贬所写下许多纪实诗,其中相当一部分就是优秀的山水诗。同时,在外在表现方面,他们从古体和近体两方面都对山水诗的体式作出了杰出的贡献。一方面,针对唐初山水诗沿袭齐梁,他们极力倡导谢灵运的五古体,以复兴山水古调;另一方面,亦使近体诗格律更加规范严整,改变唐初近体诗粗糙的现象,使山水之体更为凝练,山水之咏更富余韵,从而为盛唐山水诗的更大发展打下坚实的基础。

对盛唐山水诗的繁盛具有直接影响的还有张说和张九龄。张说在被贬谪岳州(今湖南岳阳)时写作了大量山水诗,《新唐书》本传就称其在岳州时作品"得江山之助"。同时在他周围还聚集了一批同时迁谪的文人,形成一个文人群体,在湖湘一带兴起吟咏山水之风气。张九龄的山水诗则善于以宏大的气魄描绘山川形胜,同时寓含深沉的历史思索,被称为"寓神俊于庄严之内"。由于二张先后在开元年间拜相,是公认的一代时哲文宗,他们不仅自己创作了大量优秀篇章,而且以"天然壮丽"的审美理想引导文风,实际上盛唐时期的重要诗人几乎都是经他们提拔而走上文坛的,因此,二张对盛唐诗人的影响最为直接。明代人胡应麟《诗薮》说张九龄"首创清淡之派,盛唐继起,孟浩然、王维、储光羲、常建、韦应物,本曲江之清淡,而益以风神者也",正描画出唐代山水诗派发展的大体脉络。

在盛唐时期,山水诗实际上是一极普遍的题材,重要诗人如李白、杜甫、高适、岑参以及王昌龄、李颀等无不大量涉足山水诗的创作。但是,文学史上习惯地把所谓的"王孟诗派"视作山水诗派,而通常只将储光羲、祖咏、卢象、常建等几个诗人划归入这一诗派。山水诗在盛唐时期达到文学史上的极盛,自有其内在的原因。第一,唐代富庶的社会经济为士人提供了优裕的生活条件,形成山庄别业化的生活环境,到盛唐时,别业进而普及到下层士人,其构筑多依山傍水,使得山水成为诗歌创作的重要背景因素;第二,为了适应太平盛世的氛围,玄宗热衷于招纳隐士高人,造成一种普遍的隐居风尚,积极仕进的文人往往通过"终南捷径"博取功名,已登仕途者则过着亦官亦隐的生活,罢官或致仕后更是"归山买薄田",由此促使广大文人始终保持着从容幽雅心境以欣赏山水自然之趣,形成无论仕隐都加入山水诗创作行列的繁盛景观;第三,在盛唐时期强盛的时代精神感召下,广大士人既充满建功立业的热情与理想,又努力保持高尚超俗的道德人格建构,形成一种通达的处世原则与人生观念,因此,尽管遭遇挫折,亦绝无幽愤郁结,而是恰恰诱发出对山水自然之美的发现与追求。可见,在山水题材创作的兴盛中,有着多重社会的和心理的因素,因此造成山水创作环境的广袤性及其内质的多重性。从创作环境看,大多写于著名的风光优美之地,如终南山、嵩山、庐山以及吴越、齐鲁、巴蜀等,几乎遍及当时除边疆塞外及蛮荒之域的所有地区。从内质构成看,文人形成宽阔化与通达化的心理涵量与特征,不仅促使诗人摆脱俗套与功利的束缚,得以真正进入自然之美的境界,而且以旷放的精神与行止突破具体别业范围,将山水诗的自然与社会背景推向无限广阔,成为追求人格独立与心灵自由的重要象征。

在盛唐时期山水诗极为广泛的创作中,最杰出的代表无疑是孟浩然与王维。孟浩然的山水诗人多取材于日常生活,表现出朴素自然的生活情调,其代表作如《夜归鹿门山歌》、《过故人庄》、《夏日南亭怀辛大》、《秋登万山寄张五》、《山中逢道士云公》等,无论是高士形象的塑造、山中登览的意趣,还是乡村风光的勾勒、偕隐过从的情谊,都既见淡远清旷、超然脱俗的诗境,又不失朴素真诚、生动活泼的生机。王维的山水诗则主要体现为画家的取景方式,并经艺术的提炼与纯化,构成一幅幅既清新明净又悠淡静谧的水墨画卷,其代表作如《终南山》、《山居即事》、《山居秋暝》、《山中》、《汉江临眺》等,皆在人与自然的依恋、沟通乃至融合之中展现出气韵生动的绘画美与诗境美,将这一题材的艺术成就推到了前所未有的高度。

继王维、孟浩然将山水诗艺术表现发展到极致之后,这一题材在中唐时期仍有较为广泛的创作。大历时期,以钱起为代表的"十才子"以及以刘长卿为代表的江南诗人群都以王、孟为楷范,大量写作山水诗,并形成清雅空灵的艺术风格。稍后,山水诗创作成就较著的是韦应物和柳宗元。韦应物的山水诗大多写于宦游行旅场合,柳宗元的山水诗则大多写于长期贬放之地,由于时代氛围与主体心态的差异,王、孟诗中优美清淡的意境到韦、柳诗中已变成萧散孤寂,并且愈益与禅境结合起来,使山水诗愈趋空冷。前人评论唐代山水诗,每以"王、孟、韦、柳"并称,可以说,从王、孟到韦、柳,正显示了唐代山水诗创作整体的演进轨迹和构成主干。

唐代之后,山水诗创作显然已不能构成一个明显的诗派,但诗人的创作数量更为巨大,艺术技巧亦时有创新,特别是随着时代文化氛围和审美时尚的演化,山水诗既融入了时代思潮的主流之中,又以其精巧的艺术形式表现出文学风尚的变迁。因此,从特定时代创作思潮和体派的角度看,山水诗似乎专属于唐代,但从一种文学创作题材的角度看,山水诗传统源远流长,几乎贯穿了中国文学史之始终。 （许 总）

中小学已学篇目

王维《鹿柴》、《九月九日忆山东兄弟》、《送元二使安西》(小)、《使至塞上》、《汉江临眺》(初)、《山居秋暝》(高)、《辋川闲居赠裴秀才迪》※ **孟浩然**《春晓》(小)、《过故人庄》、《望洞庭湖赠张丞相》

可参考书目

《王维集校注》,陈铁民校注,中华书局 1997 年

《王维孟浩然诗选注》,葛杰选注,上海古籍出版社 1994 年

《王维孟浩然选集》,王达津选注,上海古籍出版社 1990 年

《王维诗选》,陈贻焮选注,人民文学出版社 1959 年

《孟浩然集校注》,徐鹏校注,人民文学出版社 1989 年

《孟浩然诗选》,陈贻焮选注,人民文学出版社 1983 年

六、盛唐诗（三）

【唐边塞诗派总评】

　　高适、岑参，开元、天宝以后大诗人，与杜公相颉颃，歌行皆流出肺肝，无斧凿痕。……郊、岛辈句锻月炼者，参谈笑得之。词语壮浪，意象开阔。荆公选唐诗，此二家最多。（〔宋〕刘克庄《后村诗话·后集》卷二）

　　高、岑之诗悲壮，读之使人感慨。（〔宋〕严羽《沧浪诗话》）

　　高、岑一时不易上下，岑气骨不如达夫遒上，而婉缛过之。选体时时入古，岑尤陟健。歌行磊落奇俊，高一起一伏，取是而已，尤为正宗。五言近体，高、岑俱不能佳，七言，岑稍浓厚。（〔明〕王世贞《艺苑卮言》卷四）

　　高适、岑参、王昌龄、李颀、孟云卿，本子昂之古雅，而加以气骨者也。（〔明〕胡应麟《诗薮》内编卷二）

　　常侍五言古深婉有致，而格调音节，时有参差。嘉州清新奇逸，大是俊才，质力造诣，皆出高上。然高黯淡之内，古意犹存，岑英发之中，唐体大著。（〔明〕胡应麟《诗薮》内编卷二）

　　高、岑似微不同，或高优于岑乎？王士禛答曰：唐人齐名，如沈宋、王孟、钱刘、元白、皮陆，皆约略相似，唯李杜、高岑迥别，高悲壮而厚，岑奇逸而峭，钟伯敬谓高岑诗如出一手，大谬矣！（〔清〕王士禛等《诗友诗传续录》）

　　东川句法之妙，在高、岑二家上。高之浑厚，岑之奇峭，虽各是名家，然俱在少陵笼罩之中，至李东川则不尽尔也，学者欲从精密中推宕伸缩，其必问津于东川乎！（〔清〕翁方纲《石洲诗话》卷一）

高　适

　　高适(702？—765)，字达夫，渤海蓨（今河北景县）人。少贫寒，潦倒失意，曾北上蓟门和浪游梁宋。后客游河西，为哥舒翰书记。安史乱起，以监察御史佐哥舒翰守潼关。潼关失守，他奔赴行在，见玄宗陈述军事形势，迁侍御史，擢谏议大夫。后任淮南节度使，任彭州刺史，迁蜀州，代宗时为成都尹、剑南西川节度使，召为刑部侍郎，转左散骑常侍，卒，谥忠。高适以边塞诗成就最高，也有一些反映时事及民生疾苦的诗，语言质朴，直抒胸臆，气骨琅然，多慷慨悲壮之音。有《高常侍集》。

【集评】

　　适性拓落,不拘小节,耻预常科,隐迹博徒,才名自远。然适诗多胸臆语,兼有气骨,故朝野通赏其文。至如《燕歌行》等篇,甚有奇句。且余所最深爱者:"未知肝胆向谁是,令人却忆平原君。"吟讽不厌矣。(〔唐〕殷璠《河岳英灵集》卷上)

　　适年过五十,始留意诗什,数年之间,体格渐变,以气质自高,每吟一篇已,为好事者称诵。(〔五代〕刘昫《旧唐书·高适传》)

　　左散骑常侍高适,朔气纵横,壮心落落,抱瑜握瑾,沉浮闾巷之间,殆侠徒也。故其为诗,直举胸臆,模画景象,气骨琅然,而词锋华润,感赏之情,殆出常表。视诸苏卿之悲愤,陆平原之惆怅,辞节虽离而音调不促,无以过之矣。(〔明〕徐献忠《唐诗品》)

　　高适、李颀不独七古见长,大段气体高厚,即今体亦复见骨格坚老,气韵沉雄。(〔清〕方南堂《辍锻录》)

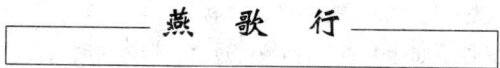

燕歌行

　　开元二十六年,客有从御史大夫张公出塞而还者①,作《燕歌行》以示适,感征戍之事,因而和焉

汉家烟尘在东北,汉将辞家破残贼②。男儿本自重横行,天子非常赐颜色③。摐金伐鼓下榆关,旌旆逶迤碣石间④。校尉羽书飞瀚海⑤,单于猎火照狼山⑥。山川萧条极边土,胡骑凭陵杂风雨⑦。战士军前半死生,美人帐下犹歌舞。大漠穷秋塞草腓⑧,孤城落日斗兵稀。身当恩遇恒轻敌,力尽关山未解围。铁衣远戍辛勤久,玉箸应啼别离后⑨。少妇城南欲断肠⑩,征人蓟北空回首。边庭飘飖那可度,绝域苍茫更何有?杀气三时作阵云,寒声一夜传刁斗。相看白刃血纷纷,死节从来岂顾勋?君不见沙场征战苦,至今犹忆李将军⑪。

① 御史大夫张公:即营州都督、河北节度副大使张守珪。 ② 残贼:开元十八年(730),契丹大臣可突干弑其主李邵固叛唐,被信安王李祎击败,后又卷土重来,杀幽州道副总管,张守珪奉调,于开元二十二年两次击败之,杀可突干。开元二十四年秋至次年春,再出兵击败其余党,故称残贼。 ③ 横行:纵横驰骋。非常:例外地。赐颜色:给予荣宠及优礼。开元二十三年,张守珪献俘长安,玄宗亲设宴,赐酒赐诗,并封其为辅国大将军、右羽林大将军,封其二子为官,给以重赏。 ④ 摐(chuāng)金伐鼓:鸣金击鼓。榆关:山海关。碣石:山名。汉代在东北海边,六朝时没入海中。 ⑤ 校尉:武官,低于将军。羽书:插有鸟羽的紧急文书。瀚海:沙漠。 ⑥ 狼山:一称白狼山,在白狼河畔,时为奚及契丹境内。 ⑦ 凭陵:逼迫,侵略。其《蓟门行》亦有:"胡虽虽凭陵,汉兵不顾身"之句。 ⑧ 腓(féi):衰萎。 ⑨ 玉箸:泪,指思妇之泪。 ⑩ 少妇城南:唐代长安城北为宫廷区,城南是住宅区,少妇城南指战士的妻子。 ⑪ 李将军:指李牧(战国赵国将军)或李广(汉将),均为抗击匈奴的名将。李广与匈奴大小七十余战,却无尺寸之功可封侯,故有"冯唐易老,李广难封"之说。

【汇评】

词浅意深,铺排中即为诽刺,此道自《三百篇》来,至唐而微,至宋而绝。"少妇"、"征人"一联,倒一语乃是征人想他如此,联上"应"字,神理不爽。结句亦苦平淡,然如一匹衣著,宁令稍薄,不容有颣。(〔清〕王夫之《唐诗评选》卷一)

达夫此篇,纵横出没如云中龙,不以古文四宾主法制之,意难见也。……《燕歌行》之主中主,在忆将军李牧善养士而能破敌。于达夫时,必有不恤士卒之边将,故作此诗。而主中宾,则"战士军前半死生,美人帐下犹歌舞"、"相看白刃血纷纷,死节从来岂顾勋"四语是也。("岂顾勋"即"死是战士死,功是将军功"之意)其余皆是宾中主。自"汉家烟尘"至"未解围",言出师遇敌也。此下理当接以"边庭"云云,但径直无味,故横间以"少妇"、"征人"四语。"君不见"云云,乃出正意以结之也。文章出正面,若以此意行文,须叙李牧善养士能破敌之功烈,以激励此边将。诗以兴比出侧面,故止举"李将军",使人深求而得,故曰:"言之者无罪,而闻之者足以戒"也。(〔清〕吴乔《围炉诗话》卷二)

句中含双单字,此七古造句之要诀,盖如此则顿跌多姿,而不伤于虚弱,杜工部《渼陂行》多用此句法。转韵亦用对法。(〔清〕黄培芳语,见《唐贤三昧集笺注》卷下)

沈德潜云:刺边将佚乐,不恤士卒。通首叙关塞之苦,只以"战士"二句、"君不见"二句点睛。运意绝高。(〔清〕章燮《唐诗三百首注疏》卷三)

【赏析】

《燕歌行》乃乐府《相和歌辞·平调曲》旧题,歌辞多咏东北边地(燕地)征戍之苦及思妇相思之情。始见于曹丕之作。此诗亦然,只是对传统题材有所开拓。诗以张守珪平定契丹可突干及其余党叛乱的几次战争为背景,热烈歌颂了守边将士排除万难、克敌制胜的爱国精神。诗的开头先交代战争的地点及性质,写出唐军出师时一往无前的形象,接着极力渲染边地的艰苦,为将士们的献身报国作了很好铺垫,然后转而抒发征人思妇相思之情。将士们也是血肉之躯,不能没有儿女、夫妇之情,然而大敌当前,只能忍受"少妇城南欲断肠,征人蓟北空回首"的感情熬煎。全诗的结尾运用"李广难封"的历史典故,把将士们的思想境界提升到一个更高的高度,他们拼死血战,含辛茹苦,甚至为国捐躯,并非为了个人的功名利禄。这就比众多为封万户侯而立功边塞的人思想高尚了许多。全诗四句一换韵,也差不多四句一转意,而且平仄韵交替,又大量运用律句与对仗,故虽充满金戈铁马之声却音节流利酣畅,从而成为唐代边塞诗之"第一大篇"。

(王步高)

李 颀

李颀(690—751?),盛唐诗人,祖籍赵郡(今河北赵县),长期居住颍阳(今河南登封西)。开元二十三年(735)登进士第。任新乡县尉,不久去官。后隐居嵩山、少室山一带的"东川别业",有时来往于长安、洛阳间。"性疏简,厌薄世务。慕神仙,服饵丹砂,期轻举之道,结好尘喧之外。"(《唐才子传》)李颀以五七言歌行及七律见长。诗多歌咏边塞、描绘音乐及寄赠友人之作。其诗见《全唐诗》。

【集评】

顾诗发调既清,修辞亦秀。杂歌咸善,玄理最长。……足可歔欷,震荡心神。惜其伟才,只到黄绶。故论其数家,往往高于众作。(〔唐〕殷璠《河岳英灵集》卷上)

神韵天然高达夫,嘉州格调也应无。更怜绝代东川李,七首吟成万颗珠。(〔清〕陈维崧《钞唐人七言律竟,辄取数断句楮尾》)

唐李颀诗,虽近于幽细,然其气骨,则沉壮坚老,使读者从沉壮坚老之内,领其幽细,而不能以幽细名之也。惟其如此,所以独成一家。(〔清〕贺贻孙《诗筏》)

东川句法之妙,在高、岑二家上。高之浑厚,岑之奇峭,虽各自成家,然俱在少陵笼罩之中。至李东川,则不尽尔也。学者欲从精密中推宕伸缩,其必问津于东川乎?(〔清〕翁方纲《石洲诗话》卷一)

古从军行

白日登山望烽火,黄昏饮马傍交河①。
行人刁斗风沙暗,公主琵琶幽怨多②。
野云万里无城郭,雨雪纷纷连大漠。
胡雁哀鸣夜夜飞,胡儿眼泪双双落。
闻道玉门犹被遮③,应将性命逐轻车④。
年年战骨埋荒外,空见蒲桃入汉家⑤。

【汇评】

李颀此作,实多刺讽意。 吴山民曰:骨气老劲。中四句乐府高语。结联具几许感叹意。 周明翊曰:体格少逊《古意》篇,气亦自老。(〔明〕周敬、周珽《唐诗选脉会通评林》)

音调铿锵,风情澹冶,皆真骨独存,以质胜文,所以高步盛唐,为千秋绝艺。(〔明〕邢昉《唐风定》)

以人命换塞外之物,失策甚矣。为开边者垂戒,故作此诗。(〔清〕沈德潜《唐诗别裁集》卷五)

(首四句)从塞外说起。(次四句)叙其所遇,无非苦境。(末四句)叙其出征不能回者。(总评)此篇三韵

① 饮:读去声,使马饮水。 交河:在今新疆吐鲁番县西北,因河水分流绕城下,故名。唐置县。 ② 公主琵琶:汉武帝时以江都王刘建女细君嫁乌孙国王昆莫,恐其途中烦闷,故弹琵琶以娱之。琵琶本胡人马上所弹乐器。 ③ 据《史记·大宛传》:汉武帝太初元年,命李广利攻大宛,欲至贰师城取善马。因饥饿战不利,请求罢兵。武帝闻之大怒,"使使遮玉门曰:'军有敢入者辄斩之。'" ④ 轻车:汉至唐有轻车将军、轻车校尉、轻车都尉等名号,此处泛指将帅。 ⑤ 《汉书·西域传》:"宛王蝉封与汉约,岁献天马二匹,汉使采蒲陶(葡萄)、苜宿(蓿)种归。天子以天马多,又外国使来众,益种蒲陶苜宿离宫馆旁。"

两转,中间四句,极状塞外悲凉之境。一句一意,读之如亲历其境。(王文濡《唐诗评注读本》卷二)

【赏析】

　　《从军行》本乐府古题,多描写军旅生活。本诗约写于唐玄宗天宝年间,写边塞征戍生活之艰辛,讽刺统治者轻启战争。此诗借《从军行》旧题,以古喻今,借汉讽唐,故加一"古"字。

　　诗之前四句虚实结合,写士兵们紧张、单调的生活。烽火台是战争的象征,白天举烟(狼烟),夜晚举火,此处"白日"、"黄昏"也应理解为互文,不可解为白天……、晚上……,而是日夜……。或登山或傍水,随时准备打仗,随时将纵马奔驰。大漠一带除了风沙,将士夜间唯一相伴的只剩下单调的报更的刁斗。上三句近于实写,第四句用典,当年刘细君公主出塞时尚且赖琵琶抒发自己幽怨之情,将士们难有那样的闲暇与情调,但思乡怀归的抑郁幽怨之情却是相似的。"野云"以下四句是写戍边将士们的艰苦生活。天苍苍,野茫茫,万里戈壁滩上却很少人烟,找不到一座城郭,显然士兵们也只能住在帐篷之类的临时住所中,而且气候恶劣,"雨雪纷纷"。每到夜间,听到此地飞过的大雁的鸣声都显得分外哀伤,本地的居民也常常怨恨泪落,何况来自中原的从军者呢?最后四句把军人的伤怨之情推到近乎绝望的境地。边地艰苦,而又归家无望,玉门关犹被阻塞,只能跟随将帅去拼死战斗,最终是战死或病死,埋骨边地,只有葡萄等作为战利品贡奉朝廷。

　　这首诗运用层层推进的写法,战士们忍受战争的紧张、边地生活的艰苦,以至有家难归,只得埋骨荒外,而赢来的只是"蒲桃入汉家",统治者妄起边衅,不顾人民死活的行径也就自然受到严厉针砭了。诗中多用叠字,全诗雄奇悲壮,也都是显而易见的特色。

　　　　　　　　　　　　　　　　　　　　　　　　　　　　　　　　(王步高)

岑　参

　　岑参(715?—770),祖籍南阳(今属河南),后徙居江陵(今属湖北),曾祖、伯祖、伯父皆官至宰相。幼丧父,孤贫。天宝三载(744)进士。八载入安西高仙芝幕,充节度掌书记,天宝末,封常清任安西节度使,岑参充安西、北庭节度判官。入朝为左补阙、历太子中允、殿中侍御史。又出为关西节度判官,终嘉州刺史。其诗以反映边塞生活著称,洋溢着积极乐观的情绪,艺术上富于幻想色彩,语奇体峻,迥拔孤秀。有《岑嘉州集》十卷。

【集评】

　　早岁孤贫,能自砥砺,遍览史籍,尤工缀文。属辞尚清,用志尚切,其有所得,多入佳境,迥拔孤秀,出于常情。每一篇绝笔,则人人传写,虽闾里士庶、戎夷蛮貊,莫不讽诵吟习焉。时议拟公于吴均、何逊,亦可谓精当矣。(〔唐〕杜确《岑嘉州诗集序》)

　　予自少时,绝好岑嘉州诗。住在山中,每醉归,倚胡床睡,辄令儿曹诵之,至酒醒或睡熟乃已。尝以为太白、子美之后,一人而已。(〔宋〕陆游《跋岑嘉州诗集》)

嘉州诗一以风骨为主,故体裁峻整,语亦造奇,持意方严,竟鲜落韵。(〔明〕徐献忠《唐诗品》)

嘉州之奇峭,入唐以来所未有。又加以边塞之作,奇气溢出。风会所感,豪杰挺生,遂不得不变出杜公矣。(〔清〕翁方纲《石洲诗话》卷一)

岑嘉州独尚警拔,比于孤鹤出群。(〔清〕管世铭《读雪山房唐诗序例》)

走马川行奉送封大夫出师西征①

君不见走马川[行]雪海边②,平沙莽莽黄入天。轮台九月风夜吼③,一川碎石大如斗,随风满地石乱走。匈奴草黄马正肥,金山西见烟尘飞④,汉家大将西出师。将军金甲夜不脱,半夜军行戈相拨,风头如刀面如割。马毛带雪汗气蒸,五花连钱旋作冰⑤,幕中草檄砚水凝⑥。虏骑闻之应胆慑,料知短兵不敢接,车师西门伫献捷⑦。

【汇评】

三句一转,秦皇《峄山碑》文法也。元次山《中兴颂》用之,岑嘉州《走马川行》亦用之。而三句一转中又句句用韵,与《峄山碑》又别。(〔清〕沈德潜《说诗晬语》卷上)

《走马川行》:"轮台九月风夜吼,一川碎石大如斗,随风满地石乱走","半夜军行戈相拨,风头如刀面如割"等句,兵法所谓其节短其势险也。(〔清〕施补华《岘佣说诗》)

奇才奇气,风发泉涌。"平沙"句奇句。(〔清〕方东树《昭昧詹言》卷十二)

【赏析】

天宝十三年(754)岑参被北庭节度使封常清辟为节度判官,第二次出塞。此诗写于此次出塞以后。诗的开头先极力渲染战地的奇特环境:狂风夜吼、平沙莽莽、碎石乱飞。在这样寒冷而严酷的自然环境中,唐军出兵:"将军金甲夜不脱,半夜军行戈相拨,风头如刀面如割",烘托出王师必胜,故"虏骑闻之应胆慑",从而形象地歌颂了唐军士气高昂、吃苦耐劳、勇敢无畏的精神。

(王步高)

---

① 封大夫:封常清,蒲州猗氏人。天宝十一载,为安西副大都护,摄御史中丞,持节充安西四镇节度经略支度营田副大使,知节度事。十三载入朝,摄御史大夫,俄令常清权知北庭都护,持节充伊西节度等使。② 走马川:指唐轮台西之白杨河,即今之玛纳斯河。这里的"川"是指干涸的河床。③ 轮台:据《旧唐书·地理志》,轮台属北庭都护府,在今新疆乌鲁木齐市东北。④ 金山:《新唐书·地理志》:"陇右道西州交河郡,开元中曰金山都督府。"金山,又指今新疆乌鲁木齐东之博格多山,为天山之一峰。⑤ 五花:五花马,唐时讲究的装饰,常把马的鬣毛梳剪为花瓣形。剪三瓣的叫三花马,剪五瓣的叫五花马。连钱,即连钱骢,花色似钱相连。⑥ 草檄:起草征讨的文书。⑦ 车师:即北庭都护府治庭州,在今乌鲁木齐市东北。

备选课文

封丘作　　　高适

我本渔樵孟诸野,一生自是悠悠者。乍可狂歌草泽中,宁堪作吏风尘下。只言小邑无所为,公门百事皆有期。拜迎官长心欲碎,鞭挞黎庶令人悲。归来向家问妻子,举家尽笑今如此。生事应须南亩田,世情付与东流水。梦想旧山安在哉,为衔君命且迟回。乃知梅福徒为尔,转忆陶潜归去来。

轮台歌,奉送封大夫出师西征　　　岑参

轮台城头夜吹角,轮台城北旄头落。羽书昨夜过渠黎,单于已在金山西。戍楼西望烟尘黑,汉兵屯在轮台北。上将拥旄西出征,平明吹笛大军行。四边伐鼓雪海涌,三军大呼阴山动。虏塞兵气连云屯,战场白骨缠草根。剑河风急雪片阔,沙口石冻马蹄脱。亚相勤王甘苦辛,誓将报主静边尘。古来青史谁不见,今见功名胜古人。

与高适、薛据登慈恩寺浮图　　　岑参

塔势如涌出,孤高耸天宫。登临出世界,磴道盘虚空。突兀压神州,峥嵘如鬼工。四角碍白日,七层摩苍穹。下窥指高鸟,俯听闻惊风。连山若波涛,奔凑似朝东。青槐夹驰道,宫馆何玲珑。秋色从西来,苍然满关中。五陵北原上,万古青濛濛。净理了可悟,胜因夙所宗。誓将挂冠去,觉道资无穷。

泛读课文

使至塞上　　　王维

单车欲问边,属国过居延。征蓬出汉塞,归雁入胡天。大漠孤烟直,长河落日圆。萧关逢候骑,都护在燕然。

出塞　　　王维

居延城外猎天骄,白草连山野火烧。暮云空碛时驱马,秋日平原好射雕。护羌校尉朝乘障,破虏将军夜渡辽。玉靶角弓珠勒马,汉家将赐霍嫖姚。

从军行七首(选四)　　　王昌龄

烽火城西百尺楼,黄昏独上海风秋。更吹羌笛关山月,无那金闺万里愁。

琵琶起舞换新声,总是关山旧别情。撩乱边愁听不尽,高高秋月照长城。

青海长云暗雪山,孤城遥望玉门关。黄沙百战穿金甲,不破楼兰终不还。

大漠风尘日色昏,红旗半卷出辕门。前军夜战洮河北,已报生擒吐谷浑。

凉州词　　　王翰

蒲萄美酒夜光杯,欲饮琵琶马上催。醉卧沙场君莫笑,古来征战几人回。

战城南　　　李白

去年战桑干源,今年战葱河道。洗兵条支海上波,放马天山雪中草。万里长征战,三军尽衰老。匈奴以杀戮为耕作,古来唯见白骨黄沙田。秦家筑城避胡处,汉家还有烽火然。烽火然不息,征战无已时。野战格斗死,败马号鸣向天悲。乌鸢啄人肠,衔飞上挂枯树枝。士卒涂草莽,将军空尔为。乃知兵者是凶器,圣人不得已而用之。

火山云歌,送别　　　岑参

火山突兀赤亭口,火山五月火云厚。火云满山凝未

开,飞鸟千里不敢来。平明乍逐胡风断,薄暮浑随塞雨回。缭绕斜吞铁关树,氛氲半掩交河戍。迢迢征路火山东,山上孤云随马去。

白雪歌,送武判官归京　　　岑 参

北风卷地白草折,胡天八月即飞雪。忽如一夜春风来,千树万树梨花开。散入珠帘湿罗幕,狐裘不暖锦衾薄。将军角弓不得控,都护铁衣冷难著。瀚海阑干百丈冰,愁云惨淡万里凝。中军置酒饮归客,胡琴琵琶与羌笛。纷纷暮雪下辕门,风掣红旗冻不翻。轮台东门送君去,去时雪满天山路。山回路转不见君,雪上空留马行处。

胡笳歌,送颜真卿使赴河陇　　岑 参

君不闻胡笳声最悲,紫髯绿眼胡人吹。吹之一曲犹未了,愁杀楼兰征戍儿。凉秋八月萧关道,北风吹断天山草。昆仑山南月欲斜,胡人向月吹胡笳。胡笳怨兮将送君,秦山遥望陇山云。边城夜夜多愁梦,向月胡笳谁喜闻?

逢入京使　　　　　　　　　岑 参

故园东望路漫漫,双袖龙钟泪不干。马上相逢无纸笔,凭君传语报平安。

热海行,送崔侍御还京　　　岑 参

侧闻阴山胡儿语,西头热海水如煮。海上众鸟不敢飞,中有鲤鱼长且肥。岸旁青草常不歇,空中白雪遥旋灭。蒸沙烁石然虏云,沸浪炎波煎汉月。阴火潜烧天地炉,何事偏烘西一隅。势吞月窟侵太白,气连赤坂通单于。送君一醉天山郭,正见夕阳海边落。柏台霜威寒逼人,热海炎气为之薄。

武威送刘判官赴碛西行军　　岑 参

火山五月行人少,看君马去疾如鸟。都护行营太白西,角声一动胡天晓。

碛 中 作　　　　　　　　　岑 参

走马西来欲到天,辞家见月两回圆。今夜不知何处宿,平沙万里绝人烟。

睢阳酬别畅大判官　　　　　高 适

吾友遇知己,策名逢圣朝。高才擅白雪,逸翰怀青霄。承诏选嘉兵,慨然即驰轺。清昼下公馆,尺书忽相邀。留欢惜别离,毕景驻行镳。言及沙漠事,益令胡马骄。丈夫拔东蕃,声冠霍嫖姚。兜鍪冲矢石,铁甲生风飙。诸将出井陉,连营济石桥。酋豪尽俘馘,子弟输征徭。边庭绝刁斗,战地成渔樵。榆关夜不扃,塞口长萧萧。降胡满蓟门,一一能射雕。军中多宴乐,马上何轻趫。戎狄本无厌,羁縻非一朝。饥附诚足用,饱飞安可招。李牧制儋蓝,遗风岂寂寥。君还谢幕府,慎勿轻刍荛。

宋中送族侄式颜　　　　　　高 适

大夫东击胡,胡尘不敢起。胡人山下哭,胡马海边死。部曲尽公侯,舆台亦朱紫。当时有勋业,末路遭谗毁。转旆燕赵间,剖符括苍里。弟兄莫相见,亲族远纷梓。不改青云心,仍招布衣士。平生怀感激,本欲候知己。去矣难重陈,飘然自兹始。游梁且未遇,适越今何以。乡山西北愁,竹箭东南美。峥嵘缙云外,苍莽几千里。旅雁悲啾啾,朝昏孰云已。登临多瘴疠,动息在风水。虽有贤主人,终为客行子。我携一尊酒,满酌聊劝尔。劝尔惟一言,家声勿沦滓。

前出塞九首(选一)　　　　　杜 甫

挽弓当挽强,用箭当用长。射人先射马,擒贼先擒王。杀人亦有限,列国自有疆。苟能制侵陵,岂在多杀伤。

凉 州 词　　　　　　　　　王之涣

黄河远上白云间,一片孤城万仞山。羌笛何须怨杨

柳，春风不度玉门关。

分类唐诗　边塞

观　猎　　　　王　维

风劲角弓鸣,将军猎渭城。草枯鹰眼疾,雪尽马蹄轻。忽过新丰市,还归细柳营。回看射雕处,千里暮云平。

凉州馆中与诸判官夜集　　岑　参

弯弯月出挂城头,城头月出照梁州。凉州七里十万家,胡人半解弹琵琶。琵琶一曲肠堪断,风萧萧兮夜漫漫。河西幕中多故人,故人别来三五春。花门楼前见秋草,岂能贫贱相看老。一生大笑能几回,斗酒相逢须醉倒。

征人怨　　　　柳中庸

岁岁金河复玉关,朝朝马策与刀环。三春白雪归青冢,万里黄河绕黑山。

塞上曲二首(选一)　　戴叔伦

汉家旌帜满阴山,不遣胡儿匹马还。愿得此身长报国,何须生入玉门关。

和张仆射塞下曲(选二)　　卢纶

林暗草惊风,将军夜引弓。平明寻白羽,没在石棱中。

月黑雁飞高,单于夜遁逃。欲将轻骑逐,大雪满弓刀。

相思河　　　　令狐楚

谁把相思号此河,塞垣车马往来多。只应自古征人泪,洒向空洲作碧波。

凉州词三首(选二)　　张籍

边城暮雨雁飞低,芦笋初生渐欲齐。无数铃声遥过碛,应驮白练到安西。
凤林关里水东流,白草黄榆六十秋。边将皆承主恩泽,无人解道取凉州。

边上闻笳　　　杜　牧

何处吹笳薄暮天,塞垣高鸟没狼烟。游人一听头堪白,苏武争禁十九年。

塞下曲　　　　许　浑

夜战桑乾北,秦兵半不归。朝来有乡信,犹自寄寒衣。

书边事　　　　张　乔

调角断清秋,征人倚戍楼。春风对青冢,白日落梁州。大汉无兵阻,穷边有客游。蕃情似此水,长愿向南流。

玉门关　　　　胡　曾

西戎不敢过天山,定远功成白马闲。半夜帐中停烛坐,唯思生入玉门关。

渔阳将军　　　张　为

霜髭拥领对穷秋,著白貂裘独上楼。向北望星提剑立,一生长为国家忧。

塞上曲　　　　王贞白

岁岁但防虏,西征早晚休。匈奴不系颈,汉将但封侯。夕照低烽火,寒笳咽戍楼。燕然山上字,男子见须羞。

陇西行四首(选一) 陈陶

誓扫匈奴不顾身,五千貂锦丧胡尘。可怜无定河边骨,犹是春闺梦里人。

春　怨 金昌绪

打起黄莺儿,莫教枝上啼。啼时惊妾梦,不得到辽西。

筹边楼 薛涛

平临云鸟八窗秋,壮压西川四十州。诸将莫贪羌族马,最高层处见边头。

《燕歌行》主题辨

　　高适的《燕歌行》是盛唐边塞诗的代表作之一。近人赵熙称之为高适诗中"第一大篇",也是唐诗中的第一流名篇。

　　《燕歌行》乃乐府旧题,最早见于魏文帝曹丕之作。其内容"言时序迁换,行役不归,妇人怨旷无所诉也"(《乐府解题》),或云"燕,地名也,言良人行役于燕,而为此曲"(《广题》)。那么,高适《燕歌行》的内容如何?它有无本事?前辈学者对此说法不一,具有代表性的看法有下列几种:

　　其一,认为并无本事。清人何焯评曰:"常侍有《燕歌行》一首,亦是梁陈格调。"又唐汝询曰:"此述征戍之苦也,言烟尘在东北,原非犯我内地,汉将所破特余寇耳。盖此辈本重横行,天子乃厚加礼貌,能不生边衅乎?于是鸣金鼓,建旌旆,以临瀚海,适值单于之猎,凭陵我军。我军死者过半,主将方且拥美姬歌舞帐下,其不恤士卒乃尔。是以当防秋之际,斗兵日稀,然主将不以为意者,以其恃恩而轻敌也。何为使士卒力尽关山未得罢归乎?戍既久,室家相望之情极矣,则又述士卒之意曰:吾岂欲树勋于白刃间耶?既苦征战,则思古之李牧为将,守备为本,亦庶几哉!"(《唐诗解》卷十六)

　　其二,认为事关幽州节度使张守珪,是歌颂还是讽刺难定,但定有所指。此说始于清人陈沆:"张守珪为瓜州刺史,完修故城,版筑方立,虏奄至,众失色,守珪置酒城上,会饮作乐,虏疑有备,引去。守珪因纵兵击败之,故有'战士军前半死生,美人帐下犹歌舞'之句,然其时守珪尚未建节,此诗作于开元二十六年建节之时,或追咏其事,抑或刺其末年富贵骄逸,不恤士卒之词,均未可定。要之观其题序,断非无病之呻也。"(《诗比兴笺》卷三)

　　其三,即刺张守珪说。今人岑仲勉说:"此刺张守珪也……二十六年,击奚,讳败为胜,诗所由云'孤城落日斗兵稀,身当恩遇常轻敌,力尽关山未解围'也。"(《读全唐诗札记》)前此赵熙亦云:"其于守珪有微词,盖与国史相表里也。"似与岑仲勉观点相似。

　　从以上几说不难看出,"刺张守珪说"出现最晚,但由于岑仲勉在文学、史学界的地位,这一说成了当今占统治地位的说法。

　　1980年《文史哲》第2期发表蔡义江《高适燕歌行非刺张守珪辨》一文,对岑仲勉说提出了不同的看法。蔡义江说:"高适《燕歌行》讽主将骄逸轻敌,不恤士卒,致使战事失利,此说诗者并无异议。""然细看序文,知高适所刺者并非张守珪。"又说:"客所示高适之《燕歌行》未知作于何时,或在还归之前;若然,则客诗所言之事,更必在二十六年之前。""守珪裨将赵堪,白真陀罗等逼令平卢军使乌知义邀叛奚与战湟水之北,先胜后败。此事乃赵堪等'假以守珪之命'而为之者,实与守珪无干。至事后守珪知而隐其败状,以克获奏闻,唐书本传虽记为二十六年,但真相泄露,守珪坐贬括州刺史,实乃二十七年之事。故《资治通鉴》……载入开元二十七年。此又二十六年已'从张公出塞而还'之客与高适均不得预闻者。"

蔡义江谓讥刺的对象是指开元二十四年奉命讨奚、契丹而轻敌致败的安禄山。文中引《资治通鉴》、《新唐书·张九龄传》、《张曲江文集》中《上张守珪书》、《上平卢将士书》。据以上记载,蔡义江云:"知禄山入朝,本恃勇骄蹇,以后又得玄宗宥赦,则高适诗'天子非常赐颜色',于明皇亦有微词。"又云:"安禄山喜好歌舞声色,能自作胡旋舞,此史书中屡见,与诗中'美人帐下犹歌舞'亦合。"甚至认为这是"有感于禄山重罪不诛之事,因此作《燕歌行》以寄讽。"

此后几年,唐诗研究者就高适《燕歌行》之本事及所感"征戍之事",究竟针对什么而言,开展了深入的探讨,其中陈伯海发表于《中文自学指导》1985年第6期的《高适〈燕歌行〉三题》,是一篇带有总结性的文章。他反对《燕歌行》为"刺张守珪而作";对"刺安禄山作"之说也作了分析,认为"根据也很薄弱"。他说:"《燕歌行》中有'身当恩遇常轻敌'一句,常被引为诗歌批评将帅轻敌致败的佐证,实属误解。细观上下文意,这里不是单指统帅,而是总写作战的将士。"又云:"轻敌显然不是轻敌冒进的意思,而是指蔑视敌人,甘愿为报答国恩而奋战到底。"由此他认为"不必拘泥于一时一事。高适本人是一位胸有宏图、好谈王霸大略的诗人。开元十八九年至二十二年间,他曾北上漫游蓟门,对边地生活和军事形势有亲身体验。这次再听到友人叙说前方所见所闻,自然会激起自己的种种回忆与感受,于是用诗歌的形式集中反映出来,就成了这首《燕歌行》。"

笔者的《高适的〈燕歌行〉》(见《爱国诗词鉴赏辞典》)也不同意"刺张守珪说",认为这是一首爱国的颂歌。说此诗为张守珪而作,似无疑问。但"所指应是开元二十四年深秋至次年二月再讨契丹之事。其间也融合了诗人六年前两次出蓟门的经验以及对张守珪出守幽燕后多次战绩的了解"。文中追溯了与奚、契丹战事的历史演变情况后指出,开元二十四年安禄山讨奚、契丹叛者恃勇轻进,为虏所败以后,丞相张九龄曾起草诏令令张守珪"可秣马驯兵,候时而动,草衰木落,则其不远。近者所征万人,不日即令出发。大集之后,诸道齐驱,蕞尔凶徒,何足歼尽。"(张九龄《敕幽州节度张守珪书》)这年深秋,张守珪发起讨奚、契丹的战争,直至开元二十五年二月在捺禄山才大破敌军。张九龄又草诏谓张守珪曰:"一二年间,凶党尽诛,亦由卿指挥得所,动不失宜。"诗前小序谓"客有从御史大夫张公出塞而还者","客"所以出塞者,也当指这一次(或亦包括前几次)。于此诗稍后作的《宋中送族侄式颜,时张大夫贬括州使人召式颜,遂有此作》及《睢阳酬别畅大判官》二诗中更对张守珪的功绩作了极高的赞许,对其"末路遭谗毁"表示深切的同情。

如此说成立,与诗中所言也更吻合。开头即云"汉家烟尘在东北,汉将辞家破残贼。"契丹自开元二十年以来已先后败于李祎及张守珪,这次出师,可突干已死,挑起战事的仅其余党而已。诗中"天子非常赐颜色"句,指张守珪前次击败奚、契丹后,于开元二十三年春赴东都捷献,皇帝赐宴并作诗奖赏,升其官为辅国大将军、右羽林大将军,给以极高的物质奖励且任其二子为官。并于幽州立碑纪功。《资治通鉴》甚至有"上美张守珪之功,欲以为相"的记载,因张九龄坚决反对才未实行。这便是"天子非常赐颜色"的内容。

文中谓"战士军前半死生,美人帐下犹歌舞"句,并非指军中的不平等,也非讽刺将官的骄奢淫逸。因为诗词中"战士"只有在与"将军"对举时才专指士兵,而在其他情况下则指"军人"、"将士"。这一联中,"战士军前半死生"可解为"将士军前半死生","美人帐下犹歌舞"也仅是反映将士们于苦中作乐,而非有讽刺之意,更不是反映张守珪"不恤士卒"或是"军中苦乐不均"。高适此前曾北上蓟门,亲自领略过守边将士的生活艰辛。他很赞赏将士们在艰苦环境中适当宴乐。其《陪窦侍御灵云南亭宴诗序》中即云:"军中无事,君子饮食宴乐,宜哉。白简在边,清秋多兴,况水具舟楫,山兼亭台,始临泛而写烦,俄登陟以寄傲,丝桐徐奏,林木更爽,觞蒲萄以递欢,指兰芷而可掇。胡天一望,云物苍然,雨萧萧而牧马声断,风袅袅而边歌几处,又足悲矣。"这段文字是深悟边将士甘苦之辞。何况古代战争属"兵来将挡,水来土掩"的战法,往往将对将,兵对兵地格斗,不能设想大批士兵在前方拼死战斗,而将领却在后方饮酒歌舞,莫说这讽刺张守珪不可能,讽刺其他将领也难以成立。

笔者认为诗的结句"至今犹忆李将军"句,同样不是讽刺将官不恤士卒。这两句与"死节从来岂顾勋"意脉相连,李广尝言,"广结发与匈奴大小七十余战","然无尺寸之功以得封邑。"(《史记·李将军列传》)此处用"李将军"取其不得封侯意,类似的句子在高适其他诗中也时有出现,如:"谁知此行迈,不为觅封侯","勋庸今已矣,不识霍将军","李广从来先将士,卫青未肯学孙吴"……显然,这里诗人抒发的只是只要能报效祖国,哪怕像李广那样终生不得封侯也甘心的爱国精神。所以说,这是一首爱国的颂歌,讽刺论以及多主题论,均是错误的。

因为《燕歌行》在文学史上的崇高地位,对其本事的争论还会继续下去。但争论的各方,将逐渐对某些旧说取得否定的一致意见,对这样一首盛唐边塞诗的代表作的理解也将会深入一步。 （王步高）

唐代边塞诗概说

边塞诗是以边疆地区自然风光和边地军民生活为题材的诗。它与军旅、战争题材的诗作有联系却又不能划等号。唐代是我国边塞诗创作最为繁荣的时代,如今一些脍炙人口的名篇佳作大多产生于这一时期。

其实,边塞诗是伴随着我国疆域的相对不稳定而产生的。东汉以后,战争频繁,反映征人思妇之作,反映边地战争艰苦之作渐渐多了起来,陈琳的《饮马长城窟行》、曹丕的《燕歌行》、鲍照的《代出自蓟北门行》……这些乐府诗中的名篇杰作均以边塞为题材。又如蔡琰(文姬)的《悲愤诗》,以及后世的徐陵《关山月》、王褒《渡河北》、庾信《咏怀》诗中的部分作品,也都为边塞诗史留下了辉煌的篇章。隋代历史短暂,诗歌数量不多,也无一流的大家,但其对外战争却几乎从未间断,故边塞诗作特别发达。卢思道《从军行》、明余庆《从军行》、何妥《入塞》、杨广《饮马长城窟行》、《白马篇》、《纪辽东》、杨素《出塞二首》、薛道衡《出塞二首》、王胄《白马篇》、《纪辽东二首》、虞世基《出塞二首》……,不仅均以边塞为题材,而且创作水准都很高,出现了多位诗人同题唱和边塞诗的盛况。显然,这为盛唐边塞诗的繁荣及边塞诗派的出现,奠定了基础。

唐代最终结束了自东汉末年以来四百多年战乱和不安定的局面,国家的疆域也大大拓展,与周边国家的关系也出现了崭新的局面。唐代建立初年,高祖李渊不得不经常贿赂最大的外部威胁——东突厥,尽管如此,东突厥人仍屡犯太原及京城长安,高祖甚至考虑迁都。后来,唐王朝与周边外族政权——不论其是否为唐王朝的保护国——先后发生过许多次战争,如与吐蕃、东西突厥、奚、契丹的多次战争,成了唐代边塞诗反映的内容,许多诗人或从军边塞、参预幕事,或去边塞(如幽蓟一带)旅行,诗中有一定边塞生活的切身体验,也有的则是依据别人介绍或间接资料,或只是翻用乐府旧题……然而无论何种途径,却使唐代边塞诗创作出现了万紫千红的繁荣局面。

唐代边塞诗在一些由隋入唐的诗人与初唐诗人的笔下便已较多出现。初唐时期的骆宾王是写作边塞诗较多的作家。他有过数度从军的经历,高宗咸亨年间还从军塞上,从而写下较多反映军旅生活的边塞诗,如《边庭落日》、《从军行》、《早秋出塞》、《在军中赠先还知己》、《从军中行路难二首》、《宿温城望军营》、《在军登城楼》、《晚度天山有怀京邑》、《夕次蒲类津》、《送郑少府入辽共赋侠客远从戎》……。除了盛唐的少数边塞诗大家外,骆宾王的边塞诗是写得比较多,质量也算比较好的了,诗中不仅写到边塞风光,也写出从军将士生活的艰辛和不安定,如:"云疑上苑叶,雪似御沟花"、"落雁低秋塞,惊凫起暝湾"、"风旗翻翼影,霜剑卷龙文"、"阴山苦雾埋高垒,交河孤月照连营"、"弓弦抱汉月,马足践胡尘"、"阵去金河冷,书归玉塞寒"……诗中还抒发了杀敌报国,建功立业的抱负和京国之思以及思乡怀归之意。其笔触所及,已大致能涵盖盛唐边塞诗鼎盛时期的大多领域,题材开阔,而且格调高亢。与此同时,初唐的其他著名作家如杨炯、沈佺期、陈子昂、郭元振、李峤、崔融、杜审言等均写下一些边塞诗作,诗人向往军旅生活,希望立功边塞、报效国家,如杨炯《从军行》:"烽火照西京,心中自不平。牙璋辞凤阙,铁骑绕龙城。雪暗凋旗画,风多杂鼓声。宁为百夫长,胜作一书生。"杜审言之《旅寓安南》则把殊方的气候、物产写得新颖别致:"交趾殊风候,寒迟暖复催。仲冬山果熟,正月野花开。积雨生昏雾,轻霜下震雷。故乡逾万里,客思倍从来。"一些未必到过边塞的诗人也都纷纷仿效写作边塞诗,一时蔚为风气。读这一时期的诗作,边塞诗的成就是一道亮丽的风景线,是初唐诗作中成就较突出的部分,为盛唐边塞诗派的出现作了很好的前期准备。

盛唐是边塞诗创作的鼎盛时期,涌现过著名的边塞诗派,可以直接归入这一诗派的作家并不多,创作过边塞诗的盛唐作家则是一个颇为庞大的群体,其作家人数之广、作品数量之多,都是前无古人、后无来者的。盛唐大诗人李白、杜甫都写过一些精妙绝伦的边塞诗作,而成为其代表作的一个部分。如李白的《关山月》、《战城南》、《北风行》、《幽州胡马客歌》、《塞下曲》六首……杜甫的《兵车行》、《前出塞九首》、《后出塞五首》、《高都护骢马行》,王昌龄的《从军行》、《出塞》……盛唐一些诗人如陶翰、刘长卿、常建、储光羲、祖咏、刘湾、王之涣等,也都写过一定数量的边塞之作。这些作品塑造了边庭将士英勇杀敌、保卫边疆的英雄形象,写出了边地艰苦、将士报国献身的精神。而盛唐边塞诗的代表作家则为王(维)、李(颀)、高(适)、岑(参)及王昌龄。其中王维、高适、岑参都有过较丰富的边塞生活经历:高适开元十九年(731)至次年曾送兵北上蓟门,并曾出卢龙塞;天宝九载(750)又曾送兵蓟北,北使归来,也曾经燕赵之境;天宝十一年(752)曾任河西节度使哥舒翰之左骁卫兵曹、充翰府掌书记,亲见次年哥舒翰收河西九曲;天宝十五年(756),从哥舒翰守潼关,同年底任淮南节度使,后任彭州、蜀州刺史,又任剑南节度使……,这些经历,使他有较丰富的军旅和对外战争的经验。王维于开元二十五年(737)曾入河西节度使崔希逸幕,为监察御史兼节度判官。岑参在边塞生活的经历更为丰富,从天宝八载(749)冬至十载夏,他任安西节度使高仙芝僚属;天宝十三载(754)夏到至德元(756),岑参被北庭节度使封常清辟为节度判官,第二次出塞;至德元年(756),又出任伊西、北庭支度副使,这次在北庭历时三年,足迹几遍整个西北地区……他们的从军、出塞生活大大丰富了他们的创作题材,边塞的壮丽风光,边疆的地理、交通、民俗、民族交往,少数民族的歌舞、音乐……在他们诗中均有充分的反映,像"大漠孤烟直,长河落日圆"、"忽如一夜春风来,千树万树梨花开"、"纷纷暮雪下辕门,风掣红旗冻不翻"等绝唱,显然是以厚实的相关生活经验为基础的。他们的诗作中有些气势磅礴、雄奇高亢、充满爱国激情且词采飞扬的篇章,同时怀念家乡及边地将士生活的艰辛在其诗作中也有较深刻的反映。李颀、王昌龄虽无从军与边塞生活的经历,却以乐府旧题写出新意,把盛唐气象融汇到其边塞诗作中去。这些诗作,令人鼓舞、振奋,千载之下,仍虎虎有生气,成为中华民族爱国的强音、民族精神的集中体现。

习惯认为,盛唐的边塞诗是唐代边塞诗创作的顶点,也是其终点。其实,边塞诗的创作是继续贯穿到中晚唐时期的。中晚唐时期虽然没有一个公认的边塞诗派,但从事边塞诗创作的诗人并不少于盛唐时期,这一时期的著名诗人如卢纶、李益、白居易、李贺、杜牧、李商隐、张籍、王建都写过许多边塞诗,而写过一些边塞诗(尤其是边塞题材乐府诗)的诗人则更多,其中如郎士元、柳中庸、戎昱、司空曙、刘商、杨巨源、张仲素、施肩吾、鲍溶、许浑、赵嘏、马戴、刘驾、于濆、翁绶、许棠、司空图、罗隐、周朴、卢汝弼、韦庄、张蠙、沈彬、陈陶、金昌绪等等。有些诗人,传世之作不多,却有一些边塞诗脍炙人口(如陈陶、金昌绪、许棠等)。董乃斌先生甚至发现,《全唐诗》中"凡是存诗一卷以上的中晚唐作家,无不多少写过一些直接或间接与边疆生活有关的作品。"

中晚唐时期,以内忧外患深重为特点。此时战争更多的是发生在朝廷与各割据的藩镇之间,以及各藩镇之间。自然对外战争也未减少。安史乱后,唐王朝国力日衰,中央渐渐失去对边远地区的控制,如吐蕃大举东进,陇右、河湟等地相继沦丧,鄜、秦、成、洮等十多州均先后失去。昔日岑参生活过的安西、北庭两大都护府所属地区更是为吐蕃所有。因而反映收复失地的要求,反映汉人被迫改从蕃俗,反映汉人没蕃的作品显著增加。如杜牧《早雁》、《河湟》、白居易《西凉伎》、张籍《陇头行》等作即如此。这些诗作颇似南宋的爱国诗,以沉郁悲凉为基调,他们直面冷酷的现实,表达拯国家和沦陷区人民于水火的强烈愿望,而紧紧围绕国家领土完整、边塞安危的主题,这与南宋也有相似之处。

中晚唐边塞诗的题材较之盛唐也有开拓之处,如反映南方边地的生活,如施肩吾《岛夷行》、王建的《海人谣》、李商隐的《异俗》等作,比之盛唐边塞诗仅限于东北和西北有所拓展。此外反映军中官兵苦乐不均、朝廷赏罚不明、反映和蕃的太和公主从回纥返回长安等主题。刘商《胡笳十八拍》中就明确写道:"汉室将衰兮四夷不宾,动干戈兮征战频","一朝胡骑入中国,苍黄处处逢胡人",诗中写没蕃汉人的痛苦经历。又如司空图《河湟有感》中:"一自萧关起战尘,河湟隔断异乡春。汉儿尽作胡儿语,却向城头骂汉人。"诗中所反映的情境在初盛唐的边塞诗中是绝不会有的,这使人想起陈亮《贺新郎》中"父老长安今余几?后死无仇可雪,犹未燥、当时生发!"这些沦陷区出生的后代因年代久远,已没有原来的民族意识。他们已没有回归故国的要求,这是诗人所最担心的。诗中的议论说理也充满忧伤和感愤。

中晚唐没有出现王、李、高、岑和王昌龄那样的边塞诗大家,这也是不争的事实。但这一时期边塞诗不但在思想的尖锐和深刻方面有所加强,而且反映的题材也有所拓展,这同样是不争的事实。

唐代的边塞诗是纵贯初、盛、中、晚整个过程的。大致的情况是这样的:一些有边塞生活经历和军旅生活切身体验的作家,从亲历的见闻和经验来进行边塞诗创作,另一些诗人则利用间接的材料,用一些乐府旧题进行旧调翻新的创作,这类乐府诗题在不同时期其内涵也各不相同,显然,后者的作家人数众多,数量也多得多,而且出现过李白、杜甫及高适《燕歌行》之类的杰作,但就总体水平而言,前者的那类诗作中更贴近边塞生活,更能准确反映时代精神,艺术特色也更为鲜明。由于国力强弱不同,在对外战争中的胜负不同,初盛唐边塞诗中多昂扬奋发的格调,中唐前期尚有其余响,而中唐后期及晚唐只有对昔日盛况的追慕以及对凄凉现实的哀叹。终唐之世,边塞诗始终是唐诗中思想性最深刻、想象力最丰富、艺术性最强的部分。

(王步高)

中小学已学篇目

岑参《白雪歌送武判官归京》(初)

可参考书目

《高适岑参诗编年笺注》,刘开扬编笺,中华书局 1981 年
《高适诗选》,刘开扬选注,四川人民出版社 1981 年
《高适集校注》,孙钦善校注,上海古籍出版社 1984 年
《高适年谱》,周勋初著,上海古籍出版社 1980 年
《高适岑参诗选》,孙钦善等选注,人民文学 1985 年
《高适岑参选集》,高文、王刘纯选注,上海古籍出版社 1988 年

七、李白（上）

【李杜诗总论】

李杜文章在，光焰万丈长。不知群儿愚，那用故谤伤！蚍蜉撼大树，可笑不自量。伊我生其后，举颈遥相望。夜梦多见之，昼思反微茫。徒观斧凿痕，不瞩治水航。想当施手时，巨刃摩天扬。垠崖划崩豁，乾坤摆雷硠。唯此两夫子，家居率荒凉。帝欲长吟哦，故遣起且僵。剪翎送笼中，使看百鸟翔。平生千万篇，金薤垂琳琅。仙官敕六丁，雷电下取将。流落人间者，太山一毫芒。（〔唐〕韩愈《调张籍》）

李太白、杜子美以英玮绝世之姿，凌跨百代，古今诗人尽废。然魏晋以来，高风绝尘，亦少衰矣。李杜之后，诗人继作，虽间有远韵，而才不逮意。（〔宋〕苏轼《书黄子思诗集后》）

李太白、杜子美诗皆掣鲸手也。余观太白《古风》、子美《偶题》之篇，然后知二子之源流远矣。李云："《大雅》久不作，吾衰竟谁陈！《王风》委蔓草，战国多荆榛。"则知李之所得在《雅》。杜云："文章千古事，得失寸心知。骚人嗟不见，汉选盛于斯。"则知杜之所得在《骚》。（〔宋〕葛立方《韵语阳秋》卷三）

荆公曰："李白歌诗，豪放飘逸，人固莫及，然其格止于此而已，不知变也。至于杜甫，则发敛抑扬，疾徐纵横，无施不可。盖其绪密而思深，可浅近者所能窥，斯其所以光掩前人而后来无继也。"而欧公云："甫之于白，得其一节，而精强过之。"是何其相反欤！然则荆公之论，天下之至言也。（〔金〕王若虚《滹南诗话》）

杨诚斋云："李太白之诗，列子之御风也。杜少陵之诗，灵均之乘桂舟驾玉车也。无待者，神于诗者与？有待而未尝有待者，圣于诗者与？宋则东坡似太白，山谷似少陵。"徐仲车云："太白之诗，神鹰瞥汉；少陵之诗，骏马绝尘。"二公之评，意同而语亦相近。余谓太白诗，仙翁剑客之语；少陵诗，雅士骚人之词。比之文，太白则《史记》，少陵则《汉书》也。（〔明〕杨慎《升庵诗话》卷十一）

乐府则太白擅奇古今，少陵嗣迹风、雅。《蜀道难》、《远别离》等篇，出鬼入神，惝恍莫测。《兵车行》、《新婚别》等作，述情陈事，恳恻如见。张、王欲以拙胜，所谓差之厘毫；温、李欲以巧胜，所谓谬于千里。（〔明〕胡应麟《诗薮》内编卷二）

李、杜才气格调，古体歌行，大概相垺。李偏工独至者绝句，杜穷变极化者律诗。言体格，则绝句不若律诗之大；论结撰，则律诗倍于绝句之难。然李近体足自名家，杜诸绝殊寡入彀。截长补短，盖亦相当。惟长篇叙事，古今子美。故元、白论咸主此，第非究竟公案。（同上 卷四）

李才高气逸而调雄，杜体大思精而格浑。超出唐人而不离唐人者，李也；不尽唐调而兼得唐调者，杜也。（同上）

诗之宗莫若李、杜。杜生气远出，而总以神行其间；李神采飞动，而皆以浩气举之。是两人得之于天，各擅其长矣。惟夫杜之妙，神行而气亦行；李之妙，气到而神亦到，此其所以未易优劣尔。（〔清〕李重华《贞一

斋诗话》)

太白诗以气为主,以自然为宗,以俊逸高畅为贵。子美诗以意为主,以独造为宗,以奇拔沉雄为贵。咏之使人飘扬欲仙者,太白也;使人慷慨激烈,歔欷欲绝者,子美也。(〔清〕田同之《西圃诗说》)

李 白

李白(701—762),字太白,号青莲居士。祖籍陇西成纪(今甘肃秦安县),出生于中亚碎叶(今吉尔吉斯首府伏龙芝市北楚河南岸伊斯阔家附近,唐时属安西都护府)。五岁移家绵州昌明县(今四川江油)。天宝元年(742)因玄宗妹玉真公主荐举应诏入长安,供奉翰林,受玄宗恩遇;因得罪宠臣、贵妃,被赐金遣返。安史之乱中,入永王李璘幕。永王遇害,受牵连下狱,流夜郎(今贵州桐梓),途中遇赦。晚年漫游于金陵(今江苏南京)、宣城(今属安徽)一带,卒于当涂。存诗1035首,有《李太白诗集注》。

【集评】

清新庾开府,俊逸鲍参军。(〔唐〕杜甫《春日忆李白》)
笔落惊风雨,诗成泣鬼神。(〔唐〕杜甫《寄李十二白二十韵》)
敏捷诗千首,飘零酒一杯。(〔唐〕杜甫《不见》)
言出天地外,思出鬼神表,读之则神驰八极,测之则心怀四溟,磊磊落落,真非世间语者,有李太白。(〔唐〕皮日休《刘枣强碑文》)
李太白诗,逸态凌云,照映千载,然时作齐梁间人体段,略不近浑厚。 李白歌诗,度越六代,与汉魏乐府争衡。(〔宋〕黄庭坚《黄山谷诗话》)
太白诗宗风骚,薄声律,开口成文,挥翰雾散,似天仙之词。而乐府诗连类引义,尤多讽兴,为近古所未有。迄今称诗者推白与少陵为两大家,曰李杜,莫能轩轾云。(〔明〕胡震亨《李诗通》)
太白想落天外,局自变生,大江无风,涛浪自涌,白云卷舒,从风变灭。此殆天授,非人力也。(〔清〕沈德潜《说诗晬语》卷上)
太白胸怀高旷,有置身云汉、糠粃六合意,不屑屑为体物之言,其言如风卷云舒,无可踪迹。(〔清〕贺裳《载酒园诗话》又编)
(李白)诗之不可及处,在乎神识超迈,飘然而来,忽然而去,不屑屑于雕章琢句,亦不劳劳于镂心刻骨,自有天马行空,不可羁勒之势。(〔清〕赵翼《瓯北诗话》卷一)
庄、屈实二,不可以并,并之以为心,自白始;儒道侠,不可以合,合之以为气,又自白始也。(〔清〕龚自珍《最录李白集》)

蜀 道 难

噫吁嚱,危乎高哉!蜀道之难,难于上青天。蚕丛及鱼凫①,开国何茫然。尔来四万八千岁,不与秦塞通人烟。西当太白有鸟道,可以横绝峨眉巅。地崩山摧壮士死②,然后天梯石栈相钩连。上有六龙回日之高标③,下有冲波逆折之回川。黄鹤之飞尚不得过,猿猱欲度愁攀援。青泥何盘盘,百步九折萦岩峦。扪参历井仰胁息,以手抚膺坐长叹。问君西游何时还,畏途巉岩不可攀。但见悲鸟号古木,雄飞雌从绕林间。又闻子规啼夜月④,愁空山。蜀道之难,难于上青天,使人听此凋朱颜。连峰去天不盈尺,枯松倒挂倚绝壁。飞湍瀑流争喧豗⑤,砯崖⑥转石万壑雷。其险也若此,嗟尔远道之人胡为乎来哉!剑阁峥嵘而崔嵬,一夫当关,万夫莫开。所守或匪亲,化为狼与豺。朝避猛虎,夕避长蛇,磨牙吮血,杀人如麻。锦城虽云乐,不如早还家。蜀道之难,难于上青天,侧身西望长咨嗟。

【汇评】

李太白初自蜀至京师,舍于逆旅。贺监知章闻其名,首访之。既奇其姿,复请所为文。出《蜀道难》以示之。读未竟,称叹者数四,号为"谪仙",解金龟换酒,与倾尽醉。期不间日,由是称誉光赫。(〔唐〕孟棨《本事诗》)

《蜀道难》、《远别离》等篇,出鬼入神,惝恍莫测。(〔明〕胡应麟《诗薮》内编卷二)

王士祯云:唐人乐府,惟有太白《蜀道难》、《乌夜啼》,子美《无家别》、《垂老别》以及元白张王诸作,不袭前人乐府之貌,而能得其神者,乃真乐府也。(〔清〕王士祯口授何世璂上述《然灯纪闻》)

《蜀道难》一篇,真与河岳并垂不朽。即起句"噫吁嚱,危乎高哉"七字,如累棋架卵,谁敢并于一处?至其造句之妙:"连峰去天不盈尺……砯崖转石万壑雷",每读之,剑阁、阴平,如在目前。又如"一夫当关……化为狼与豺",不唯刘璋、李势恨事如见,即孟知祥一辈亦逆揭其肺肝,此真诗之有关系者,岂特文词之雄!(〔清〕贺裳《载酒园诗话》又编)

太白以纵横之才,俯视一切,《蜀道难》等篇,长短句奇而又奇,可谓极才人之致。(〔清〕田雯《古欢堂集杂著》卷二)

太白《远别离》、《蜀道难》等篇,极其迷离,然各篇自有各篇之归宿收拾,即如乐府各题,各自一种神气。以此易彼,则毫厘千里矣。(〔清〕翁方纲《石洲诗话》卷二)

---

① 蚕丛、鱼凫,扬雄《蜀王本纪》:"蜀王之先,名蚕丛、柏灌、鱼凫、蒲泽、开明……从开明上至蚕丛,积三万四千岁。" ②《华阳国志》:秦惠王知蜀王好色,许嫁五女于蜀。蜀遣五丁迎之,还到梓潼,见一大蛇入穴中,一人揽其尾掣之,不禁,至五人相助,大呼拽蛇,山崩时,压杀五人及秦五女,而山分为五岭。 ③《淮南子》注:日乘车,驾以六龙,羲和御之。日至此而薄于虞泉,羲和至此而回六螭。 ④ 子规:张华《禽经注》:望帝修道,处西山而隐,化为杜鹃鸟,或云杜宇鸟,亦云子规鸟,至春则啼,闻者凄恻。 ⑤ 喧豗(huī):喧闹。 ⑥ 砯(pīng):水击岩石声。

【赏析】

　　《蜀道难》乃乐府旧题,为乐府诗《相和歌辞·瑟调曲》旧题。诗约作于开元十九年(731)李白首次入长安前。据孟棨《本事诗》,李白初至长安,贺知章往访,见《蜀道难》:"称叹者数四,号为谪仙"。此诗依《蜀道难》诗题传统内容,写由秦入蜀道路上的奇丽和惊险。全诗分三个部分,开头几句以感叹句提出"蜀道之难难于上青天"的命题,并从回顾蜀道的历史、天梯石栈的由来道出蜀道艰难的历史根源;中间部分又以夸张的笔触及丰富的想象力极力摹写蜀道山高、川险、路难,使人闻之且面色改变,何况亲历其险,并再次发出"难于上青天"的感叹。最后部分以蜀道之险而生忧心:形势险要,易守难攻,随时有可能发生变乱,且易为军阀割据之地,故诗人忧心忡忡。此诗为李白最杰出的代表作,诗以浪漫主义的激情,以迷离惝恍、变化莫测的笔法,淋漓尽致地刻画了蜀道之难,无怪乎殷璠称此诗"奇之又奇,自骚人以还,鲜有此体调。"(《河岳英灵集》)

（王步高）

关　山　月

明月出天山①，　　苍茫云海间。
长风几万里，　　　吹度玉门关。
汉下白登道②，　　胡窥青海湾。
由来征战地③，　　不见有人还。
戍客望边邑④，　　思归多苦颜。
高楼当此夜，　　　叹息未应闲。

【本事典实】

　　《乐府解题》曰:汉横吹曲,二十八解,魏晋以来惟传十曲,又有《关山月》等八曲,合十八曲。《关山月》,伤离别也。（〔清〕纪昀等《唐宋诗醇》卷三）

　　《汉书》:贰师将军(李广利)与左贤王战于天山。晋灼注:天山在西域,近蒲类国,去长安八千余里。颜师古注:天山即祁连山也,匈奴谓天为祁连。今鲜卑语尚然。　　月出于东而天山在西,今曰明月出天山,盖自征夫而言,已过天山之西,而回首东望,则俨然见明月出于天山之外也。　　《汉书》:匈奴引兵南逾句注,攻太原,至晋阳下。高帝自将兵往击之。会冬大寒、雨雪,卒之堕指者十二三。于是冒顿佯败走诱汉兵,

---

① 天山:今甘肃、青海间的祁连山,匈奴人称天为祁连;又祁连山与今新疆境内的天山相连,故称。　② 白登:山名,在今山西大同市东北,山上有白登台。据《汉书·匈奴传》载,匈奴冒顿曾围困汉高祖于白登,七日乃解,即此处。　③ 由来:从来。　④ 戍客:防守边塞的兵士。

汉兵逐击冒顿,冒顿匿其精兵,见其羸弱,于是汉悉兵三十二万北逐之。高帝先至平城,步兵未尽到,冒顿纵精兵三十余万骑围高帝于白登七日,汉兵中外不得相救,饷绝。颜师古注:白登在平城东南,去平城十余里。《舆地广记》:云州云中县有白登山,匈奴围汉高祖于此。《周书》吐谷浑治伏俟城,在青海西十五里。青海周围千余里。建德五年,其国大乱。高帝诏皇太子征之。军渡青海,至伏俟城,夸吕遁去,虏其余众而还。 琦按:青海,隋时属吐谷浑,唐高宗时为吐蕃所据。仪凤中,李敬元;开元中,王君㚟、张景顺、崔希逸、皇甫惟明、王忠嗣,先后与吐蕃攻战,皆近其地。相去不远。 《元和郡县志》:玉门关在瓜州晋昌县东二十里。《一统志》:玉门关在陕西故瓜州西北十八里,汉霍去病破走月支,开玉门关。班超在西域上书,愿生入玉门关,即此。(〔清〕王琦注《李太白全集》卷四引)

【汇评】

李太白诗如"晓月出天山……"之类,皆气盖一世,学者能熟味之,自然不偏浅矣。(〔宋〕吕本中《紫微诗话》)

为诗殚竭心力,方造能品。至于沛然自胸中流出,所谓不烦绳削而合,乃工能之至,非率易语也……太白云:"晓月出天山……",如此等语,酝酿于胸中,气象自别,知雕缋者不足道矣。(〔明〕焦竑《焦氏笔乘续笔》卷四)

青莲"明月出天山……",浑雄之中,多少闲雅。(〔明〕胡应麟《诗薮》内编卷六)

【赏析】

《关山月》为乐府旧题,《乐府诗集》归入《横吹曲辞》,并引《乐府解题》曰:"《关山月》,伤离别也。古《木兰诗》曰:'万里赴戎机,关山度若飞。'"梁元帝、陈后主、陆琼、张正见、徐陵、王褒、卢照邻等均以此题写征人远戍,离别相思之苦。本篇是这类作品中最优秀者。

诗的首四句用出生法,将"月"、"山"、"关"一一吐出。首句写"月",是题为《关山月》的乐府诗惯用的写法,如陈后主等分别作"秋月上中天"、"边城与明月"、"岩间度月华"、"关山三五月"、"月出柳城东"、"汉月生辽海"……,均不如李白"明月出天山,苍茫云海间",既点时地,又主衬分明,壮阔而苍凉。"长风几万里,吹度玉门关"二句,令人油然而思同时代的王之涣《凉州词》中"春风不度玉门关"和李白《子夜吴歌》中"春风吹不尽,总是玉关情"之句。身处"天山"的戍边将士,对从关内吹来的风似乎总有一种依恋之情,但"吹度"二字显得洒脱飘逸,他没有把边地看成是连春风也吹拂不到之地。然而,玉门关外的从军者,毕竟时时面临着死亡的威胁。"汉下白登道,胡窥青海湾。由来征战地,不见有人还。"显然,征人要防的乃欲窥"青海湾"之"胡"。敌人勇敢善战,故出玉门关戍边之人,常常战死疆场。"不见有人还"句,明白如话却极沉痛,见出战争的残酷,较之《乐府诗集》中其他同题作品,作者的见解显然要深刻一些。"戍客"二句写即使暂时活下来的将士,有家归不得的苦痛也时时折磨着他们。《后汉书·班超传》:"超自以久在绝域,年老思土,(永元)十二年,上疏曰:'臣不敢望到酒泉郡,但愿生入玉门关。'"耐人寻味的是此处"望",与李白诗中"戍客望边邑"句意思竟完全相同,"思归"句也隐含"愿生入玉门关"之意,故"多苦颜"。而其妻子则"高楼当此夜,叹息未应闲"。这似从徐陵"思妇高楼上,当窗应未眠"(《关山月》)句化出。因前面有"由来征战地,不见有人还"之句,故显得十分忧伤。

此诗气势宏阔,以"出天山"、"苍茫云海间"、"长风几万里"、"由来"等语句,构成一副阔大的气象和浑厚而雅致的风格。

(王步高)

远别离

远别离,古有皇英之二女①。乃在洞庭之南,潇湘之浦②。海水直下万里深,谁人不言此离苦③。日惨惨兮云冥冥,猩猩啼烟兮鬼啸雨④。我纵言之将何补。皇穹窃恐不照余之忠诚,雷凭凭兮欲吼怒⑤。尧舜当之亦禅禹⑥。君失臣兮龙为鱼,权归臣兮鼠变虎⑦。或云尧幽囚,舜野死⑧。九疑联绵皆相似,重瞳孤坟竟何是⑨?帝子泣兮绿云间,随风波兮去无还⑩。恸哭兮远望,见苍梧之深山。苍梧山崩湘水绝,竹上之泪乃可灭。

【汇评】

(宋)刘辰翁云:参差屈曲,幽人鬼语,而动荡自然,无长吉之苦。(〔明〕胡震亨《李诗通》引)

此篇借舜二妃追舜不及、泪染湘竹之事,言远别离之苦。并借《竹书》杂记见逼舜禹、南巡野死之说,点缀其间,以著人君失权之戒。使其辞闪幻可骇,增奇险之趣。盖体干于楚《骚》,而韵调于汉《铙歌》诸曲,以成为一家语,参观之,当得其源流所自。(〔明〕胡震亨《李诗通》)

通篇乐府,一字不入古诗,如一匹蜀锦,中间固不容一尺吴练。工部讯时语开口便见,供奉不然,习其读而问其传,则未知己之有罪也。工部缓,供奉深。(〔清〕王夫之《唐诗评选》卷一)

诗贵寄意,有言在此而意在彼者。李白……《远别离》本咏英、皇,而借以咎肃宗之不振,李辅国之擅权。(〔清〕沈德潜《说诗晬语》卷下)

此忧天宝之将乱,欲抒其忠诚而不可得也。日者君象,云盛则蔽其明。啼烟啸雨,阴晦之象甚矣。小人之势,至于如此,政事尚可问乎?白以见疏之人,欲言何补,而忠诚不懈如此。此立言之本指。(〔清〕纪昀等《唐宋诗醇》卷二)

太白《远别离》一篇极尽迷离,不独以玄、肃父子事难显言,盖诗家变幻至此,若一说煞,反无归著处也。

---

① 皇英:即娥皇、女英,相传为尧之女,舜之妃。舜南巡死,两妃闻讯自溺湘江,遂为水神。 ② 谓湘君的神魂游于洞庭以南、湘江之边。 ③ 王琦谓:此二句是倒装句法,谓生死之别,永无见期,其苦如海水之深,无有底止也。 ④ 惨惨:无光貌。冥冥:阴晦貌。 ⑤ 皇穹:天,喻指当朝皇帝。凭凭:通"冯冯",象声词,指雷声轰响。 ⑥ 此为紧缩句,即"尧当之亦禅舜,舜当之亦禅禹"。禅(shàn),以帝位让人。禅让常是失势后被迫所为。 ⑦ 帝王失掉贤臣,犹如龙变成鱼;奸臣窃取大权,如老鼠成了猛虎。 ⑧《史记·五帝本纪》正义引《竹书纪年》载:尧年老德衰,为舜幽囚于平阳,并隔绝其子丹朱,使父子不能相见。《国语·鲁语》韦昭注:舜征伐南方有苗国,死于苍梧之野。 ⑨ 九疑:即苍梧山,在今湖南宁远县南。因九个山峰联绵相似,不易分别,故名九疑山。相传舜死葬于此。重瞳:指舜,相传他有两个瞳仁。 ⑩ 帝子:指娥皇、女英。舜死后,二妃痛哭,泪洒竹上成斑竹。

惟其极尽迷离,乃即其归著处。([清]翁方纲《小石帆亭诗话》)

按此诗已入选《河岳英灵集》,当是天宝十二载以前所作,王世懋、奚禄诒、沈德潜、陈沆、徐嘉瑞诸家之说皆非也。(詹锳《李白诗文系年》)

【赏析】

《远别离》乃乐府旧题,为别离十九曲之一,《乐府诗集》卷七十二列入《杂曲歌辞》。对这首诗的写作背景有两种不同的说法:一种认为是上元间李辅国、张皇后矫制迁太上皇(唐玄宗)于西内时,这时玄宗因禅位而失权。此诗也无非是借人国柄而失权,失权则虽圣哲也难保其社稷妻子,其祸必至。另一说认为应在天宝之末,安史之乱之前,当时玄宗年事已高,疏于政事,国权归李林甫、杨国忠,而兵权归安禄山、哥舒翰。萧士赟曰:"太白熟观时事,欲言则惧祸及己,不得已而形之诗,聊以致其爱君忧国之志,所谓(娥)皇(女)英之事,特借之以隐喻耳。曰'日',曰'皇穹',比其君也。曰'云',比其臣也。'日惨惨兮云冥冥',喻君昏于上,而权臣障蔽于下也。"

这首诗已被收入殷璠《河岳英灵集》,因而应作于天宝十二载(753)以前。天宝十一年,李白曾北游幽燕,目睹安禄山的气焰熏天,他已开始预感到祸乱即将发生,显示了李白过人的政治眼光,他的政治才华在这首诗里清楚地显现出来。诗采取比兴的手法,既直切主题,又迷离惝恍。范德机曾云:"此篇最有楚人风。所贵乎楚言者,断如复断,乱如复乱,而辞意反复屈折行乎其间者,实未尝断而乱也,使人一唱三叹而有遗音。"(转引自瞿蜕园、朱金城《李白集校注》)

(王步高)

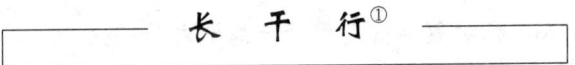

妾发初覆额②,折花门前剧③。郎骑竹马来④,绕床弄青梅⑤。同居长干里,两小无嫌猜⑥。十四为君妇,羞颜未尝开⑦。低头向暗壁,千唤不一回。十五始展眉⑧,

---

① 这首诗选自《长干行二首》中的第一首。长干行:一作"长干曲",乐府《杂曲歌辞》旧题。长干:古金陵里巷名。《景定建康志》载:"长干里,在秦淮南。"长干即今南京中华门一带。唐时,金陵西门及南门秦淮河两岸,商旅往来,最是繁华。 ② 妾:诗中女子自称。初覆额:头发刚掩住额角,指女子年幼。古代女子幼时不束发,十五及笄(挽起发髻)。 ③ 剧:同"戏",游戏。 ④ "郎骑"两句:成语"青梅竹马"即出此。郎:诗中女子对丈夫年幼时的昵称。竹马:把竹竿放在胯下当马骑。 ⑤ 床:一种坐具。或说井床,井上的栏杆,即井栏。 ⑥ "两小"句:成语"两小无猜"即出此。嫌猜:嫌疑和猜忌。 ⑦ 尝:一作"尚"。 ⑧ 展眉:即不再害羞,或说眉开眼笑的愉快表情。

愿同尘与灰①。常存抱柱信②，岂上望夫台③。十六君远行，瞿塘滟滪堆④。五月不可触，猿声天上哀⑤。门前迟行迹⑥，一一生绿苔。苔深不能扫，落叶秋风早。八月蝴蝶黄⑦，双飞西园草。感此伤妾心，坐愁红颜老⑧。早晚下三巴⑨，预将书报家。相迎不道远⑩，直至长风沙⑪。

【本事】

　　王琦曰：刘逵《吴都赋注》：建业南五里有山冈，其间平地，吏民杂居，号长干。中有大长干、小长干，皆相连。大长干在越城东，小长干在越城西，地有长短，故号"大小长干"。韩诗曰："考槃在干。"地下而广曰干。《方舆胜览》：建康府有长干里，去上元县五里。李白《长干行》所谓"同居长干里"，乃秣陵县东里巷。江东谓山陇之间曰干。《景定建康志》：长干里在秦淮南。（〔清〕章燮《唐诗三百首注疏》卷一引）

【汇评】

　　儿女之情事，直从胸臆间流出，萦纡回折，一往情深。尝爱司空图所云："道不自器，与之圆方"，为深得委曲之妙。此篇庶几近之。（〔清〕纪昀等《唐宋诗醇》卷三）

　　冯舒曰：此等诗，俱元气所陶冶，未可以中唐后诗法论之。（同上）

　　钟伯敬云：古秀，真汉人乐府。纪晓岚云：兴象之妙，不可言传，此太白独有千古处。（〔清〕文元辅辑评《唐诗三百首》卷一）

　　首六句从少时叙起为一解，次四句言初嫁时羞态为二解，次四句叙合卺后情爱为三解，次四句言送别为四解，次八句言久别感伤为五解，末四句妄想归音，使其迎夫有日为六解，依次叙来，一线贯串，儿女情怀，历历如绘。（王文濡《唐诗评注读本》卷一）

【赏析】

　　此诗以少妇独白的口吻，顺叙其情爱历程与离别之苦，属代言体诗。全诗凡十五韵，前七韵是追忆，语语甜蜜，句句亲切。先回忆"妾"与"郎"天真无邪的游戏情态。一二两句单叙"妾"，三四两句平叙"郎"与"妾"，五六两句合叙。紧接着的八句先叙新婚时"妾"的懵懂与羞涩情态，次叙与"君"的感情："妾""愿同尘与灰"，"君""常存抱柱信"，故没料到会离别。中

---

①"愿同"句：比喻和合不分，誓同生死。尘与灰：晋陆机《挽歌》："今成尘与灰。" ②抱柱：《庄子·盗跖篇》："尾生与女子期于梁下，女子不来，水至不去，抱梁柱而死。" ③岂：何必；一作"耻"。望夫台：即望夫石。传说丈夫远行不归，女子登台远眺，日久化为巨石。 ④瞿塘：即瞿塘峡，又称广陵峡，在今四川奉节县东十三里处。滟滪(Yàn yù)堆：瞿塘峡口的一块大礁石，农历五月，江水猛涨，滟滪堆被淹没，其形如马，行船极易触之。民谣有云："滟滪大如马，瞿塘不可下；滟滪大如襆(fù)，瞿塘不可触。"故下句言"五月不可触"。 ⑤猿声：三峡多猿，啼声哀切。古歌有云："巴东三峡巫峡长，猿鸣三声泪沾裳。"声：一作"鸣"。 ⑥门前迟行迹：即门前行迹迟，意即闭户不出已久。门前归时的行迹，都被青苔覆盖。 ⑦"八月"句：明人杨慎《升庵诗话》云："蝴蝶或黑或白，或五彩皆具。惟黄色一种，至秋乃多，盖感金气也。太白'八月蝴蝶黄'之句，深中物理。今本改'黄'为'来'，何其浅也？" ⑧坐：因为。 ⑨早晚：何时。三巴：东汉末年益州牧刘璋置，在今四川忠县、云阳、阆中等地。谯周《三巴记》："阆白水东南流，曲折三回如巴字。"《华阳国志》："献帝建安六年，改永陵为巴郡，以固陵为巴东，安汉为巴西，是为三巴。" ⑩不道远：不嫌远，不怕远。 ⑪长风沙：地名。《太平寰宇记》载，长风沙在舒州怀宁之东一百九十里。舒州怀宁，在今安徽怀宁县。陆游《入蜀记》载："自金陵至长风沙七百里。"

六韵倾诉与"君"离别的孤寂、离别的痛苦。"瞿塘滟滪堆"三句可以理解为"君远行"时,对"君"的叮咛嘱咐,也可以理解为"君远行"后,私下对"君"的安危的担忧。"君远行"后,懒得出行,也无人光顾,此前与"君"行迹之地已长出深深的绿苔,面对秋风扫落叶,面对蝴蝶双飞西园草,自伤红颜老大。末二韵寄语于"君",望其早归。如此寄语,好像"君"就在眼前似的,尤见其望夫心切。结句尤见其感情之深挚。《唐宋诗醇》评此诗曰:"儿女子情事,直从胸臆间流出,萦迂回折,一往情深。"

此诗清新朴素,天然可爱,多处借鉴民歌的表达法。采用"年龄序数法",《孔雀东南飞》只是顺叙刘兰芝的才艺,此诗则顺叙"妾"从"为君妇"到"君远行"的鲜活的情感历程。采用第一人称叙述视角,与《西洲曲》一样,毕肖女子口吻。在格调情韵等方面,也深得《西洲曲》精髓。

(沈广达)

备选课文

梁甫吟　　李白

长啸梁甫吟,何时见阳春?君不见朝歌屠叟辞棘津,八十西来钓渭滨。宁羞白发照清水,逢时吐气思经纶。广张三千六百钓,风期暗与文王亲。大贤虎变愚不测,当年颇似寻常人。君不见高阳酒徒起草中,长揖山东隆准公。入门不拜骋雄辩,两女辍洗来趋风。东下齐城七十二,指麾楚汉如旋蓬。狂生落拓尚如此,何况壮士当群雄!我欲攀龙见明主,雷公砰訇震天鼓,帝旁投壶多玉女。三时大笑开电光,倏烁晦冥起风雨。阊阖九门不可通,以额叩关阍者怒。白日不照吾精诚,杞国无事忧天倾。猰貐磨牙竞人肉,驺虞不折生草茎。手接飞猱搏雕虎,侧足焦原未言苦。智者可卷愚者豪,世人见我轻鸿毛。力排南山三壮士,齐相杀之费二桃。吴楚弄兵无剧孟,亚夫哈尔为徒劳。梁甫吟,声正悲。张公两龙剑,神物合有时。风云感会起屠钓,大人岘屼当安之。

长相思　　李白

长相思,在长安。络纬秋啼金井阑,微霜凄凄簟色寒。孤灯不明思欲绝,卷帷望月空长叹,美人如花隔云端。上有青冥之长天,下有渌水之波澜。天长路远魂飞苦,梦魂不到关山难。长相思,摧心肝。

行路难三首　　李白

金樽清酒斗十千,玉盘珍羞直万钱。停杯投箸不能食,拔剑四顾心茫然。欲渡黄河冰塞川,将登太行雪暗天。闲来垂钓碧溪上,忽复乘舟梦日边。行路难,行路难,多歧路,今安在?长风破浪会有时,直挂云帆济沧海。

大道如青天,我独不得出。羞逐长安社中儿,赤鸡白狗赌梨栗。弹剑作歌奏苦声,曳裾王门不称情。淮阴市井笑韩信,汉朝公卿忌贾生。君不见,昔时燕家重郭隗,拥篲折腰无嫌猜。剧辛乐毅感恩分,输肝剖胆效英才。昭王白骨萦蔓草,谁人更扫黄金台。行路难,归去来。

有耳莫洗颍川水,有口莫食首阳蕨。含光混世贵无名。何用孤高比云月。吾观自古贤达人,功成不退皆殒身。子胥既弃吴江上,屈原终投湘水滨。陆机才多岂自保,李斯税驾苦不早。华亭鹤唳讵可闻,上蔡苍鹰何足道。君不见吴中张翰称达士,秋风忽忆江东行。且乐生前一杯酒,何须身后千载名。

清平调三首　　李白

云想衣裳花想容,春风拂槛露华浓。若非群玉山头见,会向瑶台月下逢。

一枝红艳露凝香,云雨巫山枉断肠。借问汉宫谁得似,可怜飞燕倚新妆。

名花倾国两相欢,长得君王带笑看。解释春风无限恨,沉香亭北倚阑干。

泛读课文

将进酒　　　　李白

君不见黄河之水天上来,奔流到海不复回。君不见高堂明镜悲白发,朝如青丝暮成雪。人生得意须尽欢,莫使金樽空对月。天生我材必有用,千金散尽还复来。烹羊宰牛且为乐,会须一饮三百杯。岑夫子,丹丘生,将进酒,君莫停。与君歌一曲,请君为我倾耳听。钟鼓馔玉不足贵,但愿长醉不复醒。古来圣贤皆寂寞,惟有饮者留其名。陈王昔时宴平乐,斗酒十千恣欢谑。主人何为言少钱,径须沽取对君酌。五花马,千金裘,呼儿将出换美酒,与尔同销万古愁。

子夜四时歌四首·(选二)
春歌　　　　李白

秦地罗敷女,采桑绿水边。素手青条上,红妆白日鲜。蚕饥妾欲去,五马莫留连。

秋歌　　　　李白

长安一片月,万户捣衣声。秋风吹不尽,总是玉关情。何日平胡虏,良人罢远征。

塞下曲六首(选一)　　　　李白

五月天山雪,无花只有寒。笛中闻折柳,春色未曾看。晓战随金鼓,宵眠抱玉鞍。愿将腰下剑,直为斩楼兰。

战城南　　　　李白

去年战,桑干源;今年战,葱河道。洗兵条支海上波,放马天山雪中草。万里长征战,三军尽衰老。匈奴以杀戮为耕作,古来唯见白骨黄沙田。秦家筑城备胡处,汉家还有烽火燃。烽火燃不息,征战无已时。野战格斗死,败马号鸣向天悲。乌鸢啄人肠,衔飞上挂枯树枝。士卒涂草莽,将军空尔为。乃知兵者是凶器,圣人不得已而用之。

丁督护歌　　　　李白

云阳上征去,两岸饶商贾。吴牛喘月时,拖船一何苦。水浊不可饮,壶浆半成土。一唱督护歌,心摧泪如雨。万人凿盘石,无由达江浒。君看石芒砀,掩泪悲千古。

白头吟　　　　李白

锦水东北流,波荡双鸳鸯。雄巢汉宫树,雌弄秦草芳。宁同万死碎绮翼,不忍云间两分张。此时阿娇正娇妒,独坐长门愁日暮。但愿君恩顾妾深,岂惜黄金买词赋!相如作赋得黄金,丈夫好新多异心。一朝将聘茂陵女,文君因赠《白头吟》。东流不作西归水,落花辞条羞故林。兔丝故无情,随风任倾倒;谁使女萝枝,而来强萦抱!两草犹一心,人心不如草。莫卷龙须席,从他生网丝。且留琥珀枕,或有梦来时。覆水再收岂满杯,弃妾已去难重回。古来得意不相负,只今惟见青陵台。

北风行　　　　李白

烛龙栖寒门,光耀犹旦开。日月照之何不及此?惟有北风号怒天上来。燕山雪花大如席,片片吹落轩辕台。幽州思妇十二月,停歌罢笑双蛾摧。倚门望行人,念君长城苦寒良可哀。别时提剑救边去,遗此虎文金鞞靫。中有一双白羽箭,蜘蛛结网生尘埃。箭空在,人今战死不复回。

江上吟　　　　　李白

木兰之枻沙棠舟,玉箫金管坐两头。美酒樽中置千斛,载妓随波任去留。仙人有待乘黄鹤,海客无心随白鸥。屈平词赋悬日月,楚王台榭空山丘。兴酣落笔摇五岳,诗成笑傲凌沧洲。功名富贵若长在,汉水亦应西北流。

分类唐诗　咏花

牡丹

赏牡丹二首（选一）　　刘禹锡

庭前芍药妖无格,池上芙蕖净少情。唯有牡丹真国色,花开时节动京城。

白牡丹　　　　　裴潾

长安豪贵惜春残,争赏先开紫牡丹。别有玉杯承露冷,无人起就月中看。

牡丹　　　　　罗隐

艳多烟重欲开难,红蕊当心一抹檀。公子醉归灯下见,美人朝插镜中看。当庭始觉春风贵,带雨方知国色寒。日晚更将何所似,太真无力凭阑干。

牡丹　　　　　皮日休

落尽残红始吐芳,佳名唤作百花王。竟夸天下无双艳,独占人间第一香。

白牡丹　　　　　韦庄

闺中莫妒新妆妇,陌上须惭傅粉郎。昨夜月明浑似水,入门唯觉一庭香。

芍药

芍约　　　　　韩愈

浩态狂香昔未逢,红灯烁烁绿盘笼。觉来独对情惊恐,身在仙宫第几重。

梅花

杂诗三首（其二）　　王维

君自故乡来,应知故乡事。来日绮窗前,寒梅著花未。

春女怨　　　　　蒋维翰

白玉堂前一树梅,今朝忽见数花开。儿家门户寻常闭,春色因何入得来。

早梅　　　　　戎昱

一树寒梅白玉条,迥临村路傍溪桥。应缘近水花先发,疑是经春雪未销。

早梅　　　　　齐己

万木冻欲折,孤根暖独回。前村深雪里,昨夜一枝开。风递幽香去,禽窥素艳来。明年如应律,先发映春台。

梨花

梨花　　　　　殷璠

云满衣裳月满身,轻盈归步过流尘。五更无限留连意,常恐风花又一春。

蔷薇

蔷薇　　　　　储光羲

袅袅长数寻,青青不作林。一茎独秀当庭心,数枝分作满庭阴。春日迟迟欲将半,庭影离离正堪玩。枝上莺娇不畏人,叶底蛾飞自相乱。秦家女儿爱芳菲,画眉相伴采葳蕤。高处红须欲就手,低边绿刺已牵衣。蒲萄架上朝光满,杨柳园中暝鸟飞。连袂踏歌从此去,风吹香气逐人归。

和袭美重题蔷薇 陆龟蒙

秾华自古不得久,况是倚春春已空。更被夜来风雨恶,满阶狼藉没多红。

杨花柳絮

晚春 韩愈

谁收春色将归去,慢绿妖红半不存。榆荚只能随柳絮,等闲撩乱走空园。

杜鹃

宣城见杜鹃花 李白

蜀国曾闻子规鸟,宣城还见杜鹃花。一叫一回肠一断,三春三月忆三巴。

石榴花

榴花 韩愈

五月榴花照眼明,枝间时见子初成。可怜此地无车马,颠倒青苔落绛英。

荷花

采莲曲 张籍

秋江岸边莲子多,采莲女儿凭船歌。青房圆实齐戢戢,争前竞折漾微波。试牵绿茎下寻藕,断处丝多刺伤手。白练束腰袖半卷,不插玉钗妆梳浅。船中未满度前洲,借问阿谁家住远。归时共待暮潮上,自弄芙蓉还荡桨。

宿骆氏亭寄怀崔雍崔衮 李商隐

竹坞无尘水槛清,相思迢递隔重城。秋阴不散霜飞晚,留得枯荷听雨声。

北亭 李群玉

斜雨飞丝织晓空,疏帘半卷野亭风。荷花向尽秋光晚,零落残红绿沼中。

白莲 陆龟蒙

素花多蒙别艳欺,此花真合在瑶池。还应有恨无人觉,月晓风清欲堕时。

菊

和令狐相公玩白菊 刘禹锡

家家菊尽黄,梁国独如霜。莹静真琪树,分明对玉堂。仙人披雪氅,素女不红妆。粉蝶来难见,麻衣拂更香。向风摇羽扇,含露滴琼浆。高艳遮银井,繁枝覆象床。桂丛惭并发,梅蕊妒先芳。一入瑶华咏,从兹播乐章。

菊花 元稹

秋丛绕舍似陶家,遍绕篱边日渐斜。不是花中偏爱菊,此花开尽更无花。

落花

叹花 杜牧

自恨寻芳到已迟,往年曾见未开时。如今风摆花狼藉,绿叶成阴子满枝。

落花 李商隐

高阁客竟去,小园花乱飞。参差连曲陌,迢递送斜晖。肠断未忍扫,眼穿仍欲归。芳心向春尽,所得是沾衣。

落花　　严恽

春光冉冉归何处,更向花前把一杯。尽日问花花不语,为谁零落为谁开。

分类唐诗　咏物

柳

咏柳　　贺知章

碧玉妆成一树高,万条垂下绿丝绦。不知细叶谁裁出,二月春风似剪刀。

杨柳枝词　　崔道融

雾撚烟搓一索春,年年长似染来新。应须唤作风流线,系得东西南北人。

柳　　郑谷

半烟半雨江桥畔,映杏映桃山路中。会得离人无限意,千丝万絮惹春风。

竹

竹　　贾岛

篱外清阴接药栏,晓风交戛碧琅玕。子猷没后知音少,粉节霜筠漫岁寒。

咏竹　　唐彦谦

醉卧凉阴沁骨清,石床冰簟梦难成。月明午夜生虚籁,误听风声是雨声。

松

小松　　杜荀鹤

自小刺头深草里,而今渐觉出蓬蒿。时人不识凌云木,直待凌云始道高。

鹦鹉

鹦鹉　　白居易

陇西鹦鹉到江东,养得经年嘴渐红。常恐思归先剪翅,每周喂食暂开笼。人怜巧语情虽重,鸟忆高飞意不同。应似朱门歌舞妓,深藏牢闭后房中。

鹦鹉　　罗隐

莫恨雕笼翠羽残,江南地暖陇西寒。劝君不用分明语,语得分明出转难。

蜂

蜂　　罗隐

不论平地与山尖,无限风光尽被占。采得百花成蜜后,为谁辛苦为谁甜。

云

云　　郭震

聚散虚空去复还,野人闲处倚筇看。不知身是无根物,蔽月遮星作万端。

云　　来鹄

千形万象竟还空,映水藏山片复重。无限旱苗枯欲尽,悠悠闲处作奇峰。

露

露　　　　　　　　　　成彦雄

银河昨夜降醍醐,洒遍坤维万象苏。疑是鲛人曾泣处,满池荷叶捧真珠。

马

房兵曹胡马诗　　　　杜 甫

胡马大宛名,锋棱瘦骨成。竹批双耳峻,风入四蹄轻。所向无空阔,真堪托死生。骁腾有如此,万里可横行。

李白《蜀道难》诗为谁而作?

《蜀道难》是李白诗中的第一名篇,为一切唐诗选本所必收,家喻户晓,脍炙人口。然而这首诗因何而作,它是在什么背景下写的,自古以来却众说纷纭,莫衷一是。由唐至今主要有下列六说。

其一,谓为忧杜甫、房琯而作。《新唐书·严武传》云:"武在蜀放肆……琯以故宰相为巡内刺史,武慢倨不为礼。最厚杜甫,然欲杀甫数矣。李白为《蜀道难》者,乃为房与杜危之也。"在此以前,唐李绰《尚书故实》、唐范摅《云溪友议》已有此说。《新唐书·韦皋传》、宋杨遂《李太白故宅记》、宋钱易《南部新书》等亦持此说,认为李白作《蜀道难》是为房琯、杜甫的前途担心,奉劝他们"不如早还家"。

其二,谓讽章仇兼琼也。南宋胡仔《苕溪渔隐丛话》前集引《洪驹父诗话》云:"尝见李集一本于《蜀道难》题下注:讽章仇兼琼也。考其年月近之矣。"北宋沈括《梦溪笔谈》卷四、南宋洪迈《容斋续笔》卷六、清仇兆鳌《杜少陵集详注》卷十《寄题杜二锦江野亭》(此系严武诗)注及北宋诗人黄庭坚等均持此说。章仇兼琼开元末为益州长史、剑南防御使,李白作《蜀道难》是担心他会搞地方割据,故忧心忡忡,云"所守或非亲,化为狼与豺",故作诗讽之。

其三,谓乃"太白初闻禄山乱华,天子幸蜀时作也。""太白深知幸蜀之非计,欲言则不在其位,不言则爱君忧国之情,不能自已,故作诗以达意也。"此说始于元萧士赟《分类补注李太白诗》卷三。此后清沈德潜《唐诗别裁集》卷五、清陈沆《诗比兴笺》、清人《唐宋诗醇》等均持此说,认为"问君西游何时还"之"君"乃指唐明皇,"锦城虽云乐,不如早还家",谓蜀地不可久留,作《蜀道难》以讽之。

其四,谓《蜀道难》自是古相和歌曲,梁、陈间拟者不乏,讵必尽有为而作。白蜀人,自为蜀咏耳。言其险,更著其戒,如云'所守或非亲,化为狼与豺'。风人之义远矣。必求一时一人之事以实之,不几失之凿乎?"意谓并无本事可言,仅以乐府旧体写蜀地山川险要而已。此说始于明胡震亨《唐音癸签》及《李诗通》卷四。顾炎武《日知录》卷二十六亦持此说:"李白《蜀道难》之作,当在开元、天宝间。时人共言锦城之乐,而不知畏途之险,异地之虞,即事成篇,别无寓意。"

其五,谓此诗系送友人入蜀之作,首倡此说者为范宁,他认为此诗与李白另一首《送友人入蜀》诗和《剑阁赋》,"题材的选择和这里有很多相似之处",詹锳先生则坐实所送友人为王炎。麦朝枢、梁超然等亦赞成此说。

其六,谓此诗"寄寓着功业难成之意",持此说的是郁贤皓和安旗,将《蜀道难》寓意由讽喻别人转为写自己之仕途。

唐至清代的古人对上述前四说,也早已展开过争鸣,如其说之一危房、杜说,早已为古人所不取。如《洪驹父诗话》即指出:此说乃"《新唐书》据范摅《云溪友议》言之耳。案《唐书》(指《旧唐书》)、《摭言》载李白始自西蜀至京,道未甚振,因以所业贽谒贺知章。知章览《蜀道难》一篇,曰:'子谪仙人也。'案白本传:'天宝初,因吴筠被召,亦至长安,时往见贺知章。'则与严武帅蜀岁月悬远。"专家们认为此诗为天宝初年所作,而严武帅蜀是二十年后的事。沈括《梦溪笔谈》,亦持相似的说法,并认为这是"小说所记,率多舛误。"建国以后的学者,对第一种说法已没有坚持者了。俞平伯还进一步驳斥此说,云:"《蜀道难》一诗不必作于天宝初,但《新书》《新唐书》据唐人小说作此记载,本不足信,与本诗语意不符,即为明证。严武杜甫私交很厚,历见杜诗,即《新书》杜甫彼传云云亦属难信,当以《旧书》(《旧唐书》)为正。即使严武有杀杜甫之意,既未成事实,太白在远,更何从知道,而替老杜担忧呢? 故此说实可置之不论。"(《文学研究集刊》五册)

俞平伯力主乃讽明皇幸蜀之作。他以大量的史料论证了这种可能性,认为萧士赟说"大体上不错",但嫌其"笼统",故一一条分缕析。认为明皇幸蜀的时代背景与诗篇"无论在情感上,意义上都很合符。""不但切合当时情事,且说着了唐玄宗幸蜀的心理。"文中对李白与此时间相近的《上皇西巡南京歌》及《为宋中丞请都金陵表》中极力称美蜀中,与《蜀道难》的题旨完全相反也作了解释。这一点萧士赟在《主客答问》中亦已言及,但说服力不足。俞平伯认为,这两首诗要比《蜀道难》晚一些,当作于至德三载。这两篇文字距离明皇初去西川,至少隔了一年以上,情势大变,诗文立意即使跟《蜀道难》恰好相反也不足怪。并不能证明《蜀道难》以幸蜀为非这个主题的不能成立。

然而于此文之末,俞平伯附记有一条材料云:"汲古阁本《河岳英灵集》选有李白《蜀道难》,殷璠序云:此集起甲寅,终癸巳。按甲寅为唐开元二年,癸巳为天宝十二年。假如这里著录是严密准确的,则《蜀道难》自不可能作于明皇幸蜀时。"俞平伯又对"英灵"二字提出质疑,认为天宝十二年李白尚健在,不得谓"英灵",对此书下限"癸巳"表示怀疑。

目前,国内学者尚无人能推翻《河岳英灵集》之序对时间跨度的说法。如这一时间无法否定,则不仅讽明皇幸蜀之说不可能成立,前人已批判过的危房杜二说也更不能成立。

对"讽章仇兼琼"说,古今人也多有不同意见。萧士赟云:"天宝初,天下以安,四郊无警,剑阁乃长安入蜀之道,太白乃拳拳然欲严剑阁之守,不知将何所拒乎?以此知其不为章仇兼琼也。"清赵翼《瓯北诗话》则云:"不知章仇在蜀,正当天宝之初,中外晏安,臣僚贴服,岂有所顾忌!"青莲《答杜秀才》有云:"'闻君往年游锦城,章仇尚书倒屣迎'则章仇并能下士者,更无从致讥。"并云:"黄山谷误信旧注,以为刺章仇兼琼之有异志。"建国后二三十年间,此说似乎已无人坚持,直到1986年《北京师范大学学报》第3期发表聂石樵《蜀道难本事新考》一文,重申《蜀道难》的创作意图是"讽章仇兼琼"。文中列举缪氏影刻北宋《李太白集》于题下自注:"讽章仇兼琼也。"乃萧士赟注引《洪驹父诗话》及黄庭坚事,以及沈括《梦溪笔谈》、洪迈《容斋随笔》等记载,并断言"这几条材料是北宋人的见闻和记载,是可信的史实","因此《蜀道难》是讽章仇兼琼,乃确切无疑。"文中还列举了一些史料以证明章仇兼琼尽管有很多政绩,却也有劣迹可讥。同年《山西大学学报》第4期即发表傅如一的《蜀道难本事新考质疑》一文,对聂石樵的说法提出商榷。其一为对聂列举的几条说明是"讽章仇兼琼"的"最有力的证据"提出质疑,指出,"所列上述诸条,关键是第一条,其他都源于此。"指出"缪本并非李白手迹",指出:"清康熙五十二年缪曰芑得到昆山徐氏收藏的北宋晏处善本《李太白文集》三十卷,重加校正,到康熙五十六年才重印,世称缪本。缪本并非晏处善本原貌。"并引陆心源评论,指出"缪本改易既多,伪误亦不少,且有不照宋本摹刊者"。从而说明缪本并不足据。并指出,这首诗既作于"天宝初年",甚至是"天宝二年以前",聂石樵所列章仇兼琼是一个"顽固的地方割据势力",其所列举之劣迹均是"天宝三载"以后之事,而"天宝五载五月"以后,章仇兼琼当上了户部尚书,已经离开了四川,更不存在形成割据势力的可能性了。傅如一的结论:"还是明代胡震亨的说法较为稳妥,即《蜀道难》是沿用乐府旧调,即事名篇之作,没有特定的讽刺对象。"

对胡震亨说,后人同样也多有臧否。清人王琦注《李太白集》以胡震亨说置之末尾,似有赞成之意,而顾炎武《日知录》则云:"即事成篇别无寓意。"但俞平伯《蜀道难说》谓:"从常情观察,这诗既这样的郑重叮咛,一唱三叹,又那般大声疾呼,危言耸听,自不宜看作漫无所为。若非当时深有所感,确有所指,亦不易写出这样瑰异峥嵘的长歌来。"而王运熙等则大致赞成胡震亨说,并论述甚详。

第五说非无可能,然而诗中并无特定的送别对象可资探索,只凭内容题材与其他三篇相似,加以牵合,认为《蜀道难》亦送别王炎入蜀之作,似难令人信服。

安旗在李白曾两次入长安说的基础上,提出此诗是开元十八至十九年间第一次入长安失败后所作。认为蜀道"以喻世途","跋涉在蜀道的畏途巉岩之间的旅人",正是"奔走于坎坷世途中的李白本人",而诗中的"剑阁"、"锦城"皆非实指其地。这是诗人"借大自然的鬼斧神工"、"使他胸中的种种思想感情化为可感的形象,化为惊心动魄的诗篇。"但此说对诗中"问君西游何时还"等句很难解释。

以上种种说法,有一个共同点,均建立于李白自开元十三年左右出蜀,直至病死当涂,从未归蜀。《蜀道难》非亲历蜀道艰险,仅想象而成。李从军《李白归蜀考》一文(见《李白考异录》)在唐人姚合认为,李白离长安后曾归蜀说的基础上,首倡李白首次入长安失败后,因贫困思乡,故曾返蜀二年。"《蜀道难》是李白谋仕失败后归蜀写的。"

后两种新说有一点相同,它均建立于李白除天宝元年那次外,在此之前还曾有过首次入长安之行,《蜀道难》作于这次入长安失败之后。所不同者,安旗仍未把《蜀道难》与李白亲身经历过入蜀之地山川之险联系起来,而另外二者均认为这是根据诗人自身的经历写成的。所不同者一是来时由蜀而入长安,一是离长安以后曾有归蜀之举。

《蜀道难》不仅是李白诗中的代表作,也是唐诗的代表作,由于它"曲折幽深",故对其本事争议较多,安旗曾谓:"好诗如同大海,探龙宫者得骊珠,涉中流者获巨鱼,游汀洲者揽芳草,戏岸边者拾贝壳。深者见深,浅者见浅,仁者见仁,智者见智。但均有所见,均有所得。彼以朦胧晦涩掩盖心灵之空虚者,岂可同日而语哉!"说得是不错的。

(王步高)

中小学已学篇目

《古朗月行》(小)《行路难》(金樽清酒)(初)《蜀道难》《将进酒》(高)

八、李白(下)

赠孟浩然

吾爱孟夫子①，风流天下闻②。
红颜弃轩冕③，白首卧松云④。
醉月频中圣⑤，迷花不事君⑥。
高山安可仰⑦，徒此揖清芬⑧。

【汇评】

太白赠浩然诗，前云"红颜弃轩冕"，后云"迷花不事君"，两联意颇相似。刘文房《灵祐上人故居》诗，既云"几日浮生哭故人"，又云"雨花垂泪共沾巾"，此与太白同病，兴到而成，失于检点，意重一联，其势使然。两联意重，法不可从。(〔明〕谢榛《四溟诗话》卷三)

此美孟之高隐也。言夫子之风流，所以能闻天下者，以少无宦情，老不改节也。彼其"醉月"、"迷花"，高尚不仕，正如高山，非可仰而及者，我惟一揖清芬为幸耳。时盖始相识而尊礼之如此。(〔明〕唐汝询《唐诗解》卷三十三)

(颈联)吴(汝纶)曰："疏宕中仍自精练。"(七句)吴曰："开一笔。"(末)吴曰："一气舒卷，用孟体也，而其质健豪迈，自是太白手段，孟不能及。"(高步瀛《唐宋诗举要》卷四)

此诗当是开元二十七年(739)李白过襄阳时重晤孟浩然而作。其时孟浩然已届晚年，故诗云"白首卧松云"。次年，孟浩然即病疽背而卒。(郁贤皓编《李白选集》)

【赏析】

孟浩然长李白十二岁，李白早年曾长期寓居湖北安陆(约727年—736年)，常往来于襄

---

① 夫子：古时对男子的敬称。 ② 风流：指儒雅潇洒的风度。 ③ 指少壮时即绝意仕进。红颜：青春壮健的颜色，指年轻时。 ④ 松云：松树云霞，借指山林。 ⑤ 醉月句：指赏月醉酒。古时嗜酒者把清酒称圣人，浊酒称贤人。此句"中"读平声。 ⑥ 迷花：迷恋丘壑花草。 ⑦ 高山：《诗·小雅·车辖》："高山仰止，景行行止。"此句喻指他对孟浩然的敬仰。 ⑧ 徒此：惟有在此。揖：表示崇敬。清芬：指高洁的品格。

汉一带,与孟浩然有一定交往。孟浩然于开元二十三年(735)自长安归襄阳,开元二十八年逝世。郁贤皓以为此诗乃开元二十七年李白过襄阳重晤孟浩然时所作。

开篇点题,指出对孟浩然的敬仰。"爱"为全诗的主旨。"风流"二字是对孟浩然人品、才能、风度的集中概括。"天下闻",写孟浩然影响之大。"红颜"一联,赞美孟浩然从年轻至年老漫长的人生旅途中不受荣华富贵诱惑、淡泊宁静的人生态度。第三联着意刻画孟夫子风流倜傥、潇洒傲岸的风格气度。诗的尾联则是作者直抒胸臆之语,表示对孟氏高洁品行的景仰。其实,诗中对孟浩然的称颂,也表达了自己的人生态度。

此诗语言自然流走,抒情与描写结合,率真而不浅俗,以古风笔调作近体,吟来一气呵成。

(王步高)

送友人

青山横北郭①,　白水绕东城。
此地一为别②,　孤蓬万里征③。
浮云游子意,　落日故人情。
挥手自兹去,　萧萧班马鸣④。

【汇评】

三四流走,亦竟有散行者,然起句必须整齐。苏李赠言多唏嘘语而无蹶蹙声,知古人之意在不尽矣。太白犹不失斯旨。(〔清〕沈德潜《唐诗别裁集》卷十)

首联整齐,承则流走而下。颈联健劲,结有萧散之致。大匠运斤,自成规矩。(〔清〕纪昀等《唐宋诗醇》卷七)

首二句言送别之地,一别则孤蓬万里,游子之意,等于浮云,故人之情,难留落日,亦唯挥手作别,听班马之萧萧耳。盖后四句,则专叙送别之情也。(王文濡《唐诗评注读本》卷五)

(三四句)雄阔。　(末)语意倜傥,太白本色。(高步瀛《唐宋诗举要》卷四)

【赏析】

此诗是为送别友人而作。首联点明送别之地。"北郭"、"东城",不必拘泥字面,两句合在一起理解,是写在青山环抱、绿水围绕的城外送别友人。以青描山,以白绘水,画面清丽,色中寓情,在如此诗情画意的环境中送别友人,自然会有达观的情怀。颔联引出别情,表达对朋

---

① 郭:外城。古代的城有内城、外城。　② 为别:作别。　③ 孤蓬:孤单的飞蓬。这里比喻只身漂泊远行、行止无定的人。　④ 萧萧:马鸣声。班,分别。班马:相别的马。

友漂泊生涯的深切关怀。孤蓬是无根之草,随风飘转,此指友人孤身一人,漂泊不定,比喻恰切,情感真挚细腻。颈联将难分难舍的友情又深化一层。浮云行踪不定,色彩灰白,用来比喻友人漂泊不定的行踪和黯然的别绪。落日依恋山峰,徐徐而下,色彩殷红,用来比喻诗人对友人的依依不舍和诚挚情谊。融情于景,空灵含蓄,缱绻惜别之情,尤感人心。尾联移情于物,借马鸣言人的无以言状的别情,主客之马将分道,而萧萧长鸣,亦若有离群之感,马犹如此,人何以堪? 从侧面烘托中将感情的波澜推向高潮。这首送别诗融情于景,寄情于物,写得新颖别致,不落俗套。青山、白水、浮云、红日,相互映衬,色彩璀璨,与诗人所要表达的感情和谐一致,风致天然。诗人的感情真挚豁达,没有一般送别之作的缠绵和哀伤,神采飞动,韵味邈远。

(韩建立)

登金陵凤凰台①

凤凰台上凤凰游, 凤去台空江自流。
吴宫花草埋幽径②,晋代衣冠成古丘③。
三山半落青天外④,二水中分白鹭洲⑤。
总为浮云能蔽日⑥,长安不见使人愁⑦。

【本事】

凤台诸说不一:《宋书·符瑞志》(中)曰:"文帝元嘉十四年三月丙申,大鸟二集秣陵民王顗园中李树上,大如孔雀,头足小高,毛羽鲜明,文采五色,声音谐从,众鸟如山鸡者随之,如行三十步顷,东南飞去。扬州刺史彭城王义康以闻,改鸟所集永昌里曰凤凰里。" 乐史《太平寰宇记》(卷九十)曰:"江南东道升州江宁县:凤凰山在县北一里,宋元嘉十六年有三鸟翔集此山,状如孔雀,文采五色,音声谐和,众鸟群集,仍置凤凰里,起台于山,号凤台山。" 张敦颐《六朝事迹》(卷六)曰:"凤台山,宋元嘉中凤凰集于是山,乃筑于山椒以旌嘉瑞,在府城西南二里,今保宁寺是也。"盖一事而传闻有异耳。 而《法苑珠林》(卷三十九)曰:"晋白塔寺在秣陵三井里,晋升平中有凤凰集此地,因名其处为凤凰台。"说又不同。(〔民国〕高步瀛《唐宋诗举要》卷五)

----

① 凤凰台:旧址在今南京市凤凰山,南朝宋文帝建于元嘉十六年(439)。 ② 吴宫:三国时孙权所建的吴国宫殿。花草:奇化异草。 ③ 晋代:指东晋。东晋建都金陵,时称建康。衣冠:指有头脸的上层人物,即王公贵族。成古丘:成为一座座荒凉的古坟。 ④ 三山:在金陵西南长江边上,三峰并列,南北相连。半落,言三山一半被云遮住,看不清楚。陆游《入蜀记》云:"三山,自石头及凤凰山望之,杳杳有无中耳。及过其下,距金陵才五十余里。" ⑤ 二水:一作"一水",指因白鹭洲而分开的江水。白鹭洲:在金陵西长江中,把长江分割成两道,或认为即今江心洲。 ⑥ 浮云:喻朝中小人。蔽日:喻蒙蔽君主。语出陆贾《新语·慎微篇》:"邪臣之蔽贤,犹浮云之障日月也。"《古诗十九首》:"浮云蔽白日,游子不顾返。" ⑦ 长安:唐之帝都,唐代诗人常借望长安以抒恋阙之怀。杜甫《小寒食舟中作》:"云白山青万余里,愁看直北是长安。"宋人袭之,辛弃疾[菩萨蛮](郁孤台下清江水):"西北望长安,可怜无数山。"

【汇评】

崔颢题黄鹤楼,太白过之不更作。诗人有"眼前有景道不得,崔颢题诗在上头"之讥。及登凤凰台作诗,可谓十倍曹丕矣。盖颢结句云:"日暮乡关何处是,烟波江上使人愁。"而太白结句云:"总为浮云能蔽日,长安不见使人愁。"爱君忧国之意,远过乡关之念,善占地步矣!(〔明〕瞿佑《归田诗话》)

浮云蔽日,长安不见,借晋明帝语,影出浮云,以悲江左无人,中原沦陷。"使人愁"三字,总结幽径、古丘之感,与崔颢《黄鹤楼》落句语同别意。宋人不解此,乃以疵其不及颢作,觌面不识,而强加长短,何有哉?太白诗是通首混收,颢诗是扣尾掉收;太白诗自《十九首》来,颢诗则纯为唐音矣。(〔清〕王夫之《唐诗评选》)

(后四句)前解写凤凰台,此解写台上人也。"三山半落"、"二水中分"之为言,竭尽目力,劳劳远望,然而终亦只见金陵,不见长安也。看先生前后二解文,直各自顿挫,并不牵合顾盼,此为大家风轨。(〔清〕金圣叹《贯华堂选批唐才子诗》卷二)

崔诗直举胸情,气体高浑,白诗寓目山河,别有怀抱,其言皆从心而发,即景而成,意象偶同,胜境各擅,论者不举其高情远意而沾沾吹索于字句之间,固已蔽矣。至谓白实拟之以较胜负,并谬为捶碎鹤楼等诗,鄙陋之谈,不值一噱也。(〔清〕纪昀等《唐宋诗醇》卷七)

【赏析】

唐玄宗天宝年间诗人被排挤出长安,唐肃宗上元二年(761)南游金陵,此诗盖作于此时。首联从凤凰台的昔今对比着笔,总写传说中和现实中的凤凰台,为全诗奠定深沉的伤感色调。颔联、颈联分别关涉"凤去台空"和"江自流"。颔联写近景,气象衰飒,侧重写历史的苍凉感;"径"、"晋"音近,将上下两句连接得天衣无缝。颈联写远景,气象清丽,"以乐景写哀,倍增其哀"。末联的"浮云能蔽日"隐喻奸臣当道,阻塞忠良,"长安不见"表示远离京城,不得进见皇上。如今苍生无法济,社稷难以安,只以"愁"字结之,怨而不怒。这首诗中既有人事已非江山如故的感慨、人生无常身世飘蓬的怅惘,又有对奸臣的愤怒指斥、对皇帝的殷殷希望,其实哪里是一个"愁"字了得的!

据说,开元十六年(728)春,李白漫游江夏,众友人陪他登临黄鹤楼,想让他题诗一首,他却说:"眼前有景道不得,崔颢题诗在上头。"这则传说的可靠性如何尚待考证。但李白在写法上有意仿效崔颢的《黄鹤楼》而欲超越,却是稍稍留心就能发现的。这首《登金陵凤凰台》诗用崔诗的韵,前二和韵,后二步韵,且径用崔诗中的"使人愁"三字收束全诗。崔诗首联、颔联仅写黄鹤楼的传说,李诗仅用首联就把传说和现实中的凤凰台和盘托出了。崔诗三用"黄鹤",李诗三用"凤凰"两用"台"。崔诗多用形容词,李诗则有意多用动词。

诗评家或扬崔抑李,或扬李抑崔。欣赏可以各取所需,各有所爱,鉴赏则应尽量客观平正。从鉴赏的角度看,李崔两人的诗实则各有短长,不分轩轾。

(沈广达)

渡荆门送别①

渡远荆门外，　来从楚国游。
山随平野尽，　江入大荒流。
月下飞天镜，　云生结海楼②。
仍怜故乡水，　万里送行舟。

【集评】

"山随平野尽，江入大荒流"，太白壮语也，杜"星随平野阔，月涌大江流"，骨力过之。（〔明〕胡应麟《诗薮》内编卷四）

丁龙友曰：予谓李是昼景，杜是夜景，李是行舟暂视，杜是停舟细观，未可概论。（〔清〕王琦注《李太白全集》卷十五引）

唐（仲言）云："此自蜀入楚而赋，其形胜如此。"太白蜀人，江亦发源于蜀，故落句有水送行舟之语，言人不如水之有情也。题中"送别"二字，疑是衍文。（〔清〕章燮《唐诗三百首注疏》卷四）

【赏析】

此诗作于开元十二年(724)秋乘舟出蜀至荆门时，是一首色彩明丽、对仗严谨的五言律诗。首二句写送客的地点，中二联写荆门山尽野阔之景，而结句才见出别意。大江来自蜀地万山之中，此后是千里平原，一片混茫。以"天镜"喻月之明，月亮在江中的倒影，好象从天上飞来的一面明镜；以"海楼"喻云之奇，云彩的兴起和变化，在空中结成了海市蜃楼，见出江天高旷奇丽。末二句见别意，故乡之水犹眷恋游子，千里万里伴舟东西，故乡之人也会魂牵梦绕，萦系游子之心。

（王步高）

宣州谢朓楼饯别校书叔云③

弃我去者，　　　　昨日之日不可留；

---

① 荆门：荆门山，在今湖北宜都县西北，长江南岸，与北岸虎牙山相对，古为楚蜀咽喉。　② 海楼：即海市蜃楼。海上下层空气密度大，光线折射，幻化出城市、楼台等景象。旧误以为蜃(大蛤)吐气所致。　③ 宣州：今安徽省宣州市。谢朓：南齐著名诗人，字玄晖，是李白一生最敬重的诗人，王士祯《论诗绝句》云："白紵青山魂魄在，一生低首谢宣城。"谢朓楼：一名北楼，一名叠嶂楼，谢朓为宣城太守时所建。叔云：族叔李云，时任秘书省校书郎。

乱我心者，　　　　今日之日多烦忧。
长风万里送秋雁，　对此可以酣高楼。
蓬莱文章建安骨①，中间小谢又清发②。
俱怀逸兴壮思飞，　欲上青天览明月。
抽刀断水水更流，　举杯消愁愁更愁。
人生在世不称意，　明朝散发弄扁舟③。

【汇评】

刘（辰翁）云：崔嵬迭宕正在起一句，不称意若欲绝。（〔明〕高棅《唐诗品汇》卷二十七）

此篇三韵两转，而起结别是一法。起势豪迈如风雨之骤至。（〔清〕王尧衢《古唐诗合解》）

起二句发兴无端。"长风"二句落入，如此落法，非寻常所知。"抽刀"二句，仍应起意为章法。"人生"二句，言所以愁。（〔清〕方东树《昭昧詹言》卷十二）

【赏析】

此诗代表了李白诗不主故常，豪逸奔放的风格。诗的开头破空而来，而又以破空之句相接，既不写楼，亦不叙别，而直抒郁结，直至第四句以"送秋雁"为喻，才言"饯别"。"蓬莱"二句分写主客二方，又关合谢朓楼及李云的官职。"俱怀"二句写借酒助兴，逸兴遄飞。而结尾四句又跌落到现实中来，在进步理想与严酷现实的矛盾面前，他只有消极遁世一条出路。感情的跌宕起伏，语言的自然跳跃，故虽有"不称意"的苦闷，却并不低沉压抑。　　　　（王步高）

海客谈瀛洲，烟涛微茫信难求⑤。越人语天姥，云霞明灭或可睹⑥。天姥连天向天横，势拔五岳掩赤城⑦。天台四万八千丈，对此欲倒东南倾⑧。我欲因之梦吴

---

① 蓬莱：东汉学者称东观（政府的藏书机关）为道家蓬莱山，唐人又多以"蓬山"、"蓬阁"指秘书省。② 小谢：本指谢灵运族弟谢惠连，此处指谢朓，或云李白自比。③ 散发：古人平时束发整冠，散发为放纵闲适之态。④ 诗题：一作《别东鲁诸公》；东鲁，今山东的南部。天姥（mǔ母）：山名，在越州剡县南，今属浙江新昌。⑤ "海客"二句：海上来客谈起蓬莱仙岛，浩渺烟波，实在没法寻找。　瀛（yíng迎）洲，神话传说，海外有三座神山：蓬莱、方丈、瀛洲。微茫，隐约迷离；信，确实。⑥ "越人"二句：越中人说到天姥名山，云霞闪烁，似乎就在眼前。　越，指浙江一带，春秋时地属越国。明灭，时明时灭；或，有时，或许。⑦ "天姥"二句：天姥山横空出世接天宇，超出五岳掩盖赤城山。　赤城，山名，在今浙江天台县北。⑧ "天台"二句：天台号称四万八千丈，对于她也只好拜倒在天姥山的东南。　天台，山名，在今浙江天台县北，与天姥峰相对。

越,一夜飞渡镜湖月①。湖月照我影,送我至剡溪②。谢公宿处今尚在,渌水荡漾清猿啼③。脚著谢公屐,身登青云梯④。半壁见海日,空中闻天鸡⑤。千岩万转路不定,迷花倚石忽已暝⑥。熊咆龙吟殷岩泉,栗深林兮惊层巅⑦。云青青兮欲雨,水澹澹兮生烟⑧。列缺霹雳,丘峦崩摧⑨。洞天石扉,訇然中开⑩。青冥浩荡不见底,日月照耀金银台⑪。霓为衣兮风为马,云之君兮纷纷而来下⑫。虎鼓瑟兮鸾回车,仙之人兮列如麻⑬。忽魂悸以魄动,恍惊起而长嗟⑭。惟觉时之枕席,失向来之烟霞⑮。世间行乐亦如此,古来万事东流水⑯。别君去兮何时还?且放白鹿青崖间,须行即骑访名山⑰。安能摧眉折腰事权贵,使我不得开心颜⑱。

【赏析】

　　天姥山,今属浙江新昌的名山。长诗充分发挥了诗仙李白浪漫想象与恣意夸张的才力,借追想梦游的方式,纵写对越中胜景的热切向往,寄托着自由人格的强烈追求,抒发对现实政治环境的深沉感慨。

　　诗以一副伟丽的长联发端,先由瀛洲仙岛引出天姥名山。海外神山本是隐约迷离、难以寻求的,而越地来人说到天姥奇峰,云霞闪烁,却似乎就在眼中。接着,诗章就呈现了那座"势拔五岳掩赤城"、使得四万八千丈的天台也要拜倒东南的天姥山。用越人的介绍入题,略事渲染夸张,迅即过渡到飞往高压群峰的天姥的畅想梦游之曲,"我欲因之梦吴越,一夜飞渡

---

①"我欲"二句:我早就梦想去吴越游天姥,一夜间飞过了月下的镜湖。　因之,因越人的谈论介绍;吴越,指越。镜湖,又称鉴湖,在今浙江绍兴南。　②"湖月"二句:湖月照着我的身影,多情相伴直送到剡溪。　剡(shàn善)溪,水名,为曹娥江的上游,在今浙江嵊县。　③"谢公"二句:谢灵运宿处如今尚在,渌水依然荡漾,清猿不住啼。　谢公宿处,谢灵运曾游天姥,在剡溪投宿。渌(lù录)水,清澈的流水;清猿啼,猿的啼声凄清。　④"脚著"二句:脚穿谢公特制的登山屐,我轻快地踏上青云梯。　著,穿上。谢公屐,谢灵运创制的登山屐,鞋底装着活动的木齿,上山则去其前齿,下山去其后齿(见《南史·谢灵运传》)。屐(jī基),古人常穿的一种木底的鞋,今江苏淮安一带农村犹存其制。青云梯,指高耸入云的山径石级。　⑤"半壁"二句:山腰上我望见海日东升,半空中我听得天鸡报晓。　海日,海上升起的旭日。天鸡,相传桃都山有大树,上栖天鸡,日初出照此树,天鸡啼鸣,世上群鸡皆随之而鸣。(见《述异记》)　⑥"千岩"二句:千岩万曲山中行路,一路上,迷花倚石不觉天光暮。路不定,辨不清路向。迷花倚石,贪看幽花倦倚奇石;暝,天色昏暗。　⑦"熊咆"二句:忽然间熊咆龙吟岩泉轰响,丛林颤抖峰峦震荡。　咆,吼叫;吟,鸣;殷(yǐn隐),形容声音宏大。栗,恐惧发抖;层巅,重叠的山峰。　⑧"云青青"二句:浓云密布欲来山雨,水摇波动腾起烟云。　青青,黑云沉沉的样子。澹澹(dàn淡),水波摇动的样子。　⑨"列缺"二句:惊雷闪电,地裂山崩。　列缺,电光;霹雳,雷声。丘峦,山岭。　⑩"洞天"二句:烟光中现出了神仙洞府,一声巨响石门敞开。　洞天,道教称神仙所居洞府为"洞天",意谓洞中别有天地。訇(hōng轰)然,大声。　⑪"青冥"二句:青天广阔不见边际,日月照耀金阙银台。　青冥,青色的天空。金银台,指神仙所居碧辉煌的楼台。　⑫"霓为衣"二句:云是衣裳风是骏马,天外仙真纷纷降下。　"霓为衣"二句,语出屈原《九歌·东君》:"青云衣兮白霓裳";傅玄《吴楚歌》:"云为车兮风为马"。云之君,原为云神,此泛指仙人。　⑬"虎鼓"二句:虎弹着瑟,鸾驾着车,仙家队列密如麻。　虎鼓瑟,语出张衡《西京赋》"白虎鼓瑟";回车,拉车。　⑭"忽魂"二句:一霎时心魂陡颤,猛然惊醒,感叹交加。　悸,心跳。恍,觉醒的样子;长嗟,长叹。　⑮"惟觉"二句:只剩下身边的枕席,梦境中的烟霞顷刻消失。　觉时,醒来时。向来,刚才。　⑯"世间"二句:世间的行乐不也是如此!古来悠悠万事东流水。　如此,如同这仙境梦游。　⑰"别君"三句:告别了你们何日回还?暂把白鹿放养在青崖间,想走就骑上,任意游访名山。君,指东鲁的朋友们。　⑱"安能"二句:又怎能低头弯腰去侍奉权贵,使我不得畅兴开颜。　摧眉,低眉,低头;折腰,曲身弯腰。

镜湖月"。镜湖,亦即鉴湖。从"湖月照我影"至"空中闻天鸡",叙月夜游山历水的行踪:来到了南朝诗人谢灵运当初的投宿处,清澈的流水依然荡漾;穿上谢公特制的登山屐,轻快地踏上山径的石级阶梯;在山腰上望见海日东升,半空中听得天鸡报晓。诗篇将山里风光咏写得瑰丽多姿,作者的旅游轻快无比。

境界越来越迷离,笔调也越来越神幻。千岩万转,迷花倚石,天光已暝,氛围陡变。熊咆龙吟岩泉轰响,深林颤,峰峦震。战慄性的景象,酿足了自然界风雷激变的气氛。然后诗人以石破天惊之笔,爆出了洞中有洞、天外有天的神异世界。"列缺霹雳,丘峦崩摧,洞天石扉,訇然中开。"这四个短句,音繁节促,写出了惊雷闪电地裂山崩的非凡气势,烟光中现出神仙洞府,一声巨震石门敞开了。

下面用六句铺写那"青冥浩荡不见底,日月照耀金银台"的光明透澈、金碧辉煌的洞天境界。那个神仙国度里,云是衣裳风是骏马,天外真人纷纷降下。虎弹瑟,鸾驾车,仙列密如麻。作者在诗行里揉合了系列的神话材料,来显示理想世界的美好神妙。正当青莲居士兴高采烈地"挟飞仙以遨游",神驰天国的时候,刹那间一落千丈,美梦惊醒了,回到现实世界。"忽魂悸以魄动"至"失向来之烟霞",热烈化成了苍凉,光明转变为暗淡。诗写得多么悲慨呵!只剩下醒来后的身边枕席;消失了那梦境里的奇妙烟霞。

烟霞梦杳,议论风生,最终七句,因梦而悟,因悟而别,咏出了"世间行乐亦如此,古来万事东流水","安能摧眉折腰事权贵,使我不得开心颜"的飘逸心声。特别是绝不向权贵低头妥协的两句篇末宣言,傲世凌俗,坚持自由信念,更加耀目的光焰,照亮了全诗的主题。《天姥吟》的写法相当特别,梦中幻梦,意象瑰奇,笔调变化莫测,起落无端,句式长短参差,通篇换韵频繁达十二次之多。于往复驰骋的奔放笔势中,迭出波澜,时有惊人之句。李白的歌行体作品,要数这篇最为奇幻,也最富浪漫激情。

(顾福生)

备选课文

庐山谣寄卢侍御虚舟　　李　白

我本楚狂人,凤歌笑孔丘。手持绿玉杖,朝别黄鹤楼。五岳寻仙不辞远,一生好入名山游。庐山秀出南斗傍,屏风九叠云锦张,影落明湖青黛光。金阙前开二峰长,银河倒挂三石梁。香炉瀑布遥相望,回崖沓嶂凌苍苍。翠影红霞映朝日,鸟飞不到吴天长。登高壮观天地间,大江茫茫去不还。黄云万里动风色,白波九道流雪山。好为庐山谣,兴因庐山发。闲窥石镜清我心,谢公行处苍苔没。早服还丹无世情,琴心三叠道初成。遥见仙人彩云里,手把芙蓉朝玉京。先期汗漫九垓上,愿接卢敖游太清。

夜泊牛渚怀古　　李　白

牛渚西江夜,青天无片云。登舟望秋月,空忆谢将军。余亦能高咏,斯人不可闻。明朝挂帆席,枫叶落纷纷。

金陵酒肆留别　　李　白

风吹柳花满店香,吴姬压酒唤客尝。金陵子弟来相送,欲行不行各尽觞。请君试问东流水,别意与之谁短长。

泛读课文

望庐山瀑布水二首（选一） 李 白

日照香炉生紫烟,遥看瀑布挂前川。飞流直下三千尺,疑是银河落九天。

黄鹤楼送孟浩然之广陵 李 白

故人西辞黄鹤楼,烟花三月下扬州。孤帆远影碧空尽,唯见长江天际流。

早发白帝城 李 白

朝辞白帝彩云间,千里江陵一日还。两岸猿声啼不住,轻舟已过万重山。

下终南山过斛斯山人宿置酒 李 白

暮从碧山下,山月随人归。却顾所来径,苍苍横翠微。相携及田家,童稚开荆扉。绿竹入幽径,青萝拂行衣。欢言得所憩,美酒聊共挥。长歌吟松风,曲尽河星稀。我醉君复乐,陶然共忘机。

访戴天山道士不遇 李 白

犬吠水声中,桃花带露浓。树深时见鹿,溪午不闻钟。野竹分青霭,飞泉挂碧峰。无人知所去,愁倚两三松。

分类唐诗 友情 赠别

春夜别友人 陈子昂

银烛吐青烟,金樽对绮筵。离堂思琴瑟,别路绕山川。明月隐高树,长河没晓天。悠悠洛阳道,此会在何年?

芙蓉楼送辛渐 王昌龄

寒雨连江夜入吴,平明送客楚山孤。洛阳亲友如相问,一片冰心在玉壶。

重送裴郎中贬吉州 刘长卿

猿啼客散暮江头,人自伤心水自流。同作逐臣君更远,青山万里一孤舟。

送杜十四之江南 孟浩然

荆吴相接水为乡,君去春江正淼茫。日暮征帆何处泊,天涯一望断人肠。

沙丘城下寄杜甫 李 白

我来竟何事,高卧沙丘城。城边有古树,日夕连秋声。鲁酒不可醉,齐歌空复情。思君若汶水,浩荡寄南征。

金乡送韦八之西京 李 白

客自长安来,还归长安去。狂风吹我心,西挂咸阳树。此情不可道,此别何时遇。望望不见君,连山起烟雾。

送友人入蜀 李 白

见说蚕丛路,崎岖不易行。山从人面起,云傍马头生。芳树笼秦栈,春流绕蜀城。升沉应已定,不必问君平。

别董大二首（选一） 高　适

十里黄云白日曛,北风吹雁雪纷纷。莫愁前路无知己,天下谁人不识君。

初发扬子,寄元大校书 韦应物

凄凄去亲爱,泛泛入烟雾。归棹洛阳人,残钟广陵树。今朝此为别,何处还相遇?世事波上舟,沿洄安得住。

赋得暮雨,送李曹 韦应物

楚江微雨里,建业暮钟时。漠漠帆来重,冥冥鸟去迟。海门深不见,浦树远含滋。相送情无限,沾襟比散丝。

天末怀李白 杜　甫

凉风起天末,君子意如何。鸿雁几时到,江湖秋水多。文章憎命达,魑魅喜人过。应共冤魂语,投诗赠汨罗。

春日忆李白 杜　甫

白也诗无敌,飘然思不群。清新庾开府,俊逸鲍参军。渭北春天树,江东日暮云。何时一尊酒,重与细论文。

寄韩谏议 杜　甫

今我不乐思岳阳,身欲奋飞病在床。美人娟娟隔秋水,濯足洞庭望八荒。鸿飞冥冥日月白,青枫叶赤天雨霜。玉京群帝集北斗,或骑骐驎翳凤凰。芙蓉旌旗烟雾乐,影动倒景摇潇湘。星宫之君醉琼浆,羽人稀少不在旁。似闻昨者赤松子,恐是汉代韩张良。昔随刘氏定长安,帷幄未改神惨伤。国家成败吾岂敢,色难腥腐餐风香。周南留滞古所惜,南极老人应寿昌。美人胡为隔秋水,焉得置之贡玉堂。

送　远 杜　甫

带甲满天地,胡为君远行。亲朋尽一哭,鞍马去孤城。草木岁月晚,关河霜雪清。别离已昨日,因见古人情。

重别梦得 柳宗元

二十年来万事同,今朝岐路忽西东。皇恩若许归田去,晚岁当为邻舍翁。

蓟北旅思 张　籍

日日望乡国,空歌白纻词。长因送人处,忆得别家时。失意还独语,多愁只自知。客亭门外柳,折尽向南枝。

重赠乐天 元　稹

休遣玲珑唱我诗,我诗多是别君词。明朝又向江头别,月落潮平是去时。

谢亭送别 许　浑

劳歌一曲解行舟,红叶青山水急流。日暮酒醒人已远,满天风雨下西楼。

送人东归 温庭筠

荒戍落黄叶,浩然离故关。高风汉阳渡,初日郢门山。江上几人在,天涯孤棹还。何当重相见,尊酒慰离颜。

古离别 韦　庄

晴烟漠漠柳毵毵,不那离情酒半酣。更把玉鞭云外指,断肠春色在江南。

李白诗综论

李白是我国盛唐时期最伟大的诗人之一。他的诗作是盛唐气象的杰出代表,最集中地体现了那个时代的精神风貌。

首先,李白诗中反映了盛唐时期积极向上的时代精神。他对自己的政治才能充满信心,期望能"申管晏之谈,谋帝王之术,奋其智能,愿为辅弼,使寰区大定,海县清一"(《代寿山答孟少府移文书》)他经常以管仲、张良、乐毅、诸葛亮、谢安、鲁仲连为榜样或以之自许。他也以大鹏自比:"大鹏一日同风起,扶摇直上九万里,假令风歇时下来,犹能簸却沧溟水"(《上李邕》)。坚信"天生我材必有用"(《将进酒》),也自信"长风破浪会有时,直挂云帆济沧海"(《行路难》),"但用东山谢安石,为君谈笑静胡沙"(《永王东巡歌》)。……这种积极用世、奋发向上的精神,正是盛唐的时代精神。

其二,李白诗中表现了强烈的反权贵意识,也有着否定单纯追求功名利禄的思想。如"黄金白璧买歌笑,一醉累月轻王侯"(《忆旧游寄谯郡元参军》),"安能摧眉折腰事权贵,使我不得开心颜"(《梦游天姥吟留别》)等豪气横溢的诗句,千载之下读之,也不难领略其英风豪气。杜甫说他"天子呼来不上船,自称臣是酒中仙"(《饮中八仙歌》)。任华称他"数十年为客,未尝一日低颜色"(《杂言寄李白》)。显然,诗人渴望建功立业,又希望保持独立的人格,不愿向权贵"摧眉折腰"。这大概正是古代"诗穷而后工"(欧阳修语)和"文章憎命达"(杜甫诗句)的原因。保持独立人格是取得创作成功的基本前提之一,不摧眉折腰事权贵又保持独立人格所必须做到的,这是古代几乎所有伟大的作家都"穷"、都"不达"的缘故。从李白身上,人们自不难联想起不愿"为五斗米折腰"的陶渊明。

其三,李白对祖国山川异乎寻常的热爱。李白半仙、半侠、豪迈的诗人性格也只有借祖国壮丽山川才能更好地得到表现。他笔下那"难于上青天"的蜀道;那"登高壮观天地间,大江茫茫去不还。黄云万里动风色,白波九道流雪山"(《庐山谣寄卢侍御虚舟》)的庐山;那"半壁见海日,空中闻天鸡"的天姥山;那"黄河之水天上来,奔流到海不复回"的中华民族母亲河;那"人行明镜中,鸟度屏风里"的清溪……或雄伟壮美,或光明澄澈,均折射出诗人高尚的品行与人格,也写出了诗人的审美情趣和对高洁、光明的追求。

李白时时把国家和人民的命运系之于胸。如:他的《远别离》中对"君失臣兮龙为鱼,权归臣兮鼠变虎"的忧虑;《蜀道难》中对"所守或匪亲,化为狼与豺"的担心;《答王十二寒夜独酌有怀》对哥舒翰"横行青海夜带刀,西屠石堡取紫袍"的抨击;他在《古风》诗中以"殷后乱天纪,楚怀亦已昏"的诗句,把批判的矛头直指当时的最高统治者。反之,他对普通的劳动人民,如炼铁工、酿酒叟、五松山下的老媪以及一个乡村朋友汪伦……都一往情深,无半点傲气。安史乱后,他的诗笔更直接反映战乱的现实:"洛阳三月飞胡沙,洛阳城中人怨嗟。天津流水波赤血,白骨相撑如乱麻"(《扶风豪士歌》),"白骨成丘山,苍生竟何罪"(《赠江夏韦太守良宰》)……。他晚年应永王璘的征召,自然也与其"拯社稷,救苍生"的愿望一致。

李白的诗从各个不同侧面表现盛唐气象,也揭示了其背后隐藏着的严重危机。当然,李白诗中也存在一些糟粕,例如宣扬"人生得意须尽欢"、人生如梦、求仙学道的内容等。

李白诗在艺术上取得的巨大成就,使之成为中国诗歌遗产中的瑰宝。

王世贞《艺苑卮言》指出李白诗"以气为主,以自然为宗"。李白诗气势磅礴,汪洋恣肆,纵横飞动。贺裳说:"太白胸怀高旷,有置身云汉,糠秕六合之意,不屑屑为体物之言,其言如风卷云舒,无可踪迹。"(《载酒园诗话》)李白诗融会了屈原、庄子等人的艺术风格,从而形成了一种雄奇、飘逸、奔放的风格;而丰富的想象、生动的比喻、高度的夸张等修辞手法的运用,更使其诗具有一种掀雷挟电的夺人气势,令人折服。在他的一些代表作如《蜀道难》、《梦游天姥吟留别》等诗作中,常运用飞动的笔触,把现实与梦幻、想象结合在一起,或升天,或入地,把时间、空间的界限也都打破,或"兴酣落笔摇五岳,诗成笑傲凌沧洲"(《江上吟》),或"俱怀逸兴壮思飞,欲上青天览明月"(《宣州谢朓楼饯别校书叔云》),或"刬却君山好,平铺湘水流"(《陪侍郎叔游洞庭醉后》)……。诗的结构也很少平铺直叙,而是跳跃跌宕,大起大落。他的一些名作往往能体现这些特点,《将进酒》、《行路难》等篇尤为如此。

  李白诗另一个显著的特点是自然而不雕琢。对于这一点,古人早已论及。贺裳说:"太白高旷人,其诗如大圭不琢,而自有夺虹之色。"(《载酒园诗话》)乔亿亦云:"试阅青莲诗,如海水群飞,变怪百出,而悠然不尽之意自在,所以横绝高绝。"(《剑溪说诗》)李调元更明白指出:"李诗本陶渊明,杜诗本庾子山。"(《雨村诗话》)也有人借用李白自己的诗句"清水出芙蓉,天然去雕饰"(《经乱离后天恩流夜郎忆旧游书怀赠江夏韦太守良宰》)来称赞其诗的语言风格,其实这也可归结为"自然"。试举他的两首小诗便可见一斑。其一为《山中问答》:"问余何意栖碧山,笑而不答心自闲。桃花流水窅然去,别有天地非人间。"又如《山中与幽人对酌》:"两人对酌山花开,一杯一杯复一杯。我醉欲眠卿且去,明朝有意抱琴来。"名篇如《静夜思》、《长干行》、《子夜吴歌》等均如此。李白有些诗不仅浅显自然,且语近情遥。乐府诗、七言歌行,均有歌谣的特征。

  李白诗艺术成就最高的是他的乐府诗,现存一百四十九首。他沿用乐府旧题,在传统规定内加以变化。"他的伟大之处,并不在于扩大题材,改换主题,恰恰相反,他是在继承前人创作总体性格的基础上,沿着原来的主题、形象、气氛、韵律向前发展,即在同一方向上把这题目写深、写透、写彻底,发挥到淋漓尽致,无以复加的境地,从而使后来的人难以为继。"(郁贤皓《李白选集序》)

  李白的歌行体诗共有八十余首,其中也有许多杰作,如《梦游天姥吟留别》、《宣州谢朓楼饯别校书叔云》、《庐山谣寄卢侍御虚舟》等等,均是千古传诵的名篇。冯班曾指出:"歌行之名,本之乐章,其文句长短不同,或有拟古乐府为之,今所见如鲍明远集中有之,至唐天宝以后而大盛,如李太白,其尤也。太白多效三祖及鲍明远,其语尤近古耳。"(《钝吟杂录》)管世铭也说:"李供奉歌行长句,纵横开阖,不可端倪,高下短长,唯变所适。"(《读雪山房唐诗序例》)冯、管二位的论述有一些共同的认识:李白的歌行体诗中,均采用长短句式,纵横开阖,更近于古。李白歌行更能于"其豪放中别有清苍俊逸之神气"(朱庭珍《筱园诗话》)。

  李白的《古风》五十九首,内容广泛,虽非作于一时一地,而体制相同。诗以咏怀为内容,其中包含指斥朝政的腐败、感伤自己的遭遇、咏史和游仙等等。高棅曾指出:李白"《古风》两卷,皆自陈子昂《感遇》中来,且太白去子昂未远,其高怀慕尚也如此"。(《唐诗品汇》)沈德潜则说:"太白诗纵横驰骤,独《古风》二卷,不矜才,不使气,原本阮公,风格俊上,伯玉《感遇》诗后,有嗣音矣。"(《唐诗别裁集》)这些作品更多继承了风骚传统,而指事深切,言情挚婉,缠绵往复,每多言外之旨。

  李白集中有八首七律,一百一十首五律。李白生活的时代,五律早已成熟,七律才趋于定型,李白的律诗大致反映了这一时代的创作情况。有人认为李白不喜束缚,故集中七律甚少,这种解释并不成立。七律到杜甫漂泊西南的一些诗作中才完全定型,李白及同时代的崔颢等人的七律均不十分工稳整饬,即便基本符合,也多属暗合。李白律诗成就也很高。田雯说:"青莲作近体如作古风,一气呵成,无对待之迹,有流行之乐,境地高绝。"(《古欢堂集杂著》)对其五律,古人尤多嘉许。吴乔说:"太白五律,平易天真,大手笔也。"(《围炉诗话》)管世铭说:"太白五言律,如听钧天广乐,心开目明;如望海上仙山,云起水涌。又或通篇不着对偶,而兴趣天然,不可凑泊。常尉、孟山人时有之,太白尤臻其妙。"(《读雪山房唐诗序例》)三人对李白律诗的论述是比较公允的。

  太白绝句仅九十三首,其中五绝四十八首,七绝四十五首。胡应麟指出:"太白五七言绝,字字神境,篇篇神物。""太白诸绝句,信口而成,所谓无意于工而无不工者。"又说:"五言绝二途:摩诘之幽玄,太白之超逸。""七言绝,太白、江宁为最。""五七言(绝)各极其工者,白。"(《诗薮》)毛先舒则指出:"七言绝起忌矜势,太白多直抒旨畅,两言后只用溢思作波掉,唱叹有余响。"(《诗辩坻》)今人对李白绝句之论述大致不出以上范围。各种唐诗选本,选李白绝句均较多,王士禛《唐人万首绝句选》仅七绝即选李白二十一首,孙洙《唐诗三百首》选李白绝句八首,与王维、杜牧相当,位居第一。在脍炙人口的唐人绝句中,李白的《静夜思》、《早发白帝城》、《黄鹤楼送孟浩然之广陵》等又属流传最广的篇章。"床前明月光"的诗句常常是"呀呀"学语的儿童接触的第一首唐诗。

  李白将我国古代诗歌艺术推上了顶峰,对后人的影响也是深远的。李白身前就享有盛名,身后更赢得极高的评价。李阳冰《草堂集序》称:"千载独步,惟公一人。"吴融《禅月集序》谓:"国朝能为歌诗者不少,独李太白为称首。"郁贤皓《李白选集序》指出:"唐代韩愈、李贺、杜牧都从不同方面受过李白诗风的熏陶;宋代苏轼、陆游的诗,苏轼、辛弃疾、陈亮的豪放派词,也显然受到李白诗歌的影响;而金元时代的元好问、萨都剌、方回、赵孟頫、范德机、王恽等,则多学习李白的飘逸风格;明代的刘基、宋濂、高启、李东阳、高棅、沈周、杨慎、宗臣、王稚登、李贽、清代的屈大均、黄景仁、龚自珍等,都对李白非常仰慕,努力学习他的创作经验。"近现代以来,李白更不仅为东方熟知,也广为西洋各国所推崇。李白的诗,成了中华民族文化遗产中最光彩夺目的部分之一。

(王步高)

李白研究综述

  李白是与杜甫齐名的我国历史上最伟大的诗人。但历史上对李白的研究远远落后于杜甫,这使当代的学者有了更大的驰骋空间。毛泽东同志酷爱李白诗,客观上也对"文革"前的李白研究起了一定的推动作用。据统计,近半个世纪以来,发表了李白研究的论文千馀篇,专著近四十部,各种李白诗的选注有二三十种,成立了全国李白研究会,并先后出刊了《李白学刊》、《中国李白研究》(已出七期)。李白研究是建国以来中国古代文学研究成就最突出的领域之一。具体说来,它又集中于以下三个方面:

  一是考证方面。其成就又表现于以下五个热点问题:一是李白的出生地问题,这一问题主要是继承了古人的"蜀中说"和"西域说"之争而发展为"蜀中说"、"条支说"及"碎叶说",而"碎叶说"又分"中亚碎叶"和"焉耆碎叶"二说。由于郭沫若《李白与杜甫》一书采用了"中亚碎叶"(吉尔吉斯北部托克马克附近,一说为伏龙芝市北楚河南岸伊斯阔家附近)说,故此说较多为学者们接受,而李从军则主焉耆碎叶(今新疆境内,唐代安西四镇之一)说。 二是李白家世问题:有"胡人说"、"李唐宗室说"、"混血儿说"、"非宗室的中国人说"几种。李白自称是"凉武昭王李暠九世孙",而李渊正是"凉武昭王李暠"的后裔,然而作于天宝初年的《宗正谱》不载李白(李白当时正在长安,且非常走红),而且李白与宗室交往中常称李暠的十世、十一世孙为"叔"、"兄"的情况,可见他对自己的准确辈分也不是很清楚。有人甚至言之凿凿说李白是后周太子洗马达摩的后代,更属妄说。对李白之父李客之名,学者也有怀疑,认为"客"不当是人名,只会是一种称谓。 三是李白入长安问题:新旧《唐书》李白本传仅言及他于天宝元年至天宝三年曾入长安。"文革"前,稗山采朱金城说,首倡李白此前曾入长安一次,郁贤皓、郭石山等考订首次入长安的时间为开元十八至二十年间。郭沫若《李白与杜甫》亦主此说。目前此说已成为学术界的定论。1982年在四川江油召开的李白讨论会上,李从军首倡"三入长安"说,受到安旗、裴斐及导师郭石山及海外专家的赞许,但郁贤皓等专家指出,若李白天宝三年后有长安之行,此时王维、杜甫、岑参等大诗人均在长安,却见不出有任何唱和、酬赠之作,这是不正常的。亦有人提出"李白四入长安"说,未引起学术界的重视。此外,关于李白的行踪方面,蜀中、陇右、溟海、皖南、洛阳等地的行实考订均取得了一定的成果。詹锳先生还编制了新的《李太白年谱》,并对其作品详加系年。 第四为李白卒年问题,清人即有争议,目前仍有六十二岁、六十三岁、六十四岁三说,持六十二岁说略占上风。　第五为李白作品的真伪问题。最有争议的为《菩萨蛮》、《忆秦娥》两首词，明代胡应麟谓《菩萨蛮》始于中唐，沈祖棻等认为盛唐还不可能有如此成熟之作，而《菩萨蛮》归于李白始于宋释文莹《湘山野录》，谓于曾布家见过李白集，有此词。敦煌曲子词的发现已否定了胡应麟说。近年这一争议无太大进展。对李白的《白头吟》二首，宋代黄庭坚以来即有"草稿定稿说"、"记忆不全"说，今人也多持此说，王步高著文考订此乃乐府相和歌的通例，约相当于今人歌词之两段，亦相当《诗经》之连章复沓，从而否定了全部旧说。龚自珍就认为今本李白集中的多数作品皆赝品，可靠的仅一百二十二首，王重民先生又重申此说，但未得到其他专家的普遍认同。此外对李白的婚配问题、交游问题等，郁贤皓、李从军等先生也多有新见。

　　二是在理论方面。这又集中于三个问题的探讨：首先是李白诗是否反映了盛唐气象，或认为李白诗代表了时代发展的最高潮，或认为李白的诗只是反映了盛世的崩溃。其次是对李白诗中反映的思想倾向问题，或认为他对儒、释、道及任侠思想兼容并包，也即受多元化影响，也有的仅强调其受单一化影响（如道教）。三是关于李白诗体的专题研究。如李白的乐府诗，具有史诗性质的"古风"及以古入律的七言律诗，被胡应麟称为"七绝圣手"的五言、七言绝句。此外，对《蜀道难》的主题研究等专题研究，也呈现出百花齐放、百家争鸣的局面。

　　第三方面是关于李白诗的校注和选集的编订。这方面的成就也是前无古人的。李白集虽有李齐贤、王琦等古人校注本，但较之宋代"千家注杜"（甫诗）的盛况则明显不如。六十年代初，詹锳、瞿蜕园、朱金城诸先生、安旗先生都已开始了李白全集的重新校注、考订、编年工作，先后出版了《李白集校注》、《李白全集编年注释》、《李白全集校注》等。人民文学出版社《李白诗选》，上海古籍出版社《李白选集》也都颇受学术界的好评和读者的欢迎。

（王步高）

中小学已学篇目

《静夜思》《望庐山瀑布》《赠汪伦》《黄鹤楼送孟浩然之广陵》《早发白帝城》《望天门山》(小)《闻王昌龄左迁龙标遥有此寄》《渡荆门送别》《宣州谢朓楼饯别校书叔云》(初)《梦游天姥吟留别》《峨眉山月歌》《春夜洛城闻笛》(高)　《庐山谣寄卢侍御虚舟》※　《下终南山过斛斯山人宿置酒》※

可参考书目

《李太白全集》，〔清〕王琦注，中华书局 1977 年
《李白集校注》，瞿蜕园、朱金城撰，上海古籍出版社 1980 年
《李白全集编年注释》，安旗主编，巴蜀书社 1990 年
《李白全集校注汇释集评》，詹锳主编，百花文艺出版社 1996 年
《李白诗选》(修订本)，复旦大学古典文学教研组编，人民文学出版社 1977 年
《李白选集》，郁贤皓选注，上海古籍出版社 1990 年
《李白研究资料汇编》(金元明清之部)，裴斐等编，中华书局 1994 年
《李白大辞典》，郁贤皓主编，1995 年广西教育出版社 1995 年

九、杜甫(上)

杜 甫

杜甫(712—770)，字子美，巩县(今河南巩义)人。因远祖杜预为京兆杜陵(今陕西西安东南)人，遂自称杜陵布衣(杜陵野老、杜陵野客)，祖父杜审言为唐初著名诗人。青年时期曾漫游郇瑕(今山西猗氏)、吴越、齐赵等地。追求功名，应试不第。天宝十载(751)，献"三大礼赋"，得到唐玄宗赏识，命待制集贤院。十四载，授河西尉，不就，改右卫率府胄曹参军。困守长安时期，尝居城南少陵附近，自称少陵野老，世因称杜少陵。安史乱起，曾陷贼中。肃宗至德二年(757)四月，杜甫冒险由长安奔赴凤翔行在，授左拾遗。旋因疏救宰相房琯，于乾元元年(758)六月被贬华州司功参军。后弃官流寓陇、蜀、荆、湘等地，所谓"漂泊西南天地间"。代宗广德二年(764)六月，剑南节度使严武表荐为节度参谋、检校工部员外郎，世称杜工部。杜甫生当李唐王朝由盛转衰的历史时期，他的诗广泛而深刻地反映了安史之乱前后的现实生活和社会矛盾，向被誉为"诗史"。他是我国古典诗歌的集大成者，诸体兼擅，无体不工，沉郁顿挫，律切精深，使诗歌艺术达到了出神入化的完美境地，被后世尊为"诗圣"。现存诗1450余首。有《杜工部集》行世。

【集评】

　　至于子美，盖所谓上薄风骚，下该沈宋，言夺苏李，气吞曹刘，掩颜谢之孤高，杂徐庾之流丽，尽得古今之体势，而兼文人之所独专矣。……诗人以来，未有如子美者。(〔唐〕元稹《元稹集》卷五十六《唐故工部员外郎杜君墓系铭并序》)

　　杜逢禄山之难，流离陇蜀，毕陈于诗，推见至隐，殆无遗事，故当时号为"诗史"。(〔唐〕孟棨《本事诗·高逸第三》)

　　唐兴，诗人承陈隋风流，浮靡相矜。至宋之问、沈佺期等，研揣声音，浮切不差，而号律诗，竞相袭沿。逮开元间，稍裁以雅正。然恃华者质反，好丽者壮违，人得一概，皆自名所长。至甫，混涵汪茫，千汇万状，兼古今而有之。它人不足，甫乃厌馀；残膏賸馥，沾丐后人多矣。故元稹谓：诗人以来，未有如子美者。甫又善陈时事，律切精深，至千言不少衰，世号诗史。昌黎韩愈于文章慎许可，至歌诗独推曰："李杜文章在，光焰万丈长。"诚可信云。(〔宋〕欧阳修　宋祁《新唐书·杜甫传》)

诗至于杜子美,文至于韩退之,书至于颜鲁公,画至于吴道子,而古今之变,天下之能事毕矣。(〔宋〕苏轼《东坡集》卷二十三《书吴道子画后》)

自作语最难,老杜作诗,退之作文,无一字无来处,盖后人读书少,故谓韩杜自作此语耳。古之能为文章者,真能陶冶万物,虽取古人之陈言入于翰墨,如灵丹一粒,点铁成金也。(〔宋〕黄庭坚《豫章黄先生文集》卷十九《答洪驹父书三首》之二)

杜子美之于诗,实积众家之长,适当其时而已。昔苏武、李陵之诗,长于高妙;曹植、刘公干之诗,长于豪逸;陶潜、阮籍之诗,长于冲澹;谢灵运、鲍照之诗,长于峻洁;徐陵、庾信之诗,长于藻丽。于是杜子美者,穷高妙之格,极豪逸之气,包冲澹之趣,兼峻洁之姿,备藻丽之态,而诸家之作所不及焉。然不集诸家之长,杜氏亦不能独至于斯也,岂非适当其时故耶?孟子曰:伯夷,圣之清者也;伊尹,圣之任者也;柳下惠,圣之和者也;孔子,圣之时者也。孔子之谓集大成。呜呼,杜氏、韩氏,亦集诗文之大成者欤!(〔宋〕秦观《淮海集》卷二十二《韩愈论》)

大抵他人之诗,工拙以篇论;杜甫之诗,工拙以字论。他人之诗,有篇则无对,有对则无句,有句则无字;杜甫之诗,篇中则有对,对中则有句,句中则有字。他人之诗,至十韵、二十韵,则萎靡叛散而不能收拾;杜甫之诗,至二十韵、三十韵,则气象愈高,波澜愈阔,步骤驰骋,愈严愈紧,非有本者能如是乎!(〔宋〕吴沆《环溪诗话》卷上)

杜诗高、大、深俱不可及。吐弃到人所不能吐弃,为高;涵茹到人所不能涵茹,为大;曲折到人所不能曲折,为深。(〔清〕刘熙载《艺概·诗概》)

哀 江 头

少陵野老吞声哭①,春日潜行曲江曲②。江头宫殿锁千门③,细柳新蒲为谁绿④?忆昔霓旌下南苑⑤,苑中万物生颜色⑥。昭阳殿里第一人⑦,同辇随君侍君侧⑧。辇前才人带弓箭⑨,白马嚼啮黄金勒⑩。翻身向天仰射云,一笑正坠双飞翼⑪。明

① 少陵:为汉宣帝许皇后陵墓,在宣帝杜陵东南,杜甫曾住家于此,故自称"少陵野老"。吞声:不敢出声。吞声哭,犹饮泣。 ② 潜行:秘密行走。曲江:在唐国都长安(今陕西西安)东南,当时为游赏胜地。曲江曲,指曲江深曲隐僻之地。 ③ 江头宫殿:指曲江边紫云楼、芙蓉苑、杏园、慈恩寺等建筑物。因无人居住,一片荒凉,故曰"锁千门"。 ④ 细柳新蒲:据康骈《剧谈录》卷下载,曲江"花卉环周,烟水明媚","入夏则菰蒲葱翠,柳阴四合,碧波红蕖,湛然可爱"。时当春日,蒲新生,柳丝细,故曰"细柳新蒲"。国破无主,无人欣赏,故曰"为谁绿"。三字沉痛。 ⑤ 霓旌:云霓般的彩色旗帜,指天子仪仗。南苑:指芙蓉苑,在曲江之南。 ⑥ 生颜色:谓皇帝游幸,万物增辉。 ⑦ 昭阳殿:汉代宫殿名。汉成帝皇后赵飞燕居昭阳殿,甚得宠幸。此以赵飞燕比玄宗杨贵妃。 ⑧ 辇:皇帝乘坐的车子。同辇随君,《汉书·外戚传》载:"成帝游于后庭,尝欲与(班)婕妤同辇载,婕妤辞曰:'观古图画,圣贤之君皆有名臣在侧,三代末主乃有嬖女,今欲同辇,得无近似之乎?'上善其言而止。"此暗用班婕妤事以讽玄宗和贵妃。 ⑨ 才人:宫中女官名。《新唐书·百官志二》:"(内官)才人七人,正四品。掌叙燕寝,理丝枲,以献女功。" ⑩ 啮(niè):咬。黄金勒:以黄金为饰的马嚼口。《明皇杂录》卷下:"上将幸华清宫,贵妃姊妹竞车服","竞购名马,以黄金为衔勒,组绣为障泥","将同入禁中,炳炳照灼,观者如堵。" ⑪ 仰射云:仰射空中飞鸟。一笑:指杨贵妃因才人射中飞鸟而为之一笑,系用射雉博笑事。《左传·昭公二十八年》:"贾大夫恶(指貌丑),娶妻而美,三年不言不笑,御以如皋,射雉获之,其妻始笑而言。"正坠双飞翼:已暗含玄宗、贵妃马嵬死别事。

眸皓齿今何在？血污游魂归不得①。清渭东流剑阁深②，去住彼此无消息③。人生有情泪沾臆④，江水江花岂终极⑤！黄昏胡骑尘满城⑥，欲往城南望城北⑦。

【汇评】

老杜陷贼时有诗曰："少陵野老吞声哭，……"予爱其词气如百金战马，注坡蓦涧，如履平地，得诗人之遗法。（〔宋〕苏辙《栾城集》卷八《诗病五事》）

无穷之恨，《黍离》、《麦秀》之悲，寄于言外。题云《哀江头》，乃子美在贼中时，潜行曲江，睹江水江花，哀思而作。其词婉而雅，其意微而有礼，真可谓得诗人之旨者。（〔宋〕张戒《岁寒堂诗话》卷上）

五七言古诗仄韵者，上句末字类用平声。惟杜子美多用仄，如《玉华宫》、《哀江头》诸作，概亦可见。其音调起伏顿挫，独为遒健，似别出一格。回视纯用平字者，便觉萎弱无生气。（〔明〕李东阳《麓堂诗话》）

当日明皇仓卒蒙尘，马嵬惨变，尤为意外，且倥偬奔避，渭水、剑阁，两不相顾，一死一生，真天长地久，此哀无极。公诗并不铺排事实，而"明眸"四句，哀孰甚焉！视《长恨歌》、《连昌宫词》，尤简括超妙。（〔清〕陈訏《读杜随笔》卷上）

【赏析】

这首诗为至德二载(757)春杜甫陷长安时作。曲江为当时游赏胜地，唐玄宗与杨贵妃常游幸于此。今玄宗奔蜀，杨妃缢死，诗人身陷贼中，旧地重游，抚今追昔，哀思有感，遂作此诗。诗写作者春日潜行曲江而感玄宗与杨妃生离死别之事，着力突出一个"哀"字。全诗分三层写哀：开头四句为第一层，是写诗人潜行曲江，目睹乱后衰败凄凉景象而引起的深哀隐痛。从"忆昔霓旌下南苑"到"一笑正坠双飞翼"八句为第二层，是用追叙的手法极写昔日游苑之盛与杨妃的恃宠豪奢。表面上是写昔日之"乐"，但"乐"中含哀，以乐衬哀，倍增其哀。"明眸皓齿今何在"最后八句为第三层，乐极生悲，又从往昔跌回现实，悲君妃之不幸，哀国家之多难，愤叛军之猖獗。今昔对比，深悲巨痛，彻人心肺。哀乐关乎国运。哀江头，哀杨妃也，哀玄宗也，哀国破之痛也。全诗词婉而雅，意深而微，讽而含情，极尽开阖变化之妙。清人黄生说："此诗半露半含，若悲若讽。天宝之乱，实杨氏为祸阶。杜公身事明皇，既不可直陈，又不敢曲讳，如此用笔，浅深极为合宜。善述事者，但举一事，而众端可以包括，使人自得之于言外。若纤悉备记，文愈繁而味愈短矣。"（《杜诗说》卷三）

（张忠纲）

---

① 明眸皓齿：指杨贵妃。二句指杨贵妃在马嵬坡被缢死事。马嵬坡，在今陕西兴平市北，东距长安百余里。归不得：一是贵妃已死，二是长安沦陷，故云。 ② 清渭东流：指贵妃藁葬渭滨。马嵬南滨渭水，由西向东流向长安。剑阁：在今四川剑阁县北，为玄宗西行入蜀所经之地。 ③ 去住彼此：指玄宗、贵妃。去指玄宗幸蜀西去，住指贵妃死葬渭滨。彼去此住，生死相隔，故曰"无消息"。此句即白居易《长恨歌》所云"一别音容两渺茫"意。 ④ 臆：胸膛。 ⑤ 终极：犹穷尽。岂终极，是指水自流，花自开，无知无情，年年依旧，永无尽期。水，一作"草"。岂终极，与上句"人生有情"相对，又与前"为谁绿"相照应。 ⑥ 胡骑：指安禄山叛军。 ⑦ 欲往：犹将往。城南，原注："甫家居城南。"时已黄昏，应回住处，故欲往城南。望城北者，是望官军之北来收复长安。时肃宗在灵武，地处长安之北。

丽人行

三月三日天气新①，长安水边多丽人。态浓意远淑且真②，肌理细腻骨肉匀。绣罗衣裳照暮春，蹙金孔雀银麒麟③。头上何所有？翠为匌叶垂鬓唇④。背后何所见？珠压腰衱稳称身⑤。就中云幕椒房亲⑥，赐名大国虢与秦⑦。紫驼之峰出翠釜，水精之盘行素鳞⑧。犀箸厌饫久未下⑨，鸾刀缕切空纷纶⑩。黄门飞鞚不动尘⑪，御厨络绎送八珍。箫鼓哀吟感鬼神，宾从杂遝实要津⑫。后来鞍马何逡巡⑬，当轩下马入锦茵⑭。杨花雪落覆白萍⑮，青鸟飞去衔红巾⑯。炙手可热势绝伦⑰，慎莫近前丞相嗔⑱。

【汇评】

（结处）：意在言外，《三百篇》之致也。（〔清〕王士祯《带经堂诗话》卷三十）

托刺微婉，意旨遥深，《卫风·君子偕老》则微而显矣。（〔清〕纪昀等《唐宋诗醇》卷九）

若杜子美《丽人行》，直书所见，深切著名，尤合乎"主文谲谏"之义。今读此诗者，亦尝俛焉玩其词而逆其志耶？（〔清〕乔亿《剑溪说诗》又编）

《丽人行》"后来鞍马"一段，亦不知说谁，及至"慎莫近前丞相嗔"，方知言杨国忠，章法甚奇。（〔清〕施补华《岘佣说诗》）

此诗语极铺扬而意含讽刺，故富丽中特有清刚之气。（〔清〕章燮《唐诗三百首注疏》卷三）

【赏析】

天宝七年(748)，杨贵妃的三位从姊被分别封为韩国夫人、虢国夫人和秦国夫人。天宝

---

① 三月三日：即上巳节。古代风俗，此日人们于水边祓除不祥，后来成为游春宴饮的节日。 ② 淑：善良，美好。 ③ 蹙(cù)：一种刺绣方法。金孔雀：用金线绣的孔雀图案。银麒麟：用银线绣的麒麟图案。 ④ 匌(è)叶：即匌彩叶，古代妇女发髻上的花饰。翠为：指匌叶是翡翠制成。鬓唇：鬓边，鬓脚。 ⑤ 衱(jié)：衣服后襟。腰衱：裙带。珠压：把珠子缀在裙带，压使下垂。 ⑥ 就中：其中。云幕椒房亲：杨贵妃之姊杨韩、虢、秦诸夫人。云幕：汉成帝时，甘泉殿设有云幕。椒房：汉未央宫有椒房殿，以椒和泥涂壁。云幕和椒房，指后妃所住的宫殿。 ⑦ 赐名：赐以封号。古时贵族妇女有"国夫人"封号。《旧唐书·杨贵妃传》："有姊三人，皆有才貌，玄宗并封国夫人之号：长曰大姨，封韩国；三姨，封虢国；八姨，封秦国。并承恩泽，出入宫掖，势倾天下。" ⑧ 水精：水晶。行素鳞：盛着白色的鲜鱼进奉。 ⑨ 犀箸：犀牛角做的筷子。厌饫(yù)：饱足。 ⑩ 鸾刀：环上装有鸾铃的刀。缕切：切成细丝。空纷纶：白忙乱了一阵。 ⑪ 黄门：宦官，太监。飞鞚(kòng)：飞马。鞚：马勒。不动尘：骑术高超，马快如飞，尘土不扬。 ⑫ 宾从：指奔走于杨氏兄弟姊妹门下的人。杂遝(tà)：杂乱而众多。实要津：占据了朝廷上的重要位置。 ⑬ 后来鞍马：最后骑着马来的人，指杨国忠，即下文"丞相"。逡(qūn)巡：欲行又止的样子。这里形容神态舒缓，大模大样。 ⑭ 轩：敞厅。锦茵：锦绣地毯。 ⑮ 杨花、白萍：《广雅》："杨花入水化为萍。"俗以为杨花与白萍同源，且杨花谐姓杨，用"杨花覆萍"影喻杨氏兄妹的淫乱关系。 ⑯ 青鸟：神话传说中西王母的使者，后用为男女之间传递消息者的代称。"青鸟衔巾"，暗喻杨国忠兄妹传递私情。 ⑰ 炙手可热：形容气焰灼人。 ⑱ 嗔(chēn)：怒。

十一载,其从兄杨国忠于李林甫死后继任右相。杨氏兄妹权倾一时,生活奢侈荒淫。此歌行作于天宝十二载,通过对杨氏兄妹奢靡生活的讥讽,曲折地反映时政的腐败和君王的昏庸。

三月三日上巳节,曲江踏青是长安风俗,百姓在这一天才有机会见到出游的宫廷丽人,本诗的描写和揭露,正是以此为背景展开。诗歌首先泛写上巳曲水边踏青丽人之多,然后用工笔重彩对宫廷贵妇意态之娴雅、体态之优美、服饰之华丽作了正面描写,自问自答的两组问句,形式生动,又避免了因堆砌过多而造成浓艳之感。接着,笔锋一转,"就中云幕椒房亲,赐名大国虢与秦",点出虢国、秦国、(韩国)三夫人。以下宴会是三夫人等上层贵族骄奢淫逸的缩影:器皿如此精美,肴馔如此名贵,夫人们仍然不满意,迟迟没有下箸。由此而引出下文宦官飞驰,络绎送来御厨所作珍贵菜肴的场面,不仅点出三国夫人恃宠骄横,皇帝的昏庸也自然显现。结尾六句用"杨花"、"青鸟"的典故暗刺杨国忠与虢国夫人的淫乱。一个"嗔"字,生动刻画出杨国忠盛气凌人、恬不知耻的丑态,表达诗人憎恶、轻蔑之情。

全诗词采华美,笔触细腻,但又不堕于浓艳。寓辛辣讥讽于客观描写,看似无一讥刺语,描摹处语语讥刺,看似无一慨叹声,点逗处声声慨叹。这是本诗突出的现实主义创作特点,即诗人的思想倾向是从场面和情节中自然而然流露出来,而不是特别把它点出来。《丽人行》和《兵车行》的出现,标志着杜甫逐渐将笔触投向严峻的社会现实,并努力探索社会病根。

(何华珍)

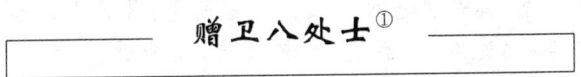

赠卫八处士①

人生不相见,动如参与商②。今夕复何夕,共此灯烛光③。少壮能几时,鬓发各已苍。访旧半为鬼④,惊呼热中肠⑤。焉知二十载,重上君子堂⑥。昔别君未婚,儿女忽成行⑦。怡然敬父执⑧,问我来何方。问答未及已⑨,儿女罗酒浆⑩。夜雨剪春韭,新炊间黄粱⑪。主称会面难⑫,一举累十觞⑬。十觞亦不醉,感子故意长⑭。明日隔山岳⑮,世事两茫茫⑯。

---

① 卫八:生平不详,八是排行。处士:居家不仕的人。 ② 动:往往,常常。参(shēn)、商:二星名,参在西,商在东,此出彼没,永不相见。后常用以比喻双方会面之难。曹植《与吴季重书》:"别有参商之阔。" ③ 今夕何夕:《诗·唐风·绸缪》:"今夕何夕,见此良人!""今夕何夕,见此邂逅。"表示相见的惊喜。此喜出望外,想不到有今夕,共对此灯烛之光也。 ④ 访旧:打听故旧的下落。半为鬼:大多亡故。 ⑤ 热中肠:为故旧的死亡而深感悲痛,五内俱焚。 ⑥ 君子:指卫八。 ⑦ 成行(háng):众多。 ⑧ 怡然:和悦貌。父执:父亲的友辈。《礼记·曲礼上》:"见父之执。"孔颖达疏:"谓挚友与父同志者也。" ⑨ 未及已:还没有说完。 ⑩ 儿女:一作"驱儿"。罗酒浆:摆上酒菜。 ⑪ 新炊:刚煮熟的饭。间(jiàn):搀和。黄粱:即黄小米。 ⑫ 主称:主人说。 ⑬ 累:接连。觞(shāng):酒杯。 ⑭ 子:指卫八。故意:故旧情意。长:深长,深厚。 ⑮ 山岳:指西岳华山。这句是说明天就要和你分别,好像华山把我们隔开一样。 ⑯ 世事:指时局发展和个人命运。别后世事如何,你我都茫然无知,不能预料,故曰"两茫茫"。

【汇评】

久别倏逢,曲尽人情,想而味之,宛然在目。(〔宋〕陈世崇《随隐漫录》卷一)

信手写去,意尽而止,空灵宛畅,曲尽其妙。(〔明〕王嗣奭《杜臆》卷一)

李因笃曰:"老气古质,平叙中有崟崎历落之致。"吴农祥曰:"一气读,一笔写,相见寻常事,却说得骇异不同。此人人胸臆所有,人不道耳。"查慎行曰:"感今怀旧,如风行水上,自然成文。若涉一毫客气,便成两橛。"(〔清〕刘濬《杜诗集评》卷一引)

古趣盎然,少陵别调。一路皆属叙事,情真、景真,莫乙其处。(〔清〕浦起龙《读杜心解》卷一之二)

无句不关人情之至,情景逼真,兼极顿挫之妙。(〔清〕张燮承《杜诗百篇》卷上)

【赏析】

肃宗乾元元年(758),杜甫被贬华州司功参军,冬赴洛阳,二年春从洛阳回华州,途中遇老友卫八处士,久别重逢,抚今追昔,感慨万千,遂赋此诗以赠。清人黄生评此诗说:"写故交久别之情,若从肺腑中流出,手未动笔,笔未蘸墨,只是一真。然非沉酣于汉魏而笔墨与之俱化者,即不能道只字。因知他人未尝不遇此真境,却不能有此真诗,总由性情为笔墨所格耳。"(《杜诗说》卷一)真,的确是杜诗的一大特色。杜甫感情真挚,情郁于中,不吐不快,发而为诗,自然感人至深。这首诗写一别二十年的老友在战争乱离中忽然相见,乍惊乍喜,如梦如幻,"今夕复何夕,共此灯烛光",真有九死一生之感。烛下相看,鬓发俱苍,询问旧友,半死为鬼,真是可悲可叹。而眼前所见,昔日小友,今已儿女成行,且极懂礼貌;旧交情真,剪春韭,炊黄粱,罗酒浆,倾其所有,盛情款待,又令人可喜可感。久别重逢,悲喜交集,谊厚情深,十觞不醉。但想到明日相别,后会无期,又不禁凄然茫然。诗将一夜的情事娓娓叙来,平易真切,质朴无华,生动自然,表现了战乱年代人所共有的"沧海桑田"和"别易会难"的人生感触,具有很强的概括性和感染力。所以,清人吴冯栻说:"通首妙在一真,情真、事真、景真,故旧相遇,当歌此以侑酒,读之觉翕翕然一股热气,自泥丸直达顶门出也。"(《青城说杜》)

(张忠纲)

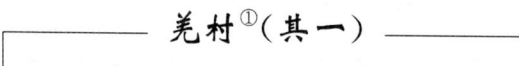

羌村①(其一)

峥嵘赤云西, 日脚下平地②。
柴门鸟雀噪, 归客千里至。

---

① 至德二载(757)杜甫上书援救被罢相的房琯(guǎn),触怒唐肃宗,被放还鄜(fū)州羌村(今陕西富县南)探家。《羌村三首》为此次还家所作。 ② 日脚:指透过云缝照射下来的光柱,像是太阳的脚。

妻孥怪我在①，惊定还拭泪。
世乱遭飘荡，　生还偶然遂②。
邻人满墙头，　感叹亦歔欷③。
夜阑更秉烛，　相对如梦寐。

【汇评】

刘(辰翁)云：当时适然，千载之泪，常在人目，《诗三百》不多见也。(〔明〕高棅《唐诗品汇》卷八)

王慎中曰：三首俱佳，而第一首尤绝。一字一句，镂出肺肠，才人莫知措手；而婉转周至，跃然目前，又若寻常人所欲道者。真《国风》之义，黄初之旨，而结体终始，乃杜本色耳。　申涵光曰：杜诗"邻人满墙头"与"群鸡正乱叫"，摹写村落田家，情事如见。(〔清〕仇兆鳌《杜诗详注》卷五)

真语流露，不假雕饰，而情文并至。(〔清〕纪昀等《唐宋诗醇》卷十)

邻人感叹，生发好；秉烛如梦，复疑好。公凡写喜，必带泪写，其情弥挚。(〔清〕浦起龙《读杜心解》卷一之二)

【赏析】

这是杜甫《羌村三首》中的第一首诗，主要写诗人刚到家时合家悲喜交加的情景。诗歌的前四句写作者在夕阳西下时分到达羌村的情景。到家时，落入眼帘的是满天形状怪异、重叠的赤云，而"日脚下平地"一句用通俗之语、拟人化的手法写出了太阳西斜的状态，也衬托出主人公结束漫长行程，到家后的喜悦感。接下来两句，用平实的语言，先勾勒了乡村中鸟雀鸣叫之景，从中流露出一种萧瑟悲凉之意。"归客千里至"点明了诗人经过长途奔波之苦到家的情景，其中蕴涵着复杂的情感，喜悦与不安掺杂在一起。

诗歌后八句主要用三个简洁的画面，刻画出诗人初见家人、邻里时悲喜交加的情景。首先是与妻子和儿女的见面，本应该非常喜悦才对。但在兵荒马乱、朝不保夕的环境中，作者安全地归家，却使得亲人不敢相信、相认，所以出现了"怪"与"惊"，之后更是喜极而泣。这种场面的描写曲折地反映了那个动荡不安的时代。正如诗人所言，"世乱遭飘荡，生还偶然遂"，其中概括了杜甫从陷叛军之手到逃脱，从触怒唐肃宗到归家的坎坷经历，虽然时世险恶，却得生还，"偶然"二字浓缩了诗人无限感慨的心情。

其次是邻里围观的场景。诗歌用简短的两句描绘了朴实的村民，听说诗人平安归家后，都围拢过来，识趣地站在低矮的围墙旁观望。看到这一家人团聚时既喜悦又伤感的场景，人人都为之动容，亦为之心酸落泪，真是人情味十足。

第三是杜甫一家夜阑秉烛对坐的场景。当邻里都散去，一切归于寂静，虽然初相见时的激动情绪已经过去，但一家人还是沉浸在兴奋之中。夜深了，还点着蜡烛，对坐无言，一切好像都发生在梦境中一样，令人难以置信。结尾句含蓄蕴藉，更深刻地揭示了不幸中之大幸，亲人相见后悲喜交集的情绪。

(龚玉兰)

---

① 妻孥(nú)：指妻子和儿女。　② 遂：成功，顺利地做到。　③ 歔欷(xū xī)：悲泣的声音。

备选课文

古柏行 杜甫

孔明庙前有老柏,柯如青铜根如石。霜皮溜雨四十围,黛色参天二千尺。君臣已与时际会,树木犹为人爱惜。云来气接巫峡长,月出寒通雪山白。忆昨路绕锦亭东,先主武侯同閟宫。崔嵬枝干郊原古,窈窕丹青户牖空。落落盘踞虽得地,冥冥孤高多烈风。扶持自是神明力,正直原因造化功。大厦如倾要梁栋,万牛回首丘山重。不露文章世已惊,未辞剪伐谁能送。苦心岂免容蝼蚁,香叶终经宿鸾凤。志士幽人莫怨嗟,古来材大难为用。

梦李白二首 杜甫

死别已吞声,生别常恻恻。江南瘴疠地,逐客无消息。故人入我梦,明我长相忆。恐非平生魂,路远不可测。魂来枫叶青,魂返关塞黑。君今在罗网,何以有羽翼。落月满屋梁,犹疑照颜色。水深波浪阔,无使蛟龙得。

浮云终日行,游子久不至。三夜频梦君,情亲见君意。告归常局促,苦道来不易。江湖多风波,舟楫恐失坠。出门搔白首,若负平生志。冠盖满京华,斯人独憔悴。孰云网恢恢,将老身反累。千秋万岁名,寂寞身后事。

泛读课文

自京赴奉先县咏怀五百字 杜甫

杜陵有布衣,老大意转拙。许身一何愚,窃比稷与契。居然成濩落,白首甘契阔。盖棺事则已,此志常觊豁。穷年忧黎元,叹息肠内热。取笑同学翁,浩歌弥激烈。非无江海志,潇洒送日月。生逢尧舜君,不忍便永诀。当今廊庙具,构厦岂云缺。葵藿倾太阳,物性固莫夺。顾惟蝼蚁辈,但自求其穴。胡为慕大鲸,辄拟偃溟渤。以兹悟生理,独耻事干谒。兀兀遂至今,忍为尘埃没。终愧巢与由,未能易其节。沈饮聊自适,放歌颇愁绝。岁暮百草零,疾风高冈裂。天衢阴峥嵘,客子中夜发。霜严衣带断,指直不得结。凌晨过骊山,御榻在嵽嵲。蚩尤塞寒空,蹴蹋崖谷滑。瑶池气郁律,羽林相摩戛。君臣留欢娱,乐动殷胶葛。赐浴皆长缨,与宴非短褐。彤庭所分帛,本自寒女出。鞭挞其夫家,聚敛贡城阙。圣人筐篚恩,实欲邦国活。臣如忽至理,君岂弃此物。多士盈朝廷,仁者宜战栗。况闻内金盘,尽在卫霍室。中堂舞神仙,烟雾散玉质。暖客貂鼠裘,悲管逐清瑟。劝客驼蹄羹,霜橙压香橘。朱门酒肉臭,路有冻死骨。荣枯咫尺异,惆怅难再述。北辕就泾渭,官渡又改辙。群冰从西下,极目高崒兀。疑是崆峒来,恐触天柱折。河梁幸未坼,枝撑声窸窣。行旅相攀援,川广不可越。老妻寄异县,十口隔风雪。谁能久不顾,庶往共饥渴。入门闻号咷,幼子饥已卒。吾宁舍一哀,里巷亦呜咽。所愧为人父,无食致夭折。岂知秋未登,贫窭有仓卒。生常免租税,名不隶征伐。抚迹犹酸辛,平人固骚屑。默思失业徒,因念远戍卒。忧端齐终南,澒洞不可掇。

茅屋为秋风所破歌 杜甫

八月秋高风怒号,卷我屋上三重茅。茅飞度江洒江郊,高者挂罥长林梢,下者飘转沉塘坳。南村群童欺我老无力,忍能对面为盗贼,公然抱茅入竹去。唇焦口燥呼不得,归来倚杖自叹息。俄顷风定云墨色,秋天漠漠向昏黑。布衾多年冷似铁,骄儿恶卧踏里裂。床头屋漏无干处,雨脚如麻未断绝。自经丧乱少睡眠,长夜沾湿何由彻。安得广厦千万间,大庇天下寒士俱欢颜,风雨不动安如山。呜呼何时眼前突兀见此屋,吾庐独破受冻死亦足。

望 岳　　　杜 甫

岱宗夫如何,齐鲁青未了。造化钟神秀,阴阳割昏晓。荡胸生层云,决眦入归鸟。会当凌绝顶,一览众山小。

石 壕 吏　　　杜 甫

暮投石壕村,有吏夜捉人。老翁逾墙走,老妇出门看。吏呼一何怒,妇啼一何苦。听妇前致词,三男邺城戍。一男附书至,二男新战死。存者且偷生,死者长已矣。室中更无人,惟有乳下孙。有孙母未去,出入无完裙。老妪力虽衰,请从吏夜归。急应河阳役,犹得备晨炊。夜久语声绝,如闻泣幽咽。天明登前途,独与老翁别。

兵 车 行　　　杜 甫

车辚辚,马萧萧,行人弓箭各在腰。耶娘妻子走相送,尘埃不见咸阳桥。牵衣顿足拦道哭,哭声直上干云霄。道旁过者问行人,行人但云点行频。或从十五北防河,便至四十西营田。去时里正与裹头,归来头白还戍边。边亭流血成海水,武皇开边意未已。君不闻汉家山东二百州,千村万落生荆杞。纵有健妇把锄犁,禾生陇亩无东西。况复秦兵耐苦战,被驱不异犬与鸡。长者虽有问,役夫敢申恨。且如今年冬,未休关西卒。县官急索租,租税从何出。信知生男恶,反是生女好。生女犹得嫁比邻,生男埋没随百草。君不见青海头,古来白骨无人收。新鬼烦冤旧鬼哭,天阴雨湿声啾啾。

分类唐诗　刺世讽喻

贫 交 行　　　杜 甫

翻手作云覆手雨,纷纷轻薄何须数。君不见管鲍贫时交,此道今人弃如土。

聚 蚊 谣　　　刘禹锡

沉沉夏夜兰堂开,飞蚊伺暗声如雷。嘈然欸起初骇听,殷殷若自南山来。喧腾鼓舞喜昏黑,昧者不分听者惑。露花滴沥月上天,利觜迎人著不得。我躯七尺尔如芒,我孤尔众能我伤。天生有时不可遏,为尔设幄潜匡床。清商一来秋日晓,羞尔微形饲丹鸟。

轻 肥　　　白居易

意气骄满路,鞍马光照尘。借问何为者,人称是内臣。朱绂皆大夫,紫绶或将军。夸赴军中宴,走马去如云。樽罍溢九酝,水陆罗八珍。果擘洞庭橘,脍切天池鳞。食饱心自若,酒酣气益振。是岁江南旱,衢州人食人。

井栏砂宿遇夜客　　　李 涉

暮雨萧萧江上村,绿林豪客夜知闻。他时不用逃名姓,世上如今半是君。

集灵台二首其二　　　张 祜

虢国夫人承主恩,平明骑马入宫门。却嫌脂粉污颜色,淡扫蛾眉朝至尊。

过华清宫绝句三首　　　杜 牧

长安回望绣成堆,山顶千门次第开。一骑红尘妃子笑,无人知是荔枝来。

新丰绿树起黄埃,数骑渔阳探使回。霓裳一曲千峰上,舞破中原始下来。

万国笙歌醉太平,倚天楼殿月分明。云中乱拍禄山舞,风过重峦下笑声。

新沙　　　　陆龟蒙

渤澥声中涨小堤,官家知后海鸥知。蓬莱有路教人到,应亦年年税紫芝。

自遣　　　　罗隐

得即高歌失即休,多愁多恨亦悠悠。今朝有酒今朝醉,明日愁来明日愁。

安贫　　　　韩偓

手风慵展一行书,眼暗休寻九局图。窗里日光飞野马,案头筠管长蒲卢。谋身拙为安蛇足,报国危曾捋虎须。举世可能无默识,未知谁拟试齐竽。

再经胡城县　　　　杜荀鹤

去岁曾经此县城,县民无口不冤声。今来县宰加朱绂,便是生灵血染成。

己亥岁二首　　　　曹松

泽国江山入战图,生民何计乐樵苏。凭君莫话封侯事,一将功成万骨枯。

传闻一战百神愁,两岸强兵过未休。谁道沧江总无事,近来长共血争流。

分类唐诗　家国

守睢阳作　　　　张巡

接战春来苦,孤城日渐危。合围俟月晕,分守若鱼丽。屡厌黄尘起,时将白羽挥。裹疮犹出阵,饮血更登陴。忠信应难敌,坚贞谅不移。无人报天子,心计欲何施?

古风　　　　李白

西岳莲花山,迢迢见明星。素手把芙蓉,虚步蹑太清。霓裳曳广带,飘拂升天行。邀我登云台,高揖卫叔卿。恍恍与之去,驾鸿凌紫冥。俯视洛阳川,茫茫走胡兵。流血涂野草,豺狼尽冠缨。

春望　　　　杜甫

国破山河在,城春草木深。感时花溅泪,恨别鸟惊心。烽火连三月,家书抵万金。白头搔更短,浑欲不胜簪。

悲陈陶　　　　杜甫

孟冬十郡良家子,血作陈陶泽中水。野旷天清无战声,四万义军同日死。群胡归来血洗箭,仍唱胡歌饮都市。都人回面向北啼,日夜更望官军至。

秋兴八首(其二)

夔府孤城落日斜,每依北斗望京华。听猿实下三声泪,奉使虚随八月槎。画省香炉违伏枕,山楼粉堞隐悲笳。请看石上藤萝月,已映洲前芦荻花。

秋兴八首(其四)

闻道长安似奕棋,百年世事不胜悲。王侯第宅皆新主,文武衣冠异昔时。直北关山金鼓振,征西车马羽书驰。鱼龙寂寞秋江冷,故国平居有所思。

赠索暹将军　　　　王建

浑身著箭瘢犹在,万槊千刀总过来。抡剑直冲生马队,抽旗旋踏死人堆。闻休斗战心还痒,见说烟尘眼即开。泪滴先皇阶下土,南衙班里趁朝回。

重有感　　　　　　李商隐

玉帐牙旗得上游,安危须共主君忧。窦融表已来关右,陶侃军宜次石头。岂有蛟龙愁失水,更无鹰隼与高秋。昼号夜哭兼幽显,早晚星关雪涕收。

曲江　　　　　　李商隐

望断平时翠辇过,空闻子夜鬼悲歌。金舆不返倾城色,玉殿犹分下苑波。死忆华亭闻唳鹤,老忧王室泣铜驼。天荒地变心虽折,若比伤春意未多。

自沙县抵龙溪县值泉州军过后村落皆空因有一绝
　　　　　　　　　　韩偓

水自潺湲日自斜,尽无鸡犬有鸣鸦。千村万落如寒食,不见人烟空见花。

述亡国诗　　　　　花蕊夫人

君王城上竖降旗,妾在深宫哪得知。十四万人齐解甲,更无一人是男儿。

故都　　　　　　韩偓

故都遥想草萋萋,上帝深疑亦自迷。塞雁已侵池籞宿,宫鸦犹恋女墙啼。天涯烈士空垂涕,地下强魂必噬脐。掩鼻计成终不觉,冯驩无路学鸣鸡。

中小学已学篇目

《石壕吏》《茅屋为秋风所破歌》(初) 《兵车行》(高) 《自京赴奉先县咏怀九百字》※ 《丽人行》※

十、杜甫(下)

登 楼

花近高楼伤客心①，万方多难此登临②。
锦江春色来天地③，玉垒浮云变古今④。
北极朝廷终不改⑤，西山寇盗莫相侵⑥。
可怜后主还祠庙⑦，日暮聊为《梁甫吟》⑧。

【汇评】

　　七言难于气象雄浑，句中有力，而纾徐不失言外之意。自老杜"锦江春色来天地，玉垒浮云变古今"，与"五更鼓角声悲壮，三峡星河影动摇"等句之后，尝恨无复继者。（〔宋〕叶梦得《石林诗话》卷下）

　　先生生多难之时，身适在蜀，徘徊吊古，欲图祸乱削平，无日不以诸葛忠武为念。其见之吟咏者，殆不一而足，盖先生之自待者忠武也。"日暮聊为《梁父吟》"，言我今老矣，徒栖迟日暮，无所见长，虽负希世之材，而国无容贤之臣。追想隆中抱膝之吟，其寄托一何深远也！不觉于《登楼》发之。（〔清〕金圣叹《唱经堂杜诗解》卷二）

　　气象雄伟，笼盖宇宙，此杜诗之最上者。（〔清〕沈德潜《唐诗别裁集》卷十三）

---

① 客：杜甫自谓。　② 万方多难：指到处是战乱。　③ 锦江：为岷江支流，自四川郫县流经成都西南，传说江水濯锦，其色鲜艳于他水，故名锦江。　④ 玉垒：山名，在今四川灌县西北。此句以玉垒浮云的变幻不定喻古今世事之变化无常。即作者《可叹》所云："天上浮云似白衣，斯须改变如苍狗。古往今来共一时，人生万事无不有。"　⑤ 北极：北极星，一名北辰，喻指朝廷。《论语·为政》云："为政以德，譬如北辰，居其所而众星拱之。"广德元年（763）十月，吐蕃陷长安，立广武王李承宏为帝。代宗逃奔陕州（今河南陕县）。十二月长安收复，代宗还京，转危为安，故曰"朝廷终不改"。　⑥ 西山：即成都西之雪岭。西山寇盗，指吐蕃。广德元年十二月，吐蕃陷松、维、保三州及云山新筑二城，西川节度使高适不能救，于是剑南西山诸州亦入于吐蕃。因吐蕃陷长安立帝不成，唐朝廷稳固如初，故告以"莫相侵"。二句流水对。　⑦ 后主：蜀先主刘备之子后主刘禅。后主庙在成都南先主庙东侧，西侧即诸葛亮武侯祠。后主宠信宦官黄皓，终致蜀汉亡国。　⑧ 梁甫吟：乐府曲名。《三国志·蜀志·诸葛亮传》："亮躬耕陇亩，好为《梁甫吟》。"今传《梁甫吟》后人题为诸葛亮作，实不足信。此即指所咏《登楼》诗。作者将己诗比作《梁甫吟》，有思得诸葛以济世之意。聊为，有暂且借咏以寄慨意。

《登楼》:"花近高楼伤客心,万方多难此登临。"起得沈厚突兀。若倒装一转:"万方多难此登临,花近高楼伤客心。"便是平调。此秘诀也。(〔清〕施补华《岘佣说诗》)

上四登楼所见之景,赋而兴也。下四登楼所感之怀,赋而比也。以天地春来,起朝廷不改;以古今云变,起寇盗相侵,所谓兴也。时郭子仪初复京师,而吐蕃又新陷三州,故有"北极"、"西山"句,所谓赋也。代宗任用程元振、鱼朝恩,犹后主之信黄皓,故借祠托讽,所谓比也。《梁父吟》,思得诸葛以济世耳。伤心之故,由于多难。而多难之事,于后半发明之。其辞微婉,而其意深切矣。(〔清〕仇兆鳌《杜诗详注》卷十三)

(黄)鹤注:当是广德二年春初归成都之作。吐蕃去冬陷京师,郭子仪复京师,乘舆反正,故曰"朝廷终不改"。王洙谓崔旰起兵西山者非。王粲有《登楼赋》)。(同上)

声宏势阔,自然杰作。(〔清〕浦起龙《读杜心解》卷四之一)

律法甚细,隐衷极厚,不独以雄浑高阔之象陵轹千古。(〔清〕纪昀等《唐宋诗醇》卷十六)

(一二句)杨(伦)曰:"倒装突兀。"(三四句)吴星叟曰:"二语壮阔,而时趋世变亦全包于此。"杨曰:"二句承登楼"。(五六句)杨曰:"二句承多难"。(末)杨曰:"结意深,亦是登楼所感。"(高步瀛《唐宋诗举要》卷五)

【赏析】

这首诗为广德二年(764)春杜甫在成都作。东汉末年王粲伤乱离而作《登楼赋》,诗题取意于此。杜甫无时无地不忧国,登楼亦如此。其《同诸公登慈恩寺塔》诗云:"自非旷士怀,登兹翻百忧。"此亦如此。首联倒装,起势突兀峻耸,若顺说,则平直无气势。"花近高楼",本可凭高饱览大好春色,却说"伤客心",盖因正当"万方多难"之故。查慎行曰:"发端悲壮,得笼罩之势。"(《瀛奎律髓汇评》卷一)而"万方多难此登临"一句,为全诗纲领,余则皆从此生出。颔联写景虽气象雄伟,但浮云苍狗变幻,宛如多难人生,世事无常,"感时花溅泪",睹景更伤情。遂引出以下吐蕃陷京、代宗幸陕、寇盗相侵、国难孔急等情事。登高抒怀,抚今追昔,遂有后主祠庙、聊吟梁甫之深慨。情甚悲郁苍凉,但因作者取景壮阔,故虽伤心而无衰飒之气,又因作者爱国情深,坚信"北极朝廷终不改",故情虽伤而不流于悲观。所以纪昀曰:"何等气象!何等寄托!如此种诗,如日月终古常见而光景常新。"(《瀛奎律髓汇评》卷一)

(张忠纲)

风急天高猿啸哀①, 渚清沙白鸟飞回②。
无边落木萧萧下③, 不尽长江滚滚来④。

---

① 猿啸哀:巫峡多猿,鸣声甚哀,所谓"巴东三峡巫峡长,猿鸣三声泪沾裳"。 ② 渚(zhǔ):水中小洲。回:回旋。
③ 落木:落叶。萧萧,风吹叶动之声。 ④ 滚滚:相继不绝,奔腾不息。

　　　　　万里悲秋常作客①，　百年多病独登台②。
　　　　　艰难苦恨繁霜鬓③，　潦倒新停浊酒杯④。

【汇评】

　　《登高》云："无边落木……独登台"。此二联不用故事，自然高妙，在樊川《齐山九日》七言之上。（〔宋〕刘克庄《后村诗话》新集卷二）

　　杜陵诗云："万里悲秋常作客，百年多病独登台"，盖"万里"，地之远也；"悲秋"，时之惨凄也；"作客"，羁旅也；"常作客"，久旅也；"百年"，暮齿也；"多病"，衰疾也；"台"，高迥处也；"独登台"，无亲朋也。十四字之间含八意，而对偶又精确。（〔宋〕罗大经《鹤林玉露》乙编卷五）

　　杜"风急天高"一章五十六字，如海底珊瑚，瘦劲难名，沉深莫测，而精光万丈，力量万钧。通章章法、句法、字法，前无昔人，后无来学。微有说者，是杜诗，非唐诗耳。然此诗自当为古今七言律第一，不必为唐人七言律第一也。（〔明〕胡应麟《诗薮》内编卷五）

　　若"风急天高"，则一篇之中句句皆律，一句之中字字皆律，而实一意贯串，一气呵成。骤读之，首尾若未尝有对者，胸腹若无意于对者；细绎之，则锱铢钩两，毫发不差，而建瓴走坂之势，如百川东注于尾闾之窟。至用句用字，又皆古今人必不敢道，决不能道者。真旷代之作也。（同上）

　　八句皆对，起二句对举之中仍复用韵，格奇而变。（〔清〕沈德潜《唐诗别裁集》卷十三）

　　《登高》一首，起二"风急天高猿啸哀，渚清沙白鸟飞回"，收二"艰难苦恨繁霜鬓，潦倒新停浊酒杯"，通首作对而是不嫌其笨者；三四"无边落木"二句，有疏宕之气；五六"万里悲秋"二句，有顿挫之神耳。又首句妙在押韵，押韵则声长，不押韵则局板。（〔清〕施补华《岘佣说诗》）

　　气象高浑，有如巫峡千寻走云连风，诚为七律中稀有之作。（〔清〕纪昀等《唐宋诗醇》卷十六）

　　此诗读者亦谓五六备极顿挫，不知此诗一句有一句之顿挫；合看两句，有两句之顿挫；合看通篇，有通篇之顿挫。顿挫为公独得之妙，此诗政当于字字顿挫求之。（〔清〕陈式《问斋杜意》卷十七）

【赏析】

　　古人九月九日重阳节有登高的风俗。这首诗是唐代宗大历二年(767)重阳节，杜甫在夔州(今重庆奉节)登高时所作。前四句写登高所见，后四句写登高所感，情景交融，气象高浑，语言精炼而富变化，对仗工整且复自然，极沉郁顿挫之致，是杜甫七律的代表作。首联起势警拔，犹如黄河之水天上来，一气贯注，层迭而下。"风急"二字最为紧要，以下猿哀、鸟回、落木萧萧、长江滚滚，皆从此生出。此联每句各包三景，上句风急、天高，下句渚清、沙白，皆从大处着笔，上句猿，下句鸟，则从小处陪衬，大小相形，格外醒目。颔联二句亦是从大处写秋景，犹如骏马走坂，奔腾无羁。落木萧萧，长江滚滚，连用两叠字，已气势非凡，而又冠以"无

---

① 万里：远离故乡，指夔州距长安遥远，回京无望。常作客：长期漂泊在外。杜甫自乾元二年(759)弃官流寓秦州、同谷、成都，至大历二年(767)在夔州作此诗，颠沛流离近十年，所谓"一辞故国十经秋"。　② 百年：犹言一生。多病：杜甫患有疟疾、肺病、风痹、糖尿病、耳聋等多种疾病。独登台：时逢佳节，诸弟分散，好友先死，孤客夔州，举目无侣，故云。　③ 艰难：一指个人生活多艰，一指国家世乱多难。苦恨：极恨。繁霜鬓：白发日多。　④ 潦倒：犹衰颓，因多病故潦倒，所谓"形容真潦倒"。新停：最近方停。时杜甫因病戒酒。浊酒：混浊的酒，指劣酒。

边"、"不尽"四字,则悲壮中更极阔大,遂使萧萧之声,滚滚之势,精神跃然而出。若不如此,则振不起下半首。前半写登高所见秋景,泼墨淋漓,雄浑悲壮,遂为下半悲秋张本。颈联两句即从天地风物之大环境紧缩至孤身一人,但内涵却极深广,正如宋人罗大经说的"十四字之间含八意,而对偶又精确。"此诗八句皆对,而又章法错综变化,前后紧相照应。尾联"艰难"应"作客","潦倒"应"多病",大有登高极目、百感交集之慨,使人唏嘘感叹不能自已。故胡应麟盛赞此诗为"古今七言律第一"。

(张忠纲)

月　夜

今夜鄜州月，　闺中只独看①。
遥怜小儿女，　未解忆长安②。
香雾云鬟湿③，　清辉玉臂寒④。
何时倚虚幌⑤，　双照泪痕干⑥？

【汇评】

李因笃曰:"苦语写来不枯寂,此盛唐所以擅场也。犹善画者,古木寒鸦,正须一倍有致。"(〔清〕刘濬《杜诗集评》卷七引)

怀远诗说我忆彼,意只一层;即说彼忆我,意亦只两层。唯说我遥揣彼忆我,意便三层。又遥揣彼不知忆我,则层折无限矣。此公陷贼中,本写长安之月,却偏陡写鄜州之月,本写自己独看,却偏写闺中独看,已得遥揣神情。三、四又脱开一笔,以儿女之不解忆,衬出空闺之独忆,故"云鬟湿"、"玉臂寒"而不知也。沉郁顿挫,写尽闺中深情苦境。(〔清〕吴瞻泰《杜诗提要》卷七)

心已驰神到彼,诗从对面飞来,悲婉微至,精丽绝伦,又妙在无一字不从月色照出也。(〔清〕浦起龙《读杜心解》卷三之一)

入手便摆落现境,纯从对面着笔,蹊径甚别。后四句又纯为预拟之词,通首无一笔着正面,机轴奇绝。(〔清〕纪昀《瀛奎律髓刊误》卷二十二)

【赏析】

此诗作于至德元载(756)八月初陷贼时。本年五月,杜甫携家避难鄜州。七月,肃宗即位于灵武。八月,杜甫闻讯只身奔赴行在,中途为叛军所执,拘于长安。诗即被禁长安望月思家而作。诗写离乱中两地相思,构思新奇,情真意切,明白如话,深婉动人,真可谓天下第

---

① 鄜(fū)州:今陕西富县。闺中:指妻子。　② 未解:不懂得。　③ 香雾:雾本无香,乃鬟香透入夜雾,故云。
④ 清辉:指月光。　⑤ 虚幌:薄帷。　⑥ 双照:指月光照着妻子与自己两人。

一等情诗。首联点题,起势不凡。入手即从对面着笔,不言我在长安思念家人,却说家人在鄜州望月思我,蹊径独辟。次联流水对,用笔尤为隐曲委婉,寓意深微。"未解忆",含两层意:一是儿女尚小,不知道想念身陷长安的父亲;二是小儿女天真无知,不懂得母亲看月是在想念他们的父亲。以小儿女的不解忆,反衬闺中只独看、独忆,突出首联"独"字,益见深情苦忆。三联着力描写想象中妻子独自看月的形象。雾湿云鬟,月寒玉臂,语丽情悲。"寒"字、"湿"字,见出夜深,衬出闺中伫望之久,思念之切,虽"云鬟湿"、"玉臂寒"而不知,可谓忘情之至也。末联以希冀重逢作结:"何时倚虚幌,双照泪痕干?""泪痕干",则今夜泪痕不干矣!"双照"而泪痕始干,则"独看"而泪痕不干明矣!今夜两地看月而各有泪痕,则愈益不干也甚矣!黄生说:"'照'字应'月'字,'双'字应'独'字,语意玲珑,章法紧密,五律至此,无忝称圣矣!"(《杜诗说》卷四)

(张忠纲)

月夜忆舍弟①

戍鼓断人行②,　秋边一雁声③。
露从今夜白④,　月是故乡明。
有弟皆分散,　无家问死生⑤。
寄书长不达⑥,　况乃未休兵⑦。

【汇评】

杜子美善于用事及常语,多离析或倒句,则语峻而体健,意亦深稳,如"露从今夜白,月是故乡明"是也。(〔宋〕王得臣《麈史》卷中)

只"一雁声"便是忆弟。对明月而忆弟,觉露增其白,但月不如故乡之明,忆在故乡兄弟之故也,盖情异而景为之变也。(〔明〕王嗣奭《杜臆》卷三)

李因笃曰:"'白露'后则秋清而月倍明,故曰'故乡明'乃硬下语。然不照骨肉则虚也,'月是故乡明',正以照故乡之人也。月是人非,故思乡益切。"(〔清〕刘濬《杜诗集评》卷八引)

"戍鼓"、"休兵",起结呼应。未落笔以前,含蓄许多兵戈扰攘语在句先,故不觉提笔直书曰"戍鼓断人行"。既歇笔之时,又蓄无限道途阻隔意在句后,故倒拖一句曰"况乃未休兵"。此情至之诗,而起承转结,八面玲珑,则又法无不备,莫目为公率易之篇,未经锤炼也!(〔清〕吴瞻泰《杜诗提要》卷七)

上四,突然而来,若不为弟者,精神乃字字忆弟,句里有魂也。"书长不达",平时犹可,"况未休兵",可保

---

① 舍弟:对他人谦称自己的弟弟。杜甫兄弟五人,四个弟弟颖、观、丰、占,此时只有杜占随行,其余则散处河南、山东等地。② 戍鼓:戍楼夜时所击禁鼓。断人行:谓宵禁戒严。③ 秋边:一作"边秋"。一雁:即孤雁。不用孤字,是因平仄关系。古以雁行喻兄弟,说"一雁",即暗喻自己孤独。④ 句谓今日适逢白露节。⑤ 无家:时杜甫巩县老家毁于安史之乱,已无人,故云。⑥ 书:家信。⑦ 况乃:何况是。时史思明叛军复陷洛阳,又进攻河阳,故曰"未休兵"。

无事耶?二句从五、六申写。(〔清〕浦起龙《读杜心解》卷三之二)

【赏析】
　　乾元二年(759)秋,杜甫弃官华州司功,携家流寓秦州(今甘肃天水)。时安史之乱未平,史思明叛军在黄河南北很猖獗,西面吐蕃亦不时侵扰,秦州地处边塞,形势比较紧张。杜甫最笃于兄弟情谊,干戈扰攘中,衰病中的诗人格外思念音信不通的诸弟,遂在凄清孤寂的秋夜,写下了这首凄楚动人的忆弟诗。诗写天涯忆弟之情,骨肉离散之苦,可谓字字忆弟,句句有情。首联点明时、地,已隐含忆弟之情。戍鼓鸣,行人断,正是战乱景象。戍鼓声犹在耳,接着传来孤雁哀鸣,不禁牵动起诗人思弟之情缕。古人常用"雁行"、"雁序"喻兄弟,孤雁失群,则使人联想到兄弟分散。况且在这荒远边地的萧瑟的秋夜,这孤雁念群的悲叫声,听来更使人怆然涕下。因为漂泊流离,杜甫对雁声有着一种特殊的敏感。首联十字,可谓一字一咽,字字血泪,切不可草草看过。这首二句是提摄全篇的,它写出忆弟之情,又揭出忆弟之由,那就是战乱。以下六句都是与这二句紧相呼应的。颔联二句,紧承"秋"字、"月"字,加倍写"忆"。这两句诗,将江淹《别赋》的"明月白露"四字翻作十字,运用上一下四句式,将寻常语离析倒装而用之,语峻体健,意亦深稳,遂成妙绝古今之名句。颈联二句,申明三、四,言乱后家乡阻隔,音讯莫闻,则望月愈久,忆弟思乡之情愈切。分散而通音问,则谁死谁生,尚可问知;现在是既分散而又不通音问,连死活都无问处。语极悲切。尾联二句,紧承五、六,照应开头,将家愁国难作一收束,含蓄蕴藉,无限深情。

(张忠纲)

咏怀古迹五首(其二)

摇落深知宋玉悲①,　风流儒雅亦吾师②。
怅望千秋一洒泪③,　萧条异代不同时④。
江山故宅空文藻⑤,　云雨荒台岂梦思⑥。
最是楚宫俱泯灭⑦,　舟人指点到今疑⑧。

---

① "摇落"句:通常的语序当为"深知宋玉摇落悲"。摇落:宋玉《九辨》:"悲哉,秋之为气也,萧瑟兮草木摇落而变衰。"宋玉因悲自己不得志而悲秋。宋玉:战国楚人,楚辞作家。② 风流儒雅:指人品高洁,文采蕴藉。③ 千秋:千年,指诗人与宋玉相隔千年。④ 萧条:指遭遇坎坷。⑤ 故宅:指宋玉旧居。空:徒然。文藻:指宋玉的诗赋。⑥ 云雨荒台:指宋玉《高唐赋》序中的神女故事。"昔者先王(怀王)尝游高唐,梦见一妇人,曰:妾巫山之女也。王因幸之。去而辞曰:妾在巫山之阳,高山之阻,旦为朝云,暮为行雨,朝朝暮暮,阳台之下。旦朝视之,如言。故为立庙,号曰云雨。"后世遂以"云雨"代言男女情事。⑦ 泯(mín)灭:消失不见。⑧ 舟人:船夫。今疑:用在此句中指楚宫遗迹泯灭到今天,不知究在何处。

【汇评】

　　谓《高唐》之赋,乃假托之词,以讽淫惑,非真有梦也。怀宋玉亦所以自伤,言斯人虽往,文藻犹存,不与楚宫同其泯灭,其寄慨深矣。(〔清〕沈德潜《唐诗别裁集》卷十四)

　　黄生曰:前半怀宋玉,所以悼屈原。悼屈原者,所以自悼也。后半抑楚王,所以扬宋玉。扬宋玉者,亦所以自扬也。是之谓咏怀古迹也。此诗起二句失粘。(〔清〕仇兆鳌《杜诗详注》卷十七)

　　因宅而咏宋玉,亲风雅也。四人中,独宋玉文章,与公相似,通古今为气类,故以"摇落知悲"起兴,而以"风雅吾师"推之,三四,空写,申"知悲"。五六,实拈,申"吾师"。言宅已故而犹传者,以"文藻"增华,对"江山"而感叹也。岂徒以"云雨台"存,劳吾"梦思"已乎!结以"楚宫泯灭",与"故宅"相形,神致吞吐,抬托愈高。(〔清〕浦起龙《读杜心解》卷四)

　　少陵诗有不可解之句,如《咏怀》宋玉一首曰:"怅望千秋一洒泪,萧条异代不同时。"夫"异代"即"不同时",乃作此语何耶?盖身虽异代,摇落之悲,却似同时人耳。此为深知宋玉也。(〔清〕李调元《雨村诗话》卷下)

【赏析】

　　《咏怀古迹五首》作于唐代宗大历元年(766),是杜甫在夔州一带写成的。这组诗分别咏庾信故居、宋玉宅、昭君村、永安宫(即刘备庙)和武侯(即诸葛亮)祠五处古迹。组诗意在借古迹以抒己怀。

　　咏宋玉宅这首诗首联起笔突兀有力。杜甫面对宋玉故宅,万端感慨从心底涌出,对宋玉的"摇落"引起强烈的共鸣。"风流儒雅"固然透露了杜甫对宋玉渊博学识与美好风度的敬佩,同时也是对宋玉和杜甫失意的反衬。颔联最是力大,"一洒泪"以三连仄收,这是老杜的难可及甚至不可及处。颈联、尾联一贯而下,自宋玉而怀王而楚宫,一一铺陈,暗寓怅惘和历史苍凉感。虚词"空""岂"互文,与"俱"呼应,用得尤有情味。"空"、"泯灭"和"疑"兼指"江山"、"故宅"、"文藻"、"云雨荒台"和"楚宫"。

(沈广达)

阁　　夜

岁暮阴阳催短景①,　天涯霜雪霁寒宵②。
五更鼓角声悲壮③,　三峡星河影动摇④。

①阴阳:犹日月。短景:冬天日短,故云"短景"。景,同"影"。　②天涯:天边,此指夔州。霁,天晴:此指雪光明朗。　③鼓角:更鼓和号角。《通典》卷一四九《兵二》:"军城及野营行军在外,日出日没时挝鼓三通。三百三十三桴为一通,鼓音止,角声动,吹十二声为一叠,角音止,鼓音动,如此三角三鼓,而昏明毕之"。五更鼓角,谓天将启晓。　④三峡:指瞿塘峡、巫峡、西陵峡。时杜甫所居西阁临瞿塘峡西口。

野哭几家闻战伐①，夷歌数处起渔樵②。
卧龙跃马终黄土③，人事音书漫寂寥④。

【汇评】

全首悲壮慷慨，无不适意。中二联皆将明之景，首联雄浑动荡，卓冠千古。次联哀乐皆眼前景，人亦难道。结以忠逆同归自慰，然音节尤婉曲。（〔明〕桂天祥《批点唐诗正声》）

意中言外，怆然有无穷之思，十分筋两，十分关系，与《诸将》、《古迹》、《秋兴》诸诗相表里，读者切宜郑重，至祝至祝。（〔明〕卢世㴶《杜诗胥抄·余论》）

李因笃曰："壮采以朴气行之，非泛为声调者比。"（〔清〕刘濬《杜诗集评》卷十一）

七律中"五更鼓角声悲壮，三峡星河影动摇"，"锦江春色来天地，玉垒浮云变古今"，亦是绝唱。然换却"三峡"、"锦江"、"玉垒"等字，何地不可移用？则此数联亦不无可议；只以此等气魄从前未有，独创自少陵，故群相尊奉为劈山开道之始祖，而无异词耳。自后亦竟莫有能嗣响者。（〔清〕赵翼《瓯北诗话》卷二）

吾惟于此《阁夜》一首，独爱其气骨之雄骏，更为集中之杰出者，不禁三复而乐道之。夫曰"阁夜"，则非他夜之可比，其情在阁；而阁夜又非阁之他时可比，其景又在夜。故作阁夜诗，必须于二字夹缝中写出。（〔清〕佚名《杜诗言志》）

冯舒曰：无首无尾，自成首尾，无转无接，自成转接，但见悲壮动人。陆贻典曰：五六妙绝，盖言天下皆干戈，惟此一隅尚有安稳渔樵耳。查慎行：对起极警拔，三四尤壮阔。（李庆甲《瀛奎律髓汇评》卷一）

【赏析】

这首诗为大历元年(766)冬，杜甫寓居夔州(今重庆奉节)西阁时作。西阁在夔州白帝山上，面临长江，杜甫在《客居》诗中这样描写它："客居所居堂，前江后山根。下垫万寻岸，苍涛郁飞翻。葱青众木梢，邪竖杂石痕。"杜甫善以壮景写哀，此诗即为显例。诗写阁夜所见所闻景象，悲壮动人。首联起势警拔，颔联尤为壮阔，使人惊心动魄。清人吴见思云："三、四顶'寒宵'句。天霁则鼓角益响，而又在五更之时，故声悲壮。天霁则星辰益朗，而又映三峡之水，故影动摇也。"（《杜诗论文》卷四十）元代张性评曰："二句雄浑浏亮，冠绝古今。"（《杜律演义》后集）由鼓角悲壮而联想到野哭战伐，渔樵夷歌，由阴阳代谢而感世变无常，友朋凋谢，人事寂寥，独身飘零。意中言外，怆然有无穷之思。起承转接，犹如神龙掉尾，浑化无迹。明人胡应麟论"老杜七言律全篇可法者"，即举此篇与《登高》、《登楼》、《秋兴八首》等诗为例，认为"气象雄盖宇宙，法律细入毫芒，自是千秋鼻祖。"（《诗薮》内编卷五）

（张忠纲）

---

① 几家：一作"千家"。战伐：当指去年闰十月以来的崔旰之乱。 ② 夷歌：指当地少数民族的歌曲，数处：一作"几处"，一作"是处"。起渔樵：起于渔人樵夫之口。 ③ 卧龙：指诸葛亮。《三国志·蜀志·诸葛亮传》载徐庶谓刘备曰："诸葛孔明者，卧龙也。"跃马：指公孙述。述曾据蜀称帝。左思《蜀都赋》："公孙跃马而称帝。"终黄土：指都死而同归黄土。诸葛亮和公孙述在夔州都有祠庙，夔州有白帝城，西阁即临白帝城，故联想及之。 ④ 人事：指交游。时杜甫好友郑虔、苏源明、李白、严武、高适都已死去。音书：指亲朋间的音信。寂寥：孤独寂寞。漫：漫然，有随他去、不管他之意。此句似自我解脱，实则愤激之词。

秋兴八首①（其一）

玉露②凋伤枫树林，巫山巫峡气萧森③。
江间波浪兼天涌④，塞上⑤风云接地阴。
丛菊两开⑥他日泪，孤舟一系故园心。
寒衣处处催刀尺⑦，白帝城⑧高急暮砧⑨。

【汇评】

前联言景，后联言情；而情不可极，后七首皆胞孕于两言中也。（〔清〕王嗣奭《杜臆》）

秋兴之发端也，"江间"、"塞上"，状其悲壮，"丛菊"、"孤舟"，写其凄紧。末二句结上生下，故即以"夔府孤城"次之。（〔清〕钱谦益《钱注杜诗》）

"丛菊"、"两开"句联上景语，就中带出情事，乐之如贯珠者，拍板与句不为终始也。捱句截然，以句范意，则村巫傩歌一例，以俟知音者。（〔清〕王夫之《唐诗评选》卷四）

公至夔州，已经二秋，时舣舟以俟出峡，故言两见菊开，徒陨他日之泪；孤舟乍系，唯怀故园之心也。（〔清〕朱鹤龄《杜工部诗集辑注》）

此即八首之一也，较有别致，故独收之。（〔清〕黄周星《唐诗快》）

首章对秋而伤羁旅也。上四因秋托兴，下四触景伤情。（〔清〕仇兆鳌《杜诗详注》卷十七）

首句拈"秋"，次句拍"夔"。"江间"、"塞上"，紧顶"夔"。"浪涌"、"云阴"，紧顶"秋"。尚是纵笔写。五、六则贴身起"兴"，"他日"、"故园"四字，包举无遗。（〔清〕浦起龙《读杜心解》卷四之二）

起联陡然笔落，气象横空，着眼在"气萧森"三字。（〔清〕黄叔灿《唐诗笺注》）

【赏析】

《秋兴八首》是大历元年（766）秋杜甫在夔州时所作一组七言律诗，因秋而感发诗兴，故曰《秋兴》。这一组诗历来被公认为杜甫抒情诗中艺术性最高的诗。当时，战乱频仍，国无宁日，人无定所，当此秋风萧飒之时，诗人不免触景生情。《秋兴八首》为杜甫惨淡经营之作，诗共八首，以身居巫峡、心念长安为线索，主题是"故园之思"，抒写遭逢兵乱、滞留他乡的悲慨，或即景含情，或借古喻今，或直斥无隐，或欲说还休。八首之间脉络贯通，首尾呼应，组织严密，为历代评家所重。这里选的是第一首。

此诗是全组诗的序曲，开门见山，写景抒情，通过对巫山巫峡秋色的形象描绘，勾勒出阴

---

①《秋兴八首》是大历元年（766）杜甫作于夔州的一组七言律诗。这里选的是第一首。秋兴：因秋而感兴。 ② 玉露：白露。 ③ 萧森：萧瑟、阴森。 ④ 兼天涌：波浪滔天。 ⑤ 塞上：形势险要之地，这里指巫峡上空。 ⑥ 两开：从离开成都算起，至作此诗之时，杜甫已在外飘荡了两年，故云"两开"。 ⑦ 刀尺：制衣所用的工具，这里指赶制寒衣。 ⑧ 白帝城：在夔州城东南的白帝山上。 ⑨ 砧（zhēn）：捣衣的垫石。

沉萧条、动荡不安的环境气氛,抒发了诗人忧国之情和孤独抑郁之情,情感炽烈。首联有瑰丽之感,"玉露凋伤枫树林,巫山巫峡气萧森",霜寒露冷、花草凋零的残象,色彩斑斓的枫树林,萧瑟森冷的巫山、巫峡,这些意象的组合,冷暖色的交错,给视觉触觉以巨大刺激,营造出幽冷寒艳的氛围。"江间波浪兼天涌,塞上风云接地阴",这两句对仗精工。此联视角上有所变化,由上联写幽冷静谧之景转而写动荡壮阔之景,声势浩大。江水汹涌,波浪滔天,巫峡风云接地,既是写眼前实景,又喻指国家局势的动荡不平。颈联"丛菊两开他日泪,孤舟一系故园心",杜甫自离开成都已在外飘荡了两年,故云"两开"。秋天菊花开放,这无限秋景引发了诗人的伤心之泪,最后把回家的意念都寄托在一艘小船上。"开"和"系"这两个动词用得好,"开"既表时间,指花开,也指泪溅;"系",指船停滞不前,也喻指心中牵系不忘。"丛菊"和"他日泪","孤舟"和"故园心"这两组意象的组合,是眼前景和心中情的完美交融。"寒衣处处催刀尺,白帝城高急暮砧",意思是说深秋时分,寒意逼人,催着要赶制寒衣,因此在白帝城上暮色之中人们还在忙着捣洗着帛,为赶制寒衣做准备。这种繁忙景象中透露出游子无衣的凄凉之感,令人唏嘘不已。

(龚玉兰)

备选课文

江村　　杜甫

清江一曲抱村流,长夏江村事事幽。自去自来堂上燕,相亲相近水中鸥。老妻画纸为棋局,稚子敲针作钓钩。多病所须唯药物,微躯此外更何求。

宿府　　杜甫

清秋幕府井梧寒,独宿江城蜡炬残。永夜角声悲自语,中天月色好谁看。风尘荏苒音书绝,关塞萧条行路难。已忍伶俜十年事,强移栖息一枝安。

闻官军收河南河北　　杜甫

剑外忽传收蓟北,初闻涕泪满衣裳。却看妻子愁何在,漫卷诗书喜欲狂。白日放歌须纵酒,青春作伴好还乡。即从巴峡穿巫峡,便下襄阳向洛阳。

泛读课文

绝句　　杜甫

迟日江山丽,春风花草香。泥融飞燕子,沙暖睡鸳鸯。

江畔独步寻花　　杜甫

黄四娘家花满蹊,千朵万朵压枝低。留连戏蝶时时舞,自在娇莺恰恰啼。

春夜喜雨　　杜甫

好雨知时节,当春乃发生。随风潜入夜,润物细无声。野径云俱黑,江船火独明。晓看红湿处,花重锦官城。

春望　　杜甫

国破山河在,城春草木深。感时花溅泪,恨别鸟惊心。烽火连三月，家书抵万金。白头搔更短，浑欲不胜簪。

蜀相　　　杜甫

丞相祠堂何处寻？锦官城外柏森森。映阶碧草自春色，隔叶黄鹂空好音。三顾频烦天下计，两朝开济老臣心。出师未捷身先死，长使英雄泪满襟。

客至　　　杜甫

舍南舍北皆春水，但见群鸥日日来。花径不曾缘客扫，蓬门今始为君开。盘飧市远无兼味，樽酒家贫只旧醅。肯与邻翁相对饮，隔篱呼取尽馀杯。

旅夜书怀　　　杜甫

细草微风岸，危樯独夜舟。星垂平野阔，月涌大江流。名岂文章著，官因老病休。飘飘何所似，天地一沙鸥。

天末怀李白　　　杜甫

凉风起天末，君子意如何。鸿雁几时到，江湖秋水多。文章憎命达，魑魅喜人过。应共冤魂语，投诗赠汨罗。

咏怀古迹五首（其四）　　　杜甫

群山万壑赴荆门，生长明妃尚有村。一去紫台连朔漠，独留青冢向黄昏。画图省识春风面，环佩空归月夜魂。千载琵琶作胡语，分明怨恨曲中论。

咏怀古迹五首（其五）　　　杜甫

诸葛大名垂宇宙，宗臣遗像肃清高。三分割据纡筹策，万古云霄一羽毛。伯仲之间见伊吕，指挥若定失萧曹。福移汉祚难恢复，志决身歼军务劳。

江上值水如海势，聊短述　　　杜甫

为人性僻耽佳句，语不惊人死不休。老去诗篇浑漫兴，春来花鸟莫深愁。新添水槛供垂钓，故著浮槎替入舟。焉得思如陶谢手，令渠述作与同游。

曲江二首（选一）　　　杜甫

朝回日日典春衣，每日江头尽醉归。酒债寻常行处有，人生七十古来稀。穿花蛱蝶深深见，点水蜻蜓款款飞。传语风光共流转，暂时相赏莫相违。

分类唐诗　登临

登襄阳城　　　杜审言

旅客三秋至，层城四望开。楚山横地出，汉水接天回。冠盖非新里，章华即旧台。习池风景异，归路满尘埃。

登幽州台歌　　　陈子昂

前不见古人，后不见来者。念天地之悠悠，独怆然而涕下。

秋登宣城谢朓北楼　　　李白

江城如画里，山晓望晴空。两水夹明镜，双桥落彩虹。人烟寒橘柚，秋色老梧桐。谁念北楼上，临风怀谢公。

登余干古县城　　　刘长卿

孤城上与白云齐，万古荒凉楚水西。官舍已空秋草没，女墙犹在夜乌啼。平沙渺渺迷人远，落日亭亭向客低。飞鸟不知陵谷变，朝来暮去弋阳溪。

登总持阁　　　　　　　岑　参

高阁逼诸天,登临近日边。晴开万井树,愁看五陵烟。槛外低秦岭,窗中小渭川。早知清净理,常愿奉金仙。

与高适薛据登慈恩寺浮图　　　岑　参

塔势如涌出,孤高耸天宫。登临出世界,蹬道盘虚空。突兀压神州,峥嵘如鬼工。四角碍白日,七层摩苍穹。下窥指高鸟,俯听闻惊风。连山若波涛,奔走似朝东。青槐夹驰道,宫观何玲珑！秋色从西来,苍然满关中。五陵北原上,万古青蒙蒙。净理了可悟,胜因夙所宗。誓将挂冠去,觉道资无穷。

同诸公登慈恩寺塔　　　　杜　甫

高标跨苍穹,烈风无时休。自非旷士怀,登兹翻百忧。方知象教力,足可追冥搜。仰穿龙蛇窟,始出枝撑幽。七星在北户,河汉声西流。羲和鞭白日,少昊行清秋。秦山忽破碎,泾渭不可求。俯视但一气,焉能辨皇州？回首叫虞舜,苍梧云正愁。惜哉瑶池饮,日晏昆仑丘。黄鹄去不息,哀何鸣何所投？君看随阳雁,各有稻粱谋。

白帝城最高楼　　　　　　杜　甫

城尖径仄旌旆愁,独立缥缈之飞楼。峡坼云霾龙虎卧,江清日抱鼋鼍游。扶桑西枝对断石,弱水东影随长流。杖藜叹世者谁子？泣血迸空回白头。

登岳阳楼　　　　　　　杜　甫

昔闻洞庭水,今上岳阳楼。吴楚东南坼,乾坤日夜浮。亲朋无一字,老病有孤舟。戎马关山北,凭轩涕泗流。

登鹳雀楼　　　　　　　王之涣

白日依山尽,黄河入海流。欲穷千里目,更上一层楼。

上汝州郡楼　　　　　　李　益

黄昏鼓角似边州,三十年前上此楼。今日山城对垂泪,伤心不独为悲秋。

江楼旧感　　　　　　　赵　嘏

独上江楼思渺然,月光如水水如天。同来望月人何处,风影依稀似去年。

登九峰楼寄张祜　　　　杜　牧

百感衷来不自由,角声孤起夕阳楼。碧山终日思无尽,芳草何年恨即休。睫在眼前长不见,道非身外更何求？谁人得似张公子？千首诗轻万户侯。

江楼闲望怀关中亲故　　李群玉

摇落江天欲尽秋,远鸿高送一行愁。音书寂绝秦云外,身世蹉跎楚水头。年貌暗随黄叶去,时情深付碧波流。风凄日冷江湖晚,驻目寒空独倚楼。

杜甫诗综论

　　杜甫出身于"奉儒守官"的家庭,受的是儒家的正统教育,他的政治理想就是"致君尧舜上,再使风俗淳"。"安史之乱"以后,杜甫过着颠沛流离的困苦生活,亲身经历了国家深重的苦难,接近了广大劳苦群众,他的积极入世的儒家思想至死不衰。宋人黄彻说:"老杜似孟子"(《䂬溪诗话》卷一)。杜甫是原始儒家思想即孔孟思想的继承者和实践者。他的阐释和恢复原始儒家道统的思想,远在韩愈之前。他继承和发扬了孟子的"大丈夫"精神,以天下为己任。杜甫忠君,但并非愚忠,他身历玄、肃、代三朝,对三代皇帝都有所讽谕和批评,疏救房琯,也说明他是直臣,与愚忠无干。杜甫崇高而深挚的爱国主义精神,深沉的忧患意识,像一条红线一样贯穿于他坎坷一生及其全部创作中。而杜甫最可宝贵的,就是身处逆境,却心系国家,心想人民,一颗爱国爱民、忧国忧民的赤子之心,从没有停止跳动。他始终是把个人的命运与国家和人民的命运紧密联系在一起的。杜甫深深懂得"以民为邦本"的道理,对饱尝战乱之苦、处于水深火热之中的广大人民抱着深切的同情,"穷年忧黎元,叹息肠内热",对人民的苦难,他可谓是无事不忧,无时不忧。征夫戍卒、田妇野老,寡妻弱子、渔民樵夫,这些普通老百姓的命运,无不牵动着诗人的心。杜甫认为,人民的沉重负担来自统治者的奢侈靡费,"朱门酒肉臭,路有冻死骨",因此他要求统治者"行俭德",节欲戒奢,轻徭薄赋,减轻对人民的剥削,以取得人民的信任和拥护:"君臣节俭足,朝野欢呼同","文王日俭德,俊乂始盈庭"。诗圣杜甫有着一颗仁慈的心,一副博大的胸襟。安史之乱前夕,他由长安往奉先探家,"入门闻号咷,幼子饿已卒"。而杜甫的伟大,恰恰是在自己惨遭不幸的情况下,他想到的却不只是自己一家的命运,而是广大人民群众:"默思失业徒,因念远戍卒。"这种孟子式的己饥己溺的仁者胸怀,在他的诗中都有生动的体现。可以说,杜甫对孔、孟所倡导的忧患意识、忠恕之道、仁爱精神、恻隐之心等等,都有深刻的理解,并身体力行之。而传诵千古的杜诗,就是这些思想生动形象的反映。

  杜甫是中国古典诗歌的集大成者。他,人被尊为"诗圣",诗被誉为"诗史"。杜甫生当李唐王朝由盛转衰的历史转折时期,而这一历史转折的界标,就是天宝十四载十一月爆发的"安史之乱",杜甫时年四十四岁。这就是说,杜甫一生,有四分之三的时间是生活在所谓的"开天盛世",而四分之一的时间,即最后十五年,是在战乱漂泊中度过的。盛世的熏陶和战乱的体验形成强烈的反差。而这巨大强烈的反差却造就了伟大的诗人。杜甫正是用如椽之笔,广泛而深刻地反映了"安史之乱"前后唐王朝广阔社会生活的巨大变化,内容极其广泛,涉及社会生活的各个方面,大到军国大事,帝王将相,小到个人琐事,生活情趣;也反映了唐代文化的各个方面,如绘画、舞蹈、书法、音乐等。可谓"无一意一事不可入诗"。一部杜诗,是他自己的一部自传,也是他生活的那个时代的忠实记录,使诗的表现范围达到了空前的广度和深度。他以诗写时事,如《哀江头》、《悲陈陶》、《悲青坂》、《喜闻官军已临贼境二十韵》、《洗兵马》、《收京》、《有感》、《三绝句》等;以诗发议论,如《戏为六绝句》、《题桃树》、《偶题》等;以诗写人物传记,如《八哀诗》等;以诗写传奇,如《义鹘行》等;以诗写奏议,如《塞芦子》等;以诗写赠序,如《奉赠韦左丞丈二十二韵》等;以诗写书札,如《萧八明府实处觅桃栽》、《从韦二明府续处觅绵竹》等;以诗写自传,如《壮游》、《遣怀》等;以诗写游记,如《游何将军山林十首》、《渼陂行》等。至于咏物抒怀之作,更比比皆是。在杜甫手中,诗差不多成了万能的工具,把诗的表现功能发挥到了极致。

  由于杜甫具有深厚的文化修养、深刻的社会体验和广阔的观察视野,"不薄今人爱古人","转益多师是汝师",对中国传统文化采取广收博取的开明态度,加之"诗是吾家事"的家学传统,使杜甫对诗有一种超人的执著精神,"为人性僻耽佳句,语不惊人死不休",他简直是视诗为生命的。正因如此,杜甫不仅使诗的题材和体裁范围空前的扩大,达到了无事不可言、无意不可入的程度,而且使诗歌艺术达到了出神入化、登峰造极的境地。必须指出,杜甫对中国诗歌的贡献,绝不仅仅是"集大成"而已,更重要的,是对诗歌的创新,是在继承基础上的创新,是从内容到形式的全面创新。诗到杜甫为一大变。杜甫诗歌不仅表明中国诗歌史从浪漫转向写实的重大变化,而且以更加内在的社会政治与文化的转型以及士人社会地位的调整为背景,反映士人文化心理与时代文化精神的重大变化,以及随之而来审美范型的重大转变。陈廷焯说得好:"诗至杜陵而圣,亦诗至杜陵而变。顾其力量充满,意境沉郁,嗣后为诗者,举不能出其范围,而古调不复弹矣。……昔人谓杜陵为诗中之秦始皇,亦是快论。"(《白雨斋词话》卷七)"与古为化,化而能新"八字,可以概括杜甫对中国古典诗歌的贡献。宋初王禹偁《日长简仲咸》诗云:"子美集开诗世界。"所以说,杜甫又是中国文学史上继往开来的伟大诗人。

杜诗众体皆有,诸体兼擅,诸法俱备。据浦起龙《读杜心解》统计,杜诗共1458首,其中五古263首,如《望岳》、《赠卫八处士》、"三吏"、"三别"、《佳人》、《梦李白二首》、《遭田父泥饮美严中丞》等;七古141首,如《兵车行》、《丽人行》、《丹青引》、《古柏行》、《观公孙大娘弟子舞剑器行》等;五律630首,如《房兵曹胡马》、《画鹰》、《夜宴左氏庄》、《春望》、《月夜》、《月夜忆舍弟》、《天末怀李白》、《春夜喜雨》、《旅夜书怀》、《登岳阳楼》等;七律151首,如《蜀相》、《闻官军收河南河北》、《登楼》、《阁夜》、《宿府》、《又呈吴郎》、《登高》等;五排127首,如《冬日洛城北谒玄元皇帝庙》、《寄李十二白二十韵》、《风疾舟中伏枕书怀三十六韵》等;七排8首,如《清明二首》、《岳麓山道林二寺行》等;五绝31首,如《八阵图》等;七绝107首,如《赠李白》、《赠花卿》、《江畔独步寻花七绝句》等。杜诗不仅名篇众多,而且富于创造,成为流传千古的艺术瑰宝。如《自京赴奉先县咏怀五百字》、《北征》,向被誉为"古今绝唱"。"新题乐府"更是杜甫开创的一种新的诗歌体式,为中唐以后的新乐府树立了榜样。元稹《乐府古题序》说:"近代唯诗人杜甫《悲陈陶》、《哀江头》、《兵车行》、《丽人行》等,凡所歌行,率多即事名篇,无复依傍。余少时与友人乐天、李公垂辈,谓是为当,遂不复拟赋古题。"《饮中八仙歌》亦是创格,句句用韵,一韵到底,似赞似颂,不发一句议论,而八人醉态活现。清王士禛认为:"七言古诗,诸公一调。唯杜子美横绝古今,同时大匠,无敢抗行。"(《居易录》卷二十一)把杜甫的七言古诗奉为"千古标准"。律诗,特别是七律,更是成熟于杜甫。清钱良择《唐音审体·律诗七言四论》云:"七言律诗始成于初唐咸亨、上元间,至开、宝而作者日出。少陵崛起,集汉、魏、六朝之大成,而融为今体,实千古律诗之极则。同时诸家所作,既不甚多,或对偶不能整齐,或平仄不相黏缀,上下百余年,止少陵一人独步而已。"明胡应麟就把杜甫的《登高》奉为"古今七言律第一"。杜甫又是拗体七律的创始者。拗体律诗的创作,如《白帝城最高楼》、《白帝》、《愁》、《昼梦》等,为律诗的发展增添了生命力。杜甫到夔州后写的一些长篇排律和联章诗,如《秋日夔府咏怀一百韵》、《诸将五首》、《咏怀古迹五首》、《秋兴八首》等,以它独特的风貌,标志着他对这些诗体的创造、运用已达到全新境界。明人高棅说:"排律之盛,至少陵极矣,诸家皆不及。"(《唐诗品汇·五言排律叙目》)清人许印芳说:"七律连章诗最难出色,古来惟杜擅长。"(《瀛奎律髓汇评》卷二十五)可以说,夔州时期,杜甫的诗艺已达到炉火纯青、出神入化的境地。杜诗,特别是律诗,可以说是从容于法度之中,而又变化于法度之外。他于法度中求变化,纵横变化中自有法度,使二者达到完美统一。杜诗内容与形式的完美结合所呈现出的主体风格是"沉郁顿挫"。所谓"沉郁顿挫",是指杜诗内容上的博大精深,忧愤郁勃;形式上的波澜老成,顿挫变化;语言上的精炼准确,含蓄蕴藉。从而形成了千汇万状、地负海涵、博大宏远、真气淋漓的美学风貌。

作为世界文化名人的杜甫,对中国文学产生了广泛而深远的影响。可以说,杜甫之后的一千多年,中国诗坛上的杰出诗人,可说很少有人不受他影响的。唐代元稹、白居易、张籍、王建、刘禹锡、韩愈、孟郊、贾岛、李贺、李商隐、杜牧、皮日休、陆龟蒙、韩偓、韦庄等;宋代王安石、苏轼、黄庭坚、陈师道、陈与义、陆游等;金代元好问等;明代袁凯、李梦阳、郑善夫、陈子龙等;清代钱谦益等,无不推尊杜甫,学习杜甫。杜甫是我国优秀传统文化的典型代表。他的诗歌,堪称中国古典诗歌的范本;他的人格,堪称中华民族文人品格的楷模;他的思想,堪称中华民族传统思想的精华。诗圣杜甫那种忧国忧民无已时,君圣民安死方休的崇高精神,在其后一千多年的历史中,特别是在中华民族国难深重、危亡在即的关键时刻,不知影响和鼓舞了多少仁人志士,为民族的振兴、国家的强盛、人民的幸福而英勇献身!宋末文天祥被囚元人狱中,至死不屈,集杜句成诗200首。他在《集杜诗·自序》中说:"凡吾意所欲言者,子美先为代言之。日玩之不置,但觉为吾诗,忘其为子美诗也。乃知子美非能自为诗,诗句自是人情性中语,烦子美道耳。子美于吾隔数百年,而其言语为吾用,非情性同哉!"抗日战争时期,钱来苏在《关于杜甫》一文中说:"(杜甫的)诗总是唤起朝野的人们赶快的把胡寇逐出中国去。他的诗集里表现民族气节,民族意识的作品,是很多的。"这些都说明杜甫及其诗具有很强的民族凝聚力。

(张忠纲)

中小学已学篇目

《绝句》(两个黄鹂鸣翠柳)《绝句》(迟日江山丽) 《春夜喜雨》《江畔独步寻花》(小) 《望岳》《春望》(初) 《登高》《蜀相》《兵车行》《客至》《旅夜书怀》《登岳阳楼》(高)

可参考书目

〔明〕王嗣奭《杜臆》,上海古籍出版社 1983 年
〔清〕钱谦益《钱注杜诗》,上海古籍出版社 1979 年
〔清〕仇兆鳌《杜诗详注》,中华书局 1979 年
〔清〕浦起龙《读杜心解》,中华书局 1961 年
〔清〕杨伦《杜诗镜铨》,上海古籍出版社 1980 年
林继中《杜诗赵次公先后解辑较》,上海古籍出版社 1994 年
冯至《杜甫传》,人民文学出版社 1952 年
《杜甫研究论文集》,中华书局 1962、1963 年
华文轩编《古典文学研究资料汇编·杜甫卷》,中华书局 1964 年
萧涤非《杜甫诗选注》,人民文学出版社 1979 年
萧涤非《杜甫研究》,齐鲁书社 1980 年
陈贻焮《杜甫评传》,上海古籍出版社 1982 年
郑庆笃、焦裕银、张忠纲、冯建国《杜集书目提要》,齐鲁书社 1986 年
周采泉《杜集书录》,上海古籍出版社 1986 年
莫砺锋《杜甫评传》,南京大学出版社 1993 年

十一、中唐诗(一)

【中唐诗总论】

　　元和已后,文笔学奇于韩愈,学涩于樊宗师。歌行则学流荡于张籍,诗章则学矫激于孟郊,学浅切于白居易,学淫靡于元稹,俱名元和体。大抵天宝之风俗尚党,大历之风尚浮,贞元之风尚荡,元和之风尚怪也。(〔宋〕王谠《唐语林》卷二)

　　文章盛衰,与世升降。唐之文风,大振于贞元、元和之间,韩柳唱其端,刘白继其轸。当时学者,涵濡游泳,揽其英华,洗濯磨淬,辉光日新。苟有作者,皆足以拔出流俗,自成一家之语,则吴兴之文是已。(〔宋〕佚名《沈下贤文集序》)

　　张司业诗与元白一律,专以道得人心中事为工。但白才多而意切,张思深而语精,元体轻而词躁尔。籍律诗虽有味而少文,远不逮李义山、刘梦得、杜牧之。然籍之乐府,诸人未必能也。李义山、刘梦得、杜牧之三人,笔力不能相上下,大抵工律诗而不能工古诗,七言尤工,五言微弱,虽有佳句,然不能如韦、柳、王、孟之高致也。义山多奇趣,梦得有高韵,牧之专事华藻,此其优劣耳。(〔宋〕袁褧《枫窗小牍》)〔宋〕张戒《岁寒堂诗话》有相同说法。

　　中唐诗近收敛,境敛而实,语敛而精。势大将收,物华反紊。盛唐铺张已极,无复可加,中唐所以一反而之敛也。初唐人承隋之余,前华已谢,后秀未开,声欲启而尚留,意方涵而不露,故其诗多希微玄淡之音。中唐反盛之风,攒意而取精,选言而用胜,所谓绮绣非珍,冰纨是贵,其致迥然异矣。然其病在雕刻太甚,元气不完,体格卑而声气亦降,故其诗不长于古而长于律,自有所由来矣。(〔明〕陆时雍《诗镜总论》)

　　诗至中晚,递变递衰,非独气运使然也。开元、天宝诸公,诗中灵气发泄无余矣,中唐才子,思欲尽脱窠臼,超乘而上,自不能无长吉、东野、退之、乐天辈一番别调。然变至此,无复可变矣,更欲另出手眼,遂不觉成晚唐苦涩一派。愈变愈妙,愈妙愈衰,其必欲胜前辈者,乃其所以不及前辈耳。且非独此也,每一才子出,即有一班庸人从风而靡,舍我性灵,随人脚根,家家工部,人人右丞,李白有李赤敌手,乐天即乐地前身,互相沿袭,令人掩鼻。(〔清〕贺贻孙《诗筏》)

　　唐诗至元和间,天地精华,尽为发泄,或平,或奇,或高深,或雄直,旗鼓相当,各成壁垒,令读者心忙意乱,莫之适从。就中唯昌谷集不知其妙处所在,良由余之性所不近也。(〔清〕方南堂《辍锻录》)

　　大历以降,风调渐佳,气格渐损。故昌谷以雄奇胜,元白以平易胜,温李以博丽胜,郊岛以幽峭胜,虽品格不一,皆能自成局面,亦皆力求其变者也。(〔清〕朱庭珍《筱园诗话》卷一)

【大历十才子总评】

钱起屡擅场,《江行》百篇,韵短意密。卢纶与李益中表,唱酬交赞,在大历十才子中号为翘楚。司空文明结果尤精,如"前途欢不集,往事恨空来",令人三叹不已。(〔元〕吴师道《吴礼部诗话》)

大历十子一派,言律者推为极则。然名上驷而实下乘,状貌端严似且胜杜,究之枯木朽株,装塿佛老耳。望之俨然,即之无气,安得如杜之千秋下犹凛凛有生气耶!(〔清〕方世举《兰丛诗话》)

大历诗品可贵,而边幅稍狭。长庆间规模较阔,而气味逊之。 (归愚先生曰:定评。) 大历诸子诗,相似处如出一手,及细玩之,自有各家面目在。(〔清〕乔亿《剑溪说诗》又编)

大历十才子,卢纶、司空曙、耿沣、李端诸公一调,韩君平风致翩翩,尚觉右丞以来格韵,去人不远,皇甫兄弟,其流亚也,郎君胄亦平雅,独钱仲文当在十子之上。(〔清〕翁方纲《石洲诗话》卷二)

大历十子,所传互异,而皆不及随州。或以长卿为开、宝进士,辈行略先。顾钱仲文与摩诘联吟,皇甫茂政与独孤至之赠答,而皆居其冠,何也?今就诗而论,且用五七言律定之,当以刘长卿、钱起、郎士元、皇甫冉、李嘉祐、司空曙、韩翃、卢纶、李端、李益前后十人为定,而皇甫曾、耿沣、崔峒辈为附庸,苗发、吉中孚、夏侯审,略之可也。(〔清〕管世铭《读雪山房唐诗序例》)

王、孟及大历十子诗,皆尚清雅,以格止于此而不能变,故犹未足笼罩一切。(〔清〕刘熙载《诗概》)

刘长卿

刘长卿(714?—790?),字文房,宣城(今属安徽)人,一作河间(今属河北)人。少居嵩山。唐玄宗天宝后期登进士第。官至随州刺史,世称刘随州。唐肃宗、代宗年间以诗名。与钱起齐名,为大历诗风的主要代表。多写仕途失意之感,并及时代之离乱。状写自然之作,能情景交融,兴在象外。尤长五言律诗,自许为"五言长城"。著有《刘随州集》。

【集评】

刘长卿号五言长城,细味其诗,思致幽缓,不及贾岛之深峭,又不似张籍之明白,盖颇欠骨力而有委曲之意耳。(〔元〕方回《瀛奎律髓》卷四十七)

《刘长卿集》凄婉清切,尽羁人怨士之思,盖其情性固然,非但以迁谪故,譬之琴有商调,自成一格。(〔明〕李东阳《麓堂诗话》)

刘长卿最得骚人之兴,专主情景。(〔明〕胡震亨《唐音癸签》卷七引《吟谱》)

刘长卿诗,能以苍秀接盛唐之绪,亦未免以新隽开中晚之风。其命意造句,似欲揽少陵、摩诘二家之长而兼有之,而各有不相及不相似处。其不相似不相及,乃所以独成其为文房也。(〔清〕贺贻孙《诗筏》)

长沙过贾谊宅

三年谪宦此栖迟①,　万古唯留楚客悲②。
秋草独寻人去后,　寒林空见日斜时。
汉文有道恩犹薄,　湘水无情吊岂知③?
寂寂江山摇落处,　怜君何事到天涯④!

【汇评】

徐兴公曰:刘长卿《过贾谊宅》:"秋草独寻人去后,寒林空见日斜时。"初读之似海语,不知其最确切也。谊《鵩鸟赋》云:"四月孟夏,庚子日斜","野鸟入室,主人将去。"日斜、人去,即用谊语,略无痕迹。(〔明〕胡震亨《唐音癸签》卷二十三)

谊之迁谪,本因被谗,今云何事而来,含情不尽。(〔清〕沈德潜《唐诗别裁集》卷十四)

此诗颇脍炙人口,箨石评其"都是虚字,薄弱不可耐"。盖以篇中所用"此"、"惟"、"独"、"空"、"犹"、"岂"、"处"等虚字,甚轻弱,全靠此等字周旋,故也作七律者,不可不知此病。(〔清〕黄培芳《香石诗话》卷一)

盛唐之诗人怀古,多沉雄之作。至随州而秀雅生姿,殆风会所趋耶?(俞陛云《诗境浅说》丙编)

【赏析】

唐代宗大历八年(773)至十二年间的一个秋天,刘长卿因遭人诬陷,被贬为睦州(今浙江建德)司马。此诗似他赴任途中,经长沙贾谊故居凭吊所作。诗歌通过对贾谊迁谪失意不幸命运的同情,含蓄地表达出自己的身世之感。首联一个"悲"字,奠定全诗基调。漂泊栖迟,抱负成空,"三年"谪宦,"万古"悲哀。此为贾谊之悲,更是刘长卿之悲。颔联深秋暮色,似乎暗示国家前景岌岌可危。颈联先从文帝有道,贾谊尚且抑郁而死,隐约联系自己的坎坷沉沦;再从屈原不知贾谊吊念自己,联想到贾谊定不会料到有人会凭吊他。时间长逝,忠臣遇逐的悲剧不断上演,诗人不禁发出"怜君何事到天涯"的深沉感叹,在为古人鸣不平的同时,寄寓着诗人自己对不合理现实的控诉。此诗借古伤今,含蓄蕴藉。诗人巧妙地将自身的坎坷际遇和内心的悲苦融入到具体的诗歌意象之中,借古人之酒杯浇心中之块垒,讽世之意含而不露,体现出刘长卿近体诗研练深密、婉曲多讽的风格。

(何华珍)

---

① 谪:贬官降职。三年谪宦:贾谊受权贵中伤,出为长沙王太傅三年。栖迟:居留,漂泊失意。② 楚客:流落楚地的客子,此指贾谊。③ 吊:贾谊作《吊屈原赋》凭吊屈原。④ 何事:为何,何故。

逢雪宿芙蓉山主人①

日暮苍山远②，　天寒白屋贫③。
柴门闻犬吠④，　风雪夜归人。

【汇评】

首见行之难至，次言家之萧条。闻犬吠而睹雪中归人，当有牛衣对泣景象。此诗直赋实事，然令落魄者读之，真足凄绝千古。（〔明〕唐汝询《唐诗解》卷二十三）

上二句，孤寂况味。犬吠人归，若惊若喜，景色入妙。（〔清〕黄叔灿《唐诗解》）

日暮途穷，天寒而继以风雪，写尽旅行之苦，幸有白屋可以寄宿，苦中得乐，聊以自慰。（王文濡《唐诗评注读本》卷三）

【赏析】

这首小诗盖作于唐代宗大历（766—779）年间诗人任睦州司马时。写"我"日暮逢雪投宿的情景，其中有忧也有喜；以白描取胜，饶有韵致，故历来传诵。现代戏剧作家吴祖光把"风雪夜归人"借用为剧名，更提高了此诗的知名度。一二两句对偶，写"我"远行的所见所感，"日暮苍山"、"白屋"是所见，"天寒""贫""远"是所感。三四两句至少有两解：若"闻犬吠"是"我"在屋内"闻"，则"风雪夜归人"就是指"主人"顶风冒雪归来，"我"先"主人"而到；若"闻犬吠"是"我"在屋外"闻"，则"风雪夜归人"应指"我"，"归"是"我""宾至如归"的独特感受。清人施补华《岘佣说诗》评此诗曰："较王（维）、韦（应物）稍浅，其清妙自不可废。"　　　（沈广达）

李　益

李益(748—829)，字君虞。祖籍陇西姑臧（今甘肃武威），徙居郑州（今属河南）。大历四年(769)进士及第，六年中讽谏主文科，官低位卑，先后从军朔方、廊坊、邠宁、幽州等地，任职幕府，度过二十多年边塞军旅生活。后官位升迁，以礼部尚书致仕。以边塞诗著称。胡应麟说他的七绝"可与太白、龙标竞爽。"有《李君虞诗集》。

---

① 芙蓉山：芙蓉山不止一处，诗人所指不详何处。② 苍山：指芙蓉山。③ 白屋：白茅覆盖的住所；一说指没有任何装饰的屋子。无论何指，这里当兼含雪白之义。贫：此兼指简陋、贫寒、萧条等。④ 柴门：篱笆门。

【集评】

益少富词藻,长于歌诗,与宗人贺齐名。每作一篇,乐工以赂求取,被声歌供奉天子。(〔宋〕晁公武《郡斋读书志》)

卢纶、李益善为五言绝句,意在言外。(〔宋〕刘克庄《后村诗话·后集》卷一)

马戴、李益不坠盛唐风格,不可以晚唐目之。(〔明〕杨慎《升庵诗话》卷十一)

李君虞(益)生长西凉,负才尚气,流落戎旃,坎壈世故。所作从军诗,悲壮宛转,乐人谱入声歌,至今诵之,令人凄断。(〔明〕胡震亨《唐音癸签》卷七引)

唐人诗谱入乐者,初盛王维为多,中晚李益、白居易为多。(同上,卷二十六)

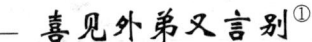

喜见外弟又言别[①]

十年离乱后,　长大一相逢。
问姓惊初见,　称名忆旧容。
别来沧海事,　语罢暮天钟[②]。
明日巴陵道[③],　秋山又几重?

【汇评】

与"乍见翻疑梦,相悲各问年",抚衷述愫,同一情至。一气旋折,中唐诗中仅见者。(〔清〕沈德潜《唐诗别裁集》卷十一)

人情真至处,最难描写,然深思研虑,自然得之。如司空文明"乍见翻疑梦,相悲各问年",李君虞"问姓惊初见,称名忆旧容",皆人情所时有,不能苦思,遂道不出。(〔清〕方南堂《辍锻录》)

(前)四句一气,情词恳切,悲喜交集,读之令人凄然。(〔清〕章燮《唐诗三百首注疏》卷四)

【赏析】

作者历宪宗、文宗朝,当时广有诗名,每诗成,教坊乐人竞作为供奉歌词。其诗作语言明净自然,富有神韵,音节清晰。因曾亲历塞上,所作七绝边塞诗尤佳。

《喜见》一诗,以短短的八句五言,传达了表兄弟意外重逢的巨大喜悦,继而又转入淡淡的忧愁。从别写到见,再从见写到别,一切都在很短的时间里发生,似喜而悲,又悲中有喜,人生翻覆难知,有如司空曙诗"乍见翻疑梦,相悲各问年"之情。历经十年沧桑变化,双方都已变得认不出了,从相见、相认到相忆,有无尽的话要倾诉,只可惜时光无情,世事无奈,明日

---

① 外弟:姑母的儿子,即表弟。　② 别来二句:两人各叙别后离乱情事,直谈至夜深。用沧海桑田的典故,葛洪《神仙传》:"麻姑自说云:接侍以来已见东海三为桑田。"　③ 巴陵:唐巴陵县,今湖南岳阳市。《元和郡县志》:"昔羿屠巴蛇于洞庭,其骨若陵,故曰巴陵。"

又要分别,此一别又不知何年才能再相见,最后写到相别,不禁一股忧伤之情袭上心头。每一联乃至每一句衔接紧密,一气呵成,不容间以他事,正如沈德潜所说:"一气旋折,中唐诗中仅见者"。妙在最后又生出一问:"秋山又几重",更加重了内心的伤感。　　　　(蔡新中)

卢　纶

卢纶(748—约800),字允言,河中蒲州(今山西永济)人,"大历十才子"之一,代宗时任阌乡尉、监察御史、检校户部郎中等,因称"卢户部"。诗多送别、酬答之作,其边塞诗成就较高。《全唐诗》存诗五卷。

【集评】

(卢)纶与吉中孚、韩翃、耿沣、钱起、司空曙、苗发、崔峒、夏侯审、李端,联藻文林,银黄相望,且同臭味,契分俱深,时号"大历十才子"。唐之文体,至此一变矣。纶所作特胜,不减盛时,如三河少年,风流自赏。(〔元〕辛文房《唐才子传》卷四)

卢纶与李益中表,唱酬交赞,在大历十才子中号为翘楚。(〔元〕吴师道《吴礼部诗话》)

大历十才子,卢纶第一,吾乡吉侍郎第二。卢诗清高,可以与刘文房匹,不愧称首。吉尝荐卢于朝,卢集忆吉诗甚多,两人盖尤相契也。卢称吉"新诗满帝乡",又云"侍郎文章宗,杰出淮楚灵",定非虚誉。(〔清〕潘德舆《养一斋诗话》卷七)

晚次鄂州①

云开远见汉阳城,　犹是孤帆一日程。
估客昼眠知浪静②,舟人夜语觉潮生③。
三湘愁鬓逢秋色④,万里归心对月明⑤。
旧业已随征战尽⑥,更堪江上鼓鼙声⑦?

【汇评】

唐人《江行》诗云:"贾客昼眠知浪静,舟人夜语觉潮生。"此一联曲尽江行之景,真善写物也。予每诵

---

① 鄂州:今湖北武汉市武昌。次鄂州:停泊在鄂州。　② 估客:商人。泛指船上乘客。　③ 舟人夜语:舟人指船家,全句意为船家半夜语声嘈杂,在议论涨潮了。(准备起锚开船。)　④ 三湘:指湖南的湘潭、湘乡、湘阴,一说指资湘、蒸湘、沅湘、漓湘、潇湘、蒸湘的总称,此处泛指湖南一带。　⑤ "万里"句:作者原籍蒲州(今山西永济),故对月而生归思。　⑥ 旧业:以前的家产。　⑦ 更堪:更哪堪,难以忍受。鼓鼙:旧时军中大鼓与小鼓,此指战事。

之。(〔宋〕曾季狸《艇斋诗话》)

起句点题,次句缩转,用笔转折有势。三四兴在象外,卓然名句。五六亦兼情景,而平平无奇。收切鄂州,有远想。(〔清〕方东树《昭昧詹言》卷十八)

此诗写夜次鄂州,有无限伤老思归之意。(王文濡《唐诗评注读本》卷六)

【赏析】

　　此诗约为作者在安史之乱时作客鄱阳南行途中所作。诗中真切而细致地描写了旅途中的见闻与感受,抒发了深切的思乡之情,表达对战事连绵和人民蒙难的感慨。

　　首联点题,上句远眺,下句近观,一伸一缩之间,诗便有了波澜。"远见"与"孤帆"互为印证。因远而显孤,因孤而见远。颔联转入写人,船客闲适,无风而船稳,故可以昼眠,到半夜被船家说话声吵醒,原来涨潮了,左右邻船都准备起航。这一联对仗工整,且人物情态语声历历如闻,旧时江上航行的感觉,非亲历难以写出,是历来为人称道的名句。颈联抒情,在外漂泊中逢战事又遇秋色,难免勾起思乡之情,以致愁鬓斑斑,只能对月兴叹。尾联又回到眼前景,对连年征战带来的伤痛发出感慨,人们已经再也经受不起战乱的折磨了。　　(蔡新中)

司空曙

　　司空曙(720?—794?),字文明,广平(今河北永年东)人,或谓京兆(今陕西西安)人。大历十才子之一。曾中进士,在剑南西川节度使韦皋幕任职,官检校水部郎中,终虞部郎中。为人耿直磊落,不媚权贵。其诗多行旅赠答之作,为卢纶表兄。《全唐诗》存诗二卷。

【集评】

　　(司空曙诗)属调幽闲,终篇调畅。如新华笑日,不容熏染。锵锵美誉,不亦宜哉!(〔元〕辛文房《唐才子传》卷四)

　　司空虞部曙婉雅闲淡,语近性情,抗衡长文不足,平视茂政兄弟有余。(〔明〕胡震亨《唐音癸签》卷七引)

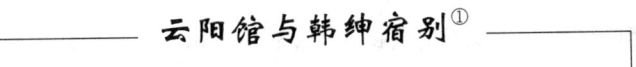
云阳馆与韩绅宿别①

故人江海别,　几度隔山川。

---

① 云阳:唐关内道京兆府云阳县在今陕西泾阳县北。韩绅:据《全唐诗》注,一作韩升卿。韩愈叔父曰绅卿,与司空曙同时,曾任泾阳县令,此处疑为韩愈叔父。宿别:同宿后又分别。

乍见翻疑梦①,　相悲各问年。
孤灯寒照雨,　深竹暗浮烟。
更有明朝恨,　离杯惜共传②。

【汇评】

"故人江海别"、"暮蝉不可听",前一首司空曙,后一首郎士元,皆前虚后实之格。今之言唐诗者多尚此。及观其作,则虚者枯,实者塞,截然不相通,徒驾宗唐之名而实背之也。其前实后虚者即前格也,第反景物于上联,置情思于下段耳。(〔宋〕范晞文《对床夜语》卷二)

司空曙"乍见翻疑梦,相悲各问年",戴叔伦"一年将尽夜,万里未归人",一则久别乍逢,一则客中除夜之绝唱也。(〔明〕胡应麟《诗薮》内编卷四)

三四写别久忽遇之情,五六夜中共宿之景,通体一气,无铦钉习,尔时已为高格矣。(〔清〕沈德潜《唐诗别裁集》卷十一)

【赏析】

又是一首久别初见之作,与李益《喜见外弟又言别》有异曲同工之妙,且表达得更直接、更强烈。首联写相别情况,远远道来,不似李益在一联中既写"离"又写"逢"。颔联写见面情景,"乍见"与李益的"问姓"有不同的情致,一为老友并未忘怀,却没有想到在此地此时能见面,故疑为梦境;一为儿时相熟,长大却已面容改变,故须问、须忆。此联人称"千古名句,能传久别初见之神"。颈联写叙旧时间很长,四野入睡,故为"孤灯",夜深起雾,故为"浮烟",与李益的"语罢暮天钟"属不同意境,似更为厚重。尾联则直陈离情,不如李益诗的余韵悠长。

(蔡新中)

皎　然

皎然(720—800?),俗姓谢,字清昼,湖州长城卞山(今浙江长兴)人,自称谢灵运后裔,为唐代最著名诗僧,存诗500余首,有《杼山集》,又有《诗式》五卷,论诗议论精当,取舍从公。

【集评】

释皎然之诗,在唐诸僧之上。唐诗僧有法震、法照、无可、护国、灵一、清江、无本、齐己、贯休也。(〔宋〕严羽《沧浪诗话》)

皎然《杼山集》清机逸响,闲澹自如,读之,觉别有异味在咀嚼之表,当由雅慕曲江,取则不远尔。(〔明〕胡震亨《唐音癸签》卷八)

皎然及贯休、齐己皆以诗名,今观所作,弱于齐己而雅于贯休,在中唐作者之间,可厕末席,集末附载杂

---

① 乍见:骤然遇见。翻:同反。　② 惜:珍惜。共传:一起喝酒,共同举杯。

文数篇,则聊以备体,非其所长矣。(〔清〕永瑢《四库全书总目》卷一四九)

世之言诗僧,多出江左。灵一导其源,护国袭之;清江扬其波,法振沿之。如幺弦孤韵,瞥入人耳,非大乐之音。独吴兴昼公能备众体。昼公后澈公承之。(〔唐〕刘禹锡《澈上人文集纪》)

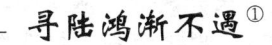
寻陆鸿渐不遇①

移家虽带郭②, 野径入桑麻。
近种篱边菊, 秋来未著花。
扣门无犬吠, 欲去问西家。
报道山中去, 归来每日斜。

【本事典实】

太子文学陆鸿渐,名羽,其先不知何许人。竟陵龙盖寺僧姓陆,于堤上得初生儿,收育之,遂以陆为氏。及长,聪俊多闻,学赡词逸,诙谐辩捷。性嗜茶,始创煎茶法,至今鬻茶之家,陶为其像,置于汤器之间,云宜茶足利。至太和中,复州有一老僧,云是陆僧弟子,常讽其歌云:"不羡黄金罍,不羡白玉杯,不羡朝入省,不羡暮入台。唯羡西江水,长向竟陵城下来。"鸿渐又撰《茶经》三卷,行于代。今为鸿渐形,因目为茶神,有售则祭之,无则以釜汤沃之。(〔宋〕尤袤《全唐诗话》卷三)

【汇评】

五言律,八句不对,太白、浩然集有之,乃是平仄稳贴古诗也。僧皎然有《访陆鸿渐不遇》一首(略),虽不及李白之雄丽,亦清致可喜。(〔明〕杨慎《升庵诗话》卷二)

三四语多流走,亦竟有散行者,然必有不得不散之势,乃佳。苟难于属对,率尔放笔,是借散势以文其陋也。又有通体俱散者,李太白《夜泊牛渚》、孟浩然《晚泊浔阳》、释皎然《寻陆鸿渐》等章,兴到成诗,人力无与,匪垂典则,偶存标格而已。(〔清〕沈德潜《说诗晬语》卷上)

通首散语,存此以识标路。(〔清〕沈德潜《唐诗别裁集》卷十二)

前半咏其境,后半咏寻字与不遇。此诗通首流丽,不以对仗为工,不为法律所拘,真禅家逸品也。(〔清〕章燮《唐诗三百首注疏》卷四)

此诗晓畅,无待浅说。四十字振笔写成,清空如话。唐人五律,间有此格。李白《牛渚夜泊》诗亦然。作诗者于声律对偶之余,偶效为之,以畅其气,如五侯鲭馔,杂以蔬笋烹茗,别有隽味。若多作则流于空滑,况李白诗之英气盖世,此诗之潇洒出尘,有在章句外者,非务为高调也。(俞陛云《诗境浅说》)

---

① 陆鸿渐(733—约804):名羽,终生不仕,隐居在苕溪(今浙江吴兴),以擅长品茶著称,著有《茶经》一书,后人奉为"茶圣"、"茶神"。 ② 带郭:靠近城郭。

【赏析】

　　陆羽乃皎然好友。此诗为陆羽迁居后,皎然过访不遇而作。诗歌通过写景叙事,从一个侧面勾勒出一代"茶圣"陆羽疏放不羁的本真性情。诗前半写陆羽隐居之景:离城不远之处,野径若隐若现于桑麻林中,篱边尚未开放的几丛新菊,平添几分幽静与闲雅。诗后半写过访不遇之事:久叩门扉,无人应答,连狗吠的声音都没有;问道邻里,说是到山里去了,经常要到太阳西下的时候才回来。尾联二句,大有"只在此山中,云深不知处"之趣。全诗似乎无一字正面写人,却字字写人,茶圣的高人襟怀、超逸风貌从侧面呼之欲出。诗如其人,透过诗作,我们阅读到的岂止是陆鸿渐一人内心的平和与洒脱?此诗写茶圣固然潇洒,然终究因与方外之人心灵相通,故能将其隐所之幽雅、性情之疏放,以平常文字活脱勾画。诗为律诗,却句句散行,自由的形式更有利于体现诗歌主人公无拘无束的生活和精神状态。用语明白如话,而意境隽永悠远,别有一番回味。

(何华珍)

备选课文

贼退示官吏　　元结

昔岁逢太平,山林二十年。泉源在庭户,洞壑当门前。井税有常期,日晏犹得眠。忽然遭世变,数岁亲戎旃。今来典斯郡,山夷又纷然。城小贼不屠,人贫伤可怜。是以陷邻境,此州独见全。使臣将王命,岂不如贼焉。今彼征敛者,迫之如火煎。谁能绝人命,以作时世贤。思欲委符节,引竿自刺船。将家就鱼麦,归老江湖边。

喜外弟卢纶见宿　　司空曙

静夜四无邻,荒居旧业贫。雨中黄叶树,灯下白头人。以我独沈久,愧君相见频。平生自有分,况是蔡家亲。

泛读课文

秋日登吴公台上寺远眺,寺即陈将吴明彻战场　　刘长卿

古台摇落后,秋日望乡心。野寺人来少,云峰水隔

盐州过胡儿饮马泉　　李益

绿杨著水草如烟,旧是胡儿饮马泉。几处吹笳明月夜,何人倚剑白云天。从来冻合关山路,今日分流汉使前。莫遣行人照容鬓,恐惊憔悴入新年。

夜上受降城闻笛　　李益

回乐峰前沙似雪,受降城下月如霜。不知何处吹芦管,一夜征人尽望乡。

饯别王十一南游　　刘长卿

望君烟水阔,挥手泪沾巾。飞鸟没何处,青山空向人。长江一帆远,落日五湖春。谁见汀洲上,相思愁白蘋。

深。夕阳依旧垒,寒磬满空林。惆怅南朝事,长江独至今。

送李中丞之襄州　　　刘长卿

流落征南将,曾驱十万师。罢归无旧业,老去恋明时。独立三朝识,轻生一剑知。茫茫汉江上,日暮复何之?

新年作　　　刘长卿

乡心新岁切,天畔独潸然。老至居人下,春归在客先。岭猿同旦暮,江柳共风烟。已似长沙傅,从今又几年。

省试湘灵鼓瑟　　　钱起

善鼓云和瑟,常闻帝子灵。冯夷空自舞,楚客不堪听。苦调凄金石,清音入杳冥。苍梧来怨慕,白芷动芳馨。流水传潇浦,悲风过洞庭。曲终人不见,江上数峰青。

军城早秋　　　严武

昨夜秋风入汉关,朔云边月满西山。更催飞将追骄虏,莫遣沙场匹马还。

从军北征　　　李益

天山雪后海风寒,横笛偏吹行路难。碛里征人三十万,一时回首月中看。

塞下曲　　　李益

伏波惟愿裹尸还,定远何须生入关。莫遣只轮归海窟,仍留一箭射天山。

春夜闻笛　　　李益

寒山吹笛唤春归,迁客相看泪满衣。洞庭一夜无穷雁,不待天明尽北飞。

贼平后送人北归　　　司空曙

世乱同南去,时清独北还。他乡生白发,旧国见青山。晓月过残垒,繁星宿故关。寒禽与衰草,处处伴愁颜。

分类唐诗　岁时

夏

夏日南亭怀辛大　　　孟浩然

山光忽西落,池月渐东上。散发乘夕凉,开轩卧闲敞。荷风送香气,竹露滴清响。欲取鸣琴弹,恨无知音赏。感此怀故人,中宵劳梦想。

苦热　　　白居易

何以消烦暑?端居一院中。眼前无长物,窗下有清风。热散由心静,凉生为室空。此时身自得,难更与人同。

山亭夏日　　　高骈

绿树浓阴夏日长,楼台倒影入池塘。水晶帘动微风起,满架蔷薇一院香。

秋

初秋　　　孟浩然

不觉初秋夜渐长,清风习习重凄凉。炎炎暑退茅斋静,阶下丛莎有露光。

秋夜泛舟　　　刘方平

林塘夜泛舟,虫响荻飕飕。万影皆因月,千声各为秋。岁华空复晚,乡思不堪愁。西北浮云外,伊川何处流?

秋　词　　　　　刘禹锡

自古逢秋悲寂寥,我言秋日胜春朝。晴空一鹤排云上,便引诗情到碧霄。

秋风引　　　　刘禹锡

何处秋风至? 萧萧送雁群。朝来入庭树,孤客最先闻。

始闻秋风　　　刘禹锡

昔看黄菊与君别,今听玄蝉我独回。五夜飕飕枕前觉,一年颜状镜中来。马思边草拳毛动,雕盼青云睡眼开。天地肃清堪四望,为君扶病上高台。

秋　夕　　　　　杜　牧

银烛秋光冷画屏,轻罗小扇扑流萤。天街夜色凉如水,坐看牵牛织女星。

灞上秋居　　　马　戴

灞原风雨定,晚见雁行频。落叶他乡树,寒灯独夜人。空园白露滴,孤壁野僧邻。寄卧郊扉久,何年致此身?

冬

子夜四时歌·冬歌　　李　白

明朝驿使发,一夜絮征袍。素手抽针冷,那堪把剪刀。裁缝寄远道,几日到临洮?

洛桥晚望　　　孟　郊

天津桥下冰初结,洛阳陌上人行绝。榆柳萧疏楼阁闲,月明直见嵩山雪。

分类唐诗　思乡怀归

九月九日登玄武山　　卢照邻

九月九日眺山川,归心归望积风烟。他乡共酌金花酒,万里同悲鸿雁天。

九日登高　　　王　勃

九日重阳节,开门有菊花。不知来送酒,若个是陶家。

余干旅舍　　　刘长卿

摇落暮天迥,青枫霜叶稀。孤城向水闭,独鸟背人飞。渡口月初上,邻家渔未归。乡心正欲绝,何处捣寒衣?

宣城见杜鹃花　　李　白

蜀国曾闻子规鸟,宣城还见杜鹃花。一叫一回肠一断,三春三月忆三巴。

寒食寄京师诸弟　　韦应物

雨中禁火空斋冷,江上流莺独坐听。把酒看花想诸弟,杜陵寒食草青青。

同王征君湘中有怀　　张　谓

八月洞庭秋,潇湘水北流。还家万里梦,为客五更愁。不用开书帙,偏宜上酒楼。故人京洛满,何日复同游。

西过渭州，见渭水思秦川　　岑　参

渭水东流去，何时到雍州？凭添两行泪，寄向故园流。

郢城秋望　　郎士元

白首思归归不得，空山闻雁雁声哀。高城落日望西北，又见秋风逐水来。

对酒示申屠学士　　戴叔伦

三重江水万重山，山里春风度日闲。且向白云求一醉，莫教愁梦到乡关。

客中言怀　　戴叔伦

白发照乌纱，逢人只自嗟。官闲如致仕，客久似无家。夜雨孤灯梦，春风几度花。故园归有日，诗酒老生涯。

长安春望　　卢　纶

东风吹雨过青山，却望千门草色闲。家在梦中何日到，春生江上几人还。川原缭绕浮云外，宫阙参差落照间。谁念为儒逢世难，独将衰鬓客秦关。

春　兴　　武元衡

杨柳阴阴细雨晴，残花落尽见流莺。春风一夜吹香梦，梦逐春风到洛城。

秋　思　　张　籍

洛阳城里见秋风，欲作归书意万重。忽恐匆匆说不尽，行人临发又开封。

蓟北旅思　　张　籍

日日望乡国，空歌白纻词。长因送人处，忆得别家时。失意还独语，多愁只自知。客亭门外柳，折尽向南枝。

邯郸冬至夜思家　　白居易

邯郸驿里逢冬至，抱膝灯前影伴身。想得家中夜深坐，还应说著远行人。

望驿台　　白居易

靖安宅里当窗柳，望驿台前扑地花。两处春光同日尽，居人思客客思家。

岁晚旅望　　白居易

朝来暮去星霜换，阳惨阴舒气序牵。万事秋霜能坏色，四时冬日最凋年。烟波半露新沙地，鸟雀群飞欲雪天。向晚苍苍南北望，穷阴旅思两无边。

旅次朔方　　刘　皂

客舍并州数十霜，归心日夜忆咸阳。无端又渡桑干水，却望并州似故乡。

忆　家　　裴夷直

天海相连无尽处，梦魂来往尚应难。谁言南海无霜雪，试向愁人两鬓看。

秦中卧病思归　　裴夷直

索索凉风满树头，破窗残月五更秋。病身归处吴江上，一寸心中万里愁。

旅　宿　　杜　牧

旅馆无良伴，凝情自悄然。寒灯思旧事，断雁警愁眠。远梦归侵晓，家书到隔年。湘江好烟月，门系钓鱼船。

长安秋望　　赵嘏

云物凄凉拂曙流,汉家宫阙动高秋。残星几点雁横塞,长笛一声人倚楼。紫艳半开篱菊静,红衣落尽渚莲愁。鲈鱼正美不归去,空戴南冠学楚囚。

灞上秋居　　马戴

灞原风雨定,晚见雁行频。落叶他乡树,寒灯独夜人。空园白露滴,孤壁野僧邻。寄卧郊扉久,何门致此身。

秋夜听任郎中琴　　薛能

十指宫商膝上秋,七条丝动雨修修。空堂半夜孤灯冷,弹著乡心欲白头。

骆谷晚望　　韩琮

秦川如画渭如丝,去国还家一望时。公子王孙莫来好,岭花多是断肠枝。

漫书五首(选二)　　司空图

长拟求闲未得闲,又劳行役出秦关。逢人渐觉乡音异,却恨莺声似故山。溪边随事有桑麻,尽日山程十数家。莫怪行人频怅望,杜鹃不是故乡花。

雁二首(选一)　　罗邺

暮天新雁起汀洲,红蓼花开水国愁。想得故园今夜月,几人相忆在江楼。

客亭对月　　李洞

游子离魂陇上花,风飘浪卷绕天涯。一年十二度圆月,十一回圆不在家。

中小学已学篇目

张继《枫桥夜泊》　卢纶《塞下曲》(小)

可参考书目

《刘长卿诗编年笺注》,储仲君撰,中华书局1996年
《李益集注》,王亦军、裴豫敏编注,甘肃人民出版社1989年
《李益诗注》,范之麟注,上海古籍出版社1984年
《卢纶诗集校注》,刘初棠校注,上海古籍出版社1989年
《昼上人集》,皎然撰,十卷有《四部丛刊》影宋抄本
《杼山集》,皎然撰,十卷有《四库全书》本
《皎然年谱》,贾晋华撰,厦门大学出版社1992年

十二、中唐诗(二)

【韩孟诗派总论】

古人之诗,必有古人之品量。……孟郊之才不及韩愈远甚,而愈推高郊,至"低头拜东野","愿郊为龙身为云","四方上下逐东野。"(〔清〕叶燮《原诗》外篇上)

韩文公与孟东野友善。韩文公至高,孟长于五言,时号孟诗韩笔。(〔清〕施闰章《蠖斋诗话》)

中唐诗以韩孟、元白为最。韩孟尚奇警,务言人所不敢言。元白尚坦易,务言人所共欲言。试平心论之,诗本性情,当以性情为主。奇警者犹第在词句间争难斗险,使人荡心骇目,不敢逼视,而意味或少焉。坦易者多触景生情,因事起意,眼前景,口头语,自能沁人心脾,耐人咀嚼,此元白较胜于韩孟,世徒以轻俗訾之,此不知诗者也。(〔清〕赵翼《瓯北诗话》卷三)

韩、孟联句,字字生造,为古来所未有,学者不可不穷其变。孟东野奇杰之笔万不及韩,而坚瘦特甚。譬之偪阳之城,小而愈固,不易攻破也。东坡比之高鳌,遗山呼为诗囚,毋乃太过。(〔清〕施补华《岘佣说诗》)

徐文长有云:"高、岑、王、孟固布帛菽粟,韩愈、孟郊、卢仝、李贺却是龙肝凤髓,能舍之耶?"此言当王、李盛行之时,真如清夜闻钟矣。余尝因此言,而效梁人钟嵘《诗品》,为四家品藻:韩如出土鼎彝,土花剥蚀,青绿斑斓;孟如海外奇南,枯槁根株,幽香缘结;卢如脱砂灵璧,不假追琢,秀润天成;李如起网珊瑚,临风欲老,映日澄鲜。此无关于专论大端之诗话,聊及之以资谈柄。(〔清〕方世举《兰丛诗话》)

昌黎、东野两家诗,虽雄富清苦不同,而同一好难争险。唯中有质实深固者存,故较李长吉为老成家数。(〔清〕刘熙载《诗概》)

韩 愈

韩愈(768—824),字退之,河南河阳(今河南孟州)人,郡望昌黎,也称"韩昌黎"。贞元八年(792)进士。三试博学宏辞不入选,先后入董晋、张建封幕府任推官,迁监察御史,以直言贬阳山令。元和间从宰相裴度讨淮西吴元济,以功升刑部侍郎。十四年(819)因谏迎佛骨,贬潮州刺史。返京任国子祭酒、兵部侍郎、吏部侍郎、京兆尹等职,世称"韩吏部"。卒谥文,世又称韩文公。存诗400余首,《全唐诗》编为10卷。有《昌黎先生集》。

【集评】

愚尝览韩吏部歌诗累百首,其驱驾气势,若掀雷抉电,奔腾于天地之间,物状奇变,不得不鼓舞而徇其呼吸也。(〔唐〕司空图《题柳柳州集后序》)

退之以文为诗,子瞻以诗为词,如教坊雷大使之舞,虽极天下之工,要非本色。(〔宋〕陈师道《后山诗话》)

东坡云:书之美者,莫如颜鲁公,然书法之坏自鲁公始;诗之美者,莫如韩退之,然诗格之变自退之始。(〔宋〕胡仔《苕溪渔隐丛话》前集卷十七)

退之诗,大抵才气有余,故能擒能纵,颠倒崛奇,无施不可。放之则如长江大河,澜翻汹涌,滚滚不穷;收之则藏形匿影,乍出乍没,姿态横生,变怪百出,可喜可愕,可畏可服也。(〔宋〕张戒《岁寒堂诗话》卷上)

韩愈文起八代之衰,而其诗亦卓绝千古。论者常以文掩其诗,甚或谓于诗本无解处。夫唐人以诗名家者多,以文名家者少。谓韩文重于韩诗可也;直斥其诗为不工,则群儿之愚也。大抵议韩诗者,谓诗自有体,此押韵之文,格不近诗,又豪放有余,深婉不足,常苦意与语俱尽。(〔清〕纪昀等《唐宋诗醇》卷二十七)

于李、杜后,能别开生路,自成一家者,唯韩退之一人。既欲自立,势不能不行其心之所喜奇崛之路。(〔清〕吴乔《围炉诗话》卷三)

至昌黎时,李、杜已在前,纵极力变化,终不能再辟一径。唯少陵奇险处,尚有可推扩,故一眼觑定,欲从此辟山开道,自成一家,此昌黎注意所在也。然奇险处亦自有得失。盖少陵才思所到,偶然得之;而昌黎则专以此求胜,故时见斧凿痕迹——有心与无心异也。其实昌黎自有本色,仍在文从字顺中,自然雄厚博大,不可捉摸,不专以奇险见长。恐昌黎亦不自知,后人平心读之自见。若徒以奇险求昌黎,转失之矣。(〔清〕赵翼《瓯北诗话》卷三)

八月十五夜赠张功曹

纤云四卷天无河①,清风吹空月舒波②。沙平水息声影绝,一杯相属君当歌③。君歌声酸辞且苦,不能听终泪如雨。洞庭连天九疑高,蛟龙出没猩鼯号④。十生九死到官所⑤,幽居默默如藏逃⑥。下床畏蛇食畏药⑦,海气湿蛰熏腥臊⑧。昨者州前捶大鼓⑨,嗣皇继圣登夔皋⑩。赦书一日行万里,罪从大辟皆除死⑪。迁者追回流者

---

① 河:银河。 ② 舒:展。波:月光。 ③ 属:劝酒。 ④ 猩鼯(wú):猩猩和一种能飞的鼠。《尔雅》:"猩猩小而好啼,出交趾封溪县。" ⑤ 官所:指张署的贬所临武。 ⑥ 如藏逃:像躲藏、像逃窜。 ⑦ 药:指毒蛊,相传是南方边远地区一种用毒虫制成的杀人药。 ⑧ 海气:指海上湿热蒸郁之气。湿:潮湿。蛰:潜伏。以上二句写南方贬所的荒僻可怖。 ⑨ 州前:指郴州衙署前。捶大鼓:擂鼓聚集官吏、百姓,宣布大赦令。 ⑩ 嗣皇:指宪宗李纯。继圣:继承帝位。登:进用。夔皋:指贤臣。相传夔和高(皋)陶都是舜时贤臣。 ⑪ 大辟:死刑。除死:免于处死。

还①,涤瑕荡垢清朝班②。州家申名使家抑③,坎坷只得移荆蛮④。判司卑官不堪说⑤,未免捶楚尘埃间⑥。同时辈流多上道⑦,天路幽险难追攀⑧。君歌且休听我歌,我歌今与君殊科⑨。一年明月今宵多,人生由命非由他,有酒不饮奈明何⑩!

【汇评】

纯用古调,无一联是律者;转韵亦极变化。(〔清〕翟翚《声调谱拾遗》)

朱子云:怨而不乱,有《小雅》之风。(〔清〕章燮《唐诗三百首注疏》卷二)

一篇古文章法。前叙,中间以正意苦语重语作宾,避实法也。一线言中秋,中间以实为虚,亦一法也。收应起,笔力转换。(〔清〕方东树《昭昧詹言》卷十二)

(首四句)以上中秋夜饮。(次八句)吴北江(汝纶)曰:写哀之词,纳入客语,运实于虚。(又八句)吴曰:一句中顿挫。(又五句)吴曰:此转尤胜。以上代张署歌辞。贬谪之苦,判司之移,皆于张歌词出之,所谓避实法也。(末五句)以上韩公歌辞。高朗雄秀,情韵兼美。(高步瀛《唐宋诗举要》卷二)

翁方纲:韩诗七古之最有停蓄顿折者。 程学恂曰:此诗料峭悲凉,源出楚《骚》。入后换调,正所谓一唱三叹有遗音者矣。 蒋抱玄曰:用韵殊变化,首尾极轻清之致,是以圆巧胜者,集中亦不多见。(钱仲联《韩昌黎诗系年集释》卷三"集说")

【赏析】

此诗乃唐宪宗永贞元年(805)八月作于湖南郴州,两年前韩愈和友人张署俱为监察御史,上书德宗请减长安灾民赋税而分别被贬连州阳山(今属广东)县令和郴州临武(今属湖南)县令,后德宗去世,顺宗即位,大赦天下;因湖南观察使留难,韩愈、张署仍留滞郴州,同年八月初,顺宗让位于宪宗,再次大赦,二人才被任命为江陵(今属湖北)法曹参军和功曹参军,仍未昭雪冤屈、官复原职,故诗中充满愤懑不平之气。

诗以写良辰美景开始,时届中秋,清风明月,却未能平息张署心中的怒火。第二段全录张署的歌词。"洞庭"以下六句写被贬途中的艰辛及南方生活的不习惯:潮湿、毒气、多蛇……。"昨者"以下六句写新皇帝继位,大赦天下,"涤瑕荡垢"谓朝廷的新气象,对此是应当抱有希望的。"州家"以下六句写二人备受留难,只移置荆蛮做参军这样的小官,稍有过错,仍难免受捶楚之苦。诗最末五句是自己的话,故作旷达,谓欲珍惜中秋美景,有酒即饮。

全诗感情起伏跌宕,抒情叙事交错,有层次,有变化,又前后照应。诗用赋体,语言古朴,近于散文笔法,波澜曲折,有一唱三叹之妙,是唐人以文为诗取得成功之杰作。 (常 健)

---

① 迁者:指被贬谪的官员。追回:召回。流者:被流放的官员。 ② 涤瑕句:谓迁者流者都因获赦追还而涤除垢污,上朝时可以列入清班。清班:清贵之官的班列。 ③ 州家:指郴州刺史。申名:提名申报。使家:指湖南观察使。抑:抑制而不予申奏。 ④ 移荆蛮:指调往江陵府任职。荆蛮:指荆州。荆州是古楚国地,楚国原名荆,周人称南方民族为蛮,楚在南方,故曰荆蛮。江陵旧属荆州,故称。 ⑤ 判司:唐代对诸曹参军的统称。 ⑥ 捶楚:受到鞭笞。唐制,参军、簿、尉等有过错须受笞杖之刑,故云。 ⑦ 同时辈流:指和他们同时贬谪的人。上道:上路回京。 ⑧ 天路:比喻进身朝廷的路。 ⑨ 殊科:不同类。 ⑩ 明:指明月。

山　石

山石荦确行径微,黄昏到寺蝙蝠飞①。升堂坐阶新雨足,芭蕉叶大支子肥②。僧言古壁佛画好,以火来照所见稀③。铺床拂席置羹饭,疏粝亦足饱我饥④。夜深静卧百虫绝,清月出岭光入扉⑤。天明独去无道路,出入高下穷烟霏⑥。山红涧碧纷烂漫,时见松枥皆十围⑦。当流赤足踏涧石,水声激激风吹衣⑧。人生如此自可乐,岂必局束为人鞿⑨?嗟哉吾党二三子,安得至老不更归⑩!

【汇评】

　　直书即目,无意求工而文自至,一变谢家模范之迹,如画家之有荆关也。(清月句)从晦中转到明。(出入句)"穷烟霏"三字是山中平明真景。从明中仍带晦。都是雨后兴象。又即发端荦确、黄昏二句中所包缦也。(当流句)顾雨足。(〔清〕何焯《义门读书记》卷三十)

　　顾嗣立曰:七言古诗易入整丽,而亦近平熟。自老杜始为拗体,如《杜鹃行》之类,公之七言皆祖此种,而中间偏有极鲜丽处,不事雕琢更见精彩,有声有色,自是大家。元遗山《论诗绝句》云:"有情芍药含春泪,无力蔷薇卧晚枝。拈出退之《山石》句,始知渠是女郎诗。"真笃论也。(同上)

　　昌黎诗陈言务去,故有倚天拔地之意。《山石》一作,词奇意幽,可为《楚辞·招隐士》对,如柳州《天对》例也。(〔清〕刘熙载《诗概》)

　　不事雕琢,自见精彩,真大家手笔。　　许多层事,只起四语了之,虽是顺叙,却一句一样境界。如展画图,触目通层在眼,何等笔力。五六句又一画。十句又一画。"天明"六句,共一幅早行图画。收入议。从昨日追叙,夹叙夹写,情景如见,句法高古。　　只是一篇游记,而叙写简妙,犹是古文手笔,他人数语方能明者,此须一句,即全现出,而句法复如有余地,此为笔力。(〔清〕方东树《昭昧詹言》卷十二)

　　黄震曰:《山石》诗最清峻。　　查慎行曰:意境俱别。　　查晚晴曰:写景无意不刻,无语不僻。取径无处不断,无意不转。屡经荒山古寺来,读此始愧未曾道着只字,已被东坡翁攫之而趋矣。　　翁方

---

①"山石"二句:在险峻的岩峦中,穿行狭窄的石径,黄昏才到达山寺,暮色苍然只见蝙蝠翻飞。荦(luò 洛)确:险峻不平貌。　②"升堂"二句:登上佛堂,歇坐在雨水新洗过的台阶上,看那庭前景物,芭蕉叶大栀子花肥。新雨足:刚下过一场透雨。支子:即栀子花。　③"僧言"四句:僧人夸耀庙堂里壁画精美,拿来灯火一照,壁上的佛像只现出模糊影迹;铺床拂席,又端来了晚饭,素菜粗粮也足够我们充饥。所见稀:看不分明,稀,隐约。　④ 铺床拂席:指寺僧为客准备床铺。疏粝(lì 力):粗糙的食物;粝,糙米。　⑤"夜深"二句:更深夜静,就寝时四壁虫声已歇,月亮才从岭头升起,清光照进窗扉。扉:门扇。　⑥"天明"二句:黎明即起独游深山,却辨不清道路,高高低低绕来转去,赏尽了烟霏。出入高下:指在山谷里,出出进进时时下。穷:尽;烟霏:浮动的烟云。　⑦"山红"二句:烂漫的山花映衬着澄碧的涧水,随时可见古松野枥粗大十围。纷:繁盛;烂漫:色泽鲜丽。枥(lì 力):即枥树;十围:形容松枥的粗大,合抱谓之一围。　⑧"当流"二句:赤着双脚,踏在那清流涧石上,水声潺潺,山风吹得我衣袂翩翩。当流:面临清流。激激:流水声。　⑨"人生"二句:人生如此,大可自得其乐,何必去受人驱使,局促难安?局束:受拘束,不自在。为人鞿:受人羁绊。鞿(jī 机):马缰绳。　⑩"嗟哉"二句:志趣相投的朋友们呵,怎能够此间终老,不再回还!吾党二三子:指与自己志趣投合的同游者。吾党:我辈;二三子:泛指复数,几个人。

纲曰：全以劲笔撑空而出，若句句提笔者。　程学恂曰：李、杜《登太山》、《梦天姥》、《望岱》、《西岳》等篇，皆浑言之，不尽游山之趣也。故不可一例论。子瞻游山诸作，非不快妙，然与此比并，便觉小耳，此惟子瞻知之。　夏敬观《说韩》曰："山石荦确行径微"一篇，此尽人所称道者也。学昌黎者，也唯此稍易近，缘与他家诗境近也。　汪佑南曰：是宿寺后补作，以首二字"山石"标题，此古人通例也。"山石"四句，到寺即景。"僧言"四句，至寺后即事。"夜深"二句，宿寺写景。"天明"六句，出寺写景。"人生"四句，写怀结。通体写景处句多浓丽，即事写怀，以淡语出之。浓淡相间，纯任自然，似不经意，而实极经意之作也。（钱仲联《韩昌黎诗系年集释》卷二）

【赏析】

此诗作于德宗贞元十七年（801）七月间，时韩愈辞去徐州幕职，闲居洛阳，夏日与友人同游惠林寺。这是以诗体写成的一篇山林游记，诗的优美与散文的流畅合为一体，全运单笔，不用对偶，代表着作者以文为诗的独特笔法。通篇按"黄昏到寺""夜深静卧""天明独去"的时间顺序，记所见所闻的山寺幽景，最后结以向往隐逸生涯的议论。"升堂坐阶新雨足，芭蕉叶大支子肥"，"山红涧碧纷烂漫，时见松枥皆十围。"铺写游踪，移步换形，推陈出新，不断展现出优美的画面。后代文人，十分欣赏这首诗的清新气韵与刚健风骨。二百多年后，苏轼与客游南溪，醉后相与解衣濯足，吟咏《山石》之篇，慨然知其所以乐，而忘其在数百年之外，并依原韵和作一首。苏诗的结句亦表示与韩愈有同感："君看麋鹿隐丰草，岂羡玉勒黄金鞯！人生何以易此乐，天下谁肯从我归？"

（顾福生）

贾　岛

贾岛（779—843），字浪仙，一作阆仙，自称碣石山人，范阳（今北京附近）人。早年出家为僧，号无本。元和五年（810）冬，至长安，见张籍。次年春，至洛阳，始谒韩愈，以诗深得赏识。后还俗，屡举进士不第。文宗时，因飞谤，贬长江（今四川蓬溪）主簿。开成五年（840），迁普州司仓参军。武宗会昌三年（843），在普州去世。其诗擅长五律，苦吟成癖，自谓"一日不作诗，心源如废井"（《戏赠友人》）。其"二句三年得，一吟双泪流"（《题诗后》）、"独行潭底影，数息树边身"（《送无可上人》）、"秋风生渭水，落叶满长安"（《忆江上吴处士》）、"十年磨一剑，霜刃未曾试。今日把示君，谁有不平事"（《剑客》）等名句、名诗传诵不绝。著有《长江集》十卷，李嘉言的《长江集新校》较完备。

【集评】

公长才间气，超卓挺生，六经百氏，无不该览。妙之尤者，属思五言，孤绝之句，记在人口。……所著文篇，不以清新绮靡，淡然蹑陶、谢之踪。片云独鹤，高步尘表。（〔唐〕苏绛《贾公墓志铭》）

贾浪仙诚有警句，视其全篇，意思殊馁，大抵附于蹇涩，方可致才，亦为体之不备也。（〔唐〕司空图《与李生论诗书》）

晚唐诗人,贾岛开一别派,姚合继之,沿而下亦非无作者,亦不容不取之。(〔元〕方回《瀛奎律髓》卷十)

长江诗虽不合雅奏,然尚有古意,读之可以矫熟媚绮靡之习。(〔清〕卢文弨《抱经堂文集》十三《题贾长江诗集后》)

阆仙五字诗实为清绝……皆于深思静会中得之。贾有精思而无快笔,往往意工于词。又生平好用倒句,如"细响吟干苇","枝重集猿枫",虽纡曲犹能达其意。(〔清〕贺裳《载酒园诗话》又编)

崔颢笔力宏大,贾岛诗骨清峭。(〔清〕薛雪《一瓢诗话》)

题李凝幽居①

闲居少邻并②,　草径入荒园。
鸟宿池边树,　僧敲月下门③。
过桥分野色④,　移石动云根⑤。
暂去还来此,　幽期不负言⑥。

【本事】

案刘公《嘉话》云:岛初赴举京师,一日,于驴上得句云:"鸟宿池边树,僧敲月下门",始欲着"推"字,又欲着"敲"字,练之未定,遂于驴上吟哦,时时引手作推敲之势。时韩愈吏部权京兆,岛不觉冲至第三节,左右拥至尹前,岛具对所得诗句云云。韩立马良久,谓岛曰:"作'敲'字佳矣。"遂与并辔而归,留连论诗,与为布衣之交。自此名著,后以不第,乃为僧,居法乾寺,号无本。一日,宣宗微行至寺,闻钟楼吟咏声,遂登楼,于岛案上取诗卷览之。岛不识帝,道攘臂睨帝曰:"郎君何会此邪?"遂夺取诗卷。帝惭恶下楼而去,遂除岛为遂州长江簿。《唐史》与《嘉话》所载不同如此。(〔宋〕胡仔《苕溪渔隐丛话》前集卷十九)

【汇评】

刘(辰翁)云:"敲"意妙绝,"下"意更好,结又老成。(〔明〕高棅《唐诗品汇》卷六十八)

"僧敲月下门",只是妄想揣摩,如他人之说梦,纵令形容酷似,何似毫发关心?知然者,以其沉吟"推"、"敲"二字,就他作想也。若即景会心,则或"推"或"敲",必居其一,因景因情,自然灵妙,何劳拟议哉!(〔清〕王夫之《姜斋诗话》)

---

① 李凝:生平不详。幽居:僻静的居处。 ② 少邻并:邻居共处少。 ③ "鸟宿"两句:"推敲"一词即源于这两句。据《唐诗纪事》卷四十载,这两句有一本事:"(贾)岛赴举至京,骑驴赋诗,得'僧敲月下门'之句,欲改'推'为'敲',引手作推敲之势。未决,不觉冲大尹韩愈,乃具言。愈曰:'敲字佳矣。'遂并辔论诗,久之。"其实,推与敲究竟孰优孰劣,迄无定论,也将永无定论,读者诸君自可有自己的别择,大可不必以韩愈或其他什么人的是非为是非。边:一作"中"。 ④ "过桥"句:是说走过桥,分享李凝幽居处的郊野景色。 ⑤ 移石:移步于石,即踏石而过之意。云根:深山高远云生之处。古人认为云气"触石而出",是从山峰中生出的,故云。 ⑥ 幽期:贾李或有共同的约定,或者只是贾对李说的单方面约定。不负言:不违背诺言,不久重来。

五六亦百炼苦吟而得。直是深山写幽趣,乃觉应接不暇。鸟栖,月上,起"去"字;五六徘徊不舍,起"来"字。将他人顺叙语倒转说。(〔清〕高士奇、何焯《唐三体诗评》)

【赏析】

此诗盖作于诗人赴京应试之时。

前三联均写李凝居处的"幽"。这里的"幽"可兼含幽僻、幽美、幽雅等数意。首联写李凝居处近旁很少有邻居,只有杂草丛生的路通向荒芜的"幽居"。描写李凝居处周围的环境,并暗示李凝的隐者身份和诗人所在的位置——诗人已来到"幽居"门外。颔联写诗人月夜访友,描写月下的幽静情景,进一步表现"幽居"之"幽"。"僧敲月下门"句以动衬静,与王籍的"鸟鸣山更幽"同妙。颈联写诗人访李凝未遇就径直游园,姑且踏石过桥分享月光下李凝幽居处的郊野景色和祥瑞云气,权当与李凝共赏。前三联描写与叙事的铺垫,自然引出末联:贾岛寄语李凝道,我特别欣赏你这里,只是暂时离去,以后还要来,绝不负约的。"还来"干什么?是仅仅拜访李凝,还是想与李凝一起隐居,或是其他。诗中没有交代,恐是不必交代。写出对李凝幽居的赞美与留恋、对李凝幽居生活的向往,恐怕才是贾岛的用意所在。

全诗所写只是贾岛月夜访友不遇这一常事,由于注重炼字,注重对诗句的惨淡经营,亦颇耐寻味。此诗与皎然《寻陆鸿渐不遇》的意境与写法有仿佛处,可参读。　　　　(沈广达)

李 贺

李贺(790—816),字长吉,福昌(今河南宜阳县)人。出身宗室贵族,但家境早已没落。少年时因避父晋讳("晋"与"进"同音),未得投考进士;只做到九品官奉礼郎。一生空怀抱负,郁郁不得志,死时年仅二十七岁。

李贺存诗二百三十多首。他的诗,多抒写自己被压抑的郁闷情怀,以及对世事的不满和感慨。在艺术上,他善于用象征性的描写手法去表现奇异的境界,构思精巧,想象丰富;但有时过于雕琢,诗意显得晦涩。有《李长吉歌诗》。

【集评】

盖《骚》之苗裔,理虽不及,辞或过之。《骚》有感怨刺怼,言及群臣理乱,时有以激发人意。乃贺所为,得无有是?贺能探寻前事……所以深叹恨古今未尝经道者……求取情状,离绝远去笔墨畦径间,亦殊不能知之。贺牛二十七年死矣!世皆曰:使贺且未死,少加以理,奴仆命《骚》可也。(〔唐〕杜牧《李长吉歌诗序》)

玉川之怪,长吉之瑰诡,天地间自欠此体不得。(〔宋〕严羽《沧浪诗话》)

其诗著矣,上世或讥以伤艳,走窃谓不然,世固有若轻而甚重者,长吉诗是也。他人之诗,不失之粗,则失之俗,要不可谓诗人之诗,长吉无是病也。其轻扬纤丽,盖能自成一家,如金玉锦绣,辉焕白日。(〔宋〕薛季宣《艮斋先生薛常州浪语集》卷三十)

贺既孤愤不遇,而所为呕心之语,日益高渺,寓今托古,比物征事,大约言悠悠之辈,何至相吓乃尔。人命至促,好景尽虚,故以其哀激之思,变为晦涩之调,喜用鬼字、泣字、死字、血字,如此之类,幽冷溪刻,法当夭乏。(〔明〕王思任《昌谷诗解序》)

宋初诸子,多祖乐天;元末诗人,竞师长吉。(〔明〕胡震亨《唐音癸签》卷四)

长吉诗派之佳处,首在哀感顽艳动人;其次炼字调句,奇诡波峭,故能独有千古。若无其用意用笔,而强采撮其字面,以欺世目,则优孟衣冠矣。如长吉诗中喜用"死"字、"泣"字,此等险字,却要用之得当。至于典故,已经长吉运化,亦不宜生剥。(〔清〕张采田《李义山诗辨正》)

李凭箜篌引①

吴丝蜀桐张高秋②,空山凝云颓不流。
江娥啼竹素女愁③,李凭中国弹箜篌④。
昆山玉碎凤凰叫,芙蓉泣露香兰笑。
十二门前融冷光⑤,二十三丝动紫皇⑥。
女娲炼石补天处,石破天惊逗秋雨。
梦入神山教神妪⑦,老鱼跳波瘦蛟舞。
吴质不眠倚桂树⑧,露脚斜飞湿寒兔。

【本事】

此追刺开、宝小人祸国之由始也。考贺生于德宗贞元七年,殁于宪宗元和之十二年,距李凭弹箜篌供奉内庭时,几五十余年,长吉何得尚闻李凭之箜篌耶?盖凭以一梨园小人,而玄宗眤之,初不料其即为祸固衅首,贺以有唐王孙,追恨当时,故著此篇,以补国史之阙,与《春秋》书法相表里。通首皆愤恨讽刺之词,乃一毫不露本意,此所谓愈曲愈微,愈深愈晦者也。各家注释,均未发明此义,徒以写声之妙,重复谬赞,不顾叠床架屋,失其旨矣。(〔清〕陈本礼《协律钩玄》卷一)

【汇评】

刘(辰翁)云:状景如画,自其所长。箜篌声碎,有之昆山玉,颇无谓,下七字妙语,虽玉箫不足以当。"石破天惊",过于绕梁遏云之上,至"教神妪",忽入鬼语。吴质嫩态,月露无情。"老鱼跳波瘦鱼舞",刘云:"其形容偏得于此,而于箜篌为近。"(〔宋〕刘辰翁《笺注评点李长吉歌诗》卷首)

本咏箜篌耳,忽然说到女娲、神妪,惊天入目,变眩百怪,不可方物,直是鬼神于天。(〔清〕黄周星《唐诗

---

① 此诗大约作于元和六年(811)至元和八年。当时,李贺在京城长安。李凭,梨园弟子,因善弹箜篌,名噪一时。箜篌:古代乐器,似瑟而较小。引:乐府诗体的一种。② 张:紧弦备弹曰张。③ 江娥:即"湘娥",亦为"湘妃"、"湘夫人",传说是舜之二妃。④ 中国:即国中,此指京城长安。⑤ 十二门:长安城共四面,每面三门,合计十二门。⑥ 二十三丝:代指箜篌。⑦ 神妪(yù):传说中善弹箜篌的仙人。⑧ 吴质:指吴刚。

快》卷一）

须溪称樊川反覆称道形容，非不极至，独惜理不及骚。不知贺之所长，正在理外。予谓此欲为长吉开生面，而反滋惑者也。天下岂有长于理之外者？如此诗，如此解，又何尝异人意。（〔清〕萧琯《昌谷集句解定本》卷一）

由箜篌轻轻掣起，淡淡写落，跌出李凭，顺手摹神，何等气足。一结正尔蕴藉无限。（〔清〕阙名《明于嘉刻本李长吉诗集批语》）

白香山"江上琵琶"，韩退之"颖师琴"，李长吉"李凭箜篌"，皆摹写声音至文。韩足以惊天，李足以泣鬼，白足以移人。（〔清〕方扶南《李长吉诗集批注》卷一）

【赏析】

这首诗是李贺在京城所作，诗中刻画了名噪一时的梨园弟子李凭弹奏箜篌的绝妙声音，想象丰富，设色瑰丽，非常富有艺术感染力。清人方扶南在《李长吉诗集批注》卷一云："白香山'江上琵琶'，韩退之《颖师琴》，李长吉《李凭箜篌引》，皆摹写声音之至文。韩足以惊天，李足以泣鬼，白足以移人。"

诗的起句开门见山，直接用"吴丝蜀桐"写箜篌制作工艺精良，借此来衬托演奏者高超的演奏技巧。"高秋"二字点明了时间是在深秋，正是秋高气爽的时候。诗的二、三句则是从侧面写美妙动人的乐声。诗人将难以描述的主体——箜篌声，从客体（自然景物和人物）的角度来落笔，以实写虚，亦真亦幻，具有梦幻般的色彩。悦耳动听的箜篌声，使得空旷山野上的浮云有了灵性，颓然为之停滞，似乎在俯首聆听；也勾起了善于鼓瑟的湘娥和素女的满腹愁绪，不禁为之动容，潸然泪下。以上两句互相配合，烘托出箜篌声的神韵。第四句，作者才点出了演奏者的姓名。这样，就突破了写作的一般惯例，而是先写琴、再写声，最后写人，具有先声夺人的艺术效果。演奏的时间和地点穿插其中，极其自然。

五、六句是从正面写绝妙的乐声。"昆山玉碎凤凰叫"是以声写声，着重表现声音的起伏变化。箜篌声起，有时众弦齐响，犹如山崩玉碎一般，气势宏大；有时又一弦独鸣，犹如凤凰之声，乐声清亮。"芙蓉泣露香兰笑"一句，则是用两种自然景物的形来写声，用带露的芙蓉花形容乐声的抑郁，用盛开的兰花摹写乐声的欢快。这里用了通感、拟人等手法，构思非常奇特，写出了乐魂。

从第七句起到篇尾，都是写箜篌声所产生的影响。先写近处，因为李凭奏出的箜篌声，消融了长安城十二道城门前的冷气，人们陶醉其中，也忘却了深秋的寒意。这是夸张的写法，却衬托出乐声的感人力量。"二十三丝动紫皇"，"紫皇"此指人间的帝王和天帝，意思是说他们也受到了乐声的感染，在侧耳倾听。以下由"紫皇"自然过渡，诗歌意境由人寰延伸到仙境。以下六句，诗人用大胆诡谲的想象，营造出瑰丽奇幻的景象，显示了乐声的无穷魅力。"女娲炼石补天处，石破天惊逗秋雨"，乐声传到天上，正在补天的女娲为之沉迷，忘记了职责，导致石破天惊，秋雨磅礴。这两句既写出了乐声的感人，同时也刻画出乐声的恢弘气势。接着，诗人的视角又发生了变化，从天庭写到仙山，"梦入神山教神妪，老鱼跳波瘦蛟舞"，教令神妪听到这天籁之音,非常感动;甚至连行动艰难缓慢的老鱼和瘦蛟也随着音乐的旋律翩翩起舞,这里用"老"和"瘦"两字衬托出了音乐的艺术韵味。

  以上写乐声都是倾向于营造出动态的氛围。最后两句,则是勾勒出静态场景,进一步烘托出乐声的奇妙。"吴质不眠倚桂树,露脚斜飞湿寒兔",整天伐桂、劳碌奔波的吴刚,忘记了睡眠,倚着桂树出神地聆听着;寂寞的玉兔被这琴声迷住了,任凭深夜的露水打湿了身体,也不愿意离去。这两组超凡脱俗意象的出现,刻画出音乐幽深绵渺的意境。

  在这首诗里,李贺没有直接评价李凭高超的弹奏技巧,而是将自己对于箜篌声的抽象感觉,借助人间天上的神奇想象,将之转化为可以感受的物象,艺术感染力极强。此诗想象丰富,意象奇特,语言瑰丽,充满了浪漫主义的色彩。

(龚玉兰)

梦 天

老兔寒蟾泣天色①,　云楼半开壁斜白②。
玉轮轧露湿团光③,　鸾佩相逢桂香陌④。
黄尘清水三山下,　更变千年如走马⑤。
遥望齐州九点烟,　一泓海水杯中泻⑥。

【汇评】

  退之"下视禹九州,一尘集毫端",长吉"遥望齐州九点烟,一泓海水杯中泻"之句,与老杜所谓"摩(荡)胸荡(生)层云,决眦入飞(归)鸟"者,是胸间何等眼界。(〔明〕何孟春《余冬录》卷五十三)

  兔蟾重迭。论长吉每道是鬼才,而其为仙语,乃李白所不及,"九州"二句,妙有千古。即游仙诗。(〔清〕黎简《黎二樵批点黄陶庵评本李长吉集》卷一)

  命题奇创。诗中句句是天,亦句句是梦,正不知梦在天中耶,天在梦中耶?是何等胸襟眼界,有如此手笔,白玉楼记不得不借重矣。(〔清〕黄周星《唐诗快》卷一)

  不曰天梦,而曰梦天,追犹屈子不曰问天,而曰天问也。泣天色,思之至此,则天亦应为之泣矣。鸾佩相逢,邂逅一遇,顷刻而月轮西矣,岂可定为久长鸳偶而痴情幻想者,遂谓三生有幸,思欲盟订千秋,而不知老

---

  ①"老兔"句:兔和蟾,指人月宫时所见。兔蟾为神话故事里月宫中的动物。泣天色:意谓秋月初出,光影凄清,有如兔和蟾在哭泣似的。　②云楼:想象中的月中楼阁。壁斜白:月光斜照。　③"玉轮"句:意谓所乘车轮为冷露所沾湿,已是深夜的时候了。轧:辗。玉轮:月的美称。因为玉轮沾露,所以说湿团光。　④鸾佩:雕着鸾凤的玉佩,这里指系着鸾佩的仙女。桂香陌:月宫里的道路。因为月宫里有桂树,所以一路上桂子飘香。　⑤"黄尘"二句:王琦注:"蓬莱、方丈、瀛洲三神山俱在海中,今视其下,有时变为黄尘,有时变为清水,千年之间,时复更换,而自天上观之,则犹走马之速也。"葛洪《神仙传》:"麻姑云:接侍以来,见东海三为桑田;向到蓬莱,水又浅于往日会时略半耳,岂将复为陵陆乎?"这里化用其意。　⑥"遥望"二句:齐州,即中州,犹言中国(见《尔雅·释地》邢昺注)。泓:水深而清的样子。一泓水:犹如一汪水。古谓中国为九州,九州之外,便是大海。这里是说,从天上看来,九州像九点烟尘;大海波涛,也不过是泻在杯中的一泓水而已。

兔、寒蟾正为此辈泣也。（〔清〕陈本礼《协律钩玄》略例）

后半豪纵似太白。（〔清〕吴汝纶《李长吉诗评注》）

【赏析】

此诗以前后四句分为上下两段。上段,描写梦中上天。前三句,都是诗人梦里漫游天空所见的景色。第四句则写诗人在桂花飘香的月宫道路上,和一群仙女遇上了。这四句层次分明,步步深入。

后四句中,"黄尘清水三山下,更变千年如走马"是写诗人同仙女的谈话。诗人尽情驰骋幻想,仿佛他真已飞入月宫,看到大地上的时间流逝和景物的渺小。浪漫主义的色彩是很浓厚的。

李贺在这首诗里,通过梦游月宫,描写天上仙境,以排遣个人的苦闷。天上众多仙女在清幽的环境中,你来我往,过着一种宁静的生活。而俯视人间,时间是那样短促,空间是那样渺小,寄寓了诗人对人事沧桑的深沉感慨,表现出冷眼看待现实的态度。全诗想象丰富,构思奇妙,比喻新颖,体现了李贺诗歌变幻怪异的艺术特色。

（常　健）

备选课文

左迁至蓝关示侄孙湘　　韩愈

一封朝奏九重天,夕贬潮州路八千。欲为圣明除弊事,肯将衰朽惜残年。云横秦岭家何在,雪拥蓝关马不前。知汝远来应有意,好收吾骨瘴江边。

织妇辞　　孟郊

夫是田中郎,妾是田中女。当年嫁得君,为君秉机杼。筋力日已疲,不息窗下机。如何织纨素,自著蓝缕衣。官家榜村路,更索栽桑树。

金铜仙人辞汉歌　　李贺

茂陵刘郎秋风客,夜闻马嘶晓无迹。画栏桂树悬秋香,三十六宫土花碧。魏官牵车指千里,东关酸风射眸子。空将汉月出宫门,忆君清泪如铅水。衰兰送客咸阳道,天若有情天亦老。携盘独出月荒凉,渭城已远波声小。

忆江上吴处士　　贾岛

闽国扬帆去,蟾蜍亏复团。秋风生渭水,落叶满长安。此地聚会夕,当时雷雨寒。兰桡殊未返,消息海云端。

泛读课文

听颖师弹琴　　韩愈

昵昵儿女语,恩怨相尔汝。划然变轩昂,勇士赴敌场。浮云柳絮无根蒂,天地阔远随飞扬。喧啾百鸟群,忽见孤凤凰。跻攀分寸不可上,失势一落千丈强。嗟余有两耳,未省听丝篁。自闻颖师弹,起坐在一旁。推手遽止之,湿衣泪滂滂。颖乎尔诚能,无以冰炭置我肠。

晚　春　　　　韩　愈

谁收春色将归去,慢绿妖红半不存。榆荚只能随柳絮,等闲撩乱走空园。

游子吟　　　　孟　郊

慈母手中线,游子身上衣。临行密密缝,意恐迟迟归。谁言寸草心,报得三春晖。

洛桥晚望　　　　孟　郊

天津桥下冰初结,洛阳陌上人行绝。榆柳萧疏楼阁闲,月明直见嵩山雪。

雁门太守行　　　　李　贺

黑云压城城欲摧,甲光向日金鳞开。角声满天秋色里,塞上燕脂凝夜紫。半卷红旗临易水,霜重鼓寒声不起。报君黄金台上意,提携玉龙为君死。

分类唐诗　音乐

闻邻家理筝　　　　徐安贞

北斗横天夜欲阑,愁人倚月思无端。忽闻画阁秦筝逸,知是邻家赵女弹。曲成虚忆青蛾敛,调急遥怜玉指寒。银锁重关听未辟,不如眠去梦中看。

听安万善吹觱篥歌　　　　李　颀

南山截竹为觱篥,此乐本自龟兹出。流传汉地曲转奇,凉州胡人为我吹。傍邻闻者多叹息,远客思乡皆泪垂。世人解听不解赏,长飙风中自来往。枯桑老柏寒飕飗,九雏鸣凤乱啾啾。龙吟虎啸一时发,万籁百泉相与秋。忽然更作渔阳掺,黄云萧条白日暗。变调如闻杨柳春,上林繁花照眼新。岁夜高堂列明烛,美酒一杯声一曲。

南园十三首(选二)　　　　李　贺

男儿何不带吴钩,收取关山五十州。请君暂上凌烟阁,若个书生万户侯。

寻章摘句老雕虫,晓月当帘挂玉弓。不见年年辽海上,文章何处哭秋风。

高轩过　　　　李　贺

华裾织翠青如葱,金环压辔摇玲珑。马蹄隐耳声隆隆,入门下马气如虹。云是东京才子,文章钜公。二十八宿罗心胸,九精照耀贯当中。殿前作赋声摩空,笔补造化天无功。庞眉书客感秋蓬,谁知死草生华风。我今垂翅附冥鸿,他日不羞蛇作龙。

寻隐者不遇　　　　贾　岛

松下问童子,言师采药去。只在此山中,云深不知处。

听蜀僧濬弹琴　　　　李　白

蜀僧抱绿绮,西下峨眉峰。为我一挥手,如听万壑松。客心洗流水,馀响入霜钟。不觉碧山暮,秋云暗几重?

春夜洛城闻笛　　　　李　白

谁家玉笛暗飞声?散入春风满洛城。此夜曲中闻折柳,何人不起故园情?

与史郎中钦听黄鹤楼上吹笛　　　　李　白

一为迁客去长沙,西望长安不见家。黄鹤楼中吹玉笛,江城五月落梅花。

秋夕听罗山人弹三峡流泉　　岑参

蟠蟠岷山老,抱琴鬓苍然。衫袖拂玉徽,为弹三峡泉。此曲弹未半,高堂如空山。石林何飕飕,忽在窗户间。绕指弄鸣咽,青丝激潺湲。演漾怨楚云,虚徐韵秋烟。疑兼阳台雨,似杂巫山猿。幽引鬼神听,净令耳目便。楚客肠欲断,湘妃泪斑斑。谁裁青桐枝,绲以朱丝弦。能含古人曲,递与今人传。知音难再逢,惜君方老年。曲终月已落,惆怅东斋眠。

塞上听吹笛　　高适

雪净胡天牧马还,月明羌笛戍楼间。借问梅花何处落,风吹一夜满关山。

赠花卿　　杜甫

锦城丝管日纷纷,半入江风半入云。此曲只应天上有,人间能得几回闻?

鸣筝　　李端

鸣筝金粟柱,素手玉房前。欲得周郎顾,时时误拂弦。

分类唐诗　节令

新年

新年作　　刘长卿

乡心新岁切,天畔独潸然。老至居人下,春归在客先。岭猿同旦暮,江柳共风烟。已似长沙傅,从今又几年。

元夕

正月十五夜　　苏味道

火树银花合,星桥铁锁开。暗尘随马去,明月逐人来。游伎皆秾李,行歌尽落梅。金吾不禁夜,玉漏莫相催。

寒食

寒食江州满塘驿　　宋之问

去年上巳洛桥边,今年寒食庐山曲。遥怜巩树花应满,复见吴洲草新绿。吴洲春草兰杜芳,感物思归怀故乡。驿骑明朝宿何处,猿声今夜断君肠。

寒食　　孟云卿

二月江南花满枝,他乡寒食远堪悲。贫居往往无烟火,不独明朝为子推。

寒食　　韩翃

春城无处不飞花,寒食东风御柳斜。日暮汉宫传蜡烛,轻烟散入五侯家。

寒食夜　　韩偓

清江碧草两悠悠,各自风流一种愁。正是落花寒食夜,夜深无伴倚南楼。

清明

清明　　杜牧

清明时节雨纷纷,路上行人欲断魂。借问酒家何处有,牧童遥指杏花村。

七夕

秋　夕　　　　杜　牧

红烛秋光冷画屏,轻罗小扇扑流萤。天阶夜色凉如水,坐看牵牛织女星。

重阳

九月九日忆山东兄弟　　王　维

独在异乡为异客,每逢佳节倍思亲。遥知兄弟登高处,遍插茱萸少一人。

九日蓝田崔氏庄　　杜　甫

老去悲秋强自宽,兴来今日尽君欢。羞将短发还吹帽,笑倩旁人为正冠。蓝水远从千涧落,玉山高并两峰寒。明年此会知谁健,醉把茱萸子细看。

九日齐山登高　　杜　牧

江涵秋影雁初飞,与客携壶上翠微。尘世难逢开口笑,菊花须插满头归。但将酩酊酬佳节,不用登临叹落晖。古往今来只如此,牛山何必泪沾衣。

冬至

至　后　　　　杜　甫

冬至至后日初长,远在剑南思洛阳。青袍白马有何意?金谷铜驼非故乡。梅花欲开不自觉,棣萼一别永相望。愁极本凭诗遣兴,诗成吟咏转凄凉。

除夜

除　夜　　　　王　谨

今岁今宵尽,明年明日催。寒随一夜去,春逐五更来。气色空中改,容颜暗里回。风光人不觉,已著后园梅。

除夜作　　　　高　适

旅馆寒灯独不眠,客心何事转凄然。故乡今夜思千里,愁鬓明朝又一年。

中唐诗歌综述

中唐前期,诗人元结、顾况是新乐府运动的先驱。

元结主张文学为政治服务,提倡质朴古雅的诗风。他的诗几乎全是古体,其代表作,安史之乱前有《系乐府》十二首,其中《贫妇词》、《去乡悲》反映了农民的贫困和流离失所的情形,《农臣怨》写一个劝农使无由申报农田灾害,都是具有人民性的好诗。元结诗的艺术特点是语言质朴,接近散文,体裁专用五古。

顾况,曾写了一些反映社会黑暗、同情人民疾苦的新乐府。其中以《囝》为最好,这首诗反映当时福建盛行的一种掠卖奴隶的野蛮风俗,着重写奴隶的痛苦,是很动人的。此外《公子行》、《弃妇词》也很具有现实意义。

中唐新乐府是由张籍、王建、李绅等人的创作开始的。张王以大量新乐府著名于世。李绅写《新题乐府》二十篇,元和四年元稹以为"雅有所谓,不虚为文",遂"取其病时之尤急者,列而和之",这就是《和李校书新乐府十二首》。白居易又在元稹的基础上扩充为五十首,名曰"新乐府",并在序里明确提出其诗歌创作的主张。

张籍的乐府诗广泛地反映了下层人民的生活,有不少血泪的控诉。如《促促词》写贫妇的祝愿;《山头鹿》写一个"夫死未葬儿在狱"的妇女的忧伤;《筑城词》揭露了官府的压迫和徭役之繁重。张籍还有不少诗反映战乱中人民的灾难。如《废宅行》写朝廷召用吐蕃兵攻打朱泚,造成人民流离失所,《征妇怨》写将帅无能以致全军覆没,都有特色。

王建和张籍是好友,他们的乐府诗无论在思想内容上或艺术风格上都颇近似,号称"张王"。王建的乐府诗数量比张籍多,反映人民生活的面也很广,尤善于刻画劳苦人民的内心。如《簇蚕词》、《当窗织》、《水夫谣》、《海人谣》从不同角度反映不同职业人民的悲惨命运,突破了前人的题材。张王是新乐府运动中除白居易以外创作成就最高的两个诗人。

李绅的《悯农》二首:"春种一粒粟,秋收万颗子;四海无闲田,农夫犹饿死。""锄禾日当午,汗滴禾下土。谁知盘中餐,粒粒皆辛苦。"两首都是关心人民疾苦的好诗。

元稹与白居易是诗歌唱和的好友,也是新乐府运动的倡导人之一,他的《乐府古题序》、《唐故工部员外郎杜君墓系铭并序》、《叙诗寄乐天书》,对新乐府运动的形成有积极的影响。元稹早年不少现实主义的诗篇,大都反映了人民痛苦的生活。《田家词》全是农民激愤的话,反映了人民的情绪,是他的诗集中最优秀的乐府诗。

刘长卿和韦应物也是中唐前期诗人。他们对当时的腐败现实有所不满,对人民也有一定程度的同情和关切,他们的创作主要是继承王孟,以山水田园诗著称。刘长卿的诗以抒写贬官的哀伤和描绘山水景物为多,情调萧瑟闲远。韦应物有不少讽刺统治阶级,反映人民疾苦的好诗。《拟古诗十二首》、《杂体五首》都有很强的现实性,《寄李儋元锡》云:"身多疾病思田里,邑有流亡愧俸钱。"可以看出他为官的态度。《观田家》写农民辛苦的劳动和繁重的徭役,并以自己不耕而食感到惭愧。这些诗证明他是一个关心现实关心人民的诗人。韦应物也以山水田园诗著称。如《滁州西涧》:"独怜幽草涧边生,上有黄鹂深树鸣。春潮带雨晚来急,野渡无人舟自横。"用白描手法,抓住最有情趣的刹那,构成幽美清奇的画面。

唐代宗大历年间经济一度繁荣,政治上呈现出升平的迹象,一批诗人刻意模仿盛唐之音,后人称他们为"大历十才子"。"大历十才子"的成员,历来说法不一,其中著名的有卢纶和李益。

卢纶的诗《和张仆射塞下曲》六首最著名,其三尤为出色:"月黑雁飞高,单于夜遁逃。欲将轻骑逐,大雪满弓刀。"字里行间充满英雄气概,诗中部队准备出击的场面写得十分逼真而生动。

李益是七绝的能手,他的边塞诗无论在内容上还是在风格上都很接近王昌龄。他有一些诗表现将士的英雄主义精神,豪放遒劲,如《塞下曲》:"伏波唯愿裹尸还,定远何须入关生。莫遣只轮归海窟,仍留一箭定天山。"李益大部分边塞诗都是写战士思乡的痛苦,诗中常以月色、角声渲染气氛。如《从军北征》、《听晓角》、《夜上受降城闻笛》,或直接写征人,或从侧面借塞鸿表现征人,都很耐人寻味。

韩孟诗派是与新乐府运动同时崛起的一个影响较大的诗派。这个诗派的代表是韩愈、孟郊,此外还包括贾岛、卢仝、刘叉等人。韩愈存诗三百余首,有些诗反映了社会政治的黑暗。如《汴州乱》二首写军阀互相杀戮的情况。《归彭城》写政治的腐败和自己伤时忧国的心情等。韩愈还有不少描写自然山水的好诗,如《早春呈水部张十八员外》写得清新隽永,诗意盎然:"天街小雨润如酥,草色遥看近却无。最是一年春好处,绝胜烟柳满皇都"。韩愈在艺术上有独创之处。他的风格多样,但主要特点是深险奇特,以文为诗。如"寿州属县有安丰,唐贞观时县人董生召南,隐居行义于其中。"这种句法一扫浮艳之习,但往往破坏了诗的韵律,正如沈括所说:"韩退之诗,乃押韵之文耳。"这对宋诗有很大影响。孟郊的诗许多是描述他个人的贫病饥寒,如《答友人赠炭》、《秋夕贫居述怀》、《秋怀十五首》都是这方面的代表作。《借车》自云"借车载家具,家具少于车",充分表明了他生活的窘况。前人谓"郊寒岛瘦",虽有菲薄之意,却也概括出那种实感真切、惨淡经营的特有作风。孟郊还有一些直接描写人民疾苦、揭示社会矛盾的诗,如《长安早春》、《织妇词》都鲜明地指出阶级的对立。

贾岛以"苦吟"著称,炼字铸句,缺乏社会内容。他面对黑暗腐朽的社会,常取超然的态度,为自己创造了一个寂寞空虚的境界,并从佛家的寂灭中找到了精神寄托。贾岛长于五律,但他的诗往往缺乏完整的构思,而以佳联警语取胜。如:"秋风生渭水,落叶满长安","鸟宿池边树,僧敲月下门"等诗句。

刘禹锡是进步的朴素唯物主义思想家,他的三篇《天论》,继柳宗元《天说》之后进一步阐发了无神论思想。他有一些讽刺时政、发泄激愤的寓言诗,如《聚蚊谣》讽刺世俗小人,《飞鸢操》笑骂权奸等。他的怀古诗,语言平易,情感深厚。如《金陵五题》之一《石头城》:"山围故国周遭在,潮打空城寂寞回;淮水东边旧时月,夜深还过女墙来。"之三《乌衣巷》:"朱雀桥边野草花,乌衣巷口夕阳斜。旧时王谢堂前燕,飞入寻常百姓家。"前一首以终古不变的青山、江潮、明月,衬出六朝繁华俱归乌有。后一首不直言堂中主人,却借燕子从旁点出。都是委婉凄切之作。刘禹锡学习民歌俗调写成的诗歌也有较高的成就。《竹枝词》具有健康开朗的情绪和浓厚的地方色彩,如"杨柳青青江水平,闻郎岸上踏歌声。东边日出西边雨,道是无晴却有晴。"用谐音双关语表现女子对情人既怀念又怀疑的复杂心情。《杨柳枝词》九首也是摹仿民歌之作。

柳宗元存诗一百四十余首,多数是抒发个人离乡去国的悲愤抑郁,如《登柳州城楼寄漳汀封连四州刺史》、《与浩初上人同看山寄京华亲故》、《别舍弟宗一》等。写景诗意境深隽明彻,如《酬曹侍御史过象县见寄》:"破额山前碧玉流,骚人遥驻木兰舟。春风无限潇湘意,欲采苹花不自由。"又如《江雪》:"千山鸟飞绝,万径人踪灭。孤舟蓑笠翁,独钓寒江雪。"这些诗都给人以美的享受。

李贺是中唐浪漫主义的代表诗人,又是从中唐到晚唐诗风转变的一个代表者。他的诗歌的中心内容是诉说怀才不遇的悲愤,描写幻想中的神仙世界,表现他的苦闷和追求,如《梦天》、《天上谣》等。也有一些描写人民疾苦的诗篇,如《感讽》、《老夫采玉歌》等。此外还有部分写恋情、闺思、宫怨和揭露统治者残暴荒淫的诗篇。李贺的诗受楚辞、古乐府、齐梁宫体、李白等多方面的影响,经过自己的熔铸,形成独特的奇崛冷艳的诗风,诗歌的意象带有很大的虚幻和想象的成分。构思也是不拘常法,意象之间跳跃很大,常常超越时间和空间,语言极力避免平淡而追求峭奇。

(常 健)

中小学已学篇目

孟郊《游子吟》　贾岛《寻隐者不遇》(小)　韩愈《左迁至蓝关示侄孙湘》　李贺《南园》《雁门太守行》(初)《李凭箜篌引》*《梦天》*《金铜仙人辞汉歌》*

可参考书目

《韩愈全集校注》,屈守元主编,四川大学出版社 1997 年
《韩昌黎诗系年集释》,钱仲联著,上海古籍出版社 1984 年
《韩愈研究资料汇编》,吴文治编,中华书局 1983 年
《韩愈选集》,孙昌武选注,上海古籍出版社 1996 年
《孟郊诗集校注》,华忱之　喻学才校注,人民文学出版社 1995 年
《贾岛诗注》,陈延杰注,商务印书馆"国学小丛书"本,1937 年
《李长吉歌诗汇解》,〔清〕王琦注,上海古籍出版社 1978 年
《李贺全集》,王步高辑注汇评,珠海出版社 2002 年
《李贺研究资料汇编》,吴企明编,中华书局 1994 年

十三、中唐诗(三)

【韦柳诗总评】

唐诗多流丽妩媚,有粉绘气,或以辨博名家。惟韦苏州继陈拾遗、李翰林崛起,为一种清绝高远之言以矫之,其五言精巧处不减唐人。至于古体歌行,如《温泉行》之类,欲与李杜并驱。前世惟陶,同时惟柳可以把臂入林,余人皆在下风。(〔宋〕刘克庄《后村诗话》新集卷三)

陶诗质厚近古,愈读而愈见其妙。韦应物稍失之平易,柳子厚则过于精刻,世称陶、韦,又称韦、柳,特概言之。惟谓学陶者,须自韦、柳而入,乃为正耳。(〔明〕李东阳《麓堂诗话》)

宋人又多以韦、柳并称,余细观其诗,亦甚相悬。韦无造作之烦,柳极锻炼之力。韦真有旷达之怀,柳终带排遣之意。诗为心声,自不可强。(〔清〕贺裳《载酒园诗话》又编)

中唐韦苏州、柳柳州,一则雅淡幽静,一则恬适安闲。汉魏六朝诸人而后,能嗣响古诗正音者,韦、柳也,非仅贞元、元和间推独步矣。(〔清〕田雯《古欢堂集杂著》卷二)

人以王孟、韦柳连而称之者,以其诗皆不事雕绘也。然其间位置自别,风趣不同。韦苏州气味不在建安下,不应以其有田园诗便列一格。柳州诗清炼孤诣,类其为文。韦特自然,柳多作意,在读者得之。韦柳诗皆本色文字,大璞不琢,人知其美而往往易视,殊不知难于藻饰者多矣。故历观自来名为学韦柳者,率多浮薄疏庸之笔。(〔清〕阙名《静居绪言》)

韦应物

韦应物(737—约789),京兆长安(今陕西省西安市)人。早年尚豪侠,以三卫郎事玄宗。安史之乱后失官,始悔而折节读书。后由比部员外郎出为滁州、江州刺史,改左司郎中,官终苏州刺史,世称韦苏州。韦诗以写田园山水著名,部分作品对当时社会混乱、人民疾苦的情况有所反映。其诗语言简淡,绝去雕饰,而风格秀朗,气韵清澈。有《韦苏州集》(一称《韦江州集》)十卷。

【集评】

渊明诗,唐人绝无知其奥者,惟韦苏州、白乐天尝有效其体之作,而乐天亦去之甚远。(〔宋〕蔡启《蔡宽夫诗话》)

李杜之后,诗人继作,虽间有远韵,而才不逮意,独韦应物、柳子厚发纤浓于简古,寄至味于淡泊,非余子所及也。(〔宋〕苏轼《书黄子思诗集后》)

韦苏州诗如浑金璞玉,不假雕琢成妍,唐人有不能到;至其过处,大似村寺高僧,奈时有野态。(〔宋〕蔡绦《蔡百衲诗评》)

韦苏州诗,高于王维、孟浩然诸人,以其无声色臭味也。(〔宋〕朱熹《朱子全书·论诗》)

徐师川言:人言苏州诗多言其古淡,乃是不知苏州诗。自李杜以来,古人诗法尽废,唯苏州有六朝风致,最为流丽。(〔宋〕吕本中《童蒙诗训》)

风怀澄澹推韦、柳,佳处多从五字求。解识无声弦指妙,柳州那得比苏州。(〔清〕王士禛《戏仿元遗山论诗绝句》)

中唐韦苏州、柳柳州,一则雅淡幽静,一则恬适安闲。汉魏六朝诸人而后,能嗣响古诗正音者,韦、柳也,非仅贞元、元和间推独步矣。(〔清〕田雯《古欢堂集杂著》卷二)

王孟诸公,虽极超诣,然其妙处,似犹得以言语形容之。独至韦苏州,则其奇妙全在淡处,实无迹可求。不得已,则取徐迪功所谓"朦胧萌拆,浑沌贞粹"八字,或庶几可仿象乎?(〔清〕翁方纲《石洲诗话》卷二)

寄李儋元锡①

去年花里逢君别,今日花开又一年。
世事茫茫难自料②,春愁黯黯独成眠③。
身多疾病思田里,邑有流亡愧俸钱④。
闻道欲来相问讯,西楼望月几回圆?

【汇评】

韦苏州诗云:"身多疾病思田里,邑有流亡愧俸钱。"太守能为此言者鲜矣。(〔宋〕刘克庄《后村诗话》续集卷二)

韦公性高洁,鲜食寡欲,所居焚香扫地而坐。其诗如"流水赴大壑,孤云还暮山"……"身多疾病思田里,邑有流亡愧俸钱",皆能罢去陈言,意致简远超然,似其为人,诗家比之陶靖节,真无愧也。(〔清〕余成教《石园诗话》卷一)

本言今日思寄,却追叙前此,益见情真,亦是补法。三句承一年之久,放空一句。四句兜回自己。五、六接写自己怀抱。末始入今日寄意。(〔清〕方东树《昭昧詹言》卷十八)

纪昀:上四句竟是闺情语,殊为疵累。五、六亦是淡语,然出香山辈手便俗浅,此于意境辨之。七律虽非苏州所长,然气韵不俗,胸次本高故也。(李庆甲辑《瀛奎律髓汇评》卷六)

① 李儋元锡:李儋,字元锡,是韦应物诗交好友。时任殿中侍御史。 ② 世事:此处既指国家前途,也包含个人前途。茫茫:渺茫,不可知。 ③ 黯黯:心里不舒服,情绪低落的样子。 ④ 邑:城邑,指韦应物当时任所滁州。俸钱:官俸,俸禄。

【赏析】

　　这首诗是韦应物晚年在滁州刺史任上的作品。唐德宗建中四年(783)暮春入夏时节,韦应物从长安调任滁州刺史。这年冬天,长安发生了朱泚叛乱,称帝号秦,唐德宗仓皇出逃,直到第二年五月才收复长安。李儋在长安与韦应物分别后,曾托人问候。次年春天,韦应物写了这首诗寄赠李儋以答。诗中叙述了别后的思念和盼望,抒发了国乱民穷造成的内心矛盾和苦闷。

　　此诗首联以花开一年为衬,则不仅显出时光迅速,更流露出别后境况萧索的感慨。次联写自己的烦恼苦闷。三联具体写自己的思想矛盾。末联便以感激李儋的问候和亟盼他来访作结。

　　此诗之所以为人传诵,是因为诗人诚恳地披露了一个清廉正直的封建官吏的思想矛盾和苦闷,真实地概括出这样的官员有志无奈的典型心情。尤其是"身多疾病思田里,邑有流亡愧俸钱"两句,自宋代以来,甚受赞扬。诗人能够写出这样真实、典型、动人的诗句,正由于他有较高的思想境界和较深的生活体验。

　　　　　　　　　　　　　　　　　　　　　　　　　　　　(常　健)

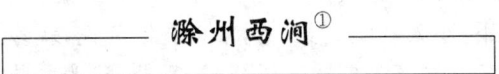

　　独怜幽草涧边生②,　　上有黄鹂深树鸣③。
　　春潮带雨晚来急④,　　野渡无人舟自横。

【汇评】

　　谢迭山(枋得)云:"幽草"、"黄鹂",此君子在野,小人在位。"春潮带雨晚来急",乃季世危难多,如日之已晚,不复光明也。末句谓宽闲寂寞之滨,必人感时多故而作,又何必滁之果如是也。(〔明〕高棅《唐诗品汇》卷四十九)

　　韦苏州:"春潮带雨晚来急,野渡无人舟自横。"宋人谓《滁州西涧》,春潮绝不能至,不知诗人遇兴遣词,大则须弥,小则芥子,宁此拘拘? 痴人前政自难说梦也。(〔明〕胡应麟《诗薮》外编卷四)

　　韦苏州诗"独怜幽草涧边生",古本"生"作"行","行"字胜"生"字十倍。(〔明〕杨慎《升庵诗话》卷八)

　　起二句与下半无关。下半即景好句,元人谓刺君子在下,小人在上,此辈难与言诗。(〔清〕沈德潜《唐诗

①滁州:治所在今安徽滁县。西涧:在琅琊山北滁州城西,俗名上马河。　②独怜:偏爱。幽草:深茂的草丛。一说生长在幽暗处的小草。幽:一作"芳"。生:一作"行"。沈祖棻《唐人七绝诗浅释》认为:"此作行,韵致较胜。"　③黄鹂:即黄莺。深树:枝叶茂密的树。树:一作"处"。　④"春潮"两句:廖世美〔烛影摇红·题安陆浮云楼〕(霭霭春空):"晚霁波声带雨,悄无人、舟横野渡。"即从韦诗化出。野渡:郊野的渡口。据《滁州志》载,西涧旧有野渡桥、野渡庵等建筑,当是从韦诗取名的。无人:或什么人都没有,或有舟子,但没有乘客。两说均可通。解为后者或韵致较胜。

别裁集》卷二十)

【赏析】

　　唐德宗兴元元年(784)冬诗人罢滁州刺史任,翌年春夏间尚闲居于滁州西涧游览滁州。《滁州西涧》诗当作于此时。

　　读懂此诗的关键是理解"独怜"两字和"自"字在全诗中的作用。"独怜"相当于词中的领字,一直领到"舟自横",即从"幽草涧边生"到"舟自横"韦应物无不"独怜"。无论阴晴,无论动静,"滁州西涧"的一切,在韦应物看来,是"晴方好""雨亦奇"。"幽草涧边生,上有黄鹂深树鸣"是日间所见所闻。一动一静,一"上"一下,各臻其美。"幽"、"深"暗示春已深。三四两句是傍晚所见所闻。薄暮时分,春潮骤涨,伴着春雨骤来,郊野渡口的无人之舟自在地横着。"自"照应"急",苏轼"也无风雨也无晴"的精神血脉或从此赓续而来。

　　"自"是诗眼,兼含自在、自得、自足、自然等数意,贯穿诗的始末——"生"是"自生"、"鸣"是"自鸣"、"来"是"自来"、"急"是"自急"、"横"是"自横"。在韦应物的眼中,"幽草"、"黄鹂"、"春潮"、"春雨"、"无人之舟"等意象,无一不是它们自有或应有的状态。由此观之,此诗当有象征意蕴,它融入了韦应物的人生体验、人生理念,是韦应物对不同人生遭际、人生境界的圆融的观照与欣赏,也有自我观照与欣赏之意。对此诗象征意蕴的解释,不可胶柱鼓瑟,谢枋得认为此诗是写"君子在下,小人在上之象"的,难以自圆其说,就易贻穿附之讥。

　　整首诗是一个整体,无一句不好。沈德潜《唐诗别裁集》卷二十评此诗曰:"起二句与下半无关。下半即景好句。"沈氏也有看走眼的时候。

(沈广达)

淮上喜会梁州故人①

　　江汉曾为客②,　相逢每醉还。
　　浮云一别后③,　流水十年间④。
　　欢笑情如旧,　萧疏鬓已斑。
　　何因不归去?　淮上有秋山。

【汇评】

　　此篇多用虚字,辞达有味。(〔明〕谢榛《四溟诗话》卷一)
　　一气旋折,八句如一句。(〔清〕孙洙《唐诗三百首》卷五)

---

① 淮上:淮水边。梁州,在今陕西南郑县东。又作梁川。　② 江汉:犹言汉江,江源头在陕西南部。　③ 浮云:喻漂泊不定,身如浮云。　④ 流水:因作于"淮上",故以流水为喻,十年光阴如水般东逝。

结句贵有味外之味,弦外之音。……书怀则有……韦苏州之"何因不归去,淮上有秋山"。……是皆一唱而三叹,慷慨有余音者。(〔清〕王寿昌《小清华园诗谈》卷下)

纪(昀)云:清圆可诵。(〔清〕章燮《唐诗三百首注疏》卷四)

查慎行曰:五六浅语,却气格高。　无名氏(甲):大抵平淡诗非有深情者不能为,若一直平淡,竟如槁木死灰,曾何足取?此苏州三首,极有深情,所谓"看似寻常最奇崛,成如容易却艰难"也。(李庆甲辑《瀛奎律髓汇评》卷八)

【赏析】

相别十年的故人忽在淮上见到,喜悦之情可想而知,故而题目中用了一个"喜"字,极言这种相遇的快乐。此后全诗围绕相遇而写。首联追忆以前在一起的欢乐时光,在描写交往情景中,也表明了双方的关系。颔联对仗工整而灵动自如,以浮云、流水喻双方的分别,不但贴切,且含义丰富。李白《送友人》:"浮云游子意",以浮云喻游子同此。颈联则直写重聚的情景,双方情谊未变,可是稀疏且斑白的鬓角揭示了岁月的无情。诗至尾联一转,既有如此深情,为何不相随归去?因有淮上醉人的风景留住了自己。　　　　　　　　　　　　(蔡新中)

柳宗元

柳宗元(773—819)字子厚,祖籍河东(今山西永济市),世称"柳河东"。德宗贞元九年(793)进士,十四年登博学宏词科,授集贤殿正字,迁蓝田尉。拜监察御史里行,迁礼部员外郎。永贞革新失败,贬永州司马,元和十年(815)再出为柳州刺史。十四年卒于任所,世称"柳柳州"。现存诗160余首,《全唐诗》编为四卷。

【集评】

柳仪曹诗,忧中有乐,乐中有忧,妙绝古今。然老杜云:"王侯与蝼蚁,同尽随丘墟。"仪曹何忧之深也!(〔宋〕阮阅《诗话总龟》前集卷八引《王直方诗话》)

韩子苍云:予观古今诗人,唯韦苏州得其(陶)清闲,尚不得其枯淡,柳州独得之,但恨其少遒尔。柳州诗不多,体亦备众家,唯效陶诗是其性所好,独不可及也。(〔宋〕胡仔《苕溪渔隐丛话》前集卷四)

柳柳州诗,字字如珠玉,精则精矣,然不若退之之变态百出也。使退之敛而为子厚则易,使子厚开拓而为退之则难。意味可学,而才气则不可强也。(〔宋〕张戒《岁寒堂诗话》卷上)

五言古诗,句雅淡而味深长者,陶渊明、柳子厚也。(〔宋〕杨万里《诚斋诗话》)

韩、柳齐名,然柳乃本色诗人。自渊明没,雅道几熄,当一世竞作唐诗之时,独为古体以矫之。未尝学陶、和陶,集中五言凡十数篇,杂之陶集,有未易辨者。其幽微者可玩而味,其感慨者可悲而泣也。其七言五十六字尤工,五七言绝句已别选。(〔宋〕刘克庄《后村诗话》新集卷五)

柳子厚诗,世与韦应物并称;然子厚之工致,乃不若苏州之萧散自然。(〔明〕胡震亨《唐音癸签》卷七引刘履语)

柳子厚幽怨有得骚旨而不甚似陶公,盖怡旷气少、沉至语少也。(〔清〕施补华《岘佣说诗》)

柳子厚诗如玄鹤夜鸣,声含霜气。(〔清〕年愿相《小瀚草堂杂论诗》)

柳子厚卓伟精致,与古为侔,尤擅西汉诗骚,一时行辈推仰。贬官后,自放山泽间,其埋厄感郁,寓于诗。东坡谓"韩退之豪放奇险,则过子厚,温丽情深不及也。"朱子谓"学诗须从陶、柳门庭入"。盖子厚之诗脱口而出,多近自然也。(〔清〕余成教《石园诗话》卷一)

登柳州城楼寄漳汀封连四州刺史

城上高楼接大荒①,　海天愁思正茫茫。
惊风乱飐芙蓉水,　密雨斜侵薜荔墙②。
岭树重遮千里目,　江流曲似九回肠③。
共来百越文身地④,　犹自音书滞一乡!

【本事典实】

《柳集五百家注》韩仲韶曰:永贞元年,公与韩泰、韩晔、刘禹锡、陈谦、凌准、程异、韦执谊皆以附王叔文贬,号八司马。凌准、执谊皆卒贬所。异先用,馀四人元和十年皆例召至京师。又皆出为刺史。公为柳州,泰为漳州,晔为汀州,禹锡为连州,谦为封州。公六月到柳州,此诗是年夏所寄。案:唐岭南道柳州治马平县,在今广西柳城县西。江南道漳州治龙溪县,今福建龙溪县治。江南道汀州治长汀县,今福建长汀县治。岭南道封州治封川县,今广东封川县治。岭南道连州治阳山县,今广东连山县治。(高步瀛《唐宋诗举要》卷五)

【汇评】

从登城起,有百端交集之感。"惊风"、"密雨",言在此而意不在此。(〔清〕沈德潜《唐诗别裁集》卷十五)

吴乔云:中四句皆寓比意,惊风密雨喻小人,芙蓉薜荔喻君子,乱飐斜侵则倾倒中伤之状,岭树句喻君门之远,江流句喻臣心之苦,皆逐臣忧思烦乱之词。(〔清〕何焯《义门读书记》卷三十七)

柳五言诗犹能强自排遣,七言则满纸涕泪。如……"惊风乱飐芙蓉水,密雨斜侵薜荔墙"……,只就此写景,已不可堪,不待读其"一身去国六千里,万死投荒十二年"矣。(〔清〕贺裳《载酒园诗话》又编)

前六句直下皆言登楼所望见之景,末二句总括,不明言谪宦,而谪宦之意自见。(王文濡《唐诗评注读本》卷六)

---

① 接:连接;大荒:泛指荒僻的边远地区。　② 惊风二句:写眺望夏天暴雨的景象,同时寓有感慨仕途中风波险恶之意。惊风、密雨,隐喻敌对势力。飐:吹动。芙蓉:即荷花。薜荔:一种蔓生香草。　③ 江:指柳江。柳江发源于今贵州省独山县,东南经广西,入红水江,柳州城在柳江与龙江汇合处;九回肠:指愁思的缠结。　④ 百越:即百粤,泛指南方的少数民族。文身:身上刺花纹,古时南方少数民族的一种习俗。《淮南子·原道训》:"九疑(即苍梧山)之南,陆事寡而水事众,于是民人被(披)发文身,以象鳞虫。"

陆贻典：子厚诗律细于昌黎，至柳州诸咏，尤极神妙，宣城、参军之匹。　查慎行：起势极高，与少陵"花近高楼"两句同一手法。　纪昀：一起意境阔远，倒摄四州，有神无迹。通篇情景俱包得起。三四，赋中之比，不露痕迹，旧说谓借寓震撼危疑之意，好不着相。　赵熙：神运。（李庆甲辑《瀛奎律髓汇评》卷四）

【赏析】

公元805年，唐德宗李适死，太子李诵（顺宗）即位，重用王叔文、王伾、柳宗元、刘禹锡诸人进行革新，罢宫市，出宫女九百余人，绝进奉，免百姓所欠租赋，削减宦官兵权和裁抑藩镇割据。在宦官和藩镇的联合反扑下，顺宗被迫退位，不久被宦官杀死，王叔文赐死，王伾贬后病死，柳、刘、二韩等贬为边州司马；十年后，又同改任边州刺史。

此诗为柳宗元初到柳州时所写。此诗首联写城上高楼与辽阔荒凉的大地连接，极目远望，海天相连，而自己的茫茫愁思，正如海天一般辽阔、深远。颔联写近见暴雨的景色，暗寓政治风景的险恶。颈联写远景。因怀念好友，而极目远望，然而重峰密岭，遮断了千里之目，江流曲折，有似九回之肠，不见好友，更增深了自己的愁思。尾联，共来百越文身地（被谪边远之地），已够痛心，犹自音书滞一乡，更加深了悲愤的情感。

本诗抒发了诗人政治上长期遭受打击的愤郁不平的感情，表达了对战友们深挚的怀念。在艺术上，此诗景中有情，情中有景，景与情如水乳交融，故纪昀评为：如水中之盐，不露痕迹。

（常　健）

与浩初上人同看山寄京华亲故[①]

海畔尖山似剑铓[②]，　秋来处处割愁肠。
若为化作身千亿[③]，　散上峰头望故乡。

【汇评】

仆自东武适文登，并海行数日，道旁诸峰，真若剑铓。诵柳子厚诗，知海山多尔耶！（〔宋〕苏轼《东坡文集》卷六七《东坡题跋》）

韩退之诗云："水作青罗带，山如碧玉簪。"柳子厚诗云："海上群（千）山若（似）剑铓，秋来处处割愁肠。"陆道士云："二公当时不相计会，好做成一属对。"东坡为之对云："系闷岂无罗带水，割愁还有剑铓山。"此可编入诗话也。（同上）

[①] 浩初：潭州（今湖南省长沙市）人。上人：对和尚的敬称。作者被贬到柳州（今广西柳州市）做刺史，浩初从临贺去看他。看山：观览山景。京华：京城，指长安。　[②] 海畔：海边。古人以五岭之南近海，称为岭海，所以诗中把柳州称为海畔。剑铓：剑锋。　[③] 若为：怎能。化作身千亿：佛教说菩萨的法身（真身）常人不易见到，常人见的只是变化的各种形象，即"化身"。

留滞他山,愁肠如割,到处无可慰之也。因同上人,欲假释家化身神通,少舒乡国之想。固迁客无聊之思,发为无聊之语耳。(〔明〕周珽《唐诗选脉会通评林》)

【赏析】

本诗作于唐宪宗元和十年(815)。柳宗元早年参加永贞革新,失败后先贬永州,后贬柳州。这首诗是作者当时心情的写照。

秋天来临,满目萧索。柳州的山陡峭如剑锋,刺痛谪人的愁肠。作者思念故乡至极突发奇想:怎样才能变幻出无数的身姿,登上这异地山尖,眺望故乡。诗由景入情,想像奇特,设喻新颖,抒发了沉挚缠绵的思乡之情。同时,深微婉转地把作者被贬荒远之地的悲苦愁绪表现了出来。诗的头两句形象性强,比喻贴切,最后两句充满了神奇色彩。作者在自然、朴实的语言中蕴含了幽远的情思,苏轼评价柳宗元的诗歌"发纤秾于简古,寄至味于淡泊",此言不假。

(屈雅红)

戴叔伦

戴叔伦(732—789),字幼公,润州金坛(今属江苏)人。曾在湖南等地作过幕僚,后为抚州刺史,官至容管经略使。明人辑有《戴叔伦集》。诗多表现农村生活隐逸情调,对社会矛盾亦有所揭露。诗风婉丽明畅,甚为当世所重。

【集评】

时天彝曰:大历后,李纾、包佶有盛名,叔伦、士元从容其间,诗思逸发,于绮丽外仍有思致,非余子所及也。(〔元〕吴师道《吴礼部诗话》引《唐百家诗选评》)

高仲武云:戴叔伦骨气稍轻,故诗亦少,然"廨宇经山火,公田没海潮",亦指事造形之工者。(〔明〕胡震亨《唐音癸签》卷七引)

幼公以下,说情渐细,格律之累,正坐此境。(〔明〕顾璘《唐音》卷七)

刘辰翁曰:幼公诸诗,短处更深,长处愈浅。(〔明〕高棅《唐诗品汇》卷十九)

容州七律大抵风华流美而雄浑不足,五律尚不甚觉。(〔清〕纪昀《瀛奎律髓刊误》卷二十四)

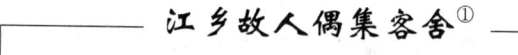

江乡故人偶集客舍①

天秋月又满, 城阙夜千重。

---

① 诗题:一作《客夜与故人偶集》。江乡,指江南。

还作江南会，　翻疑梦里逢①。
风枝惊暗鹊，　露草泣寒虫②。
羁旅长堪醉，　相留畏晓钟③。

【汇评】

诗有简而妙者，……戴叔伦"还作江南会，翻疑梦里逢"，不如司空曙"乍见翻疑梦"。（〔明〕谢榛《四溟诗话》卷二）〔信如所云，诗只作一句耶？文人得心应手，偶尔写怀，简者非缩两句为一句，烦者非演一句为两句也。承接处各有气脉，一篇自有大旨，那得如此苛断！〔清〕贺裳《载酒园诗话》卷一）

（一二句）"又"字有留滞意。客舍在长安城内。首句叙时，次句叙地，叙法分明。（三四句）串叙到江乡故人偶集意。公家在润州，故曰江南。"还"字有出其不意之神，与"翻疑"二字两相呼应，真得神妙笔。（五六句）颈联纯乎情，此二句景中寓情，皆有"秋"字意。（七句）凡羁旅者，醉则忘思，是以长堪醉耳。（末）唯畏晓钟，晓钟一闻，势必分手矣。（〔清〕章燮《唐诗三百首注疏》卷四）

【赏析】

因为是"偶集客舍"，诗篇特别抒写了这种意外相逢、不期而遇的人生感触。乱世良朋的这一番惊喜重聚，感情的深沉复杂、心境的恍惚迷茫，都在流畅的诗行里得到了生动反映。"还作江南会，翻疑梦里逢"是读者所熟悉的一联，它写了梦想成真，却又疑真似梦，"还作"与"翻疑"，两相呼应，妙笔得神。"风枝惊暗鹊"，化用曹操《短歌行》"月明星稀，乌鹊南飞。绕树三匝，无枝可依"语意，寓情于景，富有象征意味，寄托着撩乱的客心乡思，虽着意刻画却不伤雕琢。

（顾福生）

备选课文

寄全椒山中道士　　韦应物

今朝郡斋冷，忽念山中客。涧底束荆薪，归来煮白石。欲持一瓢酒，远慰风雨夕。落叶满空山，何处寻行迹。

渔　翁　　柳宗元

渔翁夜傍西岩宿，晓汲清湘燃楚竹。烟销日出不见人，欸乃一声山水绿。回看天际下中流，岩上无心云相逐。

---

①"天秋"四句：又是清秋的月圆之夜，京城的万户千门沉浸在月华中。居然在这里重会江南旧友，真难相信呵莫不是梦里重逢。　　天秋：时到秋季。城阙：指代京城长安；千重：宫城的千重门户。江南会：江南旧友的聚会。翻疑：反而疑惑。　②"风枝"二句：风撼树枝，惊起静夜寻巢的鹊鸟；露凝草叶，引触鸣声哀咽的秋虫。　　泣寒虫：形容草间秋虫凄鸣之声有如悲泣；寒虫：指蟋蟀之类的秋虫。　③"羁旅"二句：飘泊情怀惟有倾杯共醉，多留片刻吧，怕听那晓钟催促各自西东。　畏：害怕；晓钟：报晓的钟声。

别舍弟宗一　　　　　　　　柳宗元

零落残红倍黯然,双垂别泪越江边。一身去国六千里,万死投荒十二年。桂岭瘴来云似墨,洞庭春尽水如天。欲知此后相思梦,长在荆门郢树烟。

泛读课文

寒食寄京师诸弟　　　　　　韦应物

雨中禁火空斋冷,江上流莺独坐听。把酒看花想诸弟,杜陵寒食草青青。

过三闾庙　　　　　　　　　戴叔伦

沅湘流不尽,屈宋怨何深。日暮秋烟起,萧萧枫树林。

闺　怨　　　　　　　　　　戴叔伦

看花无语泪如倾,多少春风怨别情。不识玉门关外路,梦中昨夜到边城。

江　雪　　　　　　　　　　柳宗元

千山鸟飞绝,万径人踪灭。孤舟蓑笠翁,独钓寒江雪。

柳州二月榕叶落尽偶题　　　柳宗元

宦情羁思共凄凄,春半如秋意转迷。山城过雨百花尽,榕叶满庭莺乱啼。

分类唐诗　贬谪

南中别蒋五向青州　　　　　张　说

老亲依北海,贱子弃南荒。有泪皆成血,无声不断肠。此中逢故友,彼地送还乡。愿为枫林叶,随君渡洛阳。

岭南送使者二首(选一)　　　张　说

狱中生白发,岭外罢红颜。古来相送处,凡得几人还?

贬乐城尉日作　　　　　　　张子容

窜谪边穷海,川原近恶溪。有时闻虎啸,无夜不猿啼。地暖花长发,岩高日易低。故乡可忆处,遥指斗牛西。

送陈章甫　　　　　　　　　李　颀

四月南风大麦黄,枣花未落桐阴长。青山朝别暮还见,嘶马出门思旧乡。陈侯立身何坦荡,虬须虎眉仍大颡。腹中贮书一万卷,不肯低头在草莽。东门酤酒饮我曹,心轻万事皆鸿毛。醉卧不知白日暮,有时空望孤云高。长河浪头连天黑,津口停舟渡不得。郑国游人未及家,洛阳行子空叹息。闻道故林相识多,罢官昨日今如何。

寄穆侍御出幽州　　　　　　王昌龄

一从思遣出潇湘,塞北江南万里长。莫道蓟门书信少,雁飞犹得到衡阳。

闻王昌龄左迁龙标,遥有此寄　　　李白

杨花落尽子规啼,闻道龙标过五溪。我寄愁心与明月,随风直到夜郎西。

送李少府贬峡中,王少府贬长沙　　　高适

嗟君此别意何如?驻马衔杯问谪居。巫峡啼猿数行泪,衡阳归雁几封书。青枫江上秋天远,白帝城边古木疏。圣代即今多雨露,暂时分手莫踌躇。

重送裴郎中贬吉州　　　刘长卿

猿啼客散暮江头,人自伤心水自流。同作逐臣君更远,青山万里一孤舟。

谪官辰州冬至日怀　　　戎昱

去年长至在长安,策杖曾簪獬豸冠。此岁长安逢至日,下阶遥想雪霜寒。梦随行伍朝天去,身寄穷荒报国难。北望南郊消息断,江头唯有泪阑干。

闻庾七左降因咏所怀　　　白居易

我病卧渭北,君老谪巴东。相悲一长叹,薄命与君同。既叹还自哂,哂叹两未终。后心消前意,所见何迷蒙。人生大块间,如鸿毛在风。或飘青云上,或落泥涂中。衮服相天下,倘来非我通。布衣委草莽,偶去非吾穷。外物不可必,中怀须自空。无令怏怏气,留滞在心胸。

闻乐天授江州司马　　　元稹

残灯无焰影幢幢,此夕闻君谪九江。垂死病中惊坐起,暗风吹雨入寒窗。

登崖州城作　　　李德裕

独上高楼望帝京,鸟飞犹是半年程。青山似欲留人住,百匝千遭绕郡城。

中小学已学篇目

柳宗元《江雪》(小)《渔翁》※

可参考书目

《韦应物集校注》,陶敏、王友胜校注,上海古籍出版社 1998 年
《柳宗元诗笺释》,王国安笺释,上海古籍出版社 1993 年
《柳宗元选集》,高文、屈光选注,上海古籍出版社 1992 年
《柳宗元年谱》,施子愉著,湖北人民出版社 1958 年
《戴叔伦集校注》,蒋寅校注,上海古籍出版社 1993 年

十四、中唐诗(四)

刘禹锡

刘禹锡(772—842),字梦得,洛阳(今属河南)人。祖上是匈奴人,北魏时改称汉姓。自称汉中山靖王刘胜的后代。贞元间联登进士、宏辞二科。授监察御史。参加王叔文集团,反对宦官和藩镇割据势力。失败后被贬朗州司马,迁连州刺史。后以裴度力荐,迁太子宾客,加检校礼部尚书,世称刘宾客。和柳宗元交谊很深,人称"刘柳",后与白居易唱和甚多,又并称"刘白"。其诗通俗清新,善用比兴,寄托政治内容。《竹枝词》及《柳枝词》等组诗,富有民歌特色,是唐诗中别开生面之作。著有《刘梦得文集》。

【集评】

刘梦得诗典则既高,滋味亦厚;但正若巧匠矜能,不见少拙。(〔宋〕蔡绦《蔡百衲诗评》)

元和以后,诗人之全集可观者数家,当以刘禹锡为第一。其诗入选及人所脍炙,不下百首。……宛有六朝风致,尤可喜也。(〔明〕杨慎《升庵诗话》卷十二)

刘禹锡诗以意为主,有气骨。(〔明〕胡震亨《唐音癸签》卷七引《吟谱》)

刘宾客之能事,全在《竹枝词》。至于铺陈排比,辄有伧俗之气。(〔清〕翁方纲《石洲诗话》卷一)

元和十年自朗州承召至京,戏赠看花诸君子①

紫陌红尘拂面来②, 无人不道看花回。

---

① 朗州:唐州名,治所今湖南常德市,辖境相当今湖南桃源以东的沅江流域。承:接受。召:另有调用。② 紫陌:指京城的道路。古代天文学家将全天分为三垣:太微垣、紫微垣和天市垣。紫微垣居中央,故称皇宫为"紫宫"或"紫禁宫"。京城的道路随之沾光,也就有了"紫陌"之名。红尘:闹市的尘埃。

　　　　　玄都观里桃千树①，　尽是刘郎去后栽②。

【本事】
　　刘禹锡自屯田员外郎左迁朗州司马，凡十年，始召还。方春赠看花者云："紫陌红尘拂面来，无人不道看花回。玄都观里桃千树，尽是刘郎去后栽。"不日传于都下。好事白执政，诬其怨愤。他日，见时宰，与坐，慰劳久之。既而曰："近日新诗，未免为累。"不数月，迁连州刺史。其自叙云："贞元二十一年春，余为屯田员外郎，时玄都观未有花。是岁牧州，至荆南，又贬朗州司马。居外十年，召至京师。人言有道士手植仙桃，满观盛开，遂有前篇，以识一时之事。既出牧十四年，始为主客郎中，重游是观，再书二十八字以俟后游，时大和二年三月也：百亩庭中半是苔，桃花净尽菜花开。种桃道士归何处，前度刘郎去又来。"（〔宋〕阮阅《诗话总龟》前集卷三十一引《古今诗话》）

【汇评】
　　陌间尘起，看花者众。桃为道士所栽，新贵皆丞相所拔，是以执政深疾其诗。（〔明〕唐汝询《唐诗解》卷二十九）
　　借种桃花以讽朝政，栽桃者道士，栽新贵者执政也。自刘郎去后，而新贵满朝，语涉讥刺。（王文濡《唐诗评注读本》卷四）

【赏析】
　　唐宪宗元和元年（806），刘禹锡被贬为连州（唐州名，治所在今广东连县，辖境相当今连县、连山、阳山等县地）刺史，途中又改为朗州司马。到元和十年（815），才从朗州承召回长安。看花诸君子，是指同时被召回的柳宗元、韩泰、韩晔、陈谏等人。
　　这首政治讽刺诗通过写看花人去玄都观观赏桃花的情景，讽刺当时的朝中新贵。前两句写看花的盛况。不写去看花而只写看花回，又只从京城道路的繁华热闹写起，"无人不道"四字流露了看花人归途中的开心喜悦，而桃花之美也就可以想见了。沈祖棻说："它不写花本身之动人，而只写看花的人为花所动，真是又巧妙又简炼。"后两句喻意明显，自伤兼嘲讽。"桃千树"隐喻众多朝中新贵。"栽"关合自然人事。桃树可栽，人亦可栽。反过来再看前两句，就发现前两句也是有隐喻之意的。看花人隐喻攀附之徒，"紫陌红尘拂面来"隐喻奔竞权门，"无人不道看花回"隐喻仕途得意。
　　《旧唐书·刘禹锡传》载："禹锡作《游玄都观咏看花君子诗》，语涉讥刺，执政不悦，复出为播州（唐州名，治所在今贵州遵义市，辖境相当今遵义市、县和桐梓等县地）刺史。"因御史中丞裴度为他说情，才改授连州刺史。看来这是一首惹祸的诗。
　　　　　　　　　　　　　　　　　　　　　　　　　（沈广达）

---

① 玄都观（guàn）：道教庙宇名，在长安朱雀桥西。　② 刘郎：诗人自指。去：一作"别"。

再游玄都观①

余贞元二十一年为屯田员外郎时②,此观未有花。是岁出牧连州③,寻改朗州司马④,居十年,召至京师。人人皆言,有道士手植仙桃,满观如红霞。遂有前篇以志一时之事⑤。旋又出牧,今十有四年,复为主客郎中⑥,重游玄都观。荡然无复一树,唯兔葵燕麦动摇于春风耳⑦。因再题二十八字,以俟后游⑧。时大和二年三月⑨。

百亩庭中半是苔, 桃花净尽菜花开⑩。
种桃道士归何处, 前度刘郎今又来⑪。

【汇评】

夫平仄以成句,抑扬以合调。扬多抑少,则调匀;抑多扬少,则调促。……刘禹锡《再过玄都观诗》:"种桃道士归何处,前度刘郎今又来。"上句四去声相接,扬之又扬,歌则太硬;下句平稳。此一绝二十六字皆扬,唯"百亩"二字是抑。又观《竹枝词》所序,以知音自负,何独忽于此耶?(〔明〕谢榛《四溟诗话》卷三)

文宗之朝,互为朋党,一相去位,朝士尽易。正犹道士去而桃不复存。是以执政者复恶其轻薄。(〔明〕唐汝询《唐诗解》卷二十九)

前因看花诗,连遭贬黜,今得重来,而新进者随旧日之执政以俱去矣,因复借此以讽之。(王文濡《唐诗评注读本》卷四)

【赏析】

《旧唐书·刘禹锡传》载:"太和二年,自和州刺史征还,拜主客郎中。禹锡衔前事未已,复作《游玄都观诗序》……执政又闻《诗序》,滋不悦。累转礼部郎中、集贤院学士。"……交代此诗的写作背景,对此诗的赏析当有助焉。

此诗和"前篇"一样,纯用比体而又不避锋芒。一二两句通过写玄都观的冷落凄清景象,隐喻诗人当初讽刺的对象——元和十年前后得势的"新贵",眼下已不复得势。"庭"同时暗

---

① 玄都观:见前诗《元和十年自朗州承召至京,戏赠看花诸君子》注③。 ② 贞元二十一年:也是唐顺宗永贞元年,即805年。贞元:唐德宗年号。屯田员外郎:唐官名,为尚书省工部所属屯田司的副长官。 ③ 牧:西汉末年,称刺史(太守)为牧,这里指担任州官。连州:唐州名,治所在今广东连县,辖境相当今连县、连山、阳山等县地。 ④ 寻:不久。朗州:唐州名,治所今湖南常德市,辖境相当今湖南桃源以东的沅江流域。 ⑤ 前篇:指《元和十年自朗州至京,戏赠看花诸君子》一诗。 ⑥ 主客郎中:唐官名,为尚书省所属主客司的长官,主要掌管与其他民族来往的事务。 ⑦ 兔葵:一种野菜。燕麦:野麦。 ⑧ 俟(sì)后游:等待以后再来游玩。俟:等待。 ⑨ 大和二年,即828年。大和:一作"太和",唐文宗年号。 ⑩ 庭:本指堂阶前的地坪,此指玄都观里长千树桃花的地方。净:一作"开",一作"落"。 ⑪ "前度"句:成语"前度刘郎"即源于此句。刘郎:诗人自称。又:一作"独"。

合朝廷的"廷"。三四两句颇有火气,责问、蔑视、自负、嘲讽、感慨等均寓于其中。"种桃道士"隐喻当初打击王叔文集团,贬黜刘禹锡等八人的当权者。

值得一提的是,此诗的序比诗长得多,洵是一篇优美的散文。诗与序互读,"前篇"与此诗、此序互读,当更能显现彼此的诗心、文心。

(沈广达)

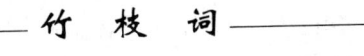

杨柳青青江水平, 闻郎江上唱歌声。
东边日出西边雨, 道是无晴却有晴。

【汇评】

李义山"江上晴云杂雨云",不如刘梦得"东边日出西边雨,道是无情还有情"……措词流丽,酷似六朝。(〔明〕谢榛《四溟诗话》卷二)

此以"晴"字双关"情"字,其源出于《子夜》、《读曲》。(〔清〕黄生《唐诗评》卷四)

此首起二句,则以风韵摇曳见长。后二句言东西晴雨不同,以"晴"字借作"情"字,无情而有情,言郎踏歌之情费人猜想。双关巧语,妙手偶得之。(俞陛云《诗境浅说》)

【赏析】

竹枝词是巴东民歌之一种,以笛鼓伴奏,同时起舞。刘禹锡任夔州刺史时,学习这种民歌,写当地的风土人情。此乃其最著名之一首。写一位沉浸于初恋中的少女,她爱一位男子,又不确知对方是否爱自己,抱着一种忐忑不安、希冀与担忧参半的心情去揣度男子的态度。语言双关,通俗细腻,诙谐幽默,妙趣横生。乃爱情诗中名篇。

(王步高)

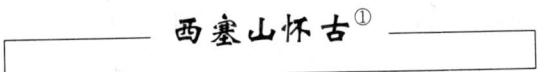

王濬楼船下益州②, 金陵王气黯然收③。

---

① 西塞山:在今湖北大冶县东面的长江边,形势险峻,是六朝有名的军事要塞。长庆四年(824)刘禹锡由夔州刺史调任和州刺史,沿江东下,途经西塞山,即景抒怀,写下此诗。 ② 王濬:晋人,受晋武帝派遣,率领高大的战船顺江而下讨伐东吴。益州,州治在今四川成都市,王濬曾为益州刺史。 ③ 金陵:今江苏南京市。

千寻铁锁沉江底①，一片降幡出石头②。
人世几回伤往事，山形依旧枕寒流③。
从今四海为家日，故垒萧萧芦荻秋④。

【本事典实】

元微之、刘梦得、韦楚客会于乐天之居，因论南朝兴废事，各赋《金陵怀古》诗。梦得方在郎省，元公已居北门。梦得骋其才，略无逊意，满引一觞，请为首唱，一挥而成。白公览诗，曰："四人探骊龙，而子先得其珠，其余鳞甲将何为？"三公于是罢吟。（〔宋〕阮阅《诗话总龟》前集卷二十四）

【汇评】

刘宾客《西塞山怀古》，似议非议，有论无论，笔著纸上，神来天际，气魄法律，无不精到，洵是此老一生杰作，自然压倒元、白。（〔清〕薛雪《一瓢诗话》）

刘梦得《金陵怀古》诗，当时白香山谓其已探骊珠，所余鳞角何用。以今观之，"王濬楼船"所咏才一事耳，而多至四句，前则疑于偏枯；山城水国，芦荻之乡，触目尽尔，后则嫌其空衍也。抑何元、白阁笔易易耶？（〔清〕汪师韩《诗学纂闻》）

刘宾客《西塞山怀古》之作，极为白公所赏，至于为之罢唱。起四句洵是杰作，后四则不振矣。此中唐以后，所以气力衰飒也。固无八句皆紧之理，然必松处正是紧处，方有意味。如此作结，毋乃饮满时思滑之过耶？《荆州道怀古》一诗，实胜此作。（〔清〕翁方纲《石洲诗话》卷二）

查慎行：专举吴亡一事，而南渡、五代以第五句含蓄之。见解既高，格局亦开展动宕。　何义门：气势笔力匹敌《黄鹤楼》诗，千载绝作也。　纪昀：第四句但说得吴。第五句七字括过六朝，是为简练。第六句一笔折到西塞山，是为圆熟。（李庆甲辑《瀛奎律髓汇评》卷三）

【赏析】

这是一首怀古诗。作者借晋、吴兴亡的历史旧事，抒发了四海一家终究要取代割据的思想。全诗共两层意思：前四句写王濬率军攻打东吴、东吴凭借地理优势也未能挽回失败结局的历史旧事。后四句抒写了由此产生的感兴，表达了与作者在《金陵怀古》中抒发的"兴废由人事，山川空地形"一样的感慨：山形依旧，人事全非。今日四海为家，江山统一，分裂的历史已经一去不复返了。

首联由远处落笔，一"下"一"收"，简练而有气势。第二联承接首联，为下面抒情议论做铺垫。第三联将笔锋从"往事"折回眼前，"几回"二字概括了六朝兴废的纷乱历史，对句点到西塞山，"依旧"一词，透露出怀古思绪。尾联将"四海为家"的"今逢"之世，与残破荒凉的"故垒"遗迹并举，收束全篇。

---

① 寻：古代长度单位，八尺为一寻。本句指当年东吴凭借长江天险，于江中暗设铁锥，再以铁链横锁江面，王濬用大筏数十，冲走铁锥，又以大火烧毁铁链，直逼金陵。　② 降幡：表示投降的旗帜。石头，指石头城，故址在今江苏省南京市清凉山，此指金陵城。　③ 寒：一作江。　④ 故垒：指昔日的军事堡垒。

诗歌即景骋情,借古喻今,景、情、理融会一体,通过将自然与人事并举,表现了永恒与短暂的对比。全诗寓意深广,雄浑爽朗。趣远情深而又鲜明如画,含思婉转而又骨力豪劲。

(屈雅红)

张　籍

张籍(约766—830),字文昌,祖籍吴郡(今江苏苏州),迁居和州(今安徽和县)。贞元间进士,元和初官太常寺太祝,后转国子监助教,迁秘书郎。长庆初为国子博士,又任水部员外郎,转主客郎中。官终国子司业。元白新乐府运动的积极支持者,其诗或拟古乐府,或自创新乐府,注重风雅比兴,多写民瘼。与王建齐名,均擅长乐府,故有"张王乐府"之称。著有《张司业集》。

【张王诗总评】

唐人亦多为乐府,若张籍、王建、元稹、白居易以此得名。其述情叙怨,委曲周详,言尽意尽,更无余味。及其末也,或是诙谐,便使人发笑,此曾不足以宣讽。诉之情况,欲使闻者感动而自戒乎?甚者或谲怪,或俚俗,所谓恶诗也,亦何足道哉!(〔宋〕魏泰《临汉隐居诗话》)

乐府至张籍、王建,道尽人意中事,惟半山尤赏好。有"看若寻常最奇崛,成如容易极艰辛",此十四字,唐乐府断案也。(〔宋〕刘克庄《后村诗话》新集卷三)

张籍、王建七古甚妙,不免是残山剩水,气又苦咽。(〔清〕吴乔《围炉诗话》卷二)

许彦周谓张籍、王建乐府宫词皆杰出,所不能追踪李杜者,气不胜耳。余以为非也,正坐格不高耳。不但李杜,盛唐诸诗人所以超出初唐、中、晚者,只是格韵高妙。(〔清〕王士禛《带经堂诗话》卷一)

王建、张籍乐府,何曾一字险怪,而读之入情入理,与汉魏乐府并传。古人不朽者以此,所以诗最忌艰涩也。(〔清〕李调元《雨村诗话》卷下)

【集评】

君诗多态度,霭霭春空云。东野动惊俗,天葩吐奇芬。张籍学古淡,轩鹤避鸡群。……今我及数子,固无愧与薰。险语破鬼胆,高词媲皇坟。至宝不雕琢,神功谢锄耘……。(〔唐〕韩愈《醉赠张秘书》)

张洎序项斯诗云:"元和中,张水部为律格,字清意远,唯朱庆馀一人亲受其旨。沿流而下,则有任藩、陈标、章孝标、司空图等,咸及门焉。"(〔宋〕刘克庄《后村诗话》后集卷二)

张籍乐府词,清丽深婉,五言律诗亦平淡可爱,至七言诗,则质多文少。材各有宜,不可强饰。(〔宋〕刘攽《中山诗话》)

张司业诗与元、白一律,专以道得人心中事为工,但白才多而意切,张思深而语精,元体轻而词躁尔。籍律诗虽有味而少文,远不逮李义山、刘梦得、杜牧之,然籍之乐府,诸人未必能也。(〔宋〕张戒《岁寒堂诗话》卷上)

司业律诗以浅淡而妙,然实鸿鹄之腹毳也。(〔清〕贺裳《载酒园诗话》又编)

节 妇 吟

君知妾有夫①，赠妾双明珠。
感君缠绵意，系在红罗襦②。
妾家高楼连苑起，良人执戟明光里③。
知君用心如日月，事夫誓拟同生死。
还君明珠双泪垂，恨不相逢未嫁时。

【汇评】

系珠于襦，心许之矣，以良人贵显而不可，皆是以却之。然还珠之际涕泣流连，悔恨无及，彼妇之节不几岌岌乎？夫女以珠诱而动心，士以币征而折节，司业之识浅矣哉！（〔明〕唐汝询《唐诗解》卷十八）

双珠系而复还，不难于系，而难于还。系者知己之感，还者从一之义也。此诗为文昌却聘之作，乃假托节妇言之。徒令千载之下，增才人无限悲感。（〔清〕黄周星《唐诗快》）

此诗一句一转，语巽而峻，深得《行露》"白茅"之意。（〔清〕贺裳《载酒园诗话》又编）

《陌上桑》妙在直，此诗妙在婉，文昌真乐府老手。（〔清〕徐增《而庵说唐诗》）

此篇五七言后，以两句结，却有余韵，妙在言外。（〔清〕王尧衢《唐诗合解笺注》卷三）

【赏析】

此诗题一作"节妇吟，寄东平李司空师道"。李师道是当时藩镇之一的平卢淄青节度使，拥兵跋扈，朝廷无奈，反而于唐宪宗元和十一年（816）加其检校司空（正一品）衔。他表面顺服朝廷，暗中却不择手段，勾结、拉拢文人和中央官吏。张籍也受到李的拉拢。接受或默许拉拢，也不失为当时一些不得意的文人和官吏的一条出路。但是张籍拒绝了，他乃韩门大弟子，其主张忠于朝廷、反对藩镇分裂的立场坚决一如韩愈。此诗可能就是为拒绝李师道的拉拢、引诱而写的，通篇运用比兴手法，委婉地表明自己的态度。首二句语气中带有微辞，含有谴责之意。颔联二句表面感李师道的知己，但话中有话。继而以自己家的富贵，实以夫妇比君臣，念自己乃唐王朝臣子之意。颈联二句写出感情矛盾，感激对方，却又守节不移。结句语含深情，一边还珠，一边流泪。写得颇有民歌风味，短幅中藏无限曲折，值得味之再三。诗人以节妇自况，婉谢对方的拉拢、引诱。

（沈广达）

---

① 君：或喻指藩镇李师道。妾：诗人自比。② 襦（rú）：短袄。③ "妾家"两句：说自家的富贵气象。苑：园林。良人：丈夫。执戟：汉代皇帝的侍从武官，这里泛指供职朝廷。明光：汉代宫名，汉武帝所建。这里借指唐朝廷。以汉喻唐乃唐人修辞习惯。

王　建

王建(约 767—831 后),字仲初,颍川(今河南许昌)人。二十岁许,与张籍相识,一道从师求学,并开始写乐府诗。他们二人经历相似:出身寒微,虽曾进士及第,却只作过几任小官,"四授官资元七品,再经婚娶尚单身"(《自伤》);以乐府诗著称于世,善写七言歌行,绝少直发议论,清新明快,凝炼精悍,故世称"张王乐府"。《宫词》百首尤为知名,欧阳修《六一诗话》说它"多言唐宫禁中事,皆史传小说所不载者";魏庆之《诗人玉屑》引《唐王建宫词旧跋》说,后世"效此体者虽有数家,而建为之祖"。著有《王建诗集》。

【集评】

古乐府当学王建,如《凉州行》、《刺促词》、《古钗行》、《精卫词》、《老妇叹镜》、《短歌行》、《渡辽水》等篇,反复致意,有古作者之风,一失于俗则俚矣。(〔宋〕范晞文《对床夜语》卷三)

仲初妙于不含蓄,亦自有晓钟残角之韵。为人徒称其《宫词》百首,此如食熊啖股,何尝得其美处?(〔清〕贺裳《载酒园诗话》又编)

《诗归》评王诗曰:"有激之言,字字痛切,似为千古朝事、边事写一供状。"此论妙甚。张诗虽工,仅词人之言,王诗意深远矣。(同上)

新嫁娘词

三日入厨下①,　洗手作羹汤②。
未谙姑食性③,　先遣小姑尝④。

【汇评】

唐五言绝,初盛前多作乐府,然初唐只是陈、隋遗响。开元以后,句格方超。如……王建《新嫁娘》……皆酷得六朝意象。高者可攀晋宋,平者不失齐梁。唐人五言绝佳者,大半此矣。(〔明〕胡应麟《诗薮》内编卷六)

王建《新嫁娘》、施肩吾《幼女词》,摹事太入情,便落卑格。(〔清〕毛先舒《诗辩坻》卷三)

孟郊之《古别离》,即其古诗。王建之《新嫁娘》,即其乐府。(〔清〕管世铭《读雪山房唐诗序例》)

崔颢《长干曲》、金昌绪《春怨》、王建《新嫁娘》、张祜《宫词》等篇,虽非专家,亦称绝调。后人当于此问津。(〔清〕沈德潜《唐诗别裁集》凡例)

诗到真处,一字不可移易。(同上,卷十九)

---

① 三日入厨:女子婚后第三天,俗称"过三朝"。按习俗,要下厨做菜,表示从今后要侍奉公婆。　② 羹:指五味调和的浓汤。　③ 谙(ān):熟悉。姑食性:婆婆的口味。　④ 遣:让,请。小姑:丈夫的妹妹。姑:一作"娘"。

【赏析】

此诗选自《新嫁娘词三首》中的第三首。用白描手法叙日常生活,却曲尽人情。或认为此诗借咏新嫁娘曲意承欢、小心谨慎隐喻诗人自己初入宦途,不知长官的脾气,遇事得先请教同僚。敖英《唐诗绝句类选》评曰:"自肺腑中流中,无牵强斧凿痕。"沈德潜《唐诗别裁集》评曰:"诗至真处,一字不可移易。"刘永济《唐人绝句精华》评曰:"佳处在朴素而又生动,有民间歌谣之趣。"

(沈广达)

元　稹

元稹(779—831),字微之,河南(今河南洛阳)人。德宗贞元中明经及第,复书判拔萃科,授校书郎。宪宗元和初,授左拾遗,升为监察御史。后得罪宦官,贬江陵士曹参军,转通州司马,调虢州长史。穆宗长庆初任膳部员外郎,转祠部郎中知制诰,迁中书舍人、翰林学士。为相三月,出为同州刺史,改浙东观察使。文宗大和中为尚书左丞,出为武昌节度使,卒于任所。与白居易倡导新乐府运动,颇有影响,时称"元白"。著有《元氏长庆集》。

【集评】

元稹撰《白氏长庆集序》云:"予始与乐天同校秘书,多以诗章相赠答。而二十年间,禁省、观寺、邮堠墙壁之上无不书,王公、妾妇、牛童、马走之口无不道。至于缮写模勒,炫卖于市井,或持之以交酒茗者,处处皆是。予尝于平水市中,见村校诸童,竞习诗,召而问之,皆对曰:先生教乐天、元微之诗。亦不知予之为微之也。"又云:"鸡林贾人,求市颇切,自云:本国宰相,每以百金换一篇。其甚伪者,宰相辄能辨别之。"《蔡宽夫诗话》云:"司空图善论前人诗,谓元、白为力勍气赢,乃都会之豪估,可谓切中其病。"(〔宋〕蔡正孙《诗林广记》卷十)

高秀实又云:"元氏艳诗,丽而有骨,韩偓《香奁集》丽而无骨。"(〔宋〕许顗《彦周诗话》)

敖陶孙器之评诗曰:……元微之如李龟年说天宝遗事,貌悴而神不伤。(〔明〕杨慎《升庵诗话》卷三)

离思五首(选一)

曾经沧海难为水①,　除却巫山不是云②。

---

① "曾经"句:脱胎于孟文或陆诗。《孟子·尽心篇上》:"观于海者难为水,游于圣人之门者难为言。"朱熹《孟子集注》:"所见既大,则其小者不足观也。"晋陆云《为顾彦先赠妇往返四首》:"浮海难为水,游林难为观。"孟文以大海的深邃喻圣人学问的博大沉渊;陆诗喻见过大世面,则不屑于普通的事物。元稹则别开生面,用"曾经沧海"暗喻"我"对"君"的深情。曾经:曾经经过。沧海:大海,因大海水深呈青苍色,故云。一说古人称渤海为沧海,此处"沧海"与"巫山"对举,当以"渤海"之解为胜。②"除却"句:用楚王游云梦、宿高唐而梦遇神女事,详见宋玉《高唐赋·序》。巫山:在四川巫山县东南,上有神女峰。

取次花丛懒回顾①， 半缘修道半缘君②。

【汇评】

元稹初娶京兆韦氏，字蕙丛，官未达而苦贫……韦蕙丛逝，不胜其悲，为诗悼之曰："谢家最小偏怜女……"，又云："曾经沧海难为水，除却巫山不是云。"（〔宋〕范摅《云溪友议》）

微之自言眷念双文之意形之于诗者，如"取次花丛懒回顾，半缘修道半缘君"，是其自夸守礼多情之语，亦不可信也。（陈寅恪《元白诗笺证稿》）

此诗共五首，为莺莺作。另有首篇，一题作《莺莺诗》云："夜合带烟笼晓日，牡丹经雨泣残阳"，亦写离情。或谓为韦丛作，故有"曾经沧海"之句，盖悼亡也。（苏仲翔《元白诗选》）

【赏析】

此诗选自《离思五首》的第四首（《离思五首》，一本并《莺莺诗》作六首，此诗列第五首），写"我"对"君"爱的坚贞不渝。"曾经"两句素来尤为人称诵，写的是爱的境界。上下两句互文，义同"曾经巫山难为云，除却沧海不是水"，用以隐喻除了"君"之外，"我"谁也不爱。爱的表现是"取次花丛懒回顾"，柳永的"便纵有千种风情，更与何人说"，与此同妙；爱的原因则是"修道"和对"君"的悼念，情中有理，理中融情。大多诗评家认为此诗是"悼念亡妻韦丛之作"。陈寅恪《元白诗笺证稿》则考定，此诗是"为其少日之情人所谓崔莺莺者而作"的。崔莺莺即寒族女子双文。不管此诗为谁而作，也不管元稹的品格高抑或是低，就"诗"论"诗"，这首诗脉络清晰，凄恻动人，堪比他的《遣悲怀》三首，也是悼亡诗中的杰作。 （沈广达）

备选课文

野老歌 张籍

老农家贫在山住，耕种山田三四亩。苗疏税多不得食，输入官仓化为土。岁暮锄犁傍空室，呼儿登山收橡实。西江贾客珠百斛，船中养犬长食肉。

秋思 张籍

洛阳城里见秋风，欲作归书意万重。忽恐匆匆说不尽，行人临发又开封。

水夫谣 王建

苦哉生长当驿边，官家使我牵驿船。辛苦日多乐日少，水宿沙行如海鸟。逆风上水万斛重，前驿迢迢后森森。半夜缘堤雪和雨，受他驱遣还复去。衣寒衣湿披短蓑，臆穿足裂忍痛何。到明辛苦无处说，齐声腾踏牵船歌。一间茅屋何所直，父母之乡去不得。我愿此水作平田，长使水夫不怨天。

---

① "取次"句：元稹《梦游春七十韵》自道曰："觉来八九年，不向花回顾。"白居易《和〈梦游春〉诗一百韵》赞元稹曰："京洛八九春，未曾花里宿。"取次：寻常，随意。花丛：暗喻众多美人。 ② "半缘"句：意即既是因为修道，又是因为悼念你。修道：有二解，一指尊佛奉道。白居易《和答诗十首》赞元稹曰："身委《逍遥篇》，心付《头陀经》。"二指专心致力于品德学问的修养。均可通，二者都是元稹感情的寄托。清人秦朝釪《消寒诗话》评曰："……悼亡而曰'半缘君'，亦可见其性情之薄矣。"恐非确解。

遣悲怀三首　　　　　元　稹

谢公最小偏怜女,嫁与黔娄百事乖。顾我无衣搜荩箧,泥他沽酒拔金钗。野蔬充膳甘长藿,落叶添薪仰古槐。今日俸钱过十万,与君营奠复营斋。

昔日戏言身后意,今朝皆到眼前来。衣裳已施行看尽,针线犹存未忍开。尚想旧情怜婢仆,也曾因梦送钱财。诚知此恨人人有,贫贱夫妻百事哀。

闲坐悲君亦自悲,百年都是几多时。邓攸无子寻知命,潘岳悼亡犹费词。同穴窅冥何所望,他生缘会更难期。唯将终夜长开眼,报答平生未展眉。

泛读课文

石头城　　　　　刘禹锡

山围故国周遭在,潮打空城寂寞回。淮水东边旧时月,夜深还过女墙来。

酬乐天扬州初逢席上见赠　　　　　刘禹锡

巴山楚水凄凉地,二十三年弃置身。怀旧空吟闻笛赋,到乡翻似烂柯人。沉舟侧畔千帆过,病树前头万木春。今日听君歌一曲,暂凭杯酒长精神。

竹枝词九首(选三)　　　　　刘禹锡

山桃红花满上头,蜀江春水拍江流。花红易衰似郎意,水流无限似侬愁。

瞿塘嘈嘈十二滩,此中道路古来难。长恨人心不如水,等闲平地起波澜。

山上层层桃李花,云间烟火是人家。银钏金钗来负水,长刀短笠去烧畲。

杨柳枝九首(选一)　　　　　刘禹锡

塞北梅花羌笛吹,淮南桂树小山词。请君莫奏前朝曲,听唱新翻杨柳枝。

蓟北旅思　　　　　张　籍

日日望乡国,空歌白纻词。长因送人处,忆得别家时。失意还独语,多愁只自知。客亭门外柳,折尽向南枝。

没蕃故人　　　　　张　籍

前年戍月支,城上没全师。蕃汉断消息,死生长别离。无人收废帐,归马识残旗。欲祭疑君在,天涯哭此时。

凉州词　　　　　张　籍

凤林关里水东流,白草黄榆六十秋。边将皆承主恩泽,无人解道取凉州。

忆扬州　　　　　徐　凝

萧娘脸下难胜泪,桃叶眉头易得愁。天下三分明月夜,二分无赖是扬州。

分类唐诗　哀挽

哭晁卿衡　　　　　李　白

日本晁卿辞帝都,征帆一片绕蓬壶。明月不归沉碧海,白云愁色满苍梧。

哭宣城善酿纪叟　　　　　李白

纪叟黄泉里,还应酿老春。夜台无晓日,沽酒与何人。

哭朱放　　　　　戴叔伦

几年湖海挹馀芳,岂料兰摧一夜霜。人世空传名耿耿,泉台杳隔路茫茫。碧窗月落琴声断,华表云深鹤梦长。最是不堪回首处,九泉烟冷树苍苍。

览卢子蒙侍御旧诗多与微之唱和感今伤昔因赠子蒙题于卷后　　　　　白居易

早闻元九咏君诗,恨与卢君相识迟。今日逢君开旧卷,卷中多道赠微之。相看掩泪情难说,别有伤心事岂知。闻道咸阳坟上树,已抽三丈白杨枝。

感旧
并序　　　　　白居易

故李侍郎杓直长庆元年春薨,元相公微之太和六年秋薨,崔侍郎晦叔太和七年夏薨,刘尚书梦得会昌二年秋薨。四君子,予之挚友也。二十年间凋零共尽,唯予衰病,至今独存,因咏悲怀,题为《感旧》。

晦叔坟荒草已陈,梦得基湿土犹新。微之捐馆将一纪,杓直归丘二十春。城中虽有故第宅,庭芜园废生荆榛。箧中亦有旧书札,纸穿字蠹成灰尘。平生定交取人窄,屈指相知唯五人。四人先去我在后,一枝蒲柳衰残身。岂无晚岁新相识?相识面亲心不亲。人生莫羡苦长命,命长感旧多悲辛。

分类唐诗　悼亡

为薛台悼亡　　　　　白居易

半死梧桐老病身,重泉一念一伤神。手携稚子夜归院,月冷空房不见人。

重到襄阳,哭亡友韦寿朋　　　　　杜牧

故人坟树立秋风,伯道无儿迹更空。重到笙歌分散地,隔江吹笛月明中。

哭杨攀处士　　　　　许浑

先生忧道乐清贫,白发终为不仕身。嵇阮没来无酒客,应刘亡后少诗人。山前月照荒坟晓,溪上花开旧宅春。昨夜回舟更惆怅,至今钟磬满南邻。

哭刘蕡　　　　　李商隐

上帝深宫闭九阍,巫咸不下问衔冤。广陵别后春涛隔,湓浦书来秋雨翻。只有安仁能作诔,何曾宋玉解招魂。平生风义兼师友,不敢同君哭寝门。

哭李商隐　　　　　崔珏

成纪星郎字义山,适归高壤抱长叹。词林枝叶三春尽,学海波澜一夜干。风雨已吹灯烛灭,姓名长在齿牙寒。只应物外攀琪树,便著霓裳上绛坛。

虚负凌云万丈才,一生襟抱未曾开。鸟啼花落人何在,竹死桐枯凤不来。良马足因无主踠,旧交心为绝弦哀。九泉莫叹三光隔,又送文星入夜台。

伤贾岛　　　　　张蠙

生为明代苦吟身,死作长江一逐臣。可是当时少知己,不知知己是何人。

王十二兄与畏之员外相访见招小饮时予以悼亡日近不去因寄　　　　　李商隐

谢傅门庭旧末行,今朝歌管属檀郎。更无人处帘垂

地,欲拂尘时簟竟床。嵇氏幼男犹可悯,左家娇女岂能忘。秋霖腹疾俱难遣,万里西风夜正长。

代友人悼姬　　刘沧

罗帐香微冷锦裯,歌声永绝想梁尘。萧郎独宿落花夜,谢女不归明月春。青鸟罢传相寄字,碧江无复采莲人。满庭芳草坐成恨,迢递蓬莱入梦频。

悼　亡　　王涣

春来得病夏来加,深掩妆窗卧碧纱。为怯暗藏秦女扇,怕惊愁度阿香车。腰肢暗想风欺柳,粉态难忘露洗花。今日青门葬君处,乱蝉衰草夕阳斜。

和新及第悼亡诗二首(选一)　　鱼玄机

仙籍人间不久留,片时已过十经秋。鸳鸯帐下香犹暖,鹦鹉笼中语未休。朝露缀花如脸恨,晚风欹柳似眉愁。彩云一去无消息,潘岳多情欲白头。

分类唐诗　哲理人生

浪淘沙　　刘禹锡

莫道谗言如浪深,莫言迁客似沙沉。千淘万漉虽辛苦,吹尽狂沙始到金。

酬乐天扬州初逢席上见赠　　刘禹锡

巴山楚水凄凉地,二十三年弃置身。怀旧空吟闻笛赋,到乡翻似烂柯人。沉舟侧畔千帆过,病树前头万木春。今日听君歌一曲,暂凭杯酒长精神。

喜罢郡　　白居易

五年两郡亦堪嗟,偷出游山走看花。自此光阴为己有,从前日月属官家。樽前免被催迎使,枕上休闻报坐衙。睡到午时欢到夜,回看官职是泥沙。

放言五首　　白居易

朝真暮伪何人辨,古往今来底事无。但爱臧生能诈圣,可知宁子解佯愚。草萤有耀终非火,荷露虽团岂是珠。不取燔柴兼照乘,可怜光彩亦何殊。

世途倚伏都无定,尘网牵缠卒未休。祸福回还车转毂,荣枯反覆手藏钩。龟灵未免刳肠患,马失应无折足忧。不信君看弈棋者,输赢须待局终头。

赠君一法决狐疑,不用钻龟与祝蓍。试玉要烧三日满,辨材须待七年期。周公恐惧流言后,王莽谦恭未篡时。向使当初身便死,一生真伪复谁知。

谁家第宅成还破,何处亲宾哭复歌。昨日屋头堪炙手,今朝门外好张罗。北邙未省留闲地,东海何曾有定波？莫笑贱贫夸富贵,共成枯骨两如何。

泰山不要欺毫末,颜子无心羡老彭。松树千年终是朽,槿花一日自为荣。何须恋世常忧死,亦莫嫌身漫厌生。生去死来都是幻,幻人哀乐系何情。

九年十一月二十一日感事而作　　白居易

祸福茫茫不可期,大都早退似先知。当君白首同归日,是我青山独往时。顾索素琴应不暇,忆牵黄犬定难追。麒麟作脯龙为醢,何似泥中曳尾龟。

登山　　李涉

终日昏昏醉梦间,忽闻春尽强登山。因过竹院逢僧话,又得浮生半日闲。

登九峰楼寄张祜　　杜牧

晴江滟滟含浅沙,高低绕郭滞秋花。牛歌鱼笛山月上,鹭渚鹭梁溪日斜。为郡异乡徒泥酒,杜陵芳草岂无家。白头搔杀倚柱遍,归棹何时闻轧鸦。

汴河阻冻　　　　杜　牧

千里长河初冻时,玉珂瑶珮响参差。浮生却似冰底水,日夜东流人不知。

答　人　　　　太上隐者

偶来松树下,高枕石头眠。山中无历日,寒尽不知年。

分类唐诗　僧道

游少林寺　　　　沈佺期

长歌游宝地,徙倚对珠林。雁塔风霜古,龙池岁月深。绀园澄夕霁,碧殿下秋阴。归路烟霞晚,山蝉处处吟。

过香积寺　　　　王　维

不知香积寺,数里入云峰。古木无人径,深山何处钟。泉声咽危石,日色冷青松。薄暮空潭曲,安禅制毒龙。

题破山寺后禅院　　　常　建

清晨入古寺,初日照高林。竹径通幽处,禅房花木深。山光悦鸟性,潭影空人心。万籁此都寂,但馀钟磬音。

送灵澈上人　　　　刘长卿

苍苍竹林寺,杳杳钟声晚。荷笠带夕阳,青山独归远。

寻南溪常道士　　　刘长卿

一路经行处,莓苔见履痕。白云依静渚,春草闭闲门。过雨看松色,随山到水源。溪花与禅意,相对亦忘言。

遣　怀　　　　齐　己

病肠休洗老休医,七十能饶百岁期。不死任还蓬岛客,无生自有雪山师。浮云聚散俱关虑,明月相逢好展眉。既兆未萌闲酌度,不如中抱是寻思。

诗病相兼老病深,世医徒更费千金。馀生岂必虚抛掷,未死何妨乐咏吟。流水不回休叹息,白云无迹莫追寻。闲身自有闲消处,黄叶清风蝉一林。

同题仙游观　　　　韩　翃

仙台下见五城楼,风物凄凄宿雨收。山色遥连秦树晚,砧声近报汉宫秋。疏松影落空坛静,细草香闲小洞幽。何用别寻方外去,人间亦自有丹丘。

寄禅师　　　　白居易

白屋炊香饭,荤膻不入家。滤泉澄葛粉,洗手摘藤花。青芥除黄叶,红姜带紫芽。命师相伴食,斋罢一瓯茶。

题鹤林寺僧舍　　　李　涉

终日昏昏醉梦间,忽闻春尽强登山。因过竹院逢僧话,又得浮生半日闲。

秋寄从兄贾岛　　　无　可

尽日叹沉沦,孤高碣石人。诗名从盖代,谪宦竟终身。蜀集重编否,巴仪薄葬新。青门临旧卷,欲见永无因。

言　志　　　　韩　湘

青山云水窟,此地是吾家。后夜流琼液,凌晨咀绛霞。琴弹碧玉调,炉炼白朱砂。宝鼎存金虎,元田养白鸦。一瓢藏世界,三尺斩妖邪。解造逡巡酒,能开顷刻花。有人能学我,同去看仙葩。

茫茫。君不见西施绿珠颜色可倾国,乐极悲来留不得。君不见汉王力尽得乾坤,如何秋雨洒庙门?铜台老树作精魅,金谷野狐多子孙。几许繁华几更改,唯有尧舜周召丘轲似长在。坐看楼阁成丘墟,莫话桑田变成海。吾有清凉雪山雪,天上人间常皎洁。茫茫欲火欲烧人,惆怅无因为君说。

偶　作　　　　贯　休

君不见金陵凤台月榭烟霞光,如今五里十里野火烧

分类唐诗　桃花

江畔独步寻花七绝句(选一)　　杜　甫

黄师塔前江水东,春光懒困倚微风。桃花一簇开无主,可爱深红爱浅红?

题都城南庄　　崔　护

去年今日此门中,人面桃花相映红。人面不知何处在,桃花依旧笑春风。

竹　枝　　　　刘禹锡

山桃红花满上头,蜀江春水拍江流。花红易衰似郎意,水流无限似侬愁。

大林寺桃花　　白居易

人间四月芳菲尽,山寺桃花始盛开。长恨春归无觅处,不知转入此中来。

中小学已学篇目

刘禹锡《望洞庭》(小)《酬乐天扬州初逢席上见赠》《秋词》《石头城》(初)　**李绅**《悯农二首(锄禾日当午春种一粒粟)》(小)　**元稹**《闻乐天左迁江州司马》※

可参考书目

《刘禹锡集笺证》,瞿蜕园笺证,上海古籍出版社 1989 年
《刘禹锡诗集编年笺注》,蒋维崧等笺注,山东大学出版社 1997 年
《刘禹锡选集》,吴汝煜选注,齐鲁书社 1989 年
《刘禹锡评传》,卞孝萱、卞敏著,南京大学出版社 1996 年
《张籍集注》,李冬生注,黄山书社 1989 年
《张籍王建诗选》,李树政选注,广东人民出版社 1984 年
《张王乐府》,徐澄宇选注,古典文学出版社 1957 年
《元稹集》,冀勤点校,中华书局 1982 年
《元稹年谱》,卞孝萱著,齐鲁书社 1980 年

十五、白居易

【元白诗总评】

元、白力勍而气孱,乃都市豪估耳。(〔唐〕司空图《与王贺评诗书》)

元轻白俗。(〔宋〕苏轼《祭柳子玉文》)

元、白、张籍、王建乐府,专以道得人心中事为工,然其词浅近,其气卑弱。(〔宋〕张戒《岁寒堂诗话》卷上)

元、白、张籍诗,皆自陶、阮中出,专以道得人心中事为工,本不应格卑,但其词伤于太烦,其意伤于太尽,遂成冗长卑陋尔。比之吴融、韩偓俳优之词,号为格卑,则有间矣。若收敛其词,而少加含蓄,其意味岂复可及也。苏端明子瞻喜之,良有由然。(同上)

张为称白乐天"广大教化主"。用语流便,使事妥平,固其所长,极有冗易可厌者。少年与元稹角靡逞博,意在警策痛快。晚更作知足语,千篇一律。诗道未成,慎勿轻看,最能易人心手。(〔明〕王世贞《艺苑卮言》卷四)

余最喜白太傅诗,正以其不事雕饰,直写性情。夫《三百篇》何尝以雕绘为工耶?世又以元微之与白并称,然元已自雕绘,唯讽谕诸篇,差可比肩耳。(〔明〕何良俊《四友斋丛说》)

乐天、微之,以诗文并称。元和长庆间,互相标榜倡和为颉颃,而论者亦曰"元白"。(〔明〕华镜《元氏长庆集跋》)

唐之文章,至元和而极盛矣。元、白二氏,创为新体,以相倡和,各极才人之致。(〔明〕娄坚《重刻元氏长庆集序》)

韩、柳、元、白、欧,诗之圣也。(〔明〕袁宏道《与李龙湖》)

元、白以潦倒成家,意必尽言,言必尽兴,然其力足以达之。微之多深著色,乐天多浅著趣,趣近自然,而色亦非貌取也。总皆降格为之。凡意欲其近,体欲其轻,色欲其妍,声欲其脆,此数者格之所由降也。(〔明〕陆时雍《诗镜总论》)

白乐天诗,善用俚语,近乎人情物理,元微之虽同称,差不及也。(〔明〕俞弁《逸老堂诗话》卷下)

诗至贞元、长庆,古今一大变,李、杜始重。元、白,学杜者也。元相时有学太白处。(〔清〕冯班《诫子帖》)

白乐天(居易)、元微之(稹)诗如梨园法曲,其声动心。(〔清〕牟相愿《小澥草堂杂论诗》)

诗至元、白实又一大变。两人虽并称,亦各有不同:选语之工,白不如元;波澜之阔,元不如白。白苍莽中间存古调,元精工处亦杂新声。既由风气转移,亦自材质有限。(〔清〕贺裳《载酒园诗话》又编)

诗文集务多者，必不佳。古人不朽可传之作，正不在多。苏李数篇，自可千古。后人渐以多为贵，元、白《长庆集》实始滥觞，其中颓唐俚俗十居六七，若去其六七，所存二三，皆卓然名作也。（〔清〕叶燮《原诗》外篇下）

元、白长句无初唐之整丽、老杜之激昂，而宛转流畅，又自一格，大抵通赡有余，遒紧不足。（〔清〕乔亿《剑溪说诗》卷上）

白居易

白居易(772—846)，字乐天，晚年号香山居士，又号醉吟先生。卒谥文。先世太原(今山西太原)人，后迁居下邽(在今陕西渭南境)。贞元进士，授秘书省校书郎。元和年间，为翰林学士、左拾遗，屡上奏章指摘弊政，直言无忌。自太子左赞善大夫贬为江州(今江西九江)司马，迁忠州(今重庆忠县)刺史，还朝任中书舍人。历杭州、苏州刺史。晚年居洛阳，以刑部尚书致仕。诗文兼擅，尤以诗名世，与元稹并称元白，又与刘禹锡并称刘白。诗风浅显平易，有《白氏长庆集》。

【集评】

楚老云："世间好言语，已被老杜道尽；世间俗言语，已被乐天道尽。"然李赞皇云："譬之清风明月，四时常有，而光景常新。"又似不乏也。（〔宋〕陈辅《陈辅之诗话》）

白乐天诗，自擅天然，贵在近俗，恨为苏小虽美，终带风尘。（〔宋〕蔡绦《蔡百衲诗评》）

白乐天去世，人以诗吊之，曰："缀玉联珠六十年，谁教冥路作诗仙？浮名不系名居易，造化无为字乐天。童子解吟《长恨曲》，胡儿能唱《琵琶篇》。文章已满行人耳，一度思卿一怆然。"（〔宋〕蔡居厚《诗史》）

《冷斋夜话》云："白乐天每作诗，令一老妪解之，问曰：'解否？'妪曰解则录之，不解则又复易之。故唐末之诗，近于鄙俚。"又张文潜云："世以乐天诗为得于容易，而来尝于洛中一士人家见白公诗草数纸，点窜涂之，及其成篇，殆与初作不侔。"（〔宋〕胡仔《苕溪渔隐丛话》前集卷八）

本朝苏文忠公不轻许可，独敬爱乐天，屡形诗篇。盖其文章皆主辞达，而忠厚好施，刚直尽言，与人有情，于物无著，大略相似。谪居黄州，始号东坡，其原必起于乐天忠州之作也。（〔宋〕周必大《二老堂诗话》）

乐天之诗，情致曲尽，入人肝脾，随物赋形，所在充满，殆与元气相伴。至长韵大篇，动数百千言，而顺适惬当，句句如一，无争张牵强之态。此岂捻断吟须悲鸣口吻者之所能至哉！而世或以浅易轻之，盖不足与言矣。（〔金〕王若虚《滹南诗话》卷一）

神韵超妙者绝，气力雄浑者胜，元轻白俗，皆其病也。然病轻犹其小疵，病俗实为大忌，故渔洋谓初学者不可读乐天诗。（〔清〕田同之《西圃诗说》）

白诗善道人心中事，流易处近人。白傅讽谕诗有关世道，当别具只眼观之。（〔清〕乔亿《剑溪说诗》卷上）

白乐天《新乐府》，夭矫变化，用笔不测，而起承转收井然，其规讽劝戒，直是理学中古文，不可作词章读。（〔清〕李调元《雨村诗话》卷下）

白乐天歌行，平铺直叙而不嫌其拖沓者，气胜也。（〔清〕方南堂《辍锻录》）

长恨歌

汉皇重色思倾国①,御宇多年求不得②。杨家有女初长成,养在深闺人未识。天生丽质难自弃,一朝选在君王侧③。回眸一笑百媚生④,六宫粉黛无颜色⑤。春寒赐浴华清池⑥,温泉水滑洗凝脂⑦。侍儿扶起娇无力⑧,始是新承恩泽时。云鬓花颜金步摇⑨,芙蓉帐暖度春宵⑩。春宵苦短日高起,从此君王不早朝。承欢侍宴无闲暇,春从春游夜专夜⑪。后宫佳丽三千人,三千宠爱在一身。金屋妆成娇侍夜⑫,玉楼宴罢醉和春⑬。姊妹弟兄皆列土⑭,可怜光彩生门户⑮。遂令天下父母心,不重生男重生女⑯。骊宫高处入青云⑰,仙乐风飘处处闻。缓歌慢舞凝丝竹⑱,尽日君王看不足。渔阳鼙鼓动地来⑲,惊破霓裳羽衣曲⑳。九重城阙烟尘生㉑,千乘万骑西南行㉒。翠华摇摇行复止㉓,西出都门百馀里㉔。六军不发无奈何,宛转蛾眉马前死㉕。花钿委地无人收㉖,翠翘金雀玉搔头㉗。君王掩面救不

---

① 汉皇:借汉武帝指代唐玄宗,唐代诗人常用此法。倾国:汉武帝时,歌手李延年唱歌赞美其妹,歌词是:"北方有佳人,绝世而独立。一顾倾人城,再顾倾人国。宁不知倾城与倾国,佳人难再得。"见《汉书·外戚传》。后以倾国倾城比美女。 ② 御宇:皇帝统治天下。 ③ "杨家有女"四句:杨贵妃小名玉环,先被册封为寿王(玄宗之子李瑁)妃。开元二十八年,玄宗安排她为女道士,道号太真。到天宝四载,纳进宫,封贵妃。诗句为玄宗隐讳事实。 ④ 回眸:回头顾盼。眸,眼珠。 ⑤ "六宫"句:宫中妃嫔相比黯然失色。六宫:古代宫廷中后宫有六,后妃等居住。粉黛:妇女的化妆品。用白粉擦脸,用青黑色矿物颜料画眉。常借喻美女。 ⑥ 华清池:骊山(在今陕西西安临潼)下行宫华清宫的温泉。唐玄宗每年冬季或春初到华清宫居住。 ⑦ 凝脂:形容皮肤洁白光润。语本《诗经·卫风·硕人》:"肤如凝脂。" ⑧ 侍儿:婢女。 ⑨ 云鬓:妇女浓密如云的黑发。金步摇:黄金制成的一种头饰,上面有垂挂的珠子,行步时随着摇动。 ⑩ 芙蓉帐:上绣莲花的帐子。 ⑪ 专夜:此处指后妃中一人独占与皇帝寝宿的恩宠。 ⑫ 金屋:汉武帝小时,曾说如能娶姑母之女阿娇为妻,"当作金屋贮之"。见《汉武故事》。这里指杨贵妃的居室。 ⑬ 玉楼:指宫中华贵的建筑。 ⑭ "姊妹"句:唐玄宗宠幸杨贵妃,三个姐姐封为韩、虢、秦三国夫人,族兄铦为鸿胪卿,錡为侍御史,钊(即杨国忠)为右丞相。列土:分封土地。这里指杨氏一家官高势大。 ⑮ 可怜:可羡慕。 ⑯ "遂令"二句:陈鸿《长恨歌传》记载当时歌谣说:"生女勿悲辛,生儿勿喜欢。"又说:"男不封侯女作妃,看女却为门上楣。" ⑰ 骊宫:骊山上的宫殿,指华清宫。骊山因山形似骊马,呈纯青色得名(一说古骊戎居此得名)。最高峰海拔1302米,系秦岭支峰。山有东绣岭西绣岭二峰,西绣岭之老君殿便为唐华清宫之长生殿所在地。其山西北麓有温泉华清池。 ⑱ 缓歌慢舞:舒缓的歌声与轻盈的舞姿。凝丝竹:徐徐奏乐。丝竹指管弦乐器。 ⑲ "渔阳"句:指天宝十四载十一月,平卢、范阳、河东三镇节度使安禄山起兵叛唐。渔阳:郡名,在今天津蓟县一带,属范阳节度使辖区。这里暗用东汉时彭宠据渔阳反汉的典故。鼙(pí)鼓:军队用的一种小鼓。 ⑳ 霓裳羽衣曲:大型舞曲名。传为开元中西凉节度使杨敬述所进,经唐玄宗润色。 ㉑ 九重:多重。皇宫有很多门,称为九重或千门。 ㉒ 乘(shèng):四匹马拉的车叫作一乘。骑(jì):一人乘一马叫作一骑。 ㉓ 翠华:用翠鸟羽毛装饰的旗帜,为皇帝仪仗。 ㉔ "西出"句:指唐玄宗逃至长安西面的马嵬驿(在今陕西兴平境)。 ㉕ "六军"二句:指禁卫军哗变,杀杨国忠,又请杀杨贵妃,玄宗不得已,下令缢死杨贵妃。六军:周制,天子六军,每军有一万二千五百人。后泛指皇帝的扈从部队。宛转:缠绵的样子。蛾眉:美女的代称,此处指杨贵妃。 ㉖ 花钿(diàn):镶嵌珠宝的首饰。委:丢弃。 ㉗ 翠翘:翠鸟羽毛形的首饰。金雀:雀形的金钗。玉搔头:玉簪。

得,回看血泪相和流。黄埃散漫风萧索①,云栈萦纡登剑阁②。峨嵋山下少人行③,旌旗无光日色薄④。蜀江水碧蜀山青,圣主朝朝暮暮情。行宫见月伤心色⑤,夜雨闻铃肠断声⑥。天旋日转回龙驭⑦,到此踌躇不能去⑧。马嵬坡下泥土中,不见玉颜空死处⑨。君臣相顾尽沾衣⑩,东望都门信马归⑪。归来池苑皆依旧,太液芙蓉未央柳⑫。芙蓉如面柳如眉,对此如何不泪垂。春风桃李花开日,秋雨梧桐叶落时。西宫南内多秋草⑬,落叶满阶红不扫。梨园弟子白发新⑭,椒房阿监青娥老⑮。夕殿萤飞思悄然⑯,孤灯挑尽未成眠⑰。迟迟钟鼓初长夜⑱,耿耿星河欲曙天⑲。鸳鸯瓦冷霜华重⑳,翡翠衾寒谁与共㉑。悠悠生死别经年,魂魄不曾来入梦。临邛道士鸿都客㉒,能以精诚致魂魄。为感君王展转思㉓,遂教方士殷勤觅㉔。排空驭气奔如电,升天入地求之遍。上穷碧落下黄泉㉕,两处茫茫皆不见。忽闻海上有仙山,山在虚无缥缈间。楼阁玲珑五云起㉖,其中绰约多仙子㉗。中有一人字太真,雪肤花貌参差是㉘。金阙西厢叩玉扃㉙,转教小玉报双成㉚。闻道汉家天子使,九华帐里梦魂惊㉛。揽衣推枕起徘徊,珠箔银屏迤逦开㉜。云鬓半偏新睡觉㉝,花冠不整下堂来。风吹仙袂飘飘举㉞,犹似霓裳羽衣舞。玉容寂寞泪阑干㉟,梨花一枝春带雨。含情凝睇谢君王㊱,一别音容两渺茫㊲。昭阳殿里恩爱绝㊳,蓬莱宫中日月长㊴。回头下望人寰处,不见长安见尘雾。唯将旧物表深情,钿合金钗寄将去㊵。钗留一股合一扇,钗擘黄金合分钿㊶。但教心似金钿坚,天上人间会相见。临别殷勤重寄词,词中有誓两心知。七月七日长

---

① 萧索:风声。 ② 云栈:形容栈道高入云霄。栈道,在山崖上凿孔架木板而成的道路。萦纡:曲折回旋。剑阁:栈道名,在今四川剑阁县境。 ③ 峨嵋山:在今四川西南部。唐玄宗逃到四川,未经此山。这里泛指蜀地的山。 ④ 日色薄:阳光暗淡。 ⑤ 行宫:皇帝外出时的住所。 ⑥ "夜雨"句:据唐人郑处诲《明皇杂录》记载,唐玄宗幸蜀,"于栈道雨中闻铃,音与山相应""采其声为《雨霖铃》",以寄托伤感。 ⑦ "天旋"句:至德二年九月,郭子仪收复长安,十二月,唐玄宗从四川回京。龙驭:皇帝的车驾。 ⑧ 踌躇(chóu chú):徘徊不前。 ⑨ "马嵬坡"二句:指玄宗回京路经马嵬时,派人以礼改葬杨贵妃,见坟土中香囊仍在,为之悲痛。空死处:空见死处。 ⑩ 沾衣:眼泪落在衣上。 ⑪ 信马:让马随意走。 ⑫ 太液:汉代长安有太液池。唐代的太液池在大明宫内。未央:汉宫名。这里借指唐宫。 ⑬ 西宫:指太极宫。南内:指兴庆宫。玄宗回京,住兴庆宫。后肃宗亲信的宦官李辅国逼迫玄宗迁入太极宫,并遣散侍从。 ⑭ 梨园弟子:唐玄宗通晓音律,曾选教坊中坐部伎三百人,在宫中梨园教习,称为皇帝梨园弟子。又有宫女数百人习艺,也称梨园弟子。 ⑮ 椒房:后妃的住房用椒粉涂墙,取其温暖芳香,并象征子孙众多。阿监:宫中的女官。青娥:年轻女子。 ⑯ 悄然:忧愁的样子。 ⑰ "孤灯"句:夸张描写唐玄宗的孤独忧伤。挑,拨油灯的灯草芯。古时富贵人家用蜡烛照明,不用油灯。 ⑱ 迟迟:缓慢。钟鼓:古代城镇夜晚打钟击鼓以报时。 ⑲ 耿耿:明亮的样子。星河:银河。 ⑳ 鸳鸯瓦:两片瓦一俯一仰,配成一对,称鸳鸯瓦。霜华:霜花。 ㉑ 翡翠衾:绣有翡翠鸟的被子。翡翠雌雄双栖,用来象征夫妇恩爱。 ㉒ 临邛(qióng):今四川邛崃。鸿都:东汉洛阳宫门名,是朝廷藏书的地方。 ㉓ 展转思:反复思念。 ㉔ 方士:讲求仙、服长生药以欺世的人。这里即指临邛道士。 ㉕ 碧落:天的代称。道书说东方第一重天叫作碧落。黄泉:地下的代称。 ㉖ 五云:五色彩云。 ㉗ 绰约:体态柔美的样子。 ㉘ 参差(cēn cī):仿佛。 ㉙ 金阙:道教所说的仙境上清宫有两阙,一名金阙,一名玉阙。阙,门上楼观。扃(jiōng):指门。 ㉚ 小玉、双成:神话传说中的仙女名。 ㉛ 九华帐:指华丽多彩的帐子。 ㉜ 珠箔:用珠子编成的帘子。迤逦(yǐ lǐ):曲折相连。 ㉝ 睡觉:睡醒。 ㉞ 袂(mèi):衣袖。 ㉟ 阑干:纵横的样子。 ㊱ 凝睇(dì):注目,出神地看。 ㊲ 渺茫:同"渺茫"。 ㊳ 昭阳殿:汉宫殿名。借指唐宫。 ㊴ 蓬莱:传说中的海上三仙山之一。 ㊵ 钿合:用金丝珠宝等镶嵌的盒子。 ㊶ 擘(bò):分开,剖开。

生殿①,夜半无人私语时。在天愿作比翼鸟②,在地愿为连理枝③。天长地久有时尽,此恨绵绵无绝期④。

【汇评】

如此长篇,一气舒卷,时复风华掩映,非有绝世才力未易到也。(〔清〕纪昀等《唐宋诗醇》卷二十二)

《诗人玉屑》曰:"峨眉山下少人行",峨眉在嘉州,与幸蜀全无交涉,乃文章之病也。(同上)

香山诗名最著,及身已风行海内,李谪仙后一人而已。……盖其得名,在《长恨歌》一篇。其事本易传,以易传之事,为绝妙之词,有声有情,可歌可泣,文人学士既叹为不可及,妇人女子亦喜闻而乐诵之,是以不胫而走,传遍天下,又有《琵琶行》一首助之。此即无全集,而二诗已自不朽,况又有三千八百四十首之工且多哉!(〔清〕赵翼《瓯北诗话》卷四)

结处戛然而止,不纠缠方士复命,上皇震悼不豫等事,笔力高人数倍。(高步瀛《唐宋诗举要》卷二)

此诗为唐白乐天居易所撰,时在长庆中,故名长庆体。此诗皆为七言绝诗。平声与仄声间次而押,如初四句为押平声,次四句即押仄声,次四句又押平声,次四句又押仄声。盖每四句一转,每一转四句。凡押韵者三句也,例如第一、第二、第四句押韵,第三句必不押韵。如押平韵,除第一、第二、第四三句押韵外,第三句之收字为仄声。押仄韵,第三句之收字为平声。但古人亦有平转平,仄转仄者,此法必不可学。且工于长庆体之名人,每于第三第四句作对偶,故《长恨歌》中,如"春风桃李花开日,秋雨梧桐叶落时"、"沉沉钟鼓初长夜,耿耿星河欲曙天",往往而是。(刘铁冷《作诗百法》)

【赏析】

这首长篇叙事诗作于元和元年(806)。诗人当时任盩厔(今陕西周至)县尉,与友人陈鸿、王质夫相聚,谈论到唐玄宗与杨贵妃的故事,激起创作热情,于是他写成此诗,陈鸿作《长恨歌传》。全诗可分四段。从开头至"惊破霓裳羽衣曲"为第一段,写唐玄宗宠爱杨贵妃,荒淫失政。"汉皇重色思倾国"一句总领全段,具有讽刺性。以下对唐玄宗和杨贵妃两人的欢娱生活一再渲染,正说明"重色"是造成安史之乱的根源。从"九重城阙烟尘生"到"夜雨闻铃肠断声"为第二段,写杨贵妃之死和唐玄宗在流亡途中的悲伤。描写细腻,情景凄惨,作者充满同情,从此全诗的感情基调起了变化。从"天旋日转回龙驭"到"魂魄不曾来入梦"为第三段,写唐玄宗返回京城后对杨贵妃的深切怀念。从"临邛道士鸿都客"至末句为第四段,写方士寻觅杨贵妃亡魂,使两人得以互通讯息,重申盟誓。最后两句点明"长恨",收束全篇,余味无穷。《长恨歌》的主题随着叙事的进程和感情的变化而呈流动性。诗的前半以写实为主,对唐玄宗晚年的贪欢误国给予尖锐的讽刺;后半多采用民间传说,对唐玄宗和杨贵妃的爱情悲剧表示深切的同情。全诗结构井然有序而曲折多变,情节宛转动人。在叙事的进程中,叙

---

① 七月七日:民间传说,每年农历七月七日,天上的牛郎织女在鹊桥上相会。长生殿:华清宫的殿名。玄宗每年到华清宫的时间在冬季或春初,这里所说七月七日在长生殿盟誓属于传说,不合史实。但诗人选择传说,有助于表达两人的爱情决心。 ② 比翼鸟:传说中的鸟名,两鸟并翅而飞。 ③ 连理枝:不同根的两棵树,枝干结合在一起,叫作连理。 ④ 绵绵:长久不断。

事与抒情、写景紧密融合,抒情性强烈,缠绵感人。诗中韵律优美,词采绚丽,读来流畅悦耳。"一篇长恨有风情"(《编集拙诗成一十五卷因题卷末戏赠元九李二十》),这是作者的自我评价。这首不朽诗作对奠定作者在诗坛上的重要地位起了很大的作用。　　　　　　　　　　(严　杰)

自河南经乱,关内阻饥,兄弟离散,各在一处。因望月有感,聊书所怀寄上浮梁大兄、于潜七兄、乌江十五兄,兼示符离及下邽弟妹①

时难年荒世业空②,　弟兄羁旅各西东③。
田园寥落干戈后④,　骨肉流离道路中⑤。
吊影分为千里雁⑥,　辞根散作九秋蓬⑦。
共看明月应垂泪,　一夜乡心五处同⑧!

【汇评】

诗之上界,直叙流离之苦。五、六佳,雁行本兄弟事,用得自然,"辞根"、"九秋"皆沉着。(〔清〕胡以梅《唐诗贯珠》)

凡律诗最重起结,七言尤然。……落句以语尽意不尽为贵,如……白居易"共看明月应垂泪,一夜乡心五处同"……皆足为一代楷式。(〔清〕管世铭《读雪山房唐诗序例》)

一气贯注,八句如一句,与少陵《闻官军》作同一格律。(〔清〕孙洙《唐诗三百首》卷六)

【赏析】

这首抒情诗约作于唐德宗贞元十六年(800)秋天。此诗写经乱之后诗人望月时所想起

---

① 河南经乱,关内阻饥:唐德宗贞元十五年(799)春,宣武(治所在今河南开封市)节度使董晋死后,部下发动叛乱;不久彰义(治所在今河南汝南县)节度使吴少诚又叛。这两次藩镇叛乱规模很大,时间也很长。当时南方漕运主要经过河南输送关内,由于河南叛乱,交通断绝,兼之长安周围旱灾严重,使得"关内阻饥"。河南:河南道,唐代行政区划之一,管辖今河南省大部及山东、江苏、安徽三省的部分地区。关内:关内道,唐代行政区划之一,管辖今陕西中部、北部及甘肃部分地区。阻饥:困苦饥饿的意思,语本《尚书·舜典》"黎民阻饥"。浮梁大兄:白居易的大兄,名幼文,贞元十三年(797)起作浮梁县(今江西景德镇市)主簿。于潜七兄:白居易叔父季康的大儿子,作过于潜(今浙江临安县附近)尉。乌江十五兄:白居易的堂兄,作过乌江县(今安徽和县)主簿。符离:今安徽宿县。下邽(guī):在今陕西渭南市境内,白氏祖墓所在地,故这里也是作者的老家。　②时难:指"河南经乱,关内阻饥"。年荒:指天旱饥荒。荒:一作"饥"。世业:唐代初年授田制度,分"口分"田和"世业"田,对"世业"田子孙有继承权。至白居易之时,授田制度已废除。此泛指祖先遗留下来的产业。　③羁旅:长久寄居他乡。　④寥落:这里形容土地荒芜、冷落,无人耕种。干戈:盾牌和戟,此指战争、兵乱。⑤骨肉:诸如父母、子女以及兄弟等有血缘关系的人,均可称"骨肉之亲"。　⑥吊影:形影相吊的省称,形容孤独凄凉。吊:安慰。千里雁:比喻兄弟间相隔遥远。大雁飞行时,排列整齐,故古人常用"雁行"代称兄弟,钱起《李四勤为尉氏尉李士勉为开封尉》诗就有"采兰花萼聚,就日雁行联"的句子。　⑦辞:离开。根:此比喻兄弟。九秋:秋季。蓬:飞蓬,菊科植物,秋季被大风一吹,连根拔起,到处乱飞,常用以比喻流离迁徙。　⑧"共看"两句:暗用谢庄《月赋》"隔千里兮共明月"句。五处:指浮梁、于潜、乌江、符离及下邽。

的诸种情景，表达的是对诸位骨肉弟兄的深深怀念。首句前四字和第三句后三字演绎"河南经乱，关内阻饥"八字，首句后三字或由首句前四字和第三句后三字所致；第三句前四字、第二、四、五、六句写"兄弟离散，各在一处"的苦况。末联推想五处兄弟姊妹望月的情景，是对杜甫《月夜》"今夜鄜州月，闺中只独看"意境的拓展。苏仲翔评此诗曰："此诗与题义处处拍合，丝丝入扣，而一气流转，极自然宛畅之妙。出以口语，看似轻松，而沉痛在骨，白诗上乘也。"(《元白诗选》)

(沈广达)

备选课文

钱塘湖春行　　白居易

孤山寺北贾亭西，水面初平云脚低。几处早莺争暖树，谁家新燕啄春泥。乱花渐欲迷人眼，浅草才能没马蹄。最爱湖东行不足，绿杨阴里白沙堤。

泛读课文

赋得古原草送别　　白居易

离离原上草，一岁一枯荣。野火烧不尽，春风吹又生。远芳侵古道，晴翠接荒城。又送王孙去，萋萋满别情。

池　上　　白居易

袅袅凉风动，凄凄寒露零。兰衰花始白，荷破叶犹青。独立栖沙鹤，双飞照水萤。若为寥落境，仍值酒初醒。

观　刈　麦　　白居易

田家少闲月，五月人倍忙。夜来南风起，小麦覆陇黄。妇姑荷箪食，童稚携壶浆。相随饷田去，丁壮在南冈。足蒸暑土气，背灼炎天光。力尽不知热，但惜夏日长。复有贫妇人，抱子在其傍。右手秉遗穗，左臂悬敝筐。听其相顾言，闻者为悲伤。家田输税尽，拾此充饥肠。今我何功德，曾不事农桑。吏禄三百石，岁晏有余粮。念此私自愧，尽日不

江楼夕望招客　　白居易

海天东望夕茫茫，山势川形阔复长。灯火万家城四畔，星河一道水中央。风吹古木晴天雨，月照平沙夏夜霜。能就江楼销暑否？比君茅舍较清凉。

能忘。

新制布裘　　白居易

桂布白似雪，吴绵软于云。布重绵且厚，为裘有余温。朝拥坐至暮，夜覆眠达晨。谁知严冬月，支体暖如春。中夕忽有念，抚裘起逡巡。丈夫贵兼济，岂独善一身。安得万里裘，盖裹周四垠。稳暖皆如我，天下无寒人。

问刘十九　　白居易

绿蚁新醅酒，红泥小火炉。晚来天欲雪，能饮一杯无？

登郢州白雪楼　　白居易

白雪楼中一望乡，青山簇簇水茫茫。朝来渡口逢京使，说道烟尘近洛阳。

杭州春望　　白居易

望海楼明照曙霞，护江堤白蹋晴沙。涛声夜入伍员

庙,柳色春藏苏小家。红袖织绫夸柿蒂,青旗沽酒趁梨花。谁开湖寺西南路,草绿裙腰一道斜。

宴　散　　白居易

小宴追凉散,平桥步月回。笙歌归院落,灯火下楼台。残暑蝉催尽,新秋雁带来。将何迎睡兴,临卧举残杯。

分类唐诗　孝悌亲情

别之望后独宿蓝田山庄　　宋之问

鹡鸰有旧曲,调苦不成歌。自叹兄弟少,常嗟离别多。尔寻北京路,予卧南山阿。泉晚更幽咽,云秋尚嵯峨。药栏听蝉噪,书幌见禽过。愁至愿甘寝,其如乡梦何?

送　兄　　七岁女子

天后时,有七岁女子能诗,天后令赋别兄诗,应声而成。

别路云初起,离亭叶正飞。所嗟人异雁,不作一行归。

寄东鲁二稚子　　李　白

吴地桑叶绿,吴蚕已三眠。我家寄东鲁,谁种龟阴田?春事已不及,江行复茫然。南风吹归心,飞堕酒楼前。楼东一株桃,枝叶拂青烟。此树我所种,别来向三年。桃今与楼齐,我行尚未旋。娇女字平阳,折花倚桃边。折花不见我,泪下如流泉。小儿名伯禽,与姐亦齐肩。双行桃树下,抚背复谁怜?念此失次第,肝肠日忧煎。裂素写远意,因之汶阳川。

恨　别　　杜　甫

洛城一别四千里,胡骑长驱五六年。草木变衰行剑外,兵戈阻绝老江边。思家步月清宵立,忆弟看云

西湖留别　　白居易

征途行色惨风烟,祖帐离声咽管弦。翠黛不须留五马,皇恩只许住三年。绿藤阴下铺歌席,红藕花中泊妓船。处处回头尽堪恋,就中难别是湖边。

白日眠。闻道河阳近乘胜,司徒急为破幽燕。

寄诸弟　　韦应物

岁暮兵戈乱京国,帛书间道访存亡。还信忽从天上落,唯知彼此泪前行。

游子吟　　孟　郊

慈母手中线,游子身上衣。临行密密缝,意恐迟迟归。谁言寸草心,报得三春晖。

自江陵之徐州路上寄兄弟　　白居易

岐路南将北,离忧弟与兄。关河千里别,风雪一身行。夕宿劳乡梦,晨装惨旅情。家贫忧后事,日短念前程。烟雁翻寒渚,霜乌聚古城。谁怜陟冈者,西楚望南荆。

邯郸冬至夜思家　　白居易

邯郸驿里逢冬至,抱膝灯前影伴身。想得家中夜深坐,还应说著远行人。

江南送北客因凭寄徐州兄弟书　　白居易

故园望断欲何如?楚水吴山万里馀。今日因君访兄弟,数行乡泪一封书。

苍溪县寄扬州兄弟　　元　稹

苍溪县下嘉陵水,入峡穿江到海流。凭仗鲤鱼将远

信,雁回时节到扬州。

韩冬郎即席为诗相送一座尽惊他日余方追吟连宵侍坐裴回久之句有老成之风因成二绝寄酬兼呈畏之员外　李商隐

十岁裁诗走马成,冷灰残烛动离情。桐花万里丹山路,雏凤清于老凤声。

剑栈风樯各苦辛,别时冰雪到时春。为凭何逊休联句,瘦尽东阳姓沈人。

塞上寄家兄　高骈

棣萼分张信使希,几多乡泪湿征衣。笳声未断肠先断,万里胡天鸟不飞。

怀汶阳兄弟　刘沧

回看云岭思茫茫,几度关河隔汶阳?书信经年乡国远,弟兄无力海田荒。天高霜月砧声苦,风满寒林木叶黄。终日路岐归未得,秋来空羡雁成行。

寒食客中有怀　崔道融

江上闻莺禁火时,百花开尽柳依依。故园兄弟别来久,应到清明犹望归。

白居易诗及其研究综述

白居易现存诗作近三千首,其数量在唐代诗人中居首位。白居易于元和十年(815)在江州初次编集时,将诗作分成四类:讽谕诗、闲适诗、感伤诗、杂律诗。晚年诗作仅以律诗、格诗分类。我们可以把白居易诗分为讽谕诗、叙事诗、抒情诗、写景诗四类。白居易创作讽谕诗,具有明确的理论主张,这在《与元九书》中有系统的表述。他提出"文章合为时而著,歌诗合为事而作",要求文学创作反映社会现实,发挥"救济人病,裨补时阙"的作用。讽谕诗继承了《诗经》"风雅比兴"的优良传统,与杜甫、陈子昂忧国忧民的诗作一脉相承。作于元和初期的《新乐府》、《秦中吟》这两组诗可作讽谕诗的代表。白居易在这两组诗中尖锐地抨击社会政治弊病,同情人民疾苦,充满正气与激情。这些诗大都主题鲜明,议论与叙事结合,运用对比、比喻等艺术手法,其弊在偏重政治教化,表达常过于直露。白居易的叙事诗以《长恨歌》、《琵琶行》为代表,基本特点是叙事井然有序,详略得体,曲折起伏,最突出的特点是叙事与抒情、写景融为一体,动人心弦。这两首长篇叙事诗开创了古代叙事诗的新起点。他的抒情诗内容广泛,有写亲友之情的,有写个人怀抱的,有对人生与时事抒发议论、感慨的,不一而足,都发于肺腑,真挚深沉。表达方式或直陈,或有所寄托。他的写景诗描写大自然的各种景物,刻画细致,设色鲜丽。单纯写景的诗篇不多,常常是在写景的同时抒发个人感情,寓情于景。

白居易诗的艺术特色大致可以概括为以下几点:一、叙述详尽。白居易诗无论是叙事写景,还是说理抒情,大都层次清楚,脉络分明,铺排有序,易于理解。这在叙事诗中尤其明显,接近记叙散文的写法。因此他的长篇有很多成功之作,《长恨歌》、《琵琶行》之外,《游悟真寺诗》、《东南行一百韵》等诗也引人注目。白居易在《和答诗十首序》中说自己写诗"意太切而理太周,故理太周则辞繁,意太切则言激","所长在于此,所病亦在于此",这说得很中肯。他晚年诗作则有所变化,一些诗比较含蓄,寓言言诗尤具特色。二、描写细致。白居易擅长描写人物,在他的笔下,各种人物都栩栩如生。他的描写,不是粗线条的勾勒,而是细致的刻画。如《卖炭翁》、《新丰折臂翁》等诗中的劳苦大众,《长恨歌》中的皇帝、妃子,《琵琶行》中的歌女,都有容貌、服饰、动作、情绪等方面的细致描摹。他还擅长描写景物,写景诗常通过对花草的刻画,对色彩的摄取,表现风景的优美。最能显示他描写手段的,是《琵琶行》中对琵琶弹奏的描写,结合比喻手法,使读者如身临其境,亲聆其声。三、语言平易。白居易诗的语言平易浅显,明白易懂,许多诗如同对面谈家常话,随口而出,这就使得读者面非常广泛。相传他作诗常常先读给老妪听,若是不懂,就修改,直到老妪能懂。这话或许暗含对白居易诗语言通俗的诋毁,同时也准确地反映了白诗用语的特色。与这一特点相关,白居易诗很少用典故,如《长恨歌》这一以历史故事为题材的长篇叙事诗,就几乎没有用典故。但白诗的浅近,并不是一览无余,而常是语浅而意深,他年轻时的作品《赋得古原草送别》、《王昭君》就是很明显的例子。四、声调流丽。白居易喜好音乐,作诗也注重音乐美。他所作歌行的诗句常平仄调谐,与近体诗相近,常使用顶真格连贯上下,换韵处注意平仄相间,全篇声调起伏抑扬,一气贯通。近体诗注重双声叠韵,回环圆转,流丽自然。

现代对白居易的研究,涉及广泛。二十世纪四十年代,岑仲勉撰《论白氏长庆集源流并评东洋本白集》、《白氏长庆集伪文》等文章,对白居易集的版本、白居易作品的真伪作了周密详尽的考证,为进一步深入研究白居易作品提供了极大便利。陈寅恪《元白诗笺证稿》初稿成于四十年代末,以诗史互证的方法笺释白居易与元稹的重要作品,是一部具有开创意义的研究专著。此后的研究者不断提出新问题,取得新成果。在版本校勘方面,日本学者深入探索日本现存古抄本,解决了一些难题。朱金城完成了《白居易集笺校》,这是第一部比较完备的校注本。多年以来,有一些研究热点和争议持续存在。关于白居易家世,最引人注意的是白氏父母是否亲舅甥婚配问题。关于白居易的思想,儒、道、佛三家影响的深浅变化,从"兼济"到"独善"的转折时期,都有不同意见。对《与元九书》所表现的文学创作主张和对以《新乐府》、《秦中吟》为代表的讽谕诗的评价,存在肯定为现实主义倾向与贬为宣扬政治教化观念两种基本看法。对是否形成"新乐府运动",也有争论。对《长恨歌》的研究,集中于对其主题的讨论,主要有讽谕说、爱情说、讽谕爱情双重主题说、时代感伤说等观点。近年来,研究范围不断扩大,研究方法有所更新。研究的对象不再是少数作品,而是逐渐扩展到各类题材的作品。作品之外,对生平事迹也有多方面的考察。研究方法已向多角度多层次发展,研究者尤其注意联系中唐社会的广阔背景,考察诗人在文学史上的地位和作用。但研究工作仍有不足之处,如常可发现论点的重复雷同,对白居易大多数作品尚未涉及或未能深入,研究方法尚待进一步完善。

(严 杰)

中小学已学篇目

《赋得古原草送别》《池上》(小) 《钱塘湖春行》《观刈麦》(初) 《琵琶行》(高) 《长恨歌》※

可参考书目

《白居易集》,顾学颉校点,中华书局1979年

《白居易笺校》,朱金城笺校,上海古籍出版社1988年

《白居易诗选》,顾学颉、周汝昌选注,人民文学出版社1963年

《白居易选集》,王汝弼选注,上海古籍出版社1980年

《白居易年谱》,朱金城著,上海古籍出版社1982年

《白居易评传》,褚斌杰著,作家出版社1957年

《白居易资料汇编》,陈友琴编,中华书局1962年

十六、晚唐诗(上)

【总论】

开成以后,则有杜牧之之豪纵,温飞卿之绮靡,李义山之隐僻,许用晦之偶对。他若刘沧、马戴、李频、李群玉辈,尚能黾勉气格,将迈时流。此晚唐变态之极,而遗风馀韵犹有存者焉。(〔明〕高棅《唐诗品汇》总叙)

俊爽若牧之,藻绮若庭筠,精深若义山,整密若丁卯,皆晚唐铮铮者。其才则许不如李,李不如温,温不如杜。今人于唐专论格而不论才,于近则专论才而不论格,皆中无定见,而任耳之过也。(〔明〕胡应麟《诗薮》外编卷四)

唐至开元而海内称盛,盛而乱,乱而复,至元和又盛。前又青莲、少陵,后有昌黎、香山,皆为其时鸣盛者也。咸通而后,奢靡极,衅孽兆,世衰而诗亦因之气萎语偷,声繁调急,甚者忿目褊吻,如戟手交骂者有之。王化习俗,上下交丧,而心声随焉,岂独士子罪哉!王弇州云:"灵武回天,功推李、郭,椒香犯跸,祸始田、崔。是则然矣。不知僖、昭困蜀、凤时,温、李、许、郑辈得少陵、太白一语否?有治世音,有乱世音,有亡国音,故曰声音之道与政通也。大力者为之,故足挽回颓运;沈几者知之,亦堪高蹈远引。"旨哉言矣。(〔明〕胡震亨《唐音癸签》卷二十七)〔王步高按:王世贞厚诬古人。僖、昭困蜀、凤时,李义山谢世凡三十余年,温飞卿也已故十余年,何能责其未效李、杜哉!〕

晚唐诗人,亦以陈言为病,但无愈之才力,故日趋于尖新纤巧。(〔清〕叶燮《原诗》内篇)

晚之不及初盛者,非谓今体,谓古体也。元和今体新逸,时出开元、大历之上,唯古体神情婉弱,酝酿既薄,变化易穷。至宋得长公、涪翁、永叔诸公,天分既高,人力复尽,其绘情写物,虽似另开生面,而实青莲、工部胎骨,不知者徒以苏、黄之体少之,真矮人观场也。(〔清〕叶矫然《龙性堂诗话》续集)

晚唐自应首推李、杜,义山之沉郁奇谲,樊川之纵横傲岸,求之全唐中,亦不多见,而气体不如大历诸公者,时代限之也。次则温飞卿、许丁卯,次者马虞臣、郑都官,五律犹有可观,外此则郐莒之下矣。(〔清〕方南堂《辍锻录》)

杜　牧

杜牧(803—853),字牧之,京兆万年(今陕西西安)人。唐代宰相杜佑之孙。26岁举进士,初为校书郎,曾在江西、淮南一带作了十年幕僚,后出任黄州、池州、湖州刺史等职,官至中书舍人。

有诗、赋、文等多方面的文学创作成就。其诗多指陈时弊之作,怀古诗融入史论,对后世影响颇大。其古体诗受杜甫、韩愈的影响,笔力峭健,俊爽雄丽;近体诗文词清丽、情韵跌宕。主要以七言绝句见长,借古讽今,意味深长,与李商隐并称"小李杜"。有《樊川文集》20卷,世称"杜樊川"。

【集评】

某苦心为诗,未求高绝,不务奇丽,不涉习俗,不今不古,处于中间。(〔唐〕杜牧《献诗启》)

绝句之妙,唐则杜牧之,本朝则荆公,此二人而已。(〔宋〕曾季狸《艇斋诗话》)

杜牧诗主才,气俊思活。(〔明〕胡震亨《唐音癸签》卷八引《吟谱》)

杜紫微才高,俊迈不羁,其诗有气概,非晚唐人所能及。(同上,引《陈氏书录》)

牧之诗含思悲凄,流情感慨,抑扬顿挫之节,尤其所长。以时风委靡,独持拗峭,虽云矫其流弊,然持情亦巧矣。(同上引徐献忠语)

杜紫微诗,惟绝句最多风调,味永趣长,有明月孤映、高霞独举之象,馀诗则不能尔。(〔清〕贺裳《载酒园诗话》又编)

晚唐诗多柔靡,牧之以拗峭矫之。人谓之小杜,以别于少陵。配以义山,时亦称李杜。(〔清〕沈德潜《唐诗别裁集》卷十五)

(七言绝)开元之时,龙标、供奉,允称神品……后李庶子、刘宾客、杜司勋(牧)、李樊南、郑都官诸家,托兴幽微,克称嗣响。(〔清〕沈德潜《唐诗别裁集》凡例)

杜紫微天才横逸,有太白之风,而时出入于梦得。七言绝句一体,殆尤专长。观玉溪生"高楼风雨"云云,倾倒之者至矣。(〔清〕管世铭《读雪山房唐诗序例》)

中唐以后,小杜才识,亦非人所能及。文章则有经济,古近体诗则有气势,倘分其所长,亦足以了数子。宜其薄视元、白诸人也。(〔清〕洪亮吉《北江诗话》卷二)

有唐一代,诗文兼擅者,惟韩(韩愈)、柳(柳宗元)、小杜(杜牧)。(同上)

小杜之才,自王右丞以后,未见其比。其笔力回斡处,亦与王龙标、李东川相视而笑。"少陵无人谪仙死",竟不意又见此人。(〔清〕翁方纲《石洲诗话》卷二)

题宣州开元寺水阁,阁下宛溪、夹溪居人①

六朝文物草连空, 天淡云闲今古同。
鸟去鸟来山色里, 人歌人哭水声中。
深秋帘幕千家雨, 落日楼台一笛风。
惆怅无因见范蠡, 参差烟树五湖东。②

① 开元寺:本名永乐寺,建于东晋,为宣州城名胜之一。杜牧任宣州团练判官期间常来此游赏赋诗。 ② 范蠡:春秋时曾辅佐越王勾践打败吴王夫差。后为避免越王猜忌归隐于太湖。五湖:指太湖及所属的四个小湖,亦作太湖的别名。

【汇评】

此上三句落脚字，皆自吞其声，韵短调促，而无抑扬之妙。因易为"深秋帘幕千家月，静夜楼台一笛风"。乃示诸歌诗者，以予为知音否邪？（〔明〕谢榛《四溟诗话》卷三）

倏然是文物，倏然却是荒草，乌知不倏然又是文物？古古今今，兴兴废废，知有何限？今日方悟一总不如天淡云闲，自来一如本不有兴，今亦无废，直使人无所容心于其间。"去"、"来"、"歌"、"哭"字，是再写一；"山色"、"水声"字，是再写二。妙在"鸟"、"人"平举。夫天淡云闲之中，真乃何人何鸟。〔另金雍补注："帘幕"五字是画深秋，"楼台"五字是画落日，切不得谓是写雨写笛，唐人法如此。〕（〔清〕金圣叹《贯华堂选批唐才子诗》卷六）

寄托高远，不是逐句写景，若为题所漫，便无味矣。"今古"二字，已暗透后半消息。五、六正为结句蓄势也。（〔清〕何焯《唐三体诗评》）

闲适题诗，却吊古。胸中眼中，别有缘故。气甚豪放，晚唐不易得也。（〔清〕屈复辑评《唐诗成法》）

此诗言人事有变易，而清景则古今不变易。"今古同"三字，诗旨点眼，全身提笔。（〔清〕杨逢春《唐诗绎》）

杜牧之晚唐翘楚，名作颇多，而恃才纵笔处亦不少。如《题宣州开元寺水阁》，直造老杜门墙，岂特人称小杜已哉！（〔清〕薛雪《一瓢诗话》）

纪昀：赵饴山极赏此诗，然亦只风调可观耳，推之未免太过。　　无名氏（甲）：此诗妙在出新，绝不沾溉玄晖、太白剩语。　　许印芳：此诗全在景中写情，极洒脱，极含蓄，读之再三，神味益出，与空讲风调者不同。学者须从运实于虚处求之，乃能句中藏句，笔外有笔。若徒揣摩风调，流弊不可胜言矣。（李庆甲辑《瀛奎律髓汇评》卷四）

查慎行：第二联不独写眼前景，含蓄无穷。（同上）

【赏析】

这首诗为登临之作。诗人以唱叹有情的笔致，抒发了深刻透辟的议论；于清丽的辞采、鲜明的画面中表现出俊朗旷达的才思。意蕴悠长，拗峭独特。

首联直接抒发登临观感，为全诗定下富含哲理的基调。登临远望，六朝文物早已成为陈迹，惟有连天的碧草和高天闲云从古至今景象依旧。

颔联看似写实，实则是诗人对人生的感悟与概括。自然界的鸟来鸟去与人类的生生死死，亦歌亦哭，都随岁月的流逝融入山色、水声之中，寄寓了诗人复杂的内心活动。

颈联描摹了两幅不可能同时出现的景致，深秋的密雨和落日中的楼台，形成了鲜明的对比，仿佛是人生的遭际。秋雨中的凄苦和夕阳中的笛声与颔联中的歌哭相呼应，更升华了诗歌的题旨。

面对自然的永恒与人生的短暂，诗人在末联借范蠡功成后乘扁舟归隐于太湖的典故，表达了自己的人生追求。

（杨琳）

早　雁

金河秋半虏弦开①，云外惊飞四散哀。
仙掌月明孤影过②，长门灯暗数声来。
须知胡骑纷纷在，岂逐春风一一回③？
莫念潇湘少人处④，水多菰米岸莓苔⑤。

【汇评】

杜牧五言律可采者少，七言《早雁》一篇，声气甚胜。（〔明〕许学夷《诗源辨体》卷三十）

此诗慰喻流客，且安侨寓，时方艰难，未可谋归也。前解追叙其来，后解婉止其去。（〔清〕金圣叹《贯华堂选批唐才子诗》卷六）

《早雁》诗曰："仙掌月明孤影过，长门灯暗数声来"，光景真是可思。但全篇惟"金河秋半"四字稍切早字，馀皆言矰缴之惨，劝无归还，似是寄托之作。（〔清〕贺裳《载酒园诗话又编》）

【赏析】

这是一首托物寓意的诗歌，表面是咏雁，内里有所寄托。武宗会昌二年（842）八月，正是在北雁南飞的季节，回纥南侵，驱逐人口。此时，唐边地人民大批逃难失散，犹如离群孤雁，痛苦异常。诗人忧念边地失散的人民，因此写诗寄予感慨。本诗用胡人射雁来比喻人民的苦难，借喻得体，形象生动。首联先声夺人，胡人的狂悍以及人民的失散扑面而来，"惊"、"哀"二字写出战乱带给人民的苦难心理。颔联写流离失所的人们向南逃，"月明孤影"用自然界的现象反衬流民的孤独无助，"灯暗数声"隐喻逃难的艰辛痛苦。人民在黑暗中寻求出路，经过都城长安，但朝廷又能给人民解决什么问题呢？最好的选择是能够回到故土，"春风"又到了，在这美好的春天里，"孤雁"们却由于战争无法回乡。"春风"让人沉醉，却反衬出思乡的痛苦。尾联作者劝慰人们在客地过活，然而雁有迁徙的习惯，怎能客居一地而不动呢？这明显是一种无奈的选择。因为活下来，就会有希望，就还会看到"春风"！全诗渗透出对人民的深深同情和对战乱的切齿痛恨。

（乔光辉）

---

① 金河：今内蒙古呼和浩特市南。虏这里指胡人。弦：弓弦。　② 仙掌：西汉建章宫有承露铜盘，作仙人用手掌托着的样子。长门：指西汉长安长门宫，汉武帝陈皇后失宠后住处，后借指冷宫。此联明写孤雁夜间飞过汉宫，哀叫声触动了失宠独处的后妃；暗指人民逃难，经过长安。　③ 岂逐：岂能一个个随春风飞回去？指难回家乡。　④ 潇湘：湖南境内的两条河，泛指湖南一带。相传至湖南衡山回雁峰即止，春天再飞回。　⑤ 菰米：生于浅水的菰草所结的实。嫩茎叫茭白，果实叫菰米。莓苔：生于水边的植物。此句是劝雁儿，南方水边也有可食的东西，别冒险回北方去了。以此劝慰无法回乡的人民，在客地过活。

赠别二首（选一）

多情却似总无情，　唯觉尊前笑不成。①
蜡烛有心还惜别，　替人垂泪到天明。

【汇评】

杜牧之云："多情却是总无情，唯觉尊前笑不成。"意非不佳，然而词意浅露，略无余蕴。元、白、张籍，其病正在此，只知道得人心中事，而不知道尽则又浅露也。后来诗人能道得人心中事者少尔，尚何无余蕴之责哉！（〔宋〕张戒《岁寒堂诗话》卷上）

（其二）忆者聚会之日，固觉多情，今而欲别之时，转似无情，何也？姑勿论其有情无情，惟觉饯别尊前，一若含住幽怨，笑不成耳。彼蜡烛无知，尚且有心惜别，替人垂泪天明；乃卿也，其将何以为情耶？（〔清〕章燮《唐诗三百首注疏》卷六）

前半以无情衬托多情，深情幽怨，全从侧面显示；后半以烛为喻，语意极其新鲜而又巧妙，所以一直为人传诵。　这种使无知之物人格化，以衬托人的感情的方法，古典诗歌中常见。（沈祖棻《唐人七绝诗浅释》）

【赏析】

《赠别二首》写杜牧与扬州恋人之间爱情。第一首歌颂这位年轻貌美的姑娘。这里选的是第二首写这位美人对自己的一往深情。多情相聚往往遭遇无情的离别，太多情遇上离别，满腔离情无言可以表达，只能默默相对，看来却似无情。

（钟来茵）

登乐游原②

长空澹澹孤鸟没，　万古销沉向此中③。
看取汉家何事业④？五陵无树起秋风⑤。

---

① 尊前：酒筵上。　② 乐游原：即乐游苑，创建于汉宣帝刘询。本是秦宜春苑，汉宣帝神爵三年（前99）修乐游庙，因以为名；因此处地势轩敞，故以"原"名之。此苑在长安城东南，是当时游览胜地，从此可以北望五陵。　③ "长空"两句：赵孟頫〔虞美人·浙江舟中作〕（潮生潮落何时了）："消沉万古意无穷，尽在长空澹澹鸟飞中。"赵词即从杜诗化出。澹（dàn）澹：水波荡漾貌，此指广大无边貌。没（mò）：消失。万古：万世。销沉：消亡、磨灭。向：在。　④ 看取：看着。　⑤ 五陵：指长安附近五个汉朝皇帝的陵墓，即高祖长陵、惠帝安陵、景帝阳陵、武帝茂陵、昭帝平陵；汉朝皇帝每立陵墓，均把四方的富家豪族和外戚迁至陵墓附近，故古人常用五陵代称豪门贵族聚居之地。五陵虽是汉朝全盛的象征，但经过三国的兵乱，均差不多遭到发掘或破坏。

【汇评】

谢(枋得)云：汉家基业之广大为何如，今日登原一望，五陵变为荒田墅草，无树木可以起秋风矣。盛衰无常，废兴有时，有天下者观此，亦可以慄慄危惧。（〔明〕高棅《唐诗品汇》卷五十三）

树树起秋风，已不堪回首，况于无树耶？（〔清〕沈德潜《唐诗别裁集》卷二十）

诗后二句言汉家盛业，青史烂然，而五陵寂寞，只馀老树吟风，已可深慨，今并树无之，其荒寒为何等耶？前二句尤佳，有包扫一切之概。犹岑参《登慈恩寺塔诗》："五陵北原上，万古青濛濛"，若置身阆风之巅，俯视万象，类泡影之明灭也。宋人词"消沉今古意无穷，尽在长空淡淡鸟飞中"，即袭用此诗。（俞陛云《诗境浅说续编》）

此诗第三句为一篇之主，盖就汉代言，亦与万古同其消沉，故曰"看取汉家何事业"。言试看今日汉家尚馀何事可供凭吊，即五陵亦已残破不堪，则他何可问？（刘永济《唐人绝句精华》）

【赏析】

这首诗属于登临怀古之作，约作于唐宣宗大中四年（850），时杜牧在吏部员外郎任上。合观一二两句，第一句是比而兴——见"澹澹长空没孤鸟"而兴"万古销沉"的苍凉感，"万古销沉"恰如"澹澹长空没孤鸟"。三四两句"即汉寄感"（刘永济《唐人绝句精华》语），末句有多重意蕴，尤需细心寻绎。沈德潜《唐诗别裁集》卷十二评曰："树树起秋风，已不堪回首，况于无树耶！"古代陵墓旁必植树，此时"无树"，则可以想见其荒凉，想见其肃杀。这里的"秋风"这一意象，不惟指当下的秋风，而且暗点汉高祖的"大风"和汉武帝的"秋风"——汉高祖"威加海内兮归故乡"的得意、"安得猛士兮守四方"的不安与汉武帝"秋风起兮白云飞，草木黄落兮雁南归。兰有秀兮菊有芳，怀佳人兮不能忘。泛楼船兮济汾河，横中流兮扬素波。箫鼓鸣兮发棹歌，欢乐极兮哀情多。少壮几时兮奈老何"的伤心、哀怨、恐惧，随着大汉帝国的衰落，俱往矣！眼下只有"五陵无树起秋风"，只有"长空澹澹孤鸟没"。首尾均写景，景景相衔，颇有法度，而且景中寓情又寓理。无疑，此诗是以汉喻唐，借凭吊大汉帝国的衰颓隐含现实衰颓已经无可挽回的政治感喟、盛衰兴亡不可抗拒的历史感喟，极沉痛。顺便说一句，李商隐的同题诗和杜牧的另外一首《将赴吴兴登乐游原一绝》，均可与此诗参读。

（沈广达）

许　浑

许浑（约 788—858），字用晦，一作仲晦，郡望安陆（今湖北安陆县），籍贯洛阳，后迁居润州丹阳丁卯涧（在今江苏丹阳市），故人称"许丁卯"。武则天时宰相许圉(yǔ)师后裔。唐文宗大和六年（832）举进士。曾就任当涂、太平二县县令。大中三年（849），迁监察御史，因病去官，东归京口。后起任润州司马，历虞部员外郎，官终睦、郢二州刺史。一生酷爱林泉，淡于名利。其诗长于律体和绝句，格调豪爽清丽，句法圆稳工整。其登高怀古、羁旅游宦之作尤为时人称道。曾自编诗歌"新旧五百篇"，名之《丁卯集》，原集已佚，今存《丁卯集》二卷、《续集》二卷、《续补》一卷，

《集外遗诗》一卷。

【集评】

江南才子许浑诗,字字清新句句奇。十斛真珠量不尽,惠休空作碧云词。(〔唐〕韦庄《读浑诗》)

七言律诗极不易,唐人以诗名家者,集中十仅一二,且未见其可传。盖语长气短者易流于卑,而事实意虚者又几乎塞。用物而不为物所赘,写情而不为情所牵,李、杜之后,当学者许浑而已。周伯弢以唐诗自鸣,亦惟以许集谆谆诲人。(〔宋〕范晞文《对床夜语》卷二)

浑,字用晦,仕至郢州刺史,居京口丁卯桥。古律诗三卷,名《丁卯集》。其诗如天孙之织,巧匠之斫,尤善用古事以发新意。其警联快句杂之元微之、刘梦得集中不能辨。(同上,新集卷三)

浑乐林泉,亦慷慨悲歌之士,登高怀古,已见壮心。故为格调豪丽,犹强弩初张,牙浅弦急,俱无留意耳。至今慕者极多,家家自谓得骊龙之照夜也。(〔元〕辛文房《唐才子传》卷七)

徐献忠云:许郢州(浑)诗觉烟云风鸟之思,揉弄亦已尽态。(〔明〕胡震亨《唐音癸签》卷八引)

咸阳城西楼晚眺①

一上高城万里愁,蒹葭杨柳似汀洲②。
溪云初起日沈阁③,山雨欲来风满楼。
鸟下绿芜秦苑夕④,蝉鸣黄叶汉宫秋。
行人莫问当年事⑤,故国东来渭水流⑥。

【汇评】

尾联见意。首尾全是思乡,却插入五、六、七三句,全不碍手,唯老杜有此笔力。许,润州人,润州水乡,

---

① 题一作"咸阳城东楼",一作"西门"。董乃斌认为诗题当作"咸阳西门城楼晚眺"。(董乃斌《说许浑的〈咸阳西门城楼晚眺〉》,《名作欣赏》1985年第1期第156页)《旧唐书》卷三八《志第十八》:"秦之咸阳,汉之长安也。隋开皇二年,自汉长安故城东南移二十里置新都,今京师是也。……禁苑在皇城之北。苑城东西二十七里,南北三十里,东至灞水,西连故长安城,南连京城,北枕渭水。" ② 蒹葭:芦苇一类的水草。汀洲:水中的小洲。 ③ "溪云"两句:清人查慎行评曰:"吾于《丁卯集》中只取'溪云初起日沈阁,山雨欲来风满楼',二语工于写景而无板重之嫌。"(引自元人方回选评、今人李庆甲集评校点《瀛奎律髓汇评》)清人金圣叹《贯华堂选批唐才子诗》评曰:"云起日沉,雨来风满,如此怕杀人之十四字中,却是万里外之一人,独立城头,可哭也。"上句诗人自注曰:"南近磻(pán)溪,西对慈福寺阁。磻溪:地名,在今陕西宝鸡市东南,北流入渭水。上句是说磻溪开始升起乌云,夕阳已沉没在慈福寺阁的背后。或暗用太公望磻溪垂钓隐居待时事,《韩诗外传》卷八:"太公望少为人婿,老而见去,屠牛朝歌,赁于棘津,钓于磻溪,文王举而用之,封于齐。"《水经注》卷十七《渭水上》:"渭水之右,磻溪水注之。水出南山兹谷,乘高激流注于溪中。溪中有泉,谓之兹泉。泉水潭积,自成渊者,即《吕氏春秋》所谓钓兹泉也。……东南隅有一石室,盖太公所居也。水次平石钓处,即太公垂钓之所也。" ④ 芜:杂草丛生之地。苑(yuàn):养禽兽植树木的地方。这里指统治者打猎游乐的地方。 ⑤ 当年:一作"前朝"。 ⑥ "故国"句:一作"渭水寒声昼夜流";声:一作"光"。故国:故都,此指咸阳。

故有"似汀洲"之语,犹言"无端登水阁,有处是家山"也。此时愁绪正在万里,况云起雨来,是增一倍凄切也。五、六则尽其晚眺所至而极言之。(〔清〕黄生《唐诗评》卷三)

吾于《丁卯集》中只取"溪云初起日沉阁,山雨欲来风满楼",二语工于写景,而无板重之嫌。(〔清〕查慎行《初白庵诗评》)

(三联)上句因云起而日沉,为诗心所易到;下句善状骤雨欲来,风先雨至之景,可谓绝妙好词。此景非必咸阳始有,许在东楼,偶遇之而入咏耳。(俞陛云《诗境浅说》)

"莫问"一句,不仅感慨甚深,哲理意味亦极浓。全诗综览历史,思索现实,体察哲理,达到很高的水平。(罗宗强《唐诗小史》)

【赏析】

许浑的怀古咏史诗虽少却好。此诗便是一例。

首联概写故都的荒凉和诗人的惆怅。一"愁"字,奠定全诗基调。"蒹葭"和"杨柳"均是离别的意象。"汀洲"似是离别的地点。颔联、颈联均互文见义。颔联写云起日沉、雨来风满的"怕杀人"景象,或暗示"太公望"们隐居待时之不可能。颈联描写秦苑汉宫如今绿芜遍地,黄叶满林,唯有虫鸟点缀其间——意谓秦汉昔日的繁华均已逝去,惟有不识兴亡的鸟和蝉在飞、在鸣。尾联是劝慰之词,在劝慰之中暗寓苍凉伤感之情。"行人"即过客,自然也包括作者在内。"水"意象隐喻历史与人生的消逝。这首诗本来就是在广远的时空背景上展开的,这里推进为对人世盛衰和历史进程的纵览,因而就更加凸现了诗人内心深处对于历史与人生的空漠感。离情别绪也好,出世入世也好,吊古伤今也罢,皆一笔扫却,大有苏轼"大江东去、浪淘尽千古风流人物"之势。清人梅成栋《精选七律耐吟集》评此诗曰:"一片铿锵,如金铃千百齐鸣。"洵属知味之言!

(沈广达)

张　祜

张祜(? —849后):祜或误作祐,字承吉,清河(今属河北)人。初寓姑苏,后至长安,为元稹排挤,遂至淮南。爱丹阳曲阿地,隐居以终。卒于大中年间。其诗沉静浑厚,宫词尤著名。著有《张处士诗集》。

【集评】

张祜素藉诗名,凡知己者皆当世英儒。故杜牧之云:"谁人得似张公子,千首诗轻万户侯。"祜有《华清宫》诗,为世所称。(〔宋〕阮阅《诗话总龟》前集卷二十四引《郡阁雅谈》)

处士诗长于模写,不离本色,故览物品游,往往超绝,所谓五言之匠也。其宫体小诗,声唱流美,颇谐音调,中唐以后诗人如处士者,裁思精利,亦可多得。(〔明〕朱警《唐百家诗集》引徐献忠语)

张处士山寺诸什,皆神于诗,非工于诗者能及也。(〔明〕陈继儒等《唐诗选脉会通评林》)

张祜元和中作宫体七言绝三十余首,多道天宝宫中事。入录者较王建工丽稍逊而宽裕胜之。其外数

篇,声调亦高。(〔明〕许学夷《诗源辨体》)

张祜绝句,每如鲜葩醱滟,焰水泊浮,不特"故国三千里"一章见称于小杜也。(〔清〕翁方纲《石洲诗话》卷二)

题金陵渡①

金陵津渡小山楼②,　一宿行人自可愁③。
潮落夜江斜月里④,　两三星火是瓜州⑤。

【本事】

李健人曰:金陵距瓜洲甚远,乌有夜见星火之理? 余尝夜泊镇江,望江北瓜洲实有此景。　考《镇江府志》有西津渡,在丹徒县西北九里,与瓜洲对岸,即古西渚,唐时谓之蒜山渡。疑金陵渡即在此处。〔王步高按:金陵渡一名金津渡,在江苏镇江市北。唐时称镇江为金陵。〕　《舆地纪胜》曰:淮南东路扬州:瓜洲在江都县南四十里江滨,昔为瓜洲村,盖扬子江中之沙碛也。沙潮涨出,其状如瓜,接连扬子渡口,民居其上。唐立为镇,今有石城三面。　《清统志》曰:江苏扬州府:瓜洲镇在江都县南四十里江滨。(〔民国〕高步瀛《唐宋诗举要》卷八引)

【汇评】

楼在金陵渡口小山上。行人在此楼上过了一宿,自有可愁之处。一宿之中,思乡之愁,无处不现也。(〔清〕章燮《唐诗三百首注疏》卷六)

吾独惜以承吉(张祜)之才,能为"晴空一鸟渡,万里秋江碧","河流出郭静,山色对楼寒","海明先见日,江白迥闻风","地盘山入海,河绕国连天","仰砌池光动,登楼海气来","风帆彭蠡疾,云水洞庭宽","人行中路月生海,鹤语上方星满天","潮落夜江斜月里,两三星火是瓜洲"诸句,可以直跨元、白之上,而竟为微之所短,又为乐天所遗也。凡有才者,总须贵重其言。承吉不自慎惜,天耶? 人耶? 当自反矣。然乐天荐徐凝而抑承吉,心实不公。(〔清〕潘德舆《养一斋诗话》卷五)

① 金陵渡:非泛言,专指镇江西津渡。 ② 金陵:原为南京的别称,但唐代镇江也称金陵。宋王楙《野客丛书》卷二十《北固廿罗》:"当时京口,亦金陵之地方。……《张氏行役记》言甘露寺在金陵山上,赵璘《因话录》言李勉至金陵,屡赞招隐寺标致,盖时人称京口亦曰金陵。"(引者按:金性尧认为,李勉或作李约,即李勉的儿子,新版《辞海》、《辞源》皆沿《因话录》之误。)津渡:"西津渡"的略称,因诗的形式所限而省。宋卢宪撰《嘉定镇江志》卷二云,"西津渡,去府治九里,北与瓜洲渡对岸。"接着抄录了这首《题金陵渡》诗,只是著录其为杜牧诗。小山楼:诗人当时旅居之地。 ③ 一宿(xiǔ):一夜。行人:诗人自指。可:合。 ④ "潮落"句:诗人站在小山楼上远望夜江,只见天边月已西斜,江上寒潮初落。此句与第二句自然钩连。 ⑤ 瓜洲:当时的镇名,唐代属江都县,在大运河与长江交汇处,在今江苏扬州市邗江区,与镇江隔江遥遥相对。清缪荃孙校辑《元和郡县志阙卷逸文》卷二淮南道扬州江都县下载:"瓜洲镇,在县南四十里江滨。昔为瓜洲村,盖扬子江中沙碛也,状如瓜字,遥接扬子渡口,自开元以来渐为南北襟喉之地。"

【赏析】

　　这首小诗写于诗人漫游江南、待渡驿楼时,写待渡时的孤独寂寞。一二两句交代时间、地点、人物,点出"愁"字,难见其不寻常处。但联系三四两句看,一二两句就不仅有"月迷津渡"的朦胧美,而且可能隐含"桃源望断无寻处"的怅惘。三四两句写深夜江景,侧写诗人孤寂不寐;欣赏江上夜色,可能也是诗人排遣孤寂的良药。全诗句句含情,清丽可诵。　　　　　　　　　（沈广达）

朱庆馀

　　朱庆馀(生卒年不详),字可久;一说名可久,字庆馀,以字行世,越州(今浙江绍兴)人。唐敬宗宝历二年(826)进士,官至秘书省校书郎。诗学张籍,尤工近体。著有《朱庆馀诗集》。《全唐诗》录存其诗二卷,凡一百七十四首。

【集评】

　　吴中张水部(籍)为律格诗,尤工于匠物,字清意远,不涉旧体,天下莫能窥其奥,唯朱庆馀一人亲授其旨。（〔唐〕张洎《项斯诗集序》）

　　庆馀绝句,为世所称赏,然他作皆不如此。（〔宋〕刘克庄《后村诗话》新集卷六）

　　(庆馀诗)得张水部诗旨,气平意绝,社中哲匠也。有名当时。（〔元〕辛文房《唐才子传》卷六）

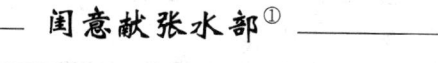
闺意献张水部①

洞房昨夜停红烛②,　待晓堂前拜舅姑③。
妆罢低声问夫婿④:"画眉深浅入时无⑤?"

【本事】

　　庆馀遇水部郎中张籍知音,索庆馀新旧篇,择留二十六章,置之怀袖而推赞之。时人以籍重名,皆缮录讽咏,遂登科。庆馀作《闺意》一篇以献曰:"洞房昨夜停红烛,待晓堂前拜舅姑。妆罢低声问夫婿,画眉深

---

① 题一作"近试上张籍水部"。　② 停红烛:红烛通宵不灭。停:停留不吹灭。一说即点的意思。"停烛"、"停灯"乃唐人习用语,即"点烛"或"点灯"的意思。白居易《岁暮夜长》,病中灯下闻卢尹夜宴,以诗戏之,且为来日张本也):"当君秉烛衔杯夜,是我停灯服药时。"《酬别微之,临都驿醉后作》:"醉收杯杓停灯语,寒展衾裯对枕眠。"《衰病》:"行多朝散药,睡少夜停灯。"　③ 舅姑:指公婆,此喻指主考官。　④ 夫婿:丈夫,此喻指张籍。　⑤ 入时无:够不够时髦,此喻指文章是否合主考官的意。

浅入时无?"籍酬之曰:"越女新妆出镜心,自知明艳更沉吟。齐纨未足时人贵,一曲菱歌敌万金。"由是朱之诗名,流于海内矣。(〔宋〕尤袤《全唐诗话》卷三)

【汇评】

朱庆馀,张籍门人,传其诗法,然独以《闺怨》一篇知名于时。(〔元〕吴师道《吴礼部诗话》)

洪容斋云:"此诗不言美丽,而味其词意,非绝色第一不足以当之。"其评良是。(〔明〕杨慎《升庵诗话》卷一)

范云溪(摅)云:张得此诗,酬之曰:"越女新妆出镜心,自知明艳更沉吟。齐纨未足时人贵,一曲绫歌敌万金。"(〔清〕章燮《唐诗三百首注疏》卷六)

仅仅作为"闺意",这首诗已经是非常完整、优美动人的了。然而作者的本意,在于表达自己作为一名应试举子,在面临关系到自己政治前途的一场考试时所特有的不安和期待。(沈祖棻《唐人七绝诗浅释》)

【赏析】

此诗盖作于唐敬宗宝历二年(826)诗人即将应试时。唐代读书人在应试前,常将所作诗文写成卷轴,呈送朝中权要,期有以揄扬,这即是所谓的"行卷"。朱庆馀此诗便是行卷诗。朱诗纯用比体,用新嫁娘拜见公婆前的惶恐不安比况自己应试前微妙复杂的心理状态。深得张的赞许,张欣然以"越女新妆出镜新,自知明艳更沉吟。齐纨未足人间贵,一曲菱歌敌万金"(《酬朱庆馀》)作答,朱的诗名遂播于海内。朱张"献""酬"俱妙,传为千古佳话。　　　　　(沈广达)

备选课文

题扬州禅智寺　　　杜牧

雨过一蝉噪,飘萧松桂秋。青苔满阶砌,白鸟故迟留。暮霭生深树,斜阳下小楼。谁知竹西路,歌吹是扬州。

寄扬州韩绰判官　　　杜牧

青山隐隐水迢迢,秋尽江南草未凋。二十四桥明月夜,玉人何处教吹箫。

金陵怀古　　　许浑

玉树歌残王气终,景阳兵合戍楼空。松楸远近千官冢,禾黍高低六代宫。石燕拂云晴亦雨,江豚吹浪夜还风。英雄一去豪华尽,唯有青山似洛中。

泛读课文

纵游淮南　　　张祜

十里长街市井连,月明桥上看神仙。人生只合扬州死,禅智山光好墓田。

南湖　　　朱庆馀

湖上微风小槛凉,翻翻菱荇满回塘。野船著岸人春草，水鸟带波飞夕阳。芦叶有声疑露雨，浪花无际似潇湘。飘然蓬艇东归客，尽日相看忆楚乡。

宫　词　　朱庆馀

寂寂花时闭院门，美人相并立琼轩。含情欲说宫中事，鹦鹉前头不敢言。

山　行　　杜　牧

远上寒山石径斜，白云生处有人家。停车坐爱枫林晚，霜叶红于二月花。

江南春绝句　　杜　牧

千里莺啼绿映红，水村山郭酒旗风。南朝四百八十寺，多少楼台烟雨中。

泊秦淮　　杜　牧

烟笼寒水月笼沙，夜泊秦淮近酒家。商女不知亡国恨，隔江犹唱后庭花。

将赴吴兴登乐游原一绝　　杜　牧

清时有味是无能，闲爱孤云静爱僧。欲把一麾江海去，乐游原上望昭陵。

边上闻笳　　杜　牧

何处吹笳薄暮天，塞垣高鸟没狼烟。游人一听头堪白，苏武争禁十九年。

秋日赴阙题潼关驿楼　　许　浑

红叶晚萧萧，长亭酒一瓢。残云归太华，疏雨过中条。树色随山迥，河声入海遥。帝乡明日到，犹自梦渔樵。

谢亭送别　　许　浑

劳歌一曲解行舟，红叶青山水急流。日暮酒醒人已远，满天风雨下西楼。

分类唐诗　雁

南中咏雁　　韦承庆

万里人南去，三春雁北飞。不知何岁月，得与尔同归？

孤　雁　　杜　甫

孤雁不饮啄，飞鸣声念群。谁怜一片影，相失万重云。望尽似犹见，哀多如更闻。野鸦无意绪，鸣噪自纷纷。

归　雁　　钱　起

潇湘何事等闲回，水碧沙明两岸苔。二十五弦弹夜月，不胜清怨却飞来。

雁　　杜　牧

万里衔芦别故乡，云飞雨宿向潇湘。数声孤枕堪垂泪，几处高楼欲断肠。度日翩翩斜避影，临风一一直成行，年年辛苦来衡岳，羽翼摧残陇塞霜。

雁二首　　罗　邺

暮天新雁起汀洲，红蓼花开水国愁。想得故园今夜月，几人相忆在江楼？

早背胡霜过戍楼，又随寒日下汀洲。江南江北多离别，忍报年年两地愁。

孤雁　　　　　崔涂

几行归去尽,片影独何之。暮雨相呼失,寒塘独下迟。渚云低暗度,关月冷遥随。未必逢矰缴,孤飞自可疑。

题雁　　　　　郑谷

八月悲风九月霜,蓼花红澹苇条黄。石头城下波摇影,星子湾西云间行。惊散渔家吹短笛,失群征戍锁残阳。故乡闻尔亦惆怅,何况扁舟非故乡。

分类唐诗　科举

下第题长安客舍　　　　　钱起

不遂青云望,愁看黄鸟飞。梨花度寒食,客子未春衣。世事随时变,交情与我违。空馀主人柳,相见却依依。

坠芳洲

归时不省花间醉,绮陌香车似水流。

下第后上永崇高侍郎　　　　　高蟾

天上碧桃和露种,日边红杏倚云栽。芙蓉生在秋江上,不向东风怨未开。

登科后　　　　　孟郊

昔日龌龊不足夸,今朝放荡思无涯。春风得意马蹄疾,一日看尽长安花。

省试　　　　　司空图

粉闱深锁唱同人,正是终南雪霁春。闲系长安千里马,今朝似减六街尘。

榜下　　　　　司空图

三十功名志未伸,初将文字竞通津。春风漫折一枝桂,烟阁英雄笑杀人。

及第后宴曲江　　　　　刘沧

及第新春选胜游,杏园初宴曲江头。紫毫粉壁题仙籍,柳色箫声拂御楼。霁景露光明远岸,晚空山翠

中小学已学篇目

杜牧《山行》《清明》《江南春》(小)《泊秦淮》《赤壁》(初)《过华清宫》※《题宣州开元寺水阁,阁下宛溪夹溪居人》※

可参考书目

《樊川诗集注》,〔清〕冯集梧注,上海古籍出版社1962年
《杜牧诗选》,缪钺著,人民文学出版社1957年
《杜牧选集》,朱碧莲选注,上海古籍出版社1995年
《晚唐风韵》,葛兆光、戴燕著,江苏古籍出版社1991年
《晚唐诗歌赏析》,韦凤娟选析,广西人民出版社1986年
《晚唐诗选》,王文濡选,中华书局1918年(有新影印本)

十七、晚唐诗(中)

【温李诗总论】

温庭筠与李商隐同时齐名,时号"温李"。二人诗记览精博,才思流丽,其冶艳者类徐庾,其切近者类姚贾。义山诗尤锻炼精粹,探索幽微,不可草草看过。([宋]刘克庄《后村诗话》新集卷四)

李商隐丽色闲情,雅道虽漓,亦一时之胜。温飞卿有词无情,如飞絮飘扬,莫知指适。([明]陆时雍《诗镜总论》)

温、李并称,就中却有异同,止如乐府,则玉溪不及太原,余则太原不逮玉溪远矣。([清]薛雪《一瓢诗话》)

温飞卿,晚唐之李青莲也,故其乐府最精,义山亦不及。学者不于温、李二公诗悉心体会,未见其能成咏,何以历李、杜之藩翰耶?惟长诗则温不逮李。李有收束法,凡长篇必作一小束,然后再收,如山川跌换之势;温则一束便住,难免有急龙急脉之嫌。(同上)

李商隐

李商隐(813—858),字义山,号玉溪生,又号樊南生,怀州河内(今河南沁阳)人。开成二年进士,授秘书省校书郎补弘农尉。当时牛李党争剧烈,他被卷入旋涡,一生困顿失意。晚唐著名诗人,与杜牧齐名,世称"小李杜"。李诗广纳前人所长,善用比兴,色彩瑰丽,辞藻典雅,精于用典,形成了深情缠绵、绮丽精密、旨趣深微的艺术风格。现存诗约600首。其中无题诗是李商隐的独创,最为人们广泛传诵。或写得迷离恍惚,借恋情而寄托激愤,抒发感慨;或写有情男女无法如愿之苦,刻画陷入绝境的爱情,变幻蕴藉,宛转沉挚。政治诗感慨讽谕,颇有深度和广度。集中多见忧心国运、抒写怀才不遇之作。各体之中,尤擅长七言律、绝。有《李义山诗集》、《樊南文集》和《樊南文集补编》。

【集评】

虚负凌云万丈才,一生襟抱未曾开。([唐]崔珏《哭李商隐》)

王荆公晚年亦喜称义山诗,以为唐人知学老杜而得其藩篱者,唯义山一人而已。每颂其"雪岭未归天外使,松州犹驻殿前军","永忆江湖归白发,欲回天地入扁舟"与"池光不受月,暮气欲沉山","江海三年客,乾坤百战场"之类,虽老杜无以过也。义山诗,合处信有过人。若其用事深僻,语工而意不及,自是其短,世人反以为奇而效之。故昆体之敝,适重其失,义山本不至是云。(〔宋〕蔡居厚《蔡宽夫诗话》)

李义山诗,字字锻炼,用事婉约,仍多近体。(〔宋〕许颉《彦周诗话》)

李义山拟老杜诗……置杜集中亦无愧矣,然未似老杜沉涵汪洋笔力有余也。义山亦自觉,故别立门户成一家。后人挹其余波,号西昆体,句律太严,无自然态度。(〔宋〕朱弁《风月堂诗话》)

李义山如百宝流苏,千丝铁网,绮密环妍,要非适用。(〔宋〕敖陶孙《诗评》)

望帝春心托杜鹃,佳人锦瑟怨华年。诗家总爱西昆好,独恨无人作郑笺。(〔金〕元好问《论诗绝句三十首》)

义山近体,辟绩重重,长于讽谕,中有顿挫沉着可接武少陵者,故应为一大宗。后人以温、李并称,只取其秾丽相似,其实风骨各殊也。(〔清〕沈德潜《唐诗别裁集》卷十五)

李义山、温飞卿皆有齐梁格诗。律诗既盛,齐梁体遂微,后人不知,咸以为古诗。(〔清〕吴乔《围炉诗话》卷二)

李玉溪无疵可议,要知前有少陵,后有玉溪,更无他人可任鼓吹,有唐唯此二公而已。(〔清〕薛雪《一瓢诗话》)

无题

相见时难别亦难,　东风无力百花残。
春蚕到死丝方尽,　蜡炬成灰泪始干①。
晓镜但愁云鬓改,　夜吟应觉月光寒。
蓬山此去无多路,　青鸟殷勤为探看②。

【汇评】

李义山曰:"春蚕到死丝方尽,蜡炬成灰泪始干。"刘禹锡曰:"东边日出西边雨,道是无晴还有晴。"措词流丽,酷似六朝。(〔明〕谢榛《四溟诗话》卷二)

绮靡浓艳,伤春悲秋,至于"春蚕到死"、"蜡烛成灰",深情罕譬,可以涸爱河而干欲火。(〔清〕钱谦益《李义山诗笺注》序)

(东风句)已苍。(冯舒)云:第二句毕世接不出。按此句言光阴难驻,我生行休也。(夜吟句)觉作共。(〔清〕何焯《义门读书记》卷五十七)

---

①《永乐大典》卷八二一云:"春蚕到死丝方尽,蜡烛成灰泪始干,此名娼王幼玉之诗也。非渠无能道此者。"可参看。丝:与思谐音。 ②"蓬山"二句:蓬山,神话传说中的东海三仙山之一蓬莱山,此比其情人居处。青鸟,传说中西王母的信使。此比给诗人与其情人传达信息者。义山"学仙玉阳东"时,玉阳东山与其情人(女冠)所居的玉阳西山对峙,故说"此去无多路",只要叫"青鸟"殷勤探望。

凡情语出自变风，本不可以格绳，勿宁少作。情太浓，便不能自摄，入于淫纵，只看李义山"春蚕到死丝方尽，蜡炬成灰泪始干"之句便知。（〔清〕张谦宜《绚斋诗谈》）

此诗似邂逅有力者，望其援引入朝，故不便明言，而属之《无题》也。起句言缱绻多情。次句言流光易去。三四言心情难已于仕进。五六言颜状亦觉其可怜。七八望其为王母青禽，庶得入蓬山之路也。（〔清〕程梦星《重订李义山诗笺注》）

起处有光阴难驻，我生行休之叹。然蚕未到死，则丝尚牵；烛未成灰，则泪常落，有一息尚存，此志不容少懈者。"晓镜"句言老，"夜吟"句言病，正见来日苦少。而有路可通，能不为之殷勤探看乎？此作者以诗代简牍也。八句中，真是千回万转。（〔清〕陆昆曾《李义山七律诗解》）

问"相见时难"一章末二句如何？曰：感遇之作，易为激语。此云"蓬山此去无多路，青鸟殷勤为探看"，不为绝望之词，固诗人忠厚之旨也。但三四太纤近鄙，不足存耳。（〔清〕纪昀《玉溪生诗话》下卷《抄诗或问》）

首言相晤为难，光阴易过，次言己之愁思，毕生以之，终不忍绝。五言惟愁岁不我与。六谓长此孤冷之态。末句则谓未审其意旨究何如也？此段诸诗，寓意率相类。（〔清〕冯浩《玉溪生诗集笺注》）

三四两句如此典雅而谓之"鄙"，此真小儿强作解事语，纪氏之诗学可知。此篇为陈情不省，留别令狐所作，首云"相见时难别亦难"，结云"蓬山此去无多路"，味其意，其在大中三年将赴徐幕时耶？（〔清〕张采田《李义山诗辨正》）

冯班：妙在首联。三、四亦杨、刘语耳。　查慎行：三、四摹写"别亦难"，是何等风韵？　何义门："东风无力"，上无明主也。"百花残"，己且老至也。落句具屈子《远游》之思乎？（李庆甲辑《瀛奎律髓汇评》卷七）

【赏析】

这首精美绝伦的七律，用最优美的意象、严密的格律、通俗的语言道出了男女刻骨的相思之情。

首联在回忆中略带感伤。这一对男女每次约会、幽欢要克服重重障碍，所以每到离别之时，难上加难，犹如暮春季节，东风微弱，百花凋谢之时，他们感到无比的难受。

颔联、颈联，均似男女双方分手前的誓言一般：在蚕茧中的春蚕，源源不停地吐出晶莹的蚕丝，她表示至死方尽。请注意这是正在作茧的、在洞中的春蚕意象。蜡烛已在点燃，已在滴下"泪"，他表示，直到"蜡炬成灰泪始干"。男女心心相印，生生死死，难以分开。但是如今只好分手，别无他法。想象中，姑娘每天早晨对镜梳妆，愁肠百结，真怕两鬓添白发呢！而年轻的诗人，每天夜晚吟诗，思念情人，定会见月生寒，伤心至极。

末联是男性故作轻松的安慰：好在你所居的仙山离我不远，你要早早派出青鸟，殷勤来探望呢！

纵观普希金、莱蒙托夫、拜伦、雪莱等出色的爱情诗，大凡都与一个具体的活生生女性有关，很少对哲理式的、集合型的女性献上最美的恋歌。李商隐一生中，只有初恋对象玉阳山女冠才赢得诗人这片真情。

（钟来茵）

无题

来是空言去绝踪，　月斜楼上五更钟。
梦为远别啼难唤，　书被催成墨未浓。
蜡照半笼金翡翠，　麝熏微度绣芙蓉①。
刘郎已恨蓬山远，　更隔蓬山一万重②。

【汇评】

徐德泓云：令狐绹作相，义山屡启陈情，不之省，数首疑为此作也，俱是喻体。（〔清〕冯浩《玉溪生诗补注》引）

（"来是空言"首句）言绹有软语而无实情。（二句）言作诗时。（"蜡照"一联）两句从第二句来。此诗与"相见时难"皆是致书于绹时作，即《旧传》所言"屡启陈情"也。（〔清〕吴乔《西昆发微》）

何（义门）云："梦别"、"书成"、"为远"、"被催"、"啼难"、"墨未"，皆用双声叠韵对。（〔清〕章燮《唐诗三百首注疏》卷五引）

通篇一意反覆，只发挥得"来是空言去绝踪"七字耳。言我一夜之间，辗转反侧，而因见夫月之斜，因闻夫钟之动，思之亦云至矣！乃通之梦寐，而梦为远别，何踪迹之可寻乎？味其音书，而书被催成，宁空言之足据乎？蜡照半笼，言灯光已淡，麝薰微度，言香气渐消，夜将尽而天欲明之时也，言我之凄清寂寞至此，较之蓬山迢隔，不啻倍蓰，则信乎"来是空言去绝踪"也。（〔清〕陆昆曾《李义山诗解》）

【赏析】

最能代表李商隐诗歌艺术风格的是他的以"无题"命名的诗作，对后世的影响很大。这首七律诗写对远别的情人的思念。全诗亦真亦梦，亦实亦幻，突破了传统思念诗由梦境而现实，由现实而回忆的顺序，体现出独到的艺术魅力。

首联以横剖的笔法直接写梦醒之时的氛围。远别之时的约定成为空言，离去之后则杳无踪影，梦醒之时月光空照楼阁，五更的钟声更显得凄清孤寂。

依稀间回味方才梦中的情景，是聚是别，只留下远别后难以自持的悲泣。回到现实的抒情主人公第一个本能的反映就是马上写信给对方，以诉说相思之苦，"书被催成"后才发现墨还未研浓，可见心情之急切。领联描述出半梦半醒的情景，意味深长，充满实感。颈联写主人公在给对方写信时，不由得想象对方所处的香闺，恨不能立即追踪前往，但蓬山路隔相会无由。末联借用刘晨入天台复求仙女而不遇的传说，使人真正回到现实，而现实的残酷更进

---

① 麝熏：麝香熏染。此两句为对所思妇女香闺的描写。　② "刘郎已恨"句：相传刘晨与阮肇入天台采药，遇仙女，留居半年后还家，后复求仙女，已不可寻。蓬山：传说中的东海仙山之一蓬莱山，此处指情人所居之处。

一步突出了远别之苦,相思之恨,使主题得以升华。

诗意深切凄婉,感情真挚。构思精巧,意境深远,精纯感人,回肠荡气。 （杨 琳）

安定城楼[①]

迢递高城百尺楼, 绿杨枝外尽汀洲[②]。
贾生年少虚垂涕, 王粲春来更远游[③]。
永忆江湖归白发, 欲回天地入扁舟。
不知腐鼠成滋味, 猜意鹓雏竟未休[④]。

【汇评】

应鸿博不中选而至泾原时作也,玩三四显然矣。其应鸿博不中,已因往依茂元之故。下半言我志愿深远,岂恋此区区者,而俗情相猜忌哉！（〔清〕冯浩《玉溪生诗笺注》）

纪昀曰:"江湖"、"扁舟"之兴,俱自"汀洲"生出。故次句非趁韵凑景。五六千锤百炼,出以自然,杜亦不过如此。世但喜其浮艳雕镂之作,而义山之真面隐矣。结太露。（李庆甲辑《瀛奎律髓汇评》卷三十九）

第二言满地江河欲归即得。五六言所以垂泪与远游者,岂为此腐鼠不能舍然哉！吾诚永忆江河,欲归而优游白发,但俟回天地功成,却入扁舟耳。此二句亦是荆公一生心事,故酷爱之。（〔清〕何焯《义门读书记》卷五十八）

义山博及群书,负经国之志,特以身处卑贱,自噤不言。兹因人妄相猜忌,全不知己,故发愤一倾吐之。然而立言深隐,略无夸大,真得三百诗人风旨,非他手可摹也。首二句借城楼自喻,有立身千仞,俯视一切之意。三、四叹有贾生之才而不得一摅,只如王粲之游而穷于所往。五、六言本欲功成名立,归老江湖,旋乾转坤,乃始勇退。七、八言己之意量如此,而彼庸妄者方据腐鼠以吓鹓雏也。岂不可哀矣哉！（〔清〕程梦星《李义山诗集笺注》）

为令狐氏所摈而作。言己长忆江湖以终老,但志欲挽回天地,乃入扁舟耳。时人不知己志,以鸱嗜腐鼠而疑鹓雏,不亦重可叹乎。（〔清〕沈德潜《唐诗别裁集》卷十五）

[①] 安定城:在唐泾原节度使治所泾州（今甘肃泾川）。李商隐因为娶了被认为是李党的泾原节度使王茂元的女儿,于是在入京应博学宏词科考试时受到牛党排挤,落选后返回泾原,登楼抒怀,悲愤难平。 [②] 迢递:高远貌。汀洲:指泾水岸边沙地和水中绿洲。 [③] 贾生:指汉贾谊,贾曾上书陈政,云:"臣窃惟今之事势,可为痛哭者一,可为流涕者二,可为长太息者六。"但却因年少敢言,忧国忧民而屡遭忌害。王粲,东汉末文学家,曾因避战乱而流浪至荆州,于当阳城楼作《登楼赋》,抒发政治抱负和寄人篱下的苦闷。在这里作者以贾谊、王粲自况。 [④] 典出《庄子·秋水篇》:"惠子相梁,庄子往见之。或谓惠子曰:'庄子来,欲代子相。'于是惠子恐,搜于国中,三日三夜。庄子往见之,曰:'南方有鸟,其名为鹓雏,子知之乎？夫鹓雏发于南海,而飞于北海,非梧桐不止,非练实不食,非醴泉不饮。于是鸱得腐鼠,鹓雏过之,仰而视之曰,嚇！今子欲以子之梁国而嚇我邪？'"在这里作者以鹓雏自喻。

【赏析】

　　这是一首登楼感怀诗。李商隐一生受到牛李党争的影响,郁郁不得志,其作品反映出吊古伤今的悲愤,也表露出自己的政治抱负。

　　作者立身高耸的安定城楼,目光越过绿杨树林,泾水岸边的沙地绿洲尽收眼底。然而,作者此时的心境并不在乎山水,高瞻远瞩、俯视一切之际,也是无限感慨、豪情生发之时。于是,思绪转到两位古人身上,贾谊献策、王粲登楼作赋之时,均与自己年龄相仿,而此时此刻,自己落榜的遭际、寄人篱下的情境又与二人何其相似。但满怀的高远志向怎能就此毁弃。范蠡乘扁舟归隐江湖的联想道出了诗人矛盾复杂的思想,这也是中国传统知识分子所共有的典型心理。既存有恬淡名利之心态,又不忘兼济天下、建功立业的抱负。因为有了前者,就区别于那些追名逐利之徒;有了后者,才能胸襟宽阔,百折不挠。在末联,诗人借庄子的寓言将矛头直指那些猜忌自己的无耻小人,飞向北海的鹓雏与津津于腐鼠的鸱鸟相比较,极尽讽刺、奚落之能事,作者的志趣抱负更不言而喻。

　　全诗结构严谨,语句曲折萦回,意蕴悠远。最大的特点是用典贴切,含蓄自然,韵味深厚。

(杨　琳)

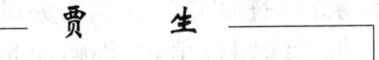

贾　生

宣室求贤访逐臣,　贾生才调更无伦①。
可怜夜半虚前席②,不问苍生问鬼神。

【汇评】

　　钱君(钱邓帅若水)举《贾谊》两句云:"可怜夜半虚前席,不问苍生问鬼神。"钱云:"其措词如此,后人何以企及。"(〔宋〕江少虞《宋朝事实类苑》)

　　李义山《贾谊》诗云:"可怜夜半虚前席,不问苍生问鬼神。"虽说贾谊,然反其意而用之矣。……直用其事,人皆能之,反其意而用者,自非学力高迈,超越寻常拘挛之见,不规规然蹈袭前人陈迹者,何以臻此。(〔宋〕严有翼《艺苑雌黄》)

　　晚唐绝"东风不与周郎便,铜雀春深锁二乔","可怜夜半虚前席,不问苍生问鬼神",皆宋人议论之祖,间有极工者,亦气韵衰飒,天壤开宝,然书情则怆恻而易动人,用事则巧切而工悦俗。世希大雅,或以为过盛

---

① "宣室"句:《史记·贾生列传》载:贾谊被孝文帝征见,在未央宫前殿的正室被接见。逐臣:被贬谪的大臣。贾谊被周勃等老臣排斥,被贬作长沙王太傅。文帝知道,其知识、才情、才气,均无与伦比。　②虚:徒然、空自、白白地。前席:古人席地而坐,双膝跪着,臀在脚跟上,文帝听入神,两膝向前移,更靠近贾谊,此为亲密无间的表示。

唐,具眼观之,不待其辞毕矣。（〔明〕胡应麟《诗薮》内编卷六）

末二句即诗人召彼故老,讯之占梦意。（〔清〕何焯《义门读书记》卷五十八）

沈（德潜）云：纯用议论。然以唱叹出之,故佳。不善学之,便成伧语。第二句率。（〔清〕章燮《唐诗三百首注疏》卷六）

【赏析】

据《史记》记载,汉文帝召见贾谊时,正在接受祭过神的祭肉,以接受神的福佑。文帝的心思集中在鬼神。而天才的贾谊,正想乘这次召见机会,陈述自己对时局大政的意见。两人思想大相径庭,于是出现了这样的滑稽剧：皇帝在庄严的未央殿宣室,征召无与伦比的极有见识的政治家,皇帝无比谦虚,"前席"倾听,而一问一答,只是关于鬼神。虽得文帝倾听,却徒然无益。这种咏史诗,纯用白描手法,描摹历史事实；诗人摄取角度很新颖,议论、讽刺、叹息、愤愤不平,皆在精炼的形象之中。

（钟来茵）

隋　宫①

紫泉宫殿锁烟霞，　欲取芜城作帝家②。
玉玺不缘归日角，　锦帆应是到天涯③。
于今腐草无萤火，　终古垂杨有暮鸦④。
地下若逢陈后主，　岂宜重问后庭花？⑤

【汇评】

日角、锦帆、萤火、垂杨是实事,却以他字面交差对之,融化自称,亦其用意深处,真佳处也。（〔元〕吴师道《吴礼部诗话》）

元和后律体屡变,其间有卓然成家者,皆自鸣所长。若李商隐之长于咏史,许浑、刘沧之长于怀古,此其著也。今观义山之《隋宫》、《马嵬》、《筹笔驿》、《锦瑟》等篇,其造意幽深,律切精密,有出常情之外者……其今古废兴,山河陈迹,凄凉感慨之意,读之可为一唱三叹矣。三子者虽不足以鸣乎大雅之音,亦变风之得其正者矣。（〔明〕高棅《唐诗品汇》七言律诗叙目）

无句不佳。三四尤得杜家骨髓。前半展拓得开,后半发挥得足,真大手笔。发端先言其虚关中以授他人,便已呼起第三句。着"玉玺"一联,直说出狂王抵死不悟,方见江都之祸非出于偶然不幸。后半讽刺更觉

---

① 隋宫：指隋炀帝在扬州附近所造的离宫。　② 紫泉宫：指长安紫渊宫,因避唐高祖李渊讳改为紫泉宫。　③ 日角：人的颧骨饱满突起像太阳一样,称为日角。这里代指李渊。　④ 隋炀帝曾遍搜萤火虫,夜间放出以代烛光。当时人们认为萤火生于腐草,而此时却被搜集干净了。　⑤ 陈后主：南朝陈朝亡国之君,于敌军压境之时仍在寻欢作乐,观赏乐舞《玉树后庭花》。据《隋遗录》载,隋炀帝在扬州曾梦遇陈后主,一同赏《玉树后庭花》。

有力。(〔清〕何焯《义门读书记》卷五十七)

纪(昀)云：中四句，步步逆挽，句句跳脱，结句佻甚。盛唐人必不如此。纯是衬贴活变之笔，无复排偶之迹，然调之不高亦坐此。(〔清〕章燮《唐诗三百首注疏》卷五)

先君云："寓议论于叙事，无使事之迹，无论断之迹，妙极妙极。"又曰："纯以虚字作用，五六句兴在象外，活极妙极，可谓绝作。"树按：江都离宫四十余所，只用紫渊，取紫微意，且选字媲色也。《上林赋》："紫渊经其北。"(〔清〕方东树《昭昧詹言》卷十九)

(前四句)纪(昀)曰："无阻逸游，如何铺叙？三四只作推算，最善用笔。"步瀛案："日角"、"天涯"借对，究觉纤巧，结语亦尖刻。老杜为之，必不如此，纪氏谓此升降大关，不可不知。(高步瀛《唐宋诗举要》卷五)

【赏析】

这是一首咏史诗，反映出作者此类诗作感慨讽谕，尖锐辛辣，寓意深广的特点。

首联在对比映衬之中点题。长安雄伟巍峨的宫殿空锁于烟霞之中，荒淫奢靡、为所欲为的隋炀帝却一心想到扬州享乐，将芜城作为"帝家"。被舍弃的长安宫阙的壮丽映衬出隋炀帝的穷奢极欲与取舍的荒唐。

颔联看似假想推测，实则以史为据，寓意深刻。作者指出，隋之所以失去政权并非因为李渊生有帝王之相命该为帝，而是由于炀帝荒淫享乐，以致锦帆南下之后，便似飘向了天涯海角，一去不复返了。

颈联的描摹与颔联相呼应，使题旨得以升华。一方面，"于今"、"终古"；"腐草"、"垂杨"；"无萤火"、"有暮鸦"形成了绝佳的对比，亡国的凄凉不堪入目。另一方面，对偶工整的两句又恰恰涉及隋炀帝"放萤以取乐"和"种柳映龙舟"的史实，昔日的盛景与今日的悲凉，不止是形式上的对偶，更给人留下丰富的空间，催人深思，使人感慨万千。

末联以巧妙的构思活用了隋炀帝梦遇陈后主的故实。两个亡国之君地下相见，该是怎样的情景？作者并不正面回答，而亡国之音《玉树后庭花》的出现，则使其用意不言而喻。

(杨　琳)

温庭筠

温庭筠(812—约870)，本名岐，字飞卿，排行十六，太原祁(今山西祁县)人。少时极有才情，尤长于诗赋。然生性傲岸，好讥呵权贵，由是科场失意，屡试不第。大中十三年(859年)始授随县尉，后任国子监助教。温庭筠诗与李商隐齐名。温庭筠精通音律，能逐弦吹之音，为侧艳之词。其词多写闺怨离愁，语言秾丽，《菩萨蛮》十四首是典型的艳词风貌；然其也有受民间曲子影响而以淡笔写柔情的作品，世以温庭筠、韦庄并称"温韦"。其诗与李商隐齐名。温庭筠为晚唐致力于填词的第一人，是促使文人词走向成熟的词坛巨擘。有《温飞卿诗集》，后人辑有《金荃词》一卷。

【集评】

温飞卿(庭筠)与义山齐名,诗体严密概同,笔径较独酣捷。七言乐府,似学长吉,第局脉紧慢稍殊,彼愁思之言促,此淫思之言纵也。(〔明〕胡震亨《唐音癸签》卷八)

温飞卿所作歌谣,常有乍看心骇目眩,思得其旨,反索然者。 顾华玉璘曰:"温生作诗,全无兴象,又乏清温,句法刻俗,无一可法,不知后人何故尊信?大抵清高难及,粗浊易流,盖便于流俗浅学尔。余恐郑声乱雅,故特排击之。"愚意顾论诚然,然亦少过。大抵温氏之才,能瑰丽而不能淡远,能尖新而不能雅正,能矜饰而不能自然,然警慧处,亦非流俗浅学所易及。正如纫萝女,昵之虽欲倾城,然使其终身负薪,则亦不平。

七言古诗,句雕字琢,当其沾沾自喜之作,虽竭其伎俩,止于音响卓越,铺叙藻艳,态度生新,未免其美悉浮于外,有腴而实枯,纡而实近,中干外强之病。 短律尤多警句。(〔清〕贺裳《载酒园诗话》又编)

温飞卿久困名场,故学力独为透到。其于玉溪,何止偏师之攻。顾华玉盛诋之,亦蚍蜉撼树也。(〔清〕管世铭《读雪山房唐诗序例》)

商山早行[①]

晨起动征铎[②], 客行悲故乡。
鸡声茅店月, 人迹板桥霜。
槲叶落山路[③], 枳花明驿墙[④]。
因思杜陵梦[⑤], 凫雁满回塘[⑥]。

【汇评】

"鸡声茅店月,人迹板桥霜",人但知其能道羁愁野况于言意之表,不知二句中不用一二闲字,止提掇出紧关物色字样,而音韵铿锵,意象具足,始为难得。(〔明〕李东阳《麓堂诗话》)

颔联出句胜对句。(〔清〕查慎行《初白庵诗评》)

三、四非行路之人不知此景之真也。论章法,承接自在;论句法,如同吮出。描画不得者,偏能写得。句句是早行,故妙。(〔清〕盛传敏《碛砂唐诗纂释》)

纪昀云:归愚讥五、六卑弱,良是。七、八复,衍第二句,皆是微瑕,分别观之。何义门云:次联东坡亦叹为绝唱。(李庆甲《瀛奎律髓汇评》卷十四)

【赏析】

这首诗准确写作年代已不可考,但联系诗人生平,他曾任随县尉,徐商镇襄阳,他被辟为

[①] 商山:在今陕西商县东南,距长安约一百公里,位于通往湖北的路上。秦末汉初"商山四皓"曾隐于此。 [②] 征铎:远行车的铃铛。 [③] 槲(hú):树名,实圆,味苦,可入药。其叶名槲若,落叶乔木,槲叶秋冬枯槁后并不迅速落掉,等次年春芽萌生始落。 [④] 枳(zhǐ):木如橘而小,高五七尺,春开白花,果小味酸,可入药。 [⑤] 杜陵:本名杜原,又名乐游原,汉宣帝筑陵于此,改名杜陵。温庭筠曾家于此。 [⑥] 凫(fú):水鸟名,俗称野鸭。回塘:曲折的池塘。

巡官。据夏承焘《温飞卿系年》,这两件事均发生于唐宣宗大中十三年(859)。自长安赴随县,当道出商山。此诗或作于此年。庭筠久困科场,年四十八又出为一县尉,说不上有太好心绪,且去国怀乡之情在所不免。故这首诗以"客行悲故乡"为基调。温虽为山西人,而久居杜陵,已视之为故乡,为生计所迫,不得已出为远州县尉,故"思杜陵",盼回归。"回塘"之"回","凫雁"之说,似乎均有他意。雁秋去春回,犹有定时,此去他乡,游子归去何时?"鸡声"一联,纯用实词,未用动词,对仗工稳,令全诗大为生色,传为千古绝唱。但诗中第二句衍,五六句较弱,故全诗尚白璧有瑕,未臻极品。

(王步高)

备选课文

杜工部蜀中离席　　李商隐

人生何处不离群,世路干戈惜暂分。雪岭未归天外使,松州犹驻殿前军。座中醉客延醒客,江上晴云杂雨云。美酒成都堪送老,当垆仍是卓文君。

晚　晴　　李商隐

深居俯夹城,春去夏犹清。天意怜幽草,人间重晚晴。并添高阁迥,微注小窗明。越鸟巢干后,归飞体更轻。

泛读课文

乐游原　　李商隐

向晚意不适,驱车登古原。夕阳无限好,只是近黄昏。

夜雨寄北　　李商隐

君问归期未有期,巴山夜雨涨秋池。何当共剪西窗烛,却话巴山夜雨时。

锦　瑟　　李商隐

锦瑟无端五十弦,一弦一柱思华年。庄生晓梦迷蝴蝶,望帝春心托杜鹃。沧海月明珠有泪,蓝田日暖玉生烟。此情可待成追忆,只是当时已惘然。

宿骆氏亭寄怀崔雍崔衮　　李商隐

竹坞无尘水槛清,相思迢递隔重城。秋阴不散霜飞晚,留得枯荷听雨声。

过陈琳墓　　温庭筠

曾于青史见遗文,今日飘蓬过古坟。词客有灵应识我,霸才无主始怜君。石麟埋没藏春草,铜雀荒凉对暮云。莫怪临风倍惆怅,欲将书剑学从军。

落　花　　李商隐

高阁客竟去,小园花乱飞。参差连曲陌,迢递送斜晖。肠断未忍扫,眼穿仍欲归。芳心向春尽,所得是沾衣。

筹笔驿　　李商隐

猿鸟犹疑畏简书,风云常为护储胥。徒令上将挥神笔,终见降王走传车。管乐有才终不忝,关张无命欲何如。他年锦里经祠庙,梁父吟成恨有馀。

重有感　　李商隐

玉帐牙旗得上游,安危须共主君忧。窦融表已来关右,陶侃军宜次石头。岂有蛟龙愁失水,更无鹰隼与高秋。昼号夜哭兼幽显,早晚星关雪涕收。

齐宫词　　　　李商隐

永寿兵来夜不扃,金莲无复印中庭。梁台歌管三更罢,犹自风摇九子铃。

无题四首(选一)　　　　李商隐

飒飒东风细雨来,芙蓉塘外有轻雷。金蟾啮锁烧香入,玉虎牵丝汲井回。贾氏窥帘韩掾少,宓妃留枕魏王才。春心莫共花争发,一寸相思一寸灰。

无题二首(选一)　　　　李商隐

昨夜星辰昨夜风,画楼西畔桂堂东。身无彩凤双飞翼,心有灵犀一点通。隔座送钩春酒暖,分曹射覆蜡灯红。嗟余听鼓应官去,走马兰台类断蓬。

苏武庙　　　　温庭筠

苏武魂销汉使前,古祠高树两茫然。云边雁断胡天月,陇上羊归塞草烟。回日楼台非甲帐,去时冠剑是丁年。茂陵不见封侯印,空向秋波哭逝川。

利州南渡　　　　温庭筠

澹然空水对斜晖,曲岛苍茫接翠微。波上马嘶看棹去,柳边人歇待船归。数丛沙草群鸥散,万顷江田一鹭飞。谁解乘舟寻范蠡,五湖烟水独忘机。

分类唐诗　咏史

古风(其十)　　　　李白

齐有倜傥生,鲁连特高妙。明月出海底,一朝开光曜。却秦振英声,后世仰末照。意轻千金赠,顾向平原笑。吾亦澹荡人,拂衣可同调。

古风(其十五)　　　　李白

燕昭延郭隗,遂筑黄金台。剧辛方赵至,邹衍复齐来。奈何青云士,弃我如尘埃。珠玉买歌笑,糟糠养贤才。方知黄鹤举,千里独裴回。

咏史　　　　戎昱

汉家青史上,计拙是和亲。社稷依明主,安危托妇人。岂能将玉貌,便拟静胡尘。地下千年骨,谁为辅佐臣。

过五丈原　　　　温庭筠

铁马云雕久绝尘,柳阴高压汉营春。天晴杀气屯关右,夜半妖星照渭滨。下国卧龙空误主,中原逐鹿不因人。象床锦帐无言语,从此谯周是老臣。

咏史诗·沛宫　　　　胡曾

汉高辛苦事干戈,帝业兴隆俊杰多。犹恨四方无壮士,还乡悲唱大风歌。

咏史诗·汉宫　　　　胡曾

明妃远嫁泣西风,玉箸双垂出汉宫。何事将军封万户,却令红粉为和戎。

西施　　　　罗隐

家国兴亡自有时,吴人何苦怨西施。西施若解倾吴国,越国亡来又是谁。

分类唐诗　闺怨爱情

赋得自君之出矣　　张九龄

自君之出矣,不复理残机。思君如满月,夜夜减清辉。

相思　　王维

红豆生南国,春来发几枝。愿君多采撷,此物最相思。

长干曲四首(选二)　　崔颢

君家何处住,妾住在横塘。停船暂借问,或恐是同乡。

家临九江水,来去九江侧。同是长干人,自小不相识。

闺怨　　王昌龄

闺中少妇不知愁,春日凝妆上翠楼。忽见陌头杨柳色,悔教夫婿觅封侯。

春思　　李白

燕草如碧丝,秦桑低绿枝。当君怀归日,是妾断肠时。春风不相识,何事入罗帏。

玉阶怨　　李白

玉阶生白露,夜久侵罗袜。却下水晶帘,玲珑望秋月。

长相思　　李白

日色已尽花含烟,月明欲素愁不眠。赵瑟初停凤凰柱,蜀琴欲奏鸳鸯弦。此曲有意无人传,愿随春风寄燕然,忆君迢迢隔青天。昔日横波目,今成流泪泉。不信妾肠断,归来看取明镜前。

三五七言　　李白

秋风清,秋月明。落叶聚还散,寒鸦栖复惊。相思相见知何日,此时此夜难为情。

赋得　　刘长卿

莺啼燕语报新年,马色龙飞路几千。家住层城临汉苑,心随明月到胡天。机中锦字论长恨,楼上花枝笑独眠。为问元戎窦车骑,何时返斾勒燕然?

春梦　　岑参

洞房昨夜春风起,故人尚隔湘江水。枕上片时春梦中,行尽江南数千里。

写情　　李益

水纹珍簟思悠悠,千里佳期一夕休。从此无心爱良夜,任他明月下西楼。

江南曲　　李益

嫁得瞿塘贾,朝朝误妾期。早知潮有信,嫁与弄潮儿。

闺怨　　戴叔伦

看花无语泪如倾,多少春风怨别情。不识玉门关外照,梦中昨夜到边城。

春闺思　　张仲素

袅袅城边柳,青青陌上桑。提笼忘采叶,昨夜梦渔阳。

秋夜曲　　　张仲素

丁丁漏水夜何长,漫漫轻云露月光。秋逼暗虫通夕响,征衣未寄莫飞霜。

思妇眉　　　白居易

春风摇荡自东来,折尽樱桃绽尽梅。惟馀思妇愁眉结,无限春风吹不开。

回文诗　　　侯氏

会昌中,边将张暌防戎十年馀,其妻作回文诗绣作龟形,诣阙进之

暌离已是十秋强,对镜哪堪重理妆? 闻雁几回修尺素,见霜先为制衣裳。开箱叠练先垂泪,拂杵调砧更断肠。绣作龟形献天子,愿教征客早还乡。

赠去婢　　　崔郊

公子王孙逐后尘,绿珠垂泪滴罗巾。侯门一入深如海,从此萧郎是路人。

赠别二首(选一)　　　杜牧

娉娉袅袅十三馀,豆蔻梢头二月初。春风十里扬州路,卷上珠帘总不如。

秋夕　　　杜牧

银烛秋光冷画屏,轻罗小扇扑流萤。天阶夜色凉如水,卧看牵牛织女星。

夜雨寄北　　　李商隐

君问归期未有期,巴山夜雨涨秋池。何当共剪西窗烛,却话巴山夜雨时。

离亭赋得折杨柳二首(其二)　　　李商隐

含烟惹雾每依依,万绪千条拂落晖。为报行人休尽折,半留相送半迎归。

送人诗　　　徐月英

惆怅人间万事违,两人同去一人归。生憎平望亭前水,忍照鸳鸯相背飞。

情　　　吴融

依依脉脉两如何,细似轻丝渺似波。月不长圆花易落,一生惆怅为伊多。

寄人　　　张泌

别梦依依到谢家,小廊回合曲阑斜。多情只有春庭月,犹为离人照落花。

春怨　　　金昌绪

打起黄莺儿,莫教枝上啼。啼时惊妾梦,不得到辽西。

春女怨　　　朱绛

独坐纱窗刺绣迟,紫荆花下啭黄鹂。欲知无限伤春意,尽在停针不语时。

啰唝曲六首　　　刘采春

不喜秦淮水,生憎江上船。载儿夫婿去,经岁又经年。

借问东园柳,枯来得几年。自无枝叶分,莫恐太阳偏。

莫作商人妇,金钗当卜钱。朝朝江口望,错认几人船。

那年离别日,只道住桐庐。桐庐人不见,今得广州书。

昨日胜今日,今年老去年。黄河清有日,白发黑无缘。

昨日北风寒,牵船浦里安。潮来打缆断,摇橹始知难。

送友人　　　　　薛涛

水国兼葭夜有霜,月寒山色共苍苍。谁言千里自今夕,离梦杳如关塞长。

江陵愁望寄子安　　鱼玄机

枫叶千枝复万枝,江桥掩映暮帆迟。忆君心似西江水,日夜东流无歇时。

李商隐诗概说

李商隐(813—约858)是我国晚唐时期最重要的诗人,也是我国诗坛上最有特色的大诗人之一。

一

李商隐,字义山,号玉溪生、樊南生,原籍怀州河内(今河南沁阳),祖迁居郑州荥阳(今属河南),其远祖与唐皇室同宗,但支派已远,属籍失编。从高祖、曾祖至其祖父,只做过美原县令、安阳县尉、邢州录事参军,其父也只做过获嘉县令。

李家世代短命,他的祖父、父亲均英年早逝,他也只活到四十七岁。李商隐约十岁时,父亲早卒,家境贫寒,使他从十二岁起便为人家从事抄写等佣作。十六岁时便能著《才论》、《圣论》,以古文为士大夫所知。十八岁被天平军节度使令狐楚聘为巡官,并从令狐楚学骈文。二十六岁(开成二年)登进士第,这年令狐楚死。次年,李商隐入泾原节度使王茂元幕,并娶其女。由于王茂元与李德裕的"李党"关系稍密切,而令狐楚及其子令狐绹则是牛僧孺"牛党"的人,故李商隐被令狐绹视为"背恩"、"无行"。开成四年(839)李释褐为秘书省校书郎,调弘农尉。会昌二年(842)以书判拔萃,为秘书省正字。因母丧居家。次年岳父王茂元卒。会昌五年服丧期满,重任秘书省正字,时已三十四岁。宣宗大中元年(847)起,李商隐先后从桂管观察使郑亚为支使兼掌书记,从武宁节度使卢弘止为判官,得侍御史衔,卢弘止卒后又依东川节度使柳仲郢为书记、判官、掌书记,大中六年曾被奏请加检校工部郎中衔。大中九年,柳仲郢奉调回长安任盐铁转运使,李商隐改任盐铁推官。大中十二年(858)柳仲郢改任刑部尚书,李商隐罢盐铁推官,不久病卒。

李商隐空有政治抱负和政治才干,却始终没有施展的机会,诚如崔珏《哭李商隐》诗所说:"虚负凌云万丈才,一生襟抱未曾开。"

二

晚唐时期,唐王朝已是一蹶不振。中唐以来的藩镇割据和宦官专权愈演愈烈,以至出现"甘露之变",皇帝也成了宦官手里的木偶。据说宣宗是个很有作为的皇帝,今天国内外的史学家还叹息,如果唐宪宗直接将皇位传给这位皇弟,唐末几十年的历史将会发生根本的改变。然而,即便在宣宗当政时期,贤相李德裕不仅继续被贬,而且又重贬为潮州司马、崖州司户,比唐武宗更甚,还恢复钱重物轻的积弊……国运的凋弊,使诗人对国家的前途、个人的遭际都感到暗淡,从而使李商隐在诗中发出"夕阳无限好,只是近黄昏"的慨叹。李商隐诗中虽也有"永忆江湖归白发,欲回天地入扁舟"的愿望,但现实距离诗人的理想实在太远,当他因"活狱"得罪上司,叹息自己任弘农县尉官卑职微:"却羡卞和刖双足,一生无复没阶趋。"这真是字字血泪的诗句,连卞和被刖去双膝都值得羡慕,只因为他从此不必趋奉上司而忍气吞声。诗人为生计所迫却不能不依旧要"没阶趋"。诗人身当末世(虽然他的死下距唐王朝的灭亡尚有整整半个世纪),面对满目疮痍的人世,诗人发出忧国伤时的悲歌,如"甘露之变"后写的《有感》、《重有感》、《赠刘司户蕡》、《哭刘蕡》、《哭刘司户蕡》,并示现"安危须共主君忧","岂有蛟龙愁失水,更无鹰隼与高秋"的深重危机感。李商隐反映民生疾苦的作品虽不很多,但有相当的深度,尤其是他早年所作《行次西郊作一百韵》,堪称继杜甫《奉先咏怀》及《北征》之后的一篇光辉的史诗。

  李商隐的咏史、咏物诗是颇见功力的。晚唐衰败,处处出现末世景象。李商隐在一些咏史诗中借古讽今,如《贾生》诗中讽刺汉文帝"不问苍生问鬼神",《瑶池》诗中"八骏日行三万里,穆王何事不重来"之讽刺统治者妄求长生不老等。中晚唐皇帝沉湎声色,宴游畋猎无度,诗人写下许多讽刺南朝、隋炀帝、唐玄宗的诗,名为咏史,实为讽今。

  李商隐更以写爱情诗著称,是我们历史上最著名的爱情诗作家之一,以至"无题"成了爱情诗的同义词。他的许多爱情诗写作的时间及对象都难以考定,而且常带有隐秘的性质与浓重的悲剧色彩。

  随着时代的盛衰变化,李商隐诗中已不复有盛唐及部分中唐诗人的宏放开朗气象而代之以沉郁幽怨,感情也由清晰转为隐约,语言由潇洒飘逸、通脱流畅变为精雕细琢。随着作者生活面的缩小,李商隐诗由青少年至晚年,更多个人内心体验。

  李商隐诗用典故颇具特色。他是唐代用典最多的诗人,无论语典、事典,甚至某些神话传说,他都能随心所欲地用于诗中,变幻莫测,表达出隐曲之意、难言之情。他的诗在语言上也颇具特色,有的纯用白描,不加雕琢,有的诗句既华艳,又精炼。语意含蓄也是其显著的特色。朱鹤龄说:"义山陡塞当涂,沉沦记室,其身危,则显言不可而曲言之;其思苦,则庄语不可而谩语之。计莫若瑶台琼宇、歌筵舞榭之间,言之者可无罪,而闻之者足以动。"(《笺注李义山诗集序》)李商隐善于以朦胧的形态表现复杂变幻的内心情绪。他大大发展了七律诗,其七律反复回环、对偶整炼,赋予了诗章以更强的表现力。

三

  李商隐因早逝,生前未能为自己编集。宋初西昆体诗人杨亿苦苦搜求,仅得二百八十二首,又经钱若水摭拾,才得四百多首。今本李商隐诗有六百多首,其中一百多首系钱若水之后的两宋人补辑而得。今《四库全书·集部》所载之《李义山诗集》三卷,相传即为明末崇祯七年(1634)护净居士参考两种北宋本校勘抄成。因此,他的诗集中往往混入他人的作品,如白居易《送阿龟归华》、无名氏之《失题》长律,据今人考定,均为混入的他人之作。此外可考定的《赤壁》、《定子》是杜牧的作品,《垂柳》是唐彦谦之作,《灵伽寺》为许浑所作,今人叶葱奇先生还怀疑其集中《子初全溪》、《子初郊墅》、《过招国李家南园二首》亦他人之作羼入。

  李商隐诗集注本据《四库全书总目提要》谓有刘克、张文亮注本,今不传,刘、张为何代人亦不可知。故元好问《论诗绝句》中谓"诗家总爱西昆好,独恨无人作郑笺。"明末释道源曾为义山诗作注,王士禛论诗绝句有曰:"獭祭曾惊博奥殚,一篇《锦瑟》解人难,千秋毛郑功臣在,尚有弥天释道安。"诗中之"释道安"即指释道源。清初朱鹤龄注李义山诗,亦参考了释道源之注,谓此注"征引虽繁,实冗杂寡要,多不得古人之意。"朱鹤龄注删取其什一,补茸其什九。后之注义山诗者,如程梦星、姚培谦、屈复、陆昆曾、冯浩以至近人张采田笺注李义山诗时,均参考了朱鹤龄注本。

冯浩注本较晚出。冯浩注本纠正了朱鹤龄所作李商隐年谱中的多处疏漏，对诗的多处理解也纠正了朱鹤龄的错讹。冯浩以扎实的史学基础，又吸收了前人的成果，融会李商隐的文集，对李商隐诗中涉及的大量语典、事典及人物典章制度等，均能一一注明其出处，加以考证。对诗人的创作意图，冯氏也加以演绎串解。冯浩注本是明清研究李商隐诗的集大成者之一。近年唐诗研究者又从《永乐大典》、《浩然斋雅谈》、《锦绣万花谷别集》、《全芳备祖》、《合璧事类》等书辑出若干首佚诗。

据《宋史·艺文志》所载，李商隐有赋一卷、杂文一卷，文集八卷，四六甲乙集四十卷，别集二十卷，诗集三卷，《蜀尔雅》三卷，《杂纂》一卷，杂稿一卷，《金钥》一卷，《桂管集》二十卷，《使范》一卷，《家范》十卷。如今，大多均已散失。如《樊南四六》，甲集四百三十三篇，乙集四百篇，合共八百三十三篇，各二十卷，宋以后，日渐散佚。赋和杂文也归散佚。

（王步高）

中小学已学篇目

李商隐《乐游原》(小)、《夜雨寄北》、《无题（相见时难）》(初)、《锦瑟》(高)、《落花》※

可参考书目

《李商隐诗集疏注》，叶葱奇注，人民文学出版社1985年
《李商隐诗歌集解》，刘学锴、余恕诚著，中华书局1988年
《李商隐全集》，王步高、刘林辑校汇评，珠海出版社2002年
《汇评本李商隐诗》，刘学锴编，上海社会科学出版社2002年
《李商隐诗选》，刘学锴等，人民文学出版社1986年
《温飞卿诗笺注》，〔明〕曾益笺注，上海古籍出版社1980年

十八、晚唐诗(下)

罗 隐

罗隐(833—909),本名横,字昭谏,自号江东生,新城(今浙江富阳县)人,一作余杭(今属浙江)人。少时即负盛名。因其诗文好抨击时政,讥讽公卿,故十举进士不第,乃更名隐。黄巢起义后,为避战乱返归故乡,投奔镇海节度使钱镠,钱镠赏识他的才华,唐僖宗光启三年(887)表奏为钱塘令,迁著作郎。唐哀帝天祐三年(906)充节度判官。后梁太祖开平二年(908)授给事中,次年迁盐铁发运使,不久病卒。他是唐代享有高龄的诗人之一。诗工七绝,颇有讽刺现实之作,多用口语,故少数作品能流传于民间。著有诗集《甲乙集》十卷。

【集评】

(罗隐)诗名于天下,尤长于咏史,然多所讥讽,以故不中第,大为唐宰相郑畋、李蔚所知。(〔宋〕薛居正《旧五代史》卷二十四)

开成许浑七言律,再流而为李山甫、罗隐诸子。罗李才力益小,风气日衰,而造诣愈卑。故于鄙俗村陋之中,间有一二可采,然声尽轻浮,语尽纤巧,而气韵衰飒殊甚。唐人律诗,至此乃尽敝矣。(〔明〕许学夷《诗源辩体》卷三十二)

昭谏生于有唐末造,其亡已入五代矣。今体诗气雄调响,罕与为匹。然唐人蕴藉婉约之风,至昭谏而尽;宋人浅露叫嚣之习,至昭谏而开。文章气运,于此可观世变。(〔清〕钱良择《唐音审体》)

罗昭谏诗,言中有响,《三百篇》后颇寓讽谏之意……况其精邃自然处,正复不让唐之初、盛。(〔清〕戴京曾《罗昭谏集序》)

七律至唐末造,惟罗昭谏最感慨苍凉,沉郁顿挫,实可以远绍浣花,近俪玉溪。盖由其人品之高,见地之卓,迥非他人所及。次则韩致尧之沉丽,司空表圣之超脱,真有念念不忘君国之思。(〔清〕洪亮吉《北江诗话》卷六)

绵谷回寄蔡氏昆仲①

一年两度锦江游②,　前值东风后值秋③。
芳草有情皆碍马,　好云无处不遮楼。
山牵别恨和肠断④,　水带离声入梦流。
今日因君试回首⑤,　淡烟乔木隔绵州⑥。

【汇评】

程元初曰：诗人赋及国家与君子、小人处,嫌于伤时,不敢明言,皆托意讽喻。如……"芳草有情皆碍马,好云无处不遮楼","芳草"比小人。"马"喻势利之辈,"好云"喻谗佞,"楼"比均衡之地。若此之类,可谓言近而意深。(〔明〕周敬等《唐诗选脉会通评林》)

前半追叙旧游,后半感伤远别：大开大合,真七字中之正体也。(〔清〕赵臣瑗《山满楼笺注唐诗七言律》)

三四写景极佳,而意极沉郁,是谓神行。若但以佳句取之,则皮相矣。(高步瀛《唐宋诗举要》卷五)

【赏析】

此诗是诗人在绵谷寄给成都的友人蔡氏兄弟的,借追忆锦江之昔游,采用总分总的结构模式,写"我"对友人的浓烈思念。首联总写,平实。颔联、颈联写离人也即诗人眼中的游赏情景,缠绵悱恻。"登山则情满于山,观海则意溢于海。"(刘勰《文心雕龙·神思》)芳草碍马,好云遮楼；山将别恨,山和心断,水带离声,水入梦流：诗人"我"多情却从草云山水的多情写起,有透过一层之妙。"我"对锦江的依恋与赞美、对友人的思念,随之和盘托出。尾联又总写,但以景结情,"淡烟"、"乔木"均是离别的意象。

(沈广达)

郑　谷

郑谷(848—911),字守愚,江西袁州人。晚唐诗人,光启三年(887)进士,因官至尚书都官郎中,世称郑都官。郑谷在官场,洁身自好,不愿卷入派系斗争,于乾宁年间,回乡隐居,在仰山附近的东庄渚田,构筑读书堂,专心读书写作。并和许棠、任涛、张摈、李栖远、张乔、喻坦之、周繇、温宪、李昌符唱答往还,时号"芳林十哲"。

---

① 此诗题一作"魏城逢故人"。绵谷：今四川广充县。昆仲：称呼别人兄弟的敬词。　② 锦江：在今四川成都市南。江：一作"城"。　③ 值：遇。　④ 将：带,拿。　⑤ 因君试回首：一作"不堪回首望"。　⑥ 淡：一作"古"。乔：一作"高"。绵州：在今四川绵阳市。

郑谷在晚唐诗名颇盛,尤以《鹧鸪》诗传诵广远,故得"郑鹧鸪"之雅号。前辈诗人司空图称许其"当为一代风骚主"。成语"一字师"出自郑谷逸事:郑谷隐居仰山,诗僧齐己奉《早梅》诗求教。郑谷将诗中"前村深雪里,昨夜数枝开"中的"数枝"改为"一枝"。齐己当庭拜郑谷为"一字师"。《全唐诗》收录郑谷诗327首。

【集评】

当时正人,咸称其善,尤工五七言诗,为薛能、李频所知,有《云台编》与《外集》凡四百篇行焉。(〔宋〕祖无择《都官郑谷墓志铭》)

谷诗清婉明白,不俚而切,为薛能、李频所称赏,与许棠、任涛、张蠙、李栖远、张乔、喻坦之、周繇、温宪、李昌符唱答往还,号"芳林十哲"。(〔元〕辛文房《唐才子传》卷九)

予读都官之作,精刻洗炼,时有月露烟云之思。永夜静吟,至谓"得句胜于得好官",则其平生殚力于斯,可谓勤矣。(〔明〕严嵩《云台编序》)

郑都官诗非不尖鲜,无奈骨体太孱,以其近人,宋初家户习之。(〔明〕胡震亨《唐音癸签》卷八)

郑谷诗以浅切而妙……皆入情切景,然终伤婉弱,渐近宋元格调……独绝句是一名家,不在浣花、丁卯之下。(〔清〕贺裳《载酒园诗话》又编)

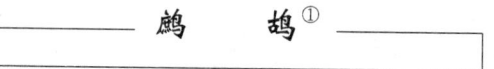

鹧　　鸪①

暖戏烟芜锦翼齐,　品流应得近山鸡②。
雨昏青草湖边过③,　花落黄陵庙里啼④。
游子乍闻征袖湿,　佳人才唱翠眉低。
相呼相应湘江阔,　苦竹丛深日向西⑤。

【汇评】

郑都官谷因此诗,俗遂称之曰郑鹧鸪。(〔元〕方回《瀛奎律髓》卷二十七)

查慎行曰:如此咏物,方是摹神。结处与三四意重。何义门(焯)曰:"烟芜"二字敏妙,鹧鸪飞最高,今乃戏平芜之上,只为行不得也。"烟"字与"雨昏"、"日西"亦节节贯注。纪昀曰:"相呼相唤"字复,《本草衍义》引作"相呼相应",宜从之。(李庆甲辑《瀛奎律髓汇评》卷二十七)

首二句实赋鹧鸪,言平芜春暖,锦翼齐飞,颇似山鸡之文彩。三四则虚咏之,专尚神韵。鹧鸪以湘楚为多,青草湖边、黄陵庙里,在古色苍茫之地,当雨昏花落之时,适有三两鹧鸪,哀音啼遍。故五六接以游子闻

---

① 鹧鸪:分布于我国西南四川、湖南、云南、贵州、广西、广东一带。形似雌雉,体大如鸠。夜间栖于草丛中,每夜更换位置。受惊时即飞向高处,隐蔽在灌木丛深处。春天啼叫频繁,啼声哀切。② 山鸡:鸟名,即雉,羽毛斑斓美丽。③ 青草湖:即巴丘湖,在洞庭湖东南。④ 黄陵庙:在湘阴县北洞庭湖畔。传说帝舜南巡,死于苍梧,二妃从征,溺于湘江,后人遂立祠于水侧,即黄陵庙。⑤ 苦竹:苦竹岭,在湖南平江县境。

声,而青衫泪湿,佳人按拍,而翠黛低愁也。末句言春尽湘江,斜阳相唤,就题作收束而已。(俞陛云《诗境浅说》丙编)

【赏析】

此诗主写羁旅离愁,怀人思远之情。诗人借鹧鸪"行不得也哥哥"的鸣叫声,淋漓尽致地辐射出游子思妇阔如湘江的怅惘离愁。

首联咏鹧鸪形貌及习性。"锦翼齐"与"近山鸡"连在一块,是对鹧鸪外貌特征的描写之笔。着一"暖"字,表现了鹧鸪的习性。"锦翼"两字,又点染出鹧鸪斑斓醒目的羽色。在诗人的心目中,鹧鸪的高雅风致甚至可以和美丽的山鸡同列。诗人通过画龙点睛式的勾勒,为下文作铺垫。

颔联咏其行色及鸣声,并以景为衬,借以抒情,淡淡写景中透着伤感。诗人以潇潇暮雨、荒江、野庙更益以雨昏、花落,形成了一种凄迷幽远的意境,渲染出一种令人魂销肠断的伤感氛围。诗人在此联中着意表现由声而产生的哀怨凄切的情韵。着一"过"字,一层是写鹧鸪于青草湖的匆匆行色,一层是暗点游子征人涉足凄迷荒僻之地,聆听鹧鸪的声声哀鸣而黯然伤神。在此,鹧鸪之声和游子之情完全交融在了一起。对此,沈德潜所说:"咏物诗刻露不如神韵,三四语胜于'钩辀格磔'也。诗家称郑鹧鸪以此"(《唐诗别裁》),正道出这两句诗的奥秘。

颈联从鹧鸪转到写人。诗句看来是从鹧鸪转而写人,其实句句不离鹧鸪之声,承接相当巧妙。游子听到鹧鸪"行不得也哥哥"的叫声想起了家人,故泪湿衣袖,而佳人一唱当时流行的凄苦之调《鹧鸪曲》,那哀怨的声音,便勾起她思念远行丈夫的情怀,不禁低眉落泪,难以自持。诗人选择了游子闻声而泪下,佳人才唱而颦眉两个细节,有力地烘托出鹧鸪啼声之哀怨。又用"乍"、"才"二字有力地烘托出鹧鸪啼声之哀怨和游子佳人一触即发的伤怀。在这里,人之哀情和鸟之哀啼,虚实相生,相得益彰。

尾联诗人笔墨更为深沉。"行不得也哥哥"声声在浩瀚的江面上回响,是鹧鸪之间在相互应答呢?抑或是佳人游子的一"唱"一"闻"在呼应?诗句给人留下了很有意味的想象空间。而"江阔"和"丛深"所拉开的距离,又使得彼此之间的呼应变得愈发的困难。"日向西"是令游子断肠的幽冷的景象,在日暮江边踽踽独行的游子,何时才能返回故乡呢?终篇言虽尽而意无穷,透出诗人那浓厚的羁旅乡思之愁。清代金圣叹以为末句"深得比兴之遗"(《圣叹选批唐才子诗》),这是很有见地的。诗人紧紧把握佳人和鹧鸪在感情上的联系,咏鹧鸪而重在传神韵,使人和鹧鸪融为一体。全诗不言鹧鸪,而句句切鹧鸪,深得咏物作品不犯本位、不即不离的精髓。

(张映光)

崔 涂

　　崔涂，生卒年不详，字礼山，江南（今浙江桐庐、建德一带）人。僖宗光启进士。长期在巴、蜀、秦、陇等地游历，故诗多别恨羁愁之作。写景抒怀，亦有佳句，惟情调偏于抑郁低沉。有《崔涂诗集》。

【集评】

　　（崔涂）工诗，深造理窟，端能耸动人意，写景状怀，往往宣陶肺腑。亦穷年羁旅，壮岁上巴蜀，老大游陇山，家寄江南，每多离怨之作。警策如："流年川暗渡，往事月空明。"《巫娥》云："江山非旧主，云雨是前身。"如"病知新事少，老别故交难。"《孤雁》云："渚云低暗度，关月冷相随。"《山寺》云："夕阳高鸟过，疏雨一钟残。"又："谷树云埋老，僧窗瀑照寒。"《鹦鹉洲》云："曹瞒尚不能容物，黄祖何因解爱才？"《春夕》云："蝴蝶梦中家万里，杜鹃枝上月三更。"《陇上云》："三声戍角边城暮，万里归心塞草春。"《过峡》云："五千里外三年客，十二峰前一望秋"等联，作者于此敛衽。意味俱远，大名不虚。（〔元〕辛文房《唐才子传》卷九）

　　崔涂、张乔、张蠙皆有人情之句。　　崔长短律皆以一气斡旋，有若口谈，真得张水部之深者。如"併闻寒雨多因夜，不得乡书又到秋"，"正逢摇落仍须别，不待登临已合悲"，皆本色语之佳者。至《春夕》一篇，又不待言。（〔清〕贺裳《载酒园诗话》又编）

除夜有怀①

迢递三巴路，　羁危万里身②。
乱山残雪夜，　孤烛异乡春③。
渐与骨肉远，　转于僮仆亲④。
那堪正飘泊，　明日岁华新⑤。

【汇评】

　　（五六句）刘（辰翁）云：句句亲切。　　（末）刘云：平生客中除夕诵此不复更作。（〔明〕高棅《唐诗品汇》卷六十九）

　　司空曙"乍见翻疑梦，相悲各问年"，戴叔伦"一年将尽夜，万里未归人"，一则久别乍逢，一则客中除夜之

---

① 诗题：一作《巴山道中除夜书怀》。除夜，农历除夕。　② 迢递，遥远。三巴，在今四川东部，见前李白《长干行》注。羁危，艰危的羁旅行程。残雪夜，残雪尚未尽融的夜晚。　③ 孤烛，形容烛光的寂寞凄清；异乡春，外乡的春色。一作"异乡人"。这两句点明冬尽春来的时令，扣合诗题"除夜"。　④ "渐与"二句：同家庭骨肉分离越是久远，转觉得与身边童仆格外相亲。　骨肉，指家庭亲属。转于，反而对于；僮仆，即童仆，未成年的仆人；亲，指感情上的接近。　⑤"那堪"二句：怎能承受这长年飘泊的痛苦，待到明晨新岁又来临！　那堪，何能经受。岁华，年华，岁序。

226

绝唱也。李益"问姓惊初见,称名忆旧容",绝类司空;崔涂"乱山残雪夜,孤烛异乡人",绝类戴作,皆可亚之。(〔明〕胡应麟《诗薮》内编卷四)

梁比部公实曰:"崔涂《岁除》诗云:'乱山残雪夜,孤烛异乡人。'观此羁旅萧条,寄意言表。全章老健,乃晚唐之出类者"。(〔明〕谢榛《四溟诗话》卷一)

吴山民云:次联惨淡,三联凄恻,结缴着除夜,觉前六句俱有味。(〔明〕周珽《唐诗选脉会通评林》)

首联见入蜀孤行,二联见除夜孤景,三联见逆旅孤情,结联见天涯孤感……"孤烛"句尤浑厚。(同上)

按崔此诗尚胜戴叔伦作。戴之"一年将尽夜,万里未归人。寥落悲前事,支离笑此身",已自惨然,此尤觉刻肌砭骨。(〔清〕贺裳《载酒园诗话》又编)

崔涂、张乔、张蠙皆有人情之句……崔《除夜有感》:(略)读之如凉雨凄风飒然而至,此所谓真诗,正不得以晚唐概薄之。(同上)

说尽苦情苦境矣。(〔清〕吴乔《围炉诗话》卷二)

【赏析】

此诗约作于僖宗中和(881—884)年间,当时黄巢攻下长安,僖宗奔蜀,作者入蜀应举,而赋此篇。异乡除夕之夜,羁旅情交织着乱世的孤危感,诗写得朴素亲切,情景逼真。第二联"乱山残雪夜,孤烛异乡春",与马戴"落叶他乡树,寒灯独夜人"同称警句,用的都是加一倍写法,而"乱山残雪"表现的氛围,与上句的"羁危"之感相应,更添加了时代色彩。篇中最好的句子还是"渐与骨肉远,转于僮仆亲"。这两句从王维《宿郑州》"他乡绝俦侣,孤客亲童仆"化出,但将骨肉至亲"渐远"与身边童仆"转亲"的因果关系,用对偶方式比照写来,笔触更显细致。看似平淡,非有亲身经历者绝然描述不出此种生活体验。

(顾福生)

韦 庄

韦庄(836—910,有生于847、857、860诸说)字端己,谥文靖。京兆杜陵(今陕西西安市长安区东北)人。远祖韦待价,相武后,四世祖韦应物(据夏承焘说)。曾长期流落江南,昭宗乾宁元年(894)始中进士,为校书郎,三年后随谏议大夫李询使蜀。天复元年(901)为西蜀王建掌书记。天祐三年(906)任西蜀安抚副使。王建称帝,任宰相。武成三年(910),卒于成都花林坊。韦庄为晚唐五代重要词人与诗人。《全唐诗》存诗六卷。

【集评】

五代十国诗家最著者,多有唐遗士。韦端己体近雅正,惜出之太易,义乏闳深。(〔明〕胡震亨《唐音癸签》卷八)

其诗音节颇高亮,在五代为铁中铮铮。(〔清〕永瑢等《四库全书简明目录提要》)

韦庄在晚唐之末,稍为官样,虽亦时形浅薄,自是风会使然,胜于咸通十哲多矣。(〔清〕翁方纲《石洲诗话》卷二)

章台夜思①

清瑟怨遥夜，　绕弦风雨哀②。
孤灯闻楚角，　残月下章台③。
芳草已云暮，　故人殊未来。
乡书不可寄，　秋雁又南回。

【汇评】

钟惺云：悲艳动人。　　谭元春云：苦调柔情。（〔明〕钟惺、谭元春《唐诗归》）

纪（昀）云：高调，晚唐所少。（〔清〕章燮《唐诗三百首注疏》卷四引）

五律中有高唱入云，风华掩映，而见意不多者，韦诗其上选也。前半首借清瑟以写怀。泠泠二十五弦，每一发声，若凄风苦雨，绕弦杂遝而来。况残月孤灯，益以角声悲奏。楚江行客，其何以堪胜胜？诵此四句，如闻雍门之琴，桓伊之笛也。下半首言草木变衰，所思不见，雁行空过，天远书沉。与李白（当作"杜甫"）之"鸿雁几时到，江湖秋水多"相似。皆一片空灵，含情无际。初学宜知此诗之佳处：前半在神韵悠长，后半在笔势老健。如笔力尚弱，而强学之，则宽廓无当矣。（俞陛云《诗境浅说》）

【赏析】

这是晚唐诗人韦庄具有代表性的望乡怀人之作。前四句为章台夜景。凄清的瑟调倾吐怨怅的漫漫夜曲，缠绕瑟弦的是凄风苦雨的哀鸣。孤灯无眠，传来夜幕深处的楚角低吟，残月黯然，沉落于羁旅所困的长安章台。清瑟之怨，风雨之哀，楚角之苦，无不打上情感烙印；孤灯之殷红，残月之惨白，章台之昏黑，皆染上鲜明的对照色彩。透过无边的夜与夐远的声，孤寂之情，乡关之念，怀人之思，已溢于言表。于是，后四句着重抒写章台夜思。春去秋来，"草木变衰，所思不见，雁行空过，天远书沉"，不管是夜境还是夜思，都写得"一片空灵，含情无际"（俞陛云《诗境浅说》）。

（徐同林）

皮日休

皮日休（约834—约883），字逸少，后改字袭美，自号鹿门子、闲气布衣、醉吟先生、醉士等，

---

① 章台：在长安城中，汉有章台街。　② 清瑟：乐调清凄的弦乐器。　③ 楚角：楚地产的军中吹奏的乐器。亦指发出凄楚鸣声的号角。

襄阳竟陵(今湖北天门县)人。出身贫苦,早年住鹿门山。唐懿宗咸通八年(867)进士。次年游苏州,刺史崔璞召为军事判官。后入朝任著作郎、太常博士等职,又出为毗陵副使。后参加黄巢起义军。唐僖宗广明元年(880),黄巢入长安称帝,任皮日休为翰林学士。中和三年(883),黄巢兵败退出长安,皮日休约卒于是年。皮日休和陆龟蒙为诗友,交往甚密,互相唱和,世称"皮陆"。皮日休多愤世忧时之作。其散文和辞赋,大都借古讽今,抒写愤慨。著有《皮子文薮》。

【集评】

有韵则生,无韵则死;有韵则雅,无韵则俗;有韵则响,无韵则沉;有韵则远,无韵则局。物色在于点染,意态在于转折,情事在于犹夷,风致在于绰约,语气在于吞吐,体势在于游行:此则韵之所由生矣。陆龟蒙、皮日休知用实,而不知实之妙,所以短也。(〔明〕陆时雍《诗镜总论》)

渊明《五柳先生赞》曰:"不汲汲于富贵,不戚戚于贫贱",读《松陵集》仿佛犹存其致。诗不为佳,笔墨之外,自觉高韵可钦,其神明襟度胜耳。吾尤喜其诗序,或数十百言,或数百言,皆疏落有古意。皮陆并称,吾之景皮,更甚于陆。(〔清〕贺裳《载酒园诗话》又编)

其源出于王绩、王建二家,而祖述汉魏乐府谣谚。寄情疏逸,怀词讽诽,毁华去饰,自有林下风;而显露无余,排比见迹,是鲁望一流,神情又减。(〔清〕宋育仁《三唐诗品》)

袭美律诗无晚唐衰苶气。(〔清〕胡寿芝《东目馆诗见》)

汴河怀古二首(其二)[①]

尽道隋亡为此河, 至今千里赖通波[②]。
若无水殿龙舟事[③],共禹论功不较多[④]。

【汇评】

隋之疏淇、汴;凿太行,在隋之民不胜其害也,在唐之民不胜其利也。今自九河外,复有淇、汴,北通涿郡之渔商,南运江都之传输,其为利也博哉!(〔唐〕皮日休《汴河铭》)

[①] 汴河:即汴渠,亦名通济渠,隋运河从汴州(今河南开封)到淮安一段。隋炀帝只是浚广故道,并非另凿新河。从发动开汴渠的大业元年(605)三月二十一日到同年八月十五日隋炀帝乘龙舟,前后不过171天。 [②] 至今千里:言造福后世时间之长,地域之广。赖通波:即赖之以通波,靠它来通航。 [③] 水殿龙舟事:指隋炀帝穷奢极欲游江都之举。《资治通鉴·隋纪》:"(大业元年)八月壬寅,上〔引者按:指隋炀帝〕行幸江都,发昆仑宫,王弘遣龙舟奉迎。乙巳,上御小硃航,自漕渠出洛口,御龙舟。龙舟四重,高四十五尺,长二百丈。上重有正殿、内殿、东西朝堂,中二重有百二十房,皆饰以金玉,下重内侍处之。皇后乘翔螭(chī,传说中无角的龙)舟,制度差小,而装饰无异。别有浮景九艘,三重,皆水殿也。"时乐正白明达作有《泛龙舟》之曲。 [④] 共:与。禹:亦称大禹,上古治洪水的英雄。鲧(gǔn)的儿子,姓姒。鲧治水逢洪筑坝,遇水建堤,用"堙"的办法,九年而水不息。舜视鲧治水无功,将鲧诛杀,命禹继续治水。禹治水"三过家门而不入",用因势疏导的办法,洪水终于被制服。不较多:差不多。

开河同,而所以开河不同,语奇而确。(〔清〕陆次云《五朝诗善鸣集》)

首句言因凿此河,发丁滋怨,亦隋之足以取亡,翻起。次句言有此河水利可通,今日赖之,正承。三句开一笔,其意全在四句发之。(陈伯海《唐诗汇评》引《诗式》)

【赏析】

这首怀古诗既肯定隋炀帝疏凿汴渠的好处,又暗斥隋炀帝穷奢极欲的罪过,颇有辩证的味道。"尽道"两句,用唐人惯用的翻案法。"若无"两句,只是虚拟,故诗人的主要用意似仍在指斥。皮日休《汴河铭》:"隋之疏淇、汴,凿太行,在隋之民不胜其害也,在唐之民不胜其利也。今自九河外,复有淇、汴,北通涿郡之渔商,南运江都之转输,其为利也博哉!"(《皮子文薮》)郭志坤认为:"隋炀帝开凿南北大运河的动机和目的不是单一的,既有贪恋江都美景的动机,又有搜括江南财富的目的;既有耀兵江南、挖掉王气的动机,又有攻打高丽的目的。其工程是伟大的综合工程,其动机也是多种因素的综合。而其本体动机则在于促进南北经济的发展,以巩固其统治。"(《隋炀帝大传》第168页,苏州大学出版社1995年5月第1版)。从互文的视角看,细读诗人的铭与当代学人的缕析,于此诗的诠释欣赏当有助焉。

(沈广达)

秦韬玉

秦韬玉(?—约890),字仲明,京兆(今陕西西安市)人,一说湖南人。应进士不第,后从僖宗避乱至四川,在宦官田令孜幕府任职,中和二年(881)特赐进士及第,以工部侍郎身份为神策军判官。以七律见长,语言清丽浅显。多反映社会现实之作,《全唐诗》存其诗三十六首。

【集评】

《鉴戒录》云:"秦韬玉之诗,意转殊妙。"(〔宋〕何汶《竹庄诗话》卷十五)

韬玉少有词藻,工歌吟,恬和浏亮。韬玉歌诗,每作人必传诵。(〔元〕辛文房《唐才子传》卷九)

蓬门未识绮罗香, 拟托良媒益自伤①。

---

① 蓬门:柴草编成的门,借喻自己贫寒之家。绮罗:绫罗绸缎。

　　　　谁爱风流高格调①？共怜时世俭梳妆②。
　　　　敢将十指夸针巧，　不把双眉斗画长③。
　　　　苦恨年年压金线，　为他人作嫁衣裳④。

【汇评】

　　秦韬玉诗无足言，独《贫女》篇遂为古今口舌。"苦恨年年压金线，为他人作嫁衣裳"，读之辄为短气，不减江州夜月，商妇琵琶也。（〔清〕贺裳《载酒园诗话》又编）

　　语语为贫士写照。（〔清〕沈德潜《唐诗别裁集》卷十六）

　　此诗全是比体，以贫女比贫士，言虽有才具，难邀知遇，而性复高傲，不肯求媚于世，所以年年寄人篱下，徒藉笔耕以糊口耳。词意明显。（王文濡《历代诗评注读本》）

　　冯班：托兴可哀。　何义门：高髻险妆，见《唐书·车服志》。此句就他人一面说。　纪昀：格调太卑。（李庆甲辑《瀛奎律髓汇评》卷三十一）

【赏析】

　　"女为悦己者容，士为知己者死。"美女与贤士，有许多相似之处。而这首七言律诗，正是以贫女比拟寒士。"贫士贫女，古今一辙。"（清代赵臣瑗《山满楼笺注唐诗七言律》）沈德潜亦评此诗"语语为贫士写照。"（《唐诗别裁集》）诗的主人公出身贫寒，但她不慕非分之荣华富贵；已过婚龄，但她不肯托媒草草出嫁而违心屈志；时尚趋同，有谁能够欣赏自己的高格调，怜惜自己的俭梳妆？君不见，十指神针，是她的无与伦比的才艺，双眉远翠，是她的天然无饰的容貌。只可恨，一年又一年，她用金丝刺绣别人的婚纱；一岁又一岁，她用青春裁制他人的嫁衣。尾联"苦恨年年压金线，为他人作嫁衣裳"，"读之辄为短气"（清代贺裳《载酒园诗话又编》），"结好。遂成故事"（清代屈复《唐诗成法》）。隐藏于这贫女形象身后的是寒士，他有着同样的悲伤与苦恨，也有着同样的骨气。

（徐同林）

备选课文

　　　　淮上与友人别　　　　　郑　谷

扬子江头杨柳春，杨花愁杀渡江人。数声风笛离亭晚，君向潇湘我向秦。

　　　　陇　西　行　　　　　陈　陶

誓扫匈奴不顾身，五千貂锦丧胡尘。可怜无定河边骨，犹是春闺梦里人。

---

①风流：举止潇洒，不同流俗。　②俭：俭朴。此联向有不同解释。有认为俭通"险"，高；俭梳妆指高耸的发式和时髦的装束。　③斗：争斗，比赛。　④压：一种刺绣手法。

题盘豆驿水馆后轩　　韦　庄

极目晴川展画屏,地从桃塞接蒲城。滩头鹭占清波立,原上人侵落照耕。去雁数行天际没,孤云一点净中生。冯轩尽日不回首,楚水吴山无限情。

泛读课文

旅寓洛南村舍　　郑　谷

村落清明近,秋千稚女夸。春阴妨柳絮,月黑见梨花。白鸟窥鱼网,青帝认酒家。幽栖虽自适,交友在京华。

梅　亭　　唐彦谦

东海穷诗客,西风古驿亭。发从残岁白,山入故乡青。世事徒三窟,儿曹且一经。丁宁速赊酒,煮栗试砂瓶。

雨　晴　　王　驾

雨前初见花间蕊,雨后兼无叶里花。蛱蝶飞来过墙去,却疑春色在邻家。

春宫怨　　杜荀鹤

早被婵娟误,欲妆临镜慵。承恩不在貌,教妾若为容。风暖鸟声碎,日高花影重。年年越溪女,相忆采芙蓉。

分类唐诗　怀古

秋登宣城谢朓北楼　　李　白

江城如画里,山晓望晴空。两水夹明镜,双桥落彩虹。人烟寒橘柚,秋色老梧桐。谁念北楼上,临风怀谢公。

过三闾庙　　戴叔伦

沅湘流不尽,屈宋怨何深。日暮秋烟起,萧萧枫树林。

蜀先主庙　　刘禹锡

天地英雄气,千秋尚凛然。势分三足鼎,业复五铢钱。得相能开国,生儿不象贤。凄凉蜀故妓,来舞魏宫前。

乌衣巷　　刘禹锡

朱雀桥边野草花,乌衣巷口夕阳斜。旧时王谢堂前燕,飞入寻常百姓家。

行　宫　　元　稹

寥落古行宫,宫花寂寞红。白头宫女在,闲坐说玄宗。

李白墓　　白居易

采石江边李白坟,绕田无限草连云。可怜荒垄穷泉骨,曾有惊天动地文。但是诗人多薄命,就中沦落不过君。

赤　壁　　杜　牧

折戟沈沙铁未销,自将磨洗认前朝。东风不与周郎便,铜雀春深锁二乔。

题乌江亭　　杜牧

胜败兵家事不期,包羞忍耻是男儿。江东子弟多才俊,卷土重来未可知。

南朝　　李商隐

玄武湖中玉漏催,鸡鸣埭口绣襦回。谁言琼树朝朝见,不及金莲步步来。敌国军营漂木柹,前朝神庙锁烟煤。满宫学士皆颜色,江令当年只费才。

楚江怀古　　马戴

露气寒光集,微阳下楚丘。猿啼洞庭树,人在木兰舟。广泽生明月,苍山夹乱流。云中君不降,竟夕自悲秋。

马嵬坡　　郑畋

玄宗回马杨妃死,云雨虽亡日月新。终是圣明天子事,景阳宫井又何人?

过陈琳墓　　温庭筠

曾于青史见遗文,今日飘蓬过古坟。词客有灵应识我,霸才无主始怜君。石麟埋没藏春草,铜雀荒凉对暮云。莫怪临风倍惆怅,欲将书剑学从军。

经曲阜城　　刘沧

行经阙里自堪伤,曾叹东流逝水长。萝蔓几凋荒陇树,莓苔多处古宫墙。三千弟子标青史,万代先生号素王。萧索风高洙泗上,秋山明月夜苍苍。

焚书坑　　章碣

竹帛烟销帝业虚,关河空锁祖龙居。坑灰未冷山东乱,刘项元来不读书。

金陵图　　韦庄

谁谓伤心画不成,画人心逐世人情。君看六幅南朝事,老木寒云满故城。

分类唐诗　民瘼

老夫采玉歌　　李贺

采玉采玉须水碧,琢作步摇徒好色。老夫饥寒龙为愁,蓝溪水气无清白。夜雨冈头食蓁子,杜鹃口血老夫泪。蓝溪之水厌生人,身死千年恨溪水。斜山柏风雨如啸,泉脚挂绳青袅袅。村寒白屋念娇婴,古台石磴悬肠草。

杜陵叟——伤农夫之困也　　白居易

杜陵叟,杜陵居,岁种薄田一顷馀。三月无雨旱风起,麦苗不秀多黄死。九月降霜秋早寒,禾穗未熟皆青干。长吏明知不申破,急敛暴征求考课。典桑卖地纳官租,明年衣食将何如。剥我身上帛,夺我口中粟。虐人害物即豺狼,何必钩爪锯牙食人肉。不知何人奏皇帝,帝心恻隐知人弊。白麻纸上书德音,京畿尽放今年税。昨日里胥方到门,手持尺牒榜乡村。十家租税九家毕,虚受吾君蠲免恩。

悯农二首　　李绅

春种一粒粟,秋成万颗子。四海无闲田,农夫犹饿死。

锄禾日当午,汗滴禾下土。谁知盘中餐,粒粒皆辛苦。

橡媪叹　　皮日休

秋深橡子熟,散落榛芜冈。伛偻黄发媪,拾之践晨霜。移时始盈掬,尽日方满筐。几曝复几蒸,用作三冬粮。山前有熟稻,紫穗袭人香。细获又精舂,粒粒如玉珰。持之纳于官,私室无仓箱。如何一石馀,只作五斗量。狡吏不畏刑,贪官不避赃。农时作私债,农毕归官仓。自冬及于春,橡实诳饥肠。吾闻田成子,诈仁犹自王。吁嗟逢橡媪,不觉泪沾裳。

伤田家　　　　　　　　聂夷中

二月卖新丝,五月粜新谷。医得眼前疮,剜却心头肉。我愿君王心,化作光明烛。不照绮罗筵,只照逃亡屋。

再经胡城县　　　　　　杜荀鹤

去岁曾经此县城,县民无口不冤声。今来县宰加朱绂,便是生灵血染成。

山中寡妇　　　　　　　杜荀鹤

夫因兵死守蓬茅,麻苎衣衫鬓发焦。桑柘废来犹纳税,田园荒后尚征苗。时挑野菜和根煮,旋斫生柴带叶烧。任是深山更深处,也应无计避征徭。

采桑女　　　　　　　　唐彦谦

春风吹蚕细如蚁,桑芽才努青鸦嘴。侵晨探采谁家女,手挽长条泪如雨。去岁初眠当此时,今岁春寒叶放迟。愁听门外催里胥,官家二月收新丝。

公子行　　　　　　　　孟宾于

锦衣红夺彩霞明,侵晓春游向野庭。不识农夫辛苦力,骄骢蹋烂麦青春。

怀良人　　　　　　　　葛鸦儿

蓬鬓荆钗世所稀,布裙犹是嫁时衣。胡麻好种无人种,正是归时不见归。

中小学已学篇目

罗隐《蜂》(小)

可参考书目

《罗隐集校注》,潘慧惠校注,浙江古籍出版社1995年
《罗隐集》,雍文华校辑,中华书局1983年
《郑谷诗集笺注》,严寿澂等笺注,上海古籍出版社1991年
《郑谷诗集编年校注》,傅义校注,华东师范大学出版社1993年
《韦庄集》,向迪宗校订,人民文学出版社1958年
《韦庄集校注》,李谊校注,四川省社会科学院出版社1986年
《皮子文薮》,萧涤非、郑庆笃整理,上海古籍出版社1981年
《司空表圣文集》,祖保泉、陶礼天编,安徽大学出版社2003年
《司空图评传》,王步高著,南京大学出版社2006年

总参考书目

《全唐诗》,〔清〕彭定求等奉旨纂,中华书局 1960 年
《全唐诗补编》,陈尚君辑校,中华书局 1992 年
《全唐诗简编》(上下),高文主编,上海古籍出版社 1993 年
《全唐诗人名考》,吴汝煜、胡可先著,江苏教育出版社 1990 年
《全唐诗人名考证》,陶敏编撰,陕西人民教育出版社 1996 年
《全唐诗作者索引》,张忱石编,中华书局 1983 年
《全五代诗》,〔清〕李调元编,何光清点校,巴蜀书社 1992 年
《唐才子传校笺》,〔元〕辛文房原著,傅璇琮主编,中华书局 1987—1995 年
《唐诗鼓吹》评注,题元好问编,钱谦益等评注,河北大学出版社 2000 年
《唐诗解》(上下),〔明〕唐汝询著,河北大学出版社 2000 年
《唐诗合解笺注》,〔清〕王尧衢著,河北大学出版社 2000 年
《唐诗汇评》,陈伯海主编,浙江教育出版社 1995 年
《唐诗归》,〔明〕钟惺、谭元春编,张国光点校,湖北人民出版社 1985 年
《唐诗品汇》,〔明〕高棅编,上海古籍出版社 1982 年影印
《唐诗评选》,〔清〕王夫之著,文化艺术出版社 1997 年
《唐诗评三种》,〔清〕黄生,黄山书社 1995 年
《唐宋诗醇》,〔清〕高宗敕编,春风文艺出版社 1995 年
《唐五十家诗集》,上海古籍出版社 1981 年影印
《唐诗纪事》,〔宋〕计有功著,上海古籍出版社 1981 年
《唐音癸签》,〔明〕胡震亨著,上海古籍出版社 1981 年
《万首唐人绝句》,〔宋〕洪迈编,书目文献出版社 1983 年
《唐代诗人丛考》,傅璇琮著,中华书局 1980 年
《唐代文学史》,乔象钟、吴庚舜等,人民文学出版社 1995 年
《唐集叙录》,万曼著,中华书局 1980 年
《唐人选唐诗新编》,傅璇琮编撰,陕西人民教育出版社 1996 年

《唐人轶事汇编》,周勋初主编,上海古籍出版社 1995 年
《唐声诗》,任半塘著,上海古籍出版社 1980 年
《唐诗百话》,施蛰存著,上海古籍出版社 1987 年
《唐诗大辞典》,周勋初主编,江苏古籍出版社 1990 年
《全唐诗大辞典》,张忠纲主编,语文出版社 2000 年
《唐诗鉴赏辞典》,萧涤非、程千帆等撰稿,上海辞书出版社 1983 年
《唐诗三百首》,〔清〕蘅塘退士编,陈婉俊补注,中华书局 1959 年
《唐诗三百首注疏》,〔清〕章燮注疏,安徽人民出版社 1983 年
《唐诗三百首详析》,喻守真编注,中华书局 1948 年
《唐诗三百首新注》,金性尧注,上海古籍出版社 1980 年
《唐诗三百首汇评》,王步高主编,东南大学出版社 1997 年
《唐诗选》(上下),中国社科院文研所编,人民文学出版社 1978 年
《唐宋诗举要》,高步瀛选注,上海古籍出版社 1959 年
《唐诗别裁集》,〔清〕沈德潜编,上海古籍出版社 1979 年
《唐五律诗精品》,孙琴安编,上海社会科学院出版社 1991 年
《唐七律诗精品》,孙琴安编,上海社会科学院出版社 1989 年
《唐诗选注汇评》,韩兆琦编,北岳文艺出版社 1998 年
《中国历代诗歌精读·唐诗卷》,郑庆笃选注,济南出版社 1998 年
《唐诗史》,许总著,江苏教育出版社 1994 年
《唐诗书录》,陈伯海、朱易安编,齐鲁书社 1988 年
《唐诗选本六百种提要》,孙琴安著,陕西人民教育出版社 1987 年
《唐诗学引论》,陈伯海著,知识出版社 1988 年
《万首唐人绝句校注集评》,霍松林主编,山西人民出版社 1991 年